도쿄 타워

TOKYO TOWER
by Lily Franky

Originally published in Japan by FUSOSHA Publishing Inc., Tokyo.
Korean translation rights arranged with FUSOSHA Publishing Inc., Tokyo, Japan
through THE SAKAI AGENCY and BOOKCOSMOS.

릴리 프랭키 지음
양윤옥 옮김

도쿄타워

東京タワー

RHK
알에이치코리아

1

그것은 마치 팽이 심지처럼 꼭 한가운데 꽂혀 있다.

도쿄의 중심에. 일본의 중심에. 우리 모두가 가진 동경憧憬의 중심에.

그 원심력이 말끔히 전달되도록 정확히 측정한 자리에서 위를 향해 뻗어 올라갔다.

하릴없이 시간이 남아도는 신께서 때때로 하늘 아래로 손을 내밀어 그것을 고사리 돌아가듯 빙글빙글 돌린다.

빙글빙글, 팽글팽글, 우리도 돈다.

가로등에 모여드는 나방처럼 우리는 찾아왔다. 한 번도 본 적 없는 휘황한 불빛을 원하며 거기에 빨려들었다. 고향 땅을 버리고 기차에 흔들리고 마음마저 흔들리며 이곳에 끌려왔다.

떨려나가는 사람, 빨려 들어가는 사람, 내동댕이쳐지는 사람, 눈이 팽팽 도는 사람. 어느 누구도 그 힘에 대적하지 못하고 그저 그 힘이 향하는 쪽으로 끌려들어가 어떤 운명이 떨어질지 기다릴 뿐이다.

몸이 찢어질 듯 슬픈 일도, 뱃속이 뒤틀릴 만큼 억울한 일도, 영문을 알 수 없는 일들에도 저항하지 못한 채 계속해서 돌아간다.

빙글빙글 빙글빙글, 빙글빙글 빙글빙글.

그리고 우리는 소진된다. 질질 끌려갔다가 패대기쳐지고 만다.

너덜너덜 해어져버린다.

5월에 어느 사람은 말했다.

그 도쿄 타워를 바라보며 쓸쓸해 보인다고 말했다.

그저 우두커니 선 채 한낮을 채색하고 밤을 화려하게 비춰내는 그 모습이 쓸쓸해 보인다고 했다.

나는 그 말을 듣고 그래서 더욱더 동경하는 거라고 생각했다. 이 텅 빈 도시에서 홀로 등을 꼿꼿이 세우고 늠름하게 빛을 발하는 그 풍정에서 강인함과 아름다움을 느끼는 거라고 생각했다. 어딘가에 휩쓸리고 패거리를 만들고, 친해졌다 배신하며 서로 속고 속이며 넘어가는 우리는 그 고독한 아름다움에 저절로 끌려드는 거라고.

외로움을 견디지 못해 계속해서 빙글빙글 돌아버리는 우리가 그것을 동경하는 것이라고.

그리고 사람들은 그곳을 향해 나아간다. 태어난 땅에 등을 돌리고, 그것처럼 될 수 있는 무언가를 찾기 위해 도쿄로 나온다.

이 이야기는 오래전에 그것을 향해 나아가기 위해 상경했었고 결국 떨려나서 고향으로 돌아갔던 내 아버지와, 마찬가지로 이곳에 나왔다가 돌아갈 곳을 잃어버린 나, 그리고 단 한 번도 그런 환상을 품은 일이 없는데도 도쿄까지 따라 나왔다가 다시 돌아가지 못한 채 도쿄 타워 중턱에 영면永眠한 내 어머니의 조그만 이야기이다.

그날, 우리는 그 도쿄 타워가 보이는 작은 방에서 셋이 함께 푹 잘 잤다.

갓난아이였을 때의 기억. 많은 사람들이 그즈음의 일은 거의 기억하지 못한다고 한다. 하지만 내게는 몇 가지 일이 오래도록 남아있다. 게다가 그 기억이 흐릿하거나 어슴푸레한 것도 아니다. 그때의 공기 냄새, 내가 품었던 생각, 아주 작은 풍경까지 지금껏 기억 속에 선명하고 또렷하게 남아있다.

그건 아마도 내가 남들보다 기억해야 할 일이 적기 때문일 것이다.

세 살까지의 기억. 나와 엄니와 아부지, 그 세 사람의 가족이 한 집에서 함께 살았던 때의 기억.

가족끼리 살았던 그 3년간에 더 이상 덧붙여진 게 없었기 때문에 나는 그 적은 양의 에피소드를 내내 기억할 수 있었을 것이다.

와장창! 하는 엄청난 소리가 났다. 엄니와 한 이불 속에서 자고 있던 나는 깜짝 놀라 잠에서 깨어났다. 물론 엄니도 눈을 뜨고 이불에서 반쯤 몸을 일으켰다. 한밤중이었을 것이다. 어린애뿐만 아니라 어른도 동네도 모두 잠든 시간이었을 터였다.

현관에서 할머니의 비명소리가 들렸다. 할머니가 엄니의 이름을 연거푸 불러대고 있었다. 복도로 뛰어나갔던 엄니는 현관 앞까지 갔다가 곧바로 다시 방으로 돌아왔다.

그러더니 나를 끌어안고 럭비 선수처럼 안방 쪽으로 튀었다.

아부지가 돌아왔던 것이다.

그야 물론 자기 집이니 돌아오는 거야 당연한 일이지만, 그날은 무슨 마음을 먹었는지 아부지가 항상 손으로 여닫던 현관문을 발로 냅다 걷어차며 돌아온 것이다.

유리가 끼워진 목재 격자문을 완전히 때려 부수고 꽥꽥

고함을 내지르며 신발 신은 발로 복도로 진진하더니 비명을 지르는 할머니를 밀쳐내고 달아나는 엄니를 쫓아 뛰었다. 농성사건에 돌입하는 경찰 특수부대도 그보다는 좀 더 기품 있게 들어갈 것이다. 그 집에는 이런 식의 '귀가 풍경'이 간간이 있었다.

이리저리 도망치는 엄니와 복도를 북북 기며 소리치는 할머니. 하지만 그날의 사냥감은 엄니도 할머니도 아니고 바로 나였던 모양이다.

방구석에 몰려있던 엄니에게서 강제로 나를 빼앗아내더니 코트 호주머니에서 세모진 기름종이를 꺼냈다. 기름종이에 감싸인 그것은 완전히 식어빠진 닭 꼬치구이, 그걸 나한테 먹으라고 꼬치째로 입에 밀어 넣었다.

그러니까 선물이라고 사들고 온 닭 꼬치구이를 아들에게 꼭 먹여주고 싶었던 모양이다. 정말, 자다 깨서 느닷없이 닭 꼬치를 먹은 일이라고는 내 평생에 그때 딱 한 번뿐이었다.

아부지는 그 무렵 술주정꾼이었다. 술에 취해서 가는 곳마다 날뛰었다는 모양이다.

며칠 뒤에 우리 집 현관문은 새것으로 바뀌었다. 두 짝의 미닫이문이었는데 아부지가 발로 걷어차 부서뜨린 한 짝만 새로 끼워 넣어서 그곳만 나무가 허연 것이 우리 집 현관문은 영 요상한 문짝이 되어버렸다.

나는 노상 울어대는 아기였다고 한다. 그리고 한 번 울음보가 터지면 좀체 그치지 않았단다. 그런 사내를 아부지는 싫어했다. 가령 그게 세 살짜리 사내여도 마찬가지였다.

그때도 울면서 거실로 갔더니 아부지가 무릎까지 오는 헐렁한 잠방이 차림으로 텔레비전을 보고 있었다. 거기서 얼마나 칭얼대고 있었는지는 모르지만, 어느 순간 아부지가 고함을 지르는가 싶더니 내 몸이 번쩍 쳐들렸다가 휘잉 날아가고 있었다. 거실에서 마루를 횡단하여 안방 쪽으로.

내 몸이 허공에 붕 떠 있었다. 한 번도 경험한 적이 없는 시점에서 바라본 마루와 안방의 경계선. 다행히 그 일부시종을 안방에서 할머니가 보고 있었다. 할머니는 거실에서 높직이 패스된 나를 아메리칸 풋볼 리시버처럼 두 손으로 다이빙 캐치해냈다고 한다. 이 이야기는 나중에 엄니에게 들었다. 허공에 붕 떠오른 그 뒤부터는 전혀 기억이 나지 않는다. 투신자살을 하는 사람은 바닥에 들이박기 직전에 의식 회선이 끊겨버린다고 하더니, 아마 그런 것인지도 모른다. 만일 그때 할머니가 제대로 캐치하지 못해 펌블되었다면 나는 그대로 머리로 떨어져서 필요 이상으로 명랑한 아이가 되었을지도 모른다.

거기다 나는 장이 약한 아이였다. 노상 배탈이 났고 그때마다 엄니가 집 근처 병원에 데리고 갔다. 그 병원에는 여자 의사 선생님이 계셨는데, 엄니는 "그 선생은 정말 좋은 의사 선생님이고만. 그 의사 선생이 안 계셨으면 너는 죽었을 거여"라고 두고두고 말하곤 했다. 엄니의 손에 이끌려 그곳에 가면 항상 엉덩이에 주사를 맞았지만, 울지 않고 꾹 참으면 엄니와 여자 의사 선생님이 합동으로 어찌나 칭찬을 해주는지, 나는 아프지 않은 척하며 두 사람의 갈채에 취하곤 했다.

그런데 언젠가 한번은 노상 그렇듯 배가 아프다고 보채는 나를 여자 의사 선생님에게 데려갔는데, 마침 그날이 휴진일이어서 다른 개인병원으로 가게 되었다. 거기서 그저 단순한 배앓이라는 진단을 받았고 팔뚝에 주사를 맞은 나는 큰소리로 엉엉 울었다.

하지만 밤이 되어도 다음 날이 되어도 내 배는 낫지 않았다. 오히려 더 아프다며 끙끙거리자 엄니는 이번에는 여자 의사 선생님에게 데려갔고, 그 선생님은 왜 좀 더 빨리 데려오지 않았느냐고 엄니를 나무라며 즉시 시립병원에 소개장을 써주었다. 그 길로 나는 병원에서 병원으로 직접 이송되었다.

장 폐색이었다. 게다가 상당히 위험한 상태였다고 한다. 내과와 외과 의사가 몇 분이나 함께 수술실로 들어갔다. 자세한 건 모르겠지만, 일단 항문에 전기 관장 비슷한 것을 집어넣는 시술이었다. 제아무리 독특한 취향을 가진 사람이라도 이런 일렉트릭한 관장은 시도해본 적이 없을 것이

10

다. 이건 성인이라도 상당히 힘든 플레이라고 한다.

레이더로 그 전기가 장의 어디쯤까지 가닿는지 확인해서, 만일 장의 중간쯤에서 그 전기가 멎어버리면 개복수술로 장을 잘라내고 환부를 적출한다는 방법이었다.

수술 전에 엄니가 의사에게 들은 설명으로는 만일 장을 절제하게 되면 앞으로 살아가는 데 적지 않은 지장이 생길 수도 있다, 그 점을 미리 각오해 달라고 했다고 한다.

수술실이 보이는 작은 창문 앞에서 엄니는 제발 일렉트릭 관장이 장을 시원하게 뚫고 지나가게 해달라고 간절히 기원했다. 아부지는 내가 태어났을 때와 마찬가지로 술집에서 연락을 받고 잔뜩 술이 취한 채 수술 중간부터 참관했지만, 어떻든 부부가 나란히 그 레이더의 행방을 지켜보았다.

다행히 레이더는 장을 통과했다. 전기 관장은 장의 폐색되었던 부분을 시원하게 뚫고 지나갔고, 나는 개복수술을 받지 않고 넘어갈 수 있었다. 엄니는 눈물을 흘리며 기뻐했고, 아부지는 승리 포즈를 한 번 근사하게 보여주고는 그 길로 다시 술집으로 돌아갔다.

그 당시 격통으로 데굴데굴 구르며 맡았던 우리 집 다다미 방바닥 냄새. 벽 색깔. 나는 금방이라도 떠올릴 수 있다. 엄니의 걱정스러운 얼굴도. 하지만 아부지가 그 자리에 함께 있었던 기억은 없다.

또 한 가지 기억나는 것은 그림을 그리고 있는 아부지의 뒷모습이다. 잣대의 홈에 유리막대를 대고 붓이나 먹줄펜으로 선을 그었다. 뭔가 디자인을 하고 있었던 것이리라. 거실 벽에는 아부지가 예전에 그렸다는 석불石佛 그림이 몇 장이나 걸려 있었다. 내가 곁에서 쳐다보자 파란 그림물감을 담은 흰 접시와 붓을 내주며 광고지 뒷면에 뭔가 그려보라고 했다. 내가 그려낸 그림을 보고 호오, 라든가, 헤에, 라든가 감탄을 해주었던 것 같다. 그림을 그릴 때는 아부지가 얌전해지는 것 같은 느낌이 들었다.

이것이 내가 기억하는 유년의 몇 장면이다. 아직도 또렷하게 남아있는 세 살 이전의 일들. 내가 생각해도 세세한 부분까지 참 잘도 기억하고 있구나 하는 생각이 들지만, 그것이 나와 엄니와 아부지, 세 사람이 한 가족이었던 무렵의 기억이다. 그것이 전부다. 그것밖에 없다.

나는 후쿠오카福岡의 고쿠라小倉라는 곳에서 태어났다. 무라사키가와紫川 강변에 있는 산부인과였다고 한다. 엄니는 그 강변을 걸을 때마다 병원을 가리키며, "저기가 네가 태어난 곳이여"라고 가르쳐 주었다.

지금은 모노레일이 머리 위를 교차하며 지나가지만, 그 당시에는 노면 전차가 고쿠라 시내를 찌렁찌렁 울리며 달렸다. 이웃한 야하타八幡 시에는 광대한 제철소가 있었고, 그 이전보다 시들해졌다고는 해도 아직은 사람들이 북적거리고 활기도 넘쳤었다. 하늘로 솟구친 제철소의 굴뚝. 긴 것, 짧은 것, 다양한 모양의 굴뚝에서 희뿌연 연기가 피어올랐다. 그 연기 너머로는 아담한 항구가 반짝반짝 내다보이고 소형 증기선이 출렁출렁 떠있었다.

교과서를 지닐 무렵이 되자 엄니는 내게 이따금 원자폭탄 이야기를 해주었다.

"나가사키에 떨어진 원폭이 실은 고쿠라에 떨어질 거였고만. 원래는 야하타 제철소 쪽에 떨어뜨리려고 했었다니께. 그런데 그날 마침 고쿠라 쪽의 날씨가 안 좋아서 구름이 끼는 바람에 비행기 위에서 시가지가 안 보였댜. 그래서 가까운 나가사키로 날아가서 그쪽에 원폭을 떨어뜨린겨. 나가사키에도 조선소가 있었으니께. 만일 그때 고쿠라가 화창한 날씨였다면 너는 태어나지도 못했을 거고만."

그 이야기를 들을 때마다 어린 마음에 항상 생각했었다. 날씨가 좋다든가 나쁘다든가, 그런 정도에 그 엄청난 폭탄을 떨어뜨리고 말고 하다니, 미국이라는 나라는 하는 짓이 참 어설프고 바보 같구나…….

엄니의 작은 아버지가 나가사키에 살고 있었다. 여름방학에 몇 번 그 할아버지 댁에 놀러간 적이 있었다. 작은 할아버지는 원폭 피해자로 처음 만났을 때부터 마지막 만났을 때까지 항상 방 안 침대에 누워 있었다. 몸이 불편한데도 늘 느긋하고 다정한 할아버지였고, 내게 껍데기 달린 성게도 대접해 주셨다.

하지만 엄니에게 "작은 할아버지는 원폭 때문에 저렇게 되셨고만. 참말로 가엾은 분이시다"라는 말을 듣고, 원래는 내게 떨어질 것이 작은 할아버지에게 맞아버린 듯한 마음이 들어서 혼자 괴로워하기도 했다.

요즘 고쿠라 시내에서는 이미 노면 전차의 모습은 찾아볼 수도 없다. 저 거대하던 제철소도 줄줄이 늘어선 굴뚝도 사라졌다. 그리고 그 유적지에는 테마파크가 들어섰고, 무슨 농담을 하자는 건지 미국의 우주 로켓이 전시되고 있다고 한다.

우리 집은 시가지에서 가까운 곳이었고 근처에 동물원 유원지가 있었다.

목조 2층짜리 단독주택. 할아버지가 지은 집이었다. 내가 태어났을 때는 친할아버지도 외할아버지도 이미 타계하신 뒤여서 나는 조부라는 존재는 경험해본 일이 없다. 불단 위에 있는 유영遺影 한 장만이 내가 아는 조부의 모습이다.

그런 조부가 지은 집에 아부지, 엄니, 나, 할머니, 아츠코 고모가 살고 있었다. 할아버지가 돌아가신 뒤로 하숙을 치기 시작해서 2층의 방 네 개는 근처 치과대학 학생들에게 빌려주고 아침저녁으로 밥도 해주었다.

식사시간이면 늘 어지간히 북적북적했을 것이다. 하숙하는 대학생들은 자주 나와 놀아주었고, 아츠코 고모는 프랑스빵이며 제과점 아이스크림 등, 그 무렵에는 하이칼라였던 것을 자주 사다주었는지라 내가 몹시 좋아하고 따랐는데, 결국 하숙하던 학생과 결혼해서 집을 떠나버렸다.

엄니는 이 집안에 시집와 1년 만에 나를 낳았다. 50년대 중반의 신부로서는 드물게도 연상의 아내였고 게다가 만혼이었다. 엄니 서른한 살, 아부지 스물일곱 살의 결혼이었다.

고쿠라가 고향인 아부지는 그 지역 고등학교에 다녔는데, 아니나 다를까, 그때부터 행실이 좋지 않아서 2학년 때는 도저히 어떻게 손을 써볼 수 없는 지경에 이르렀다. 다섯 형제의 장남으로, 그야말로 철딱서니 없는 도련님이었던 아부지는 할아버지의 엄명으로 고쿠라 고등학교에서 도쿄 고등학교로 편입을 하게 되었다. 도쿄에나 한번 나가볼까 했던, 머릿속이 텅텅 비었던 아부지와 도쿄에라도 나가서 거친 세상 풍랑을 겪다 보면 철이 좀 들 거라고 크나큰 억측을 한 할아버지. 그러나 '자동차와 불량학생은 본바탕이 나쁘면 어떻게 해봐도 고쳐지지 않는다'는 말을 할아버지는 미처 알지 못하셨던 모양이다.

편입한 도쿄의 고등학교에서 자동으로 계열 대학에 올라가기는 했으나, 혼자 살면서 감시하는 눈초리도 없으니 얼씨구 좋다 하고 걸핏하면 학교 수업은 제쳐두고 못된 짓에만 전념한 탓에 대학은 얼마 못가 중퇴. 그 무렵 사귀었던 예술대학의 껄렁한 친구들의 영향을 받았던지 대학을 중퇴한 뒤에는 '모자 디자인'을 공부하는 디자인 전문학교에 입학했다.

여기저기 써먹기에는 아무래도 폭이 좁아 보이는 그 '모자 디자인' 공부를 시작하기는 했으나, 예나 지금이나 그런 쪽은 마찬가지다. 그냥 한번 해볼까, 하는 정도의 기분으로 그런 전문학교에 입학한 사람은 금세 싫증을 내고 그만두게 마련이다. 아부지도 역시나 예외가 아니어서 그 전문학교도 제대로 졸업을 하지 못했다. 아니, 그보다 왜 하필이면 '모자'였을까? 거의 함께 살았던 적이 없기는 하지만, 그럭저럭 40년 가까이 아부지를 접해 왔는데 아직껏 한 번도 아부지가 모자를 쓰는 꼴은 본 적이 없고, 내가 쓰고 다니는 모자에도 코멘트 한 번 한 적이 없다. 그 당시 눈곱만큼이라도 모자에 흥미가 있었는지 어떤지, 그것조차 아무래도 미심쩍은 것이다.

온갖 학교를 번번이 중도에 때려치웠던 아부지는 당당하게 그냥 백수가 되어서 술에 취하거나 누구를 쥐어 패거나 성병에 걸리거나를 되풀이하여 친구들끼리 돌아가며 인슐린을 맞고 하는 사이에, 이번에는 무슨 영문인지 석불石佛의 세계에 눈을 떴다. 목조 부처에는 미진微塵도 촉수를 뻗지 않았던 점을 보면, 개심하여 불교의 길에 이끌렸던 건 아닌 것 같다.

각지에 석불을 참배하러 돌아다니며 그것을 그림으로 그렸다. 마침 일어난 인도 붐과 겹쳐서 새로이 방랑은 이어져서 대량의 스케치를 양산해냈다. 인도로 이주를 도모하는 한편, 친구들과 동인지를 만들어가며 명정酩酊, 정신세계를 논하며 명상, 아마 그 두 가지를 밤낮으로 거듭하면서 도쿄의 멋들어진 몹쓸 인간이 완성되어가던 차에 할아버지의 부보를 받았다.

결국 아부지는 규슈 고쿠라에 강제 송환되었다.

그리고 고향에 돌아오자마자 아부지는 신문사에 취직했다. 할아버지 쪽의 연줄이었다. 하지만 아무리 좋은 연줄이라도 그렇지, 그런 경력, 그런 행실의 인물을 신문사에 밀어 넣다니, 그 시대의 연줄은 참 잘도 먹혔구나 싶다.

도쿄에서는 제멋대로 여흥에 빠지고 방탕하게 살아왔습니다. 양친과 친지 일동도 나이를 먹고 병마저 안고 있습니다. 저 역시 문득 깨닫고 보니 이십대도 중반에 접어들었고, 그리하여 제가 태어난 고향 고쿠라, 다시 이 땅에 돌아와 관계자 여러분의 지대한 배려로 이참에 신문사에 취직하게 되었습니다. 이제부터 여러분의 후의에 보답하도록 본성을 바꾸고 번뇌를 떨쳐내고 돌 위에서도 3년, 5년, 10년, 있는 힘을 다하여 회사에 헌신하며 평생 열심히 일하고

자 합니다……

　라고 했으면 오죽이나 좋으랴만, 그런 식으로 올곧게 풀리지 않는 게 바로 아부지였다. 그 신문사도 얼마 안 되어 뛰쳐 나왔다. 이 정도면 아부지의 '중도 포기'라는 것도 나름대로 외곬의 고집이 엿보인다. 그 뒤로 할머니는 아부지 직장 이야기가 나올 때마다 "그때 신문사를 계속 다녔으면 지금쯤 너는 벌써 훌륭한 인물이 되었을 거여. 왜 그만뒀어, 참말로 아까워 죽겠고만"이라고 먼눈을 하며 수없이 술회했다.

　그리고 결국 엄니와 결혼한 것은 작은 광고 대리점에 근무하던 무렵이었다고 한다.

　엄니는 규슈 치쿠호筑豊의 탄광촌에서 태어났다. 아홉 형제의 넷째 딸로 기모노 옷집을 하는 집안이었다. 그 지역 고등학교를 졸업하고, 그 뒤로 어딘가 회사에 근무했다는 이야기를 들은 것 같은데, 지금 생각해보면 나는 엄니가 학교를 졸업하고 결혼하기까지 십여 년 동안에 대해 거의 아는 것이 없다. 내내 친정집에 있었는지 아니면 어딘가 다른 곳에 가서 살았는지도 알지 못한다.

　하지만 엄니가 보여준 젊은 시절의 사진을 통해 가히 짐작이 간다고 할까, 당시를 상상하게 해주는 한 장의 사진이 있었다.

　세피아 톤으로 빛바랜 사진에 찍혀 있는 엄니는 하얀 바탕에 큼직한 물방울무늬가 찍힌 원피스를 입었다. 머리에는 스카프를 두르고 선글라스를 썼다. 그리고 두 손가락 사이에 담배를 끼우고 하얀 오픈 스포츠카 보닛 위에 앉아 기막힌 포즈를 취하고 있는 것이다.

이런 분위기였단 말이야……?

몹시도 설득력 있는 사진이다.

엄니는 사람을 접하는 일을 좋아하고 잘 웃고 떠들썩한 것을 좋아했다. 주위 사람들에게 항상 잔신경을 써주고 집안일을 좋아하고 꼼꼼한 사람이었다.

아부지는 거꾸로 말수가 적고 급한 성격이다. 장난치는 일도 없을 뿐더러 쩔쩔매는 법도 없다. 아무튼 철저한 마이페이스이고, 옷차림과 친구 교제에는 공을 들이지만 여타 부분에는 그야말로 건성건성 넘어가는 사람이다.

그런 두 사람이 만난 것은 어느 파티 자리에서였다고 한다. 엄니에게서 들은 이야기지만, 그때 엄니는 남자친구였던 청년 의사의 에스코트를 받아 그 파티에 참석했다. 아부지 쪽은 혼자 왔었다. 공짜 밥이라도 먹어볼 마음으로 찾아왔던 것이리라.

그때 어떤 계기로 처음에 말을 나누게 되었는지, 서로의 첫인상은 어땠는지는 듣지 못했다.

하지만 그 만남으로부터 며칠도 안 되어서 결혼이 정해져 버렸다. 왜냐하면 아부지가 아무런 예고나 상의도 없이 불쑥 엄니의 집에 함을 들고 나타났기 때문이다.

엄니는 뜻밖의 사태에 허를 찔려 어쩔 줄 모르고 이 결혼을 승낙했던 것일까. 아부지는 무슨 생각으로 그런 기습을 감행했을까.

아부지가 양손에 함 보자기를 들고 집에 찾아왔을 때의 일을 엄니는 "그야 뭐, 깜짝 놀래자빠졌지"라고 지극히 당연한 말만 했지만, 기실 그것 이외의 어떤 표현도 생각나지 않았을 것이다.

아무튼 깜짝 놀라 허둥거리는 사이에 아부지와 엄니는 부부가 되었던 것이다.

열 살 남짓했을 때, 이 결혼에 관한 이야기를 처음으로 들은 나는 엄니에게 말했다.

"나는 의사 집 아들이 더 좋은데."

그러자 엄니는 항상 그렇듯이,

"그랬으면 너는 태어나지도 않았어."

라고 내가 태어난 인과를 알아듣게 일러주는 것이었다.

시어머니와 시누이, 네 명의 하숙생과 천방지축 남편. 노동력에서나 정신력에서나 몹시도 힘겨운 처지의 신부였음에 틀림이 없다.

하지만 그래도, 엄니는 어쩌다 그 집을 나왔을까. 그 이유를 나는 내내 알지 못했다. 뭔가 물어봐서는 안 될 듯한 마음이 들었고, 엄니는 마지막까지 자기 입으로는 그 말을 해준 일이 없었다.

내가 네 살이 될 무렵에 엄니는 나를 데리고 아부지의 집을 떠났다.

고쿠라 외곽의 시골 마을. 그곳에 아부지의 누님이 시집가서 살던 집이 있었다. 우리는 그 집에 더부살이를 하며 아부지와의 별거생활을 시작했다.

어떻게 그런 미묘한 관계의 별거가 이루어졌을까. 어떤 의도가 있었는지는 모르지만, 엄니로서는 그토록 난처한 경우도 없었을 것이다. 자신의 친형제라면 또 모르되, 아부지의 누님, 게다가 이미 시집을 간 시누이 집에 들어가 신세를 지게 된 것이다.

훌륭한 본채가 있고 거기에 고모 부부, 두 명의 사촌, 고모부의 부모님이 살고 있었다. 그리고 본채 옆으로는 상당수의 학생들을 재우고 먹여주는 기숙사를 두 동이나 운영할 만큼 유복한 집안이었다.

하지만 우리에게 준비된 방은 기숙사 방 한 칸도 아니고, 학생식당 구석에 덧달아 지은 2평 남짓한 뒷방이었다.

가구는 아무것도 없어서 방 네 귀퉁이가 시원하게 다 보였다. 그 아무것도 없는 방에 엄니는 나를 위해 책장을 사주었다. 좌우로 여닫이문이 달린 커다란 책장이었다. 그리

21

고 손수 방석도 만들어 주었다. 털실로 커버를 짜고 안에 우레탄을 넣은 얇은 방석. 베이지 색 털실 커버 한가운데는 펠트 헝겊을 오려붙인 우주소년 아톰 아플리케. 엄니는 도무지 그림에는 소질이 없는지라 도통 하나도 비슷하지 않은 아톰. 게다가 아톰의 살색은 갈색 펠트여서 상당히 남방南方 계통인 우주소년 아톰이었다.

책장에서 그림책을 꺼내 아톰 위에 앉아 읽었다. 나만의 방이 생겨서 처음 얼마 동안은 무지하게 즐거웠다. 엄니가 그런 식으로 분위기를 조성해 주었던 것이리라.

나는 거기서 유치원에 다니기 시작했다. 엄니는 그 학생 식당의 일을 거드는 것 같았다.

아침이 되면 유치원 버스가 가까운 마을 앞 공터까지 마중을 왔다. 이웃에 사는 아이들이 저마다 부모의 손을 잡고 모여들었다. 좋아라 폴짝폴짝 뛰어 나오는 다른 아이들과는 달리, 나는 날마다 울면서 엄니에게 질질 끌려 나갔다. 유치원에 가는 게 너무나 싫었다. 불안해서 그랬는지 외로워서 그랬는지, 한사코 엄니에게 들러붙어 대성통곡을 하곤 했다. 이웃사람들이 날마다 그런 나를 보고 웃어대는지라 엄니는 참말로 창피했었다고 한다.

억지로 버스에 태워 보내도 버스에서 내리자마자 냅다 내빼서 방금 온 밭둑길을 울면서 집을 향해 달렸다. 어쩔 수 없이 엄니가 함께 유치원에 따라오기도 했지만, 유희를 하는 동안에 살짝 빠져 나가곤 했다. 울음을 그쳤는가 싶다가도 엄니가 사라진 것을 알아채자마자 다시 불이 붙은 듯 울음을 터뜨리며 나는 집을 향한 탈주를 거듭했다.

엄마와 떨어지는 게 전혀 되지 않는 아이였다.

나지막한 언덕에 자리 잡은 희고 거대한 관음상이 상징이던 유치원. 가제로 만든 작은 주머니에 20엔을 넣어 선생님께 미리 건네주면 도시락을 가져오지 않은 원아들을 위해 빵이 나왔다. 몇 종류의 빵이 상자에 담겨 점심때면 교실로 실려 왔다. 나는 대부분 도시락을 싸갔지만, 그 빵이 먹고 싶었다. 그중에서도 양쪽에 핑크 웨하스가 붙은 과자빵이 있었는데 그것은 아이들 사이에서도 서로 먹으려고 경쟁이 붙었다.

어쩌다 가제 주머니를 가지고 갔을 때도 다른 아이들이 앞을 다투어 차지하는 바람에 한 번도 그 빵을 먹지 못하는 소극적인 아이였다.

어른들의 관계는 복구되지 못한 채, 우리는 1년 뒤에 그 식당 구석방에서도 나오게 되었다. 사실상 여기서부터가 본격적인 별거일 것이다.

후쿠오카의 시골, 치쿠호의 작은 탄광촌. 하루 여덟 번밖에 운행하지 않는 적자 단선의 종착역이 엄니의 고향이었다. 결국 엄니는 자식을 데리고 친정집으로 되돌아오게 된 것이다. 친정집에는 외할머니가 혼자서 살고 있었다.

이 마을은 날마다 저녁이 되면 사이렌이 울려 퍼졌다. 두 귀를 찢는 경고음과 안내 방송. 뒤를 이어 묵직한 폭음이 울리고 온 동네를 바닥부터 뒤흔들며 땅이 흔들렸다. 집들이 놀라서 얼어붙은 듯 부르르 떨며 삐걱거렸다.

탄갱의 발파를 알리는 그 폭음과 진동이 일상화된 이 마을에서는 그런 것에 일일이 발을 멈추는 사람은 없었다.

"3, 2, 1…… 콰앙!"

아이들은 사이렌을 들으면 폭발음에 맞추어 일제히 뜀뛰기를 하며 놀았다.

탄갱에서 탄광주택 주위로 석탄을 실은 광차鑛車가 달렸다. 동네 안을 덜컹덜컹 울리며 검은 석탄을 뚝뚝 흘리며 광차는 차례차례 터널의 어둠 속으로 사라져갔다.

그 무렵에는 이미 이곳 탄갱도 폐광을 앞두고 있어서 불그레한 하늘에는 벌써 한참이나 가동하지 않은 그슬린 수직갱垂直坑 그림자만 늘어져 있었다. 선별되어 나오는 자갈이며 돌, 질 낮은 부스러기 석탄을 높직이 쌓아올린 폐광산 곳곳에서 하얀 가스가 솟구치고, 온 마을에 그 냄새가 자욱하게 퍼졌다.

이 동네에 사는 집의 대부분이 탄광 노동자 가정으로, 연립주택처럼 줄줄이 늘어선 탄광주택, 배급소, 공중 목욕탕이 탄갱 주위를 에워싸고 있었다.

엄니가 이 동네를 떠났을 무렵과는 사정이 크게 달라져

서 이미 그때는 예전의 번창한 모습은 자취도 없고 노후된 탄광주택에는 빈 집이 늘어나 있었다.

나는 유치원을 옮기고, 엄니는 이웃아이들을 보기만 하면 "사이좋게 놀아줘라"며 내 어깨를 잡아 앞으로 내밀었다.

고쿠라 동네보다 한층 성품이 거친 사나이들의 동네였지만, 나는 고쿠라보다 이 동네의 분위기나 기질이 더 잘 맞은 모양이었다. 1년 전의 나인 줄 얼른 알아보지도 못할 만큼 혼자서 국철 버스를 타고 꼬박꼬박 유치원에 다니고 친구들과 어울려 놀 줄 아는 아이가 되었다.

새 유치원은 초등학교 부지 안의 부속 유치원으로 여기에는 급식이 있었다. 급식 시간이 되면 초등학교에서 6학년생들이 나와 원아들의 급식을 나눠주는 일을 대신해 주었다. 도회지 초등학교에서는 생각도 할 수 없는 일이지만, 그 6학년생들에게 칼을 쥐어주고서 초등학생은 한 개씩 먹는 코페 빵(주식용 발효빵으로, 특히 방추형으로 길쭉하게 구운 빵)을 원아용으로 반절씩 잘라 나눠주는 일까지 시켰다. 양배추도 제대로 썰지 못하는 성인여성보다 이곳 초등학생들이 훨씬 더 칼을 잘 썼을 것이다.

엄니의 남동생 둘이 근처에서 각자 가정을 꾸리고 있었다. 교이치京— 외삼촌, 신이치伸— 외삼촌. 두 삼촌이 모두 호쾌한 사내 대장부들이어서 누님의 상황을 배려하여 따스하게 맞아주었다고 한다.

치쿠호의 외할머니는 친할머니와는 달리 말수가 적은 분이었다. 아직 어린 내게도 퍽 엄격하게 대하는 일이 많았다. 원래부터 다정하게 표현하는 게 서툴기 짝이 없는 분이었다.

친정에 되돌아온 딸에게 온화하게 대해주는 일은 없는 성품이었다. 두 사람 사이에 어디선가 삐걱거리는 거북스러움은 있었지만, 나도 엄니도 이전의 식당 방보다는 그다지 눈치 볼 일 없이 지낼 수 있었다는 건 틀림이 없다.

외할아버지가 돌아가신 뒤로 외할머니는 생선 장사를 시작했다. 딸린 자식이 아홉이나 되었다. 외할머니는 혼자서 리어카에 생선을 싣고 온 동네를 돌며 팔고 다녔다.

우리가 굴러들었을 때도 여전히 날이면 날마다 꼭두새벽부터 선창가에 나갔고 살을 찌르는 추운 아침에도 해가 쨍쨍한 더운 한낮에도 리어카를 끌었다. 변변히 팔리지도 않았을 터이건만 쉬는 법도 없이 파란 함석지붕을 단 리어카에 생선을 담고 동네를 돌아다녔다.

초등학교에 올라가 책가방을 짊어지고 하교하는 길이면 늘 상점가나 역 앞에서 외할머니의 모습을 찾으며 돌아오곤 했다.

겨울에는 몇 겹을 껴입어 뚱뚱해진 외할머니를, 여름에는 남자처럼 하얀 셔츠 한 장에 목에는 수건을 늘어뜨린 외할머니를 찾아내고 슬며시 뒤로 다가갔다. 들키지 않도록 살금살금 다가가서 리어카 뒤에 슬쩍 올라앉아 생선의 비릿한 냄새에 흔들리며 동네 길을 빠져나갔다. 푹신푹신한 쿠션 위에 올라앉은 것처럼 기분 좋은 진동이었다.

외갓집은 급한 비탈길의 꼭대기에 있었다. 생선과 얼음을 실은 리어카는 평평한 길이라면 또 모르지만 비탈길에서는 젊은 사내가 끌어도 자칫하면 뒤로 쏠려버린다.

비탈길 중간에서 외할머니는 몇 번이고 쉬어가며 헐떡헐떡 조금씩 올라갔다. 멀리서도 급경사의 비탈길을 오르는 외할머니를 발견하면 나는 마구 달려가 리어카를 밀었다.

뒤에서 밀어주는 것을 느끼면 외할머니는 뒤를 돌아보며 씨익 웃고는 아무 말 없이 다시 앞으로 리어카를 당겼다.

이웃사람도 내 친구들도 언덕길에서 외할머니를 보기만 하면 하나같이 나서서 도와주었다. 인정 넘치는 동네였다.

그런 외할머니를 보노라면 나는 이따금 생각하곤 했다.

'외할머니는 왜 혼자 살고 있을까?'

아홉이나 되는 아들딸과 이십 명 가까운 손자. 그 손자 중에서 외할머니와 함께 살았던 아이는 나밖에 없었다고 한다.

다시 배앓이를 했다. 장 폐색 때 같은 격통은 아니었지만 계속해서 설사가 멎지 않았다. 처음에는 동네 의사에게 찾아갔었고, 그 뒤에 어느 병원에 갔을 때 그런 진단을 받았는지는 생각나지 않지만 그 의사가 내놓은 한 마디에 엄니는 그만 쓰러질 뻔했다고 한다.

"세균성 이질입니다."

전염병이었다. 의사도 간호사도 그 말을 하면서 반신반의했을 것이다. 초등학교 1학년이 아닌가. 동남아에서 이상한 갑각류를 먹고 왔다든가 아프리카에서 묘한 유흥을 벌이고 왔다든가, 뭔가 그럴 법한 단서라고는 하나도 없는 그냥 초등학생이 세균성 이질이라니!

신문에까지 실렸다. 법정 전염병이었으니까. 어떤 제목이었을까?

'후쿠오카 현에서 초등학교 1학년 세균성 이질 환자 발생. 세균성 이질의 최연소 기록 경신'

설마 이름까지 밝히지는 않았을 것이다. A군이라고 했을까? 나는 센세이셔널하게도 전염병 환자로서 미디어 데뷔에 성공했던 것이다.

문제는 전염 경로였다. 하지만 나 말고는 다른 환자가 발생하는 기미도 없고, 그야말로 마지막까지 자기 완결형의 단독 전염병 환자였다. 그렇다면 이게 뭔가. 누군가에게서 전염된 게 아니라 스스로 이질 세균을 가진 무언가를 접촉하거나 먹고 마셨다는 이야기일 수밖에 없다. 엄니도 외할머니도 다른 반 친구들도 모두 아무 일 없이 멀쩡했던 것이다. 과연 감염원은 무엇이었는가? 결국 알아내지 못한 채 이 사건은 끝이 나버렸다. 참으로 미스테리한 초등학생.

영 불길한 여섯 살짜리 꼬마. 나 스스로도 무엇을 주워 먹었기에 그렇게 되었는지 도통 짐작이 가지 않는 것이다.

물론 당연한 응보로 입원. 그것도 그냥 입원이 아니다. '격리조치'였다.

산속 깊은 곳에 있는 격리병동이었다. 엄니도 내가 걱정되어 함께 격리되기로 했다. 심호흡 하나에도 예민해지게 마련인 격리병동에 건강한 몸으로 단신 돌입한 그 용기와 사랑. 연인이나 부부 사이에서는 도저히 있을 수 없는 사랑일 것이다. 만일 그때 나 혼자서만 격리되었더라면 훨씬 더 무뚝뚝한 카리스마를 풍기는 인간이 되었을 것 같기도 하다.

창문이란 창문마다 철제 격자가 끼워졌고 병동의 문은 밤이면 자물쇠가 채워졌다. 격리병동의 바닥은 붉은 색이고 일반 병동과 그 밖의 복도는 초록색인데, 그중 붉은 복도 쪽에 세워진 나는 간호사에게서 "절대로 빨간 색 밖으로 나오면 안 돼!"라는, 서글플 만큼 철저한 지도를 받았다.

그런데 입원한 지 이틀째에 벌써 복통도 설사도 멎어버리고, 나는 빨간 복도 쪽에서 기운차게 뛰어다녔다. 하지만 아무리 그래도 신문에까지 실린 대인물을 그리 쉽사리 밖에 내놓아줄 리 없다.

며칠 뒤에 아버지가 면회를 하러 왔다. 오랜만에 이뤄진 부자 대면은 복도의 색깔로 나누어졌다. 예의 간호사에게

29

서 단단히 주의사항을 들은 다음에 아부지는 면회 공간으로 안내되었다.

두 가지 색깔의 복도 위에 각각 두 개의 다리를 내려놓은 테이블, 그 테이블 위에도 하얀 비닐 테이프로 안전지역과 위험지역의 경계선이 그어져 있었다.

참고로 말하지만, 아부지는 언제 어디서든 담배를 피운다. '미스터 슬림'이라는 가늘고 길쭉한 담배를 어떤 상황에서든 태연히 피워댄다. 오른손의 새끼손가락 손톱만 길게 길러서 담배의 셀로판을 그 손가락으로 툭툭 쳐 벗겨낸다. 원래부터 그런 사람이다.

잠수함 안에서도 담배를 피울 이 사람에게 병원이나 환자 앞에서의 끽연은 당연한 일이었다. 뭔가 엄니와 대화를 나누는가 싶더니 곧바로 호주머니에서 담배를 꺼내 한 개비 빼물더니 테이블 위에 툭 던졌다.

그런데 그 담배 갑이 흰 테이프를 넘어 살짝 내 쪽으로 밀려나왔다. 그러자 간수처럼 곁에서 감시하고 서있던 간호사가 순식간에 발을 돌려 소독병을 꺼내더니 '미스터 슬림' 담배 갑을 향해 대량으로 분사했다.

슈퍼 예민! 어린 마음에도 큰 상처를 입었다. 어지간한 아부지도 그 신경질적인 모습을 보고는, 혹시 내 아들에게 악마가 들씌운 게 아닐까 하고, 마치 6·6·6의 데미안을 보는 듯한 눈빛으로 변했다.

그러고도 힘이 펄펄 넘치는 격리생활이 이어졌고 2주일 후에야 퇴원을 하게 되었다. 퇴원 직전에 예의 간호사가 엄니에게 "정말로 세균성 이질이었을까요……? 제대로 조사는 한건가요?"하고 새삼스럽게 무슨 엉뚱한 소리인가 싶은 말을 중얼거렸다는데, 그 궁금증의 진상은 결국 밝혀지지 않았다.

그리고 나중에야 생각한 것인데, 그 격리병동에는 나 말고도 다른 전염병 환자들이 있었고, 빨간 복도 안에서라면 전염병 환자들끼리 서로 자유롭게 접촉할 수 있었다. 낮 시간에는 고등학생쯤 되는 누나가 내내 나랑 놀아주었는데, 당시 컵 속에 슬라임 같은 게 담겨진 장난감이 있었다. 그 컵에 빨대를 꽂아 불어대면 컵 위로 큼직한 풍선이 생기는 것이다.

그 여고생이 마침 그 장난감을 가지고 있어서 날마다 그걸 함께 불면서 놀았다. 빨대는 완전히 공용이어서 서로 번갈아 불어가며 풍선 크기를 다투었는데, 그런데 말이다, 그 여학생은 대체 어떤 전염병이었을까요…….

어른이 된 뒤에 그 일을 생각할 때마다 여간 마음에 걸리는 게 아니다. 그렇다고 누군가 "정 궁금하면 알려줄까?"하고 나선다면, 물론, 전혀, 하나도 알고 싶지 않다.

초등학교에 입학하면서 나는 명랑하고 적극적인 아이로 변했던 것인데, 그 세균성 이질 사건으로 온 학교에 소독을 실시했고 우리 반 친구들까지 모두 주사를 맞았다는 것이었다. '어렵사리 명랑하고 즐겁게 보내고 있었는데, 이 일이 원인이 되어 혹시 왕따라도 당하면 어쩐다'라고 엄니가 걱정을 했었는지 어떤지는 모르지만, 역시 그런 점에서 초등학교 1학년은 무지했다. 모두 함께 이유를 알 수 없는 주사를 맞고 한바탕 울고불고, 그것으로 말끔히 끝이 났다. 만약 그 사건이 5, 6학년 때 일어났었다면? 그 이후 죽을 때까지 내 별명은 '설사' 혹은 '이질 맨'이었을 것이고, "으악! 저 녀석하고 닿으면 전염돼!"라는 박해를 등 뒤로 받으며 살아가는 참혹한 인생을 아차하면 걸었을 참이었다.

엄니는 동네 식당에서도 일을 하고, 친구가 운영하는 온가가와遠賀川 강변의 드라이브인drive-in에 나가기도 했다.

엄니와 아부지 사이에 뭔가 서로 이야기가 있었던지, 나는 봄방학이나 여름방학, 긴 연휴 때면 대개는 혼자 고쿠라 아부지 집에 보내졌다. 그렇지만 아부지를 마주하는 시간은 거의 없었고 대부분 할머니와 함께 보냈다. 그즈음의 아부지는 늘 점심때가 되도록 잠을 잤다. 광고 대리점은 진즉에 그만두었고, 그 뒤로 집안에 디자인 사무실을 열기는 했지만 이도저도 별로 잘 되지 않았던 것 같다.

어느 날 낮에 걸려온 전화를 내가 받았는데 상대방이 아버지 계시냐고 물었다. 나는 아부지가 자는 이불 곁에 달려가 전화가 왔다고 알려주었지만, 아부지는 부루퉁하게 "없다고 해!"라고 말했다. 나는 다시 수화기를 집어 들고 "없다고 하라시는데요"라고 전했더니 잠든 귀를 세우고 있던 아부지가 벌떡 일어나 내 머리통을 내리치고는 전화에 대고 뭐라고 이야기를 했으나 결국 고함을 내지르며 전화통을 부서져라 패대기치고 다시 부루퉁하게 잠을 잤다.

나는 머리통을 맞은 이유를 알 수 없어 그 억울함 때문에 울었다.

아부지는 언제나 오후까지 자다가 저녁이 되면 술을 마시러 나갔다. 이즈음부터 나는 아버지가 무슨 일을 하는 사람인지 전혀 알 수 없게 되었다.

엄니는 매일 전화를 걸어서 오늘은 무엇을 했느냐고 물었다. 하루는 아부지가 동물원에 데려가 준다고 했다. 아마도 엄니가 어딘가 데려가 주라고 지시를 내린 모양이었다.

아부지와 놀러 나갔던 날 밤. 엄니에게서 확인하는 전화가 왔다.

"동물원에 갔었냐?"

"응."

"뭘 봤다냐?"

"말."

"또 뭐가 있었냐?"

"말."

"그거 말고는?"

"말밖에 없었어."

엄니는 아부지를 바꾸라고 했다. 동물원이라고 거짓말을 하고 경마장에 데려갔다는 게 들통이 나서 또다시 전화로 싸웠다. 나는 뭔가 고자질을 한 것 같아 여간 거북한 게 아니었다.

야행성인 아부지는 술집이라면 얼마든지 데려갈 수 있다고 생각했던지 이따금 나를 클럽에 데리고 갔지만, 나는 자꾸 졸리기만 하고 택시로 여기저기 끌려 다녀서 차멀미로 가게 안에 토해 버렸는지라 그 뒤로는 더 이상 술집에도 데려가 주지 않았다.

그런 부자 관계를 보며 고쿠라의 할머니는 나를 맹목적으로 예뻐했다. 애가 너무나 불쌍하다는 등의 말을 곧잘 입에 올리곤 했다.

어느 해의 여름방학이었을까.

나는 여느 때처럼 고쿠라에 가 있었다. 이미 그 무렵에는 아부지는 그 집에서 살지 않았다. 어딘가 다른 곳에 살고 있어서 내가 가 있을 때만 이따금 찾아왔다.

할머니는 만날 때마다 몇 번이고 똑같이 내게 물었다.

"젤로 좋은 사람은 누구랴?"

나는 매번 똑같은 대답을 했다.

"엄마."

"그 다음으로 좋은 사람은 누구랴?"

"고쿠라 할머니."

그렇지, 그렇지, 라고 할머니는 좋아했다.

몇 번째까지 물어도 아부지라고는 말하지 않았다. 그것은 딱히 아부지가 싫어서가 아니라 어쩐지 그 자리에서는 아부지라는 말은 하지 않는 게 낫다는 것을 어린 마음에도 짚어냈기 때문이었다.

그날은 할머니 말고도 누군가 또 한 사람이 있었다. 그게 누구였는지는 정확히 기억하지 못한다.

여름 한낮. 전깃불을 꺼버린 거실에서 선풍기만 돌고 있었다. 젖빛 유리 틈으로 새어드는 햇살뿐인 어슴푸레한 방이었다.

그때도 나는 할머니에게 똑같은 질문을 받고 있었다.

"젤로 좋은 사람은 누구랴?"

"엄마."

잠시 뒤에 할머니는 또 한 사람의 누군가와 작은 소리로 뭔가 이야기를 했다. 그리고 나를 옆눈으로 힐끔 바라보며 가엾다는 듯한 어조로 이렇게 말했다.

"낳아준 부모보다 키워준 부모라고 하더니만……."

그 말을 들었을 때 나는 무슨 의미인지는 알지 못했지만, 뭔가 안 좋은 소리를 하고 있다는 것은 금세 알았다.

2

'부모와 자식'의 관계라는 건 간단한 것이다.

이를테면 뿔뿔이 헤어져 살고 있어도, 혹은 거의 만난 일조차 없어도 부모와 자식이 '부모자식'의 관계라는 점에서는 달라지는 게 없다.

그런데 '가족'이라는 말이 되면 그 관계는 '부모자식 사이'만큼 간단하지 않다.

단 한 번, 불과 몇 초의 사정射精으로 부모자식의 관계는 미래영겁까지 구속되지만, '가족'이라는 것은 생활의 답답한 토양을 바탕으로 시간을 들이고 노력을 거듭하고 때로는 스스로의 감정을 죽이기도 하면서 키워나가는 것이다. 하지만 그 보람도 단 한 번, 단 몇 초의 다툼으로 간단히 무너지고 마는 일이 있다.

'부모자식'은 계속해서 덧셈이지만 '가족'은 더하기뿐만 아니라 빼기도 있는 것이다.

〈피가로의 결혼〉이라는 희곡 중에 이런 대사가 있다.

'온갖 성실한 것 중에서도 결혼이라는 놈이 가장 장난을 많이 친다.'

'부모자식'보다 더욱더 간단하게 이루어져 버리는 '부부'라는 관계.

그 간단한 관계를 맺은 것뿐인, 장난질을 친 남자와 여자가 일이 흘러가는 과정상 부모가 되고, 어쩔 수 없이 '가족'이라는 어려운 관계를 만들어 가지 않으면 안 된다.

그저 아무 일 없는 듯, 좋은 게 좋은 거라는 식으로 먼지를 밖으로 쓸어내지는 못해도 방구석에 밀어놓다 보면 흘러가는 시간이 종이를 겹겹이 붙여 만든 연극 소품 같은 '가정' 정도는 만들어 준다.

하지만 가족관계란 몹시 신경질적인 것이다. 무신경하게 지낼 수 있는 곳일수록 실은 세심한 신경이 필요하다. 금이 간 거실 벽, 가령 이미 눈에 익어버려서 그것을 웃음거리로 바꿀 수 있다 해도 거기서 확실하게 바람은 들이닥친다. 웃고 있어도 바람은 맞을 수밖에 없는 것이다.

하루 빨리 앉은 자리에서 일어나 그 금간 곳을 메우는 작업을 하지 않으면 안 된다. 그 금간 곳을 부끄럽게 느끼지 않으면 안 된다.

뭔가 역할을 가진, 가족의 일원으로서의 나. 부모로서의 나. 아내나 남편을 가진 나. 남자로서의 나. 여자로서의 나. 모든 것에 '자각'이 필요하다.

끔찍하게 귀찮고 무겁기 짝이 없는 그 '자각'이라는 것.

그 자각이 빠져버린 부부가 쌓아올린 가정이라는 모래 위의 누각은 비바람이 몰아치면 한 차례의 파도에도 허망하게 휩쓸려나가 모래사장에 가족의 사해만을 남겨놓은 채 사라져 버린다.

모래에 처박힌 조개껍질처럼 어린 아이들은 그곳에서 물결의 행방을 지켜본다. 그리 쓸쓸한 것도 슬픈 것도 아니다. 그저 엄청나게 냉정한 눈으로 지켜보고 있다.

말로 표현할 능력이 없을 뿐, 아이는 그 상황이나 분위기를 정확히 파악하는 감각이 뛰어나다. 그리고 자신이 이제부터 어떻게 처신해야 하는지, 뛰어난 연기력도 갖추고 있다. 그것은 약한 생물이 제 몸을 지키기 위해 자연스럽게 갖추고 태어난 본능이다.

'부부 당사자가 아니고서는 알지 못할 일이 있다.'

자주 듣는 말이다. 분명 그런 것도 있을 것이다.

하지만 '부부 당사자만 모르고 있는 둘만의 일'은 어린 아이나 타인의 냉정한 눈에 더 잘 보이는 경우도 있다.

5월에 어느 사람은 말했다.

일에서 큰 성공을 거두는 것보다 제대로 된 가정을 가지고 가족을 행복하게 해주는 것이 훨씬 더 어려운 일이라고, 말했다.

나는 아부지를 가족이라고 느낀 적이 없었다. 철이 들기 시작할 무렵에는 이미 함께 살지 않았기 때문에 당연한 일인지도 모르지만, 그렇다고 아부지가 내 '아버지'라는 것을 부정한 적은 없었다.

아부지는 언제나 썬더버드 5호처럼 우주의 어딘가에, 자세히는 모르겠으나 머나먼 어딘가에 둥실둥실 떠있는 듯한 존재였다. 무슨 겨를엔가 홀쩍 돌아오기도 하지만, 또 문득 돌아보면 사라지고 없었다.

무엇을 하는지 잘은 모르더라도 '있다'라는 사실에 어딘가 안심이 되는 존재로서 내 마음속에 항상 있었다.

그리고 엄니는 언제나 썬더버드 2호처럼 콘테이너에 실은 나를 동체에 집어넣고, 지나치게 가까울 만큼 바로 곁에 있었다. 잠시라도 어디로 없어지면 울면서 나는 그 행방을 찾았고 그 울음이 그치기 전에 곧바로 돌아와 주었다. 서로 함께 붙어있는 것으로 하나의 형태를 이루고 있는 거나 같았다.

아무튼 '있다'라는 것으로 나를 안심시켜주는 존재였다.

학교에서 한 장의 프린트를 받은 적이 있었다. 그 프린트는 전원에게 나눠준 게 아니라 우리 반의 몇몇 아이들만 방과 후에 불려나가 한 사람씩 선생님에게 직접 받았다.

그것은 아버지가 없는 아동을 바닷가 조개잡이에 데려간 다는 행사 통지문이었다. 거기에 참가할 경우에는 학교를 쉬어도 출석으로 인정해 준다는 모양이었다.

누가 생각했는지는 모르지만 정말 오지랖도 넓은 짓을 하셨다. 돌아오는 길에, 똑같은 프린트를 받은 반 친구 하나가 "너도 갈 거지? 갈 거지?"라고 몇 번이나 물어보았다. 그 친구는 꼭 가고 싶은 모양이었다.

집에 돌아와 엄니에게 프린트를 보여주자 엄니는 조용히 내게 물었다.

"어쩔래?"

"안 가. 가기 싫어."

내가 불퉁불퉁 대꾸하자 엄니는 '불참'에 동그라미를 치고 도장을 찍었다.

아무리 보호자가 엄니 이름으로 등록되어 있어도 나한테 는 어엿한 아버지가 있다는 강한 의식이 어린 내게는 있 었다.

함께 살지는 않지만 이혼을 한 것도 아니고 사별한 것도 아니다. 그런데 왜 나를 그 조개잡이 행사에 참가하라는 거 냐고! 그런 분노를 느꼈다.

조개잡이 당일. 우리 반에는 아버지 없는 아동의 빈자리가 몇 개인가 있었다. 그 아이들이 왜 오늘 학교에 오지 않았는지, 우리 반 아이들은 왜 그런지 다들 알고 있는 기색이었다. 학교에 간 내게 "너는 조개 캐러 안 갔냐?"하고 여기저기서 묻는 바람에 정말 지겨웠다.

치쿠호의 외할머니 집에서 몇 년을 살았어도 나는 그곳을 우리 집이라고 생각한 적은 없었다. 초등학생이 되면서 내 책상을 들여놓은 나만의 방도 생겼지만 그곳을 '내 방'이라고 생각한 적도 없었다.

그건 이전에 살았던 학생식당 구석방 때도 그랬지만, 역시 거기서 살고 있다기보다 신세를 지고 있다는 마음이 강했기 때문이었다.

내게도 가족이 있다는 마음은 어떤 허름한 곳이라도 우리 집이 있다는 의식 위에 성립되는 것이다.

그래서 함께 사는 외할머니를 가족이라고 생각해 본 적도 없었다. 더부살이 신세인 내가 언감생심 그런 생각을 하는 건 뻔뻔스럽다고 느껴졌기 때문이다. 엄니가 임시로 와 있는 곳에 나도 그냥 따라와 살고 있다. 그것만이 내 마음이 의지할 곳이었다.

그런 생각 때문이었는지 어떤지는 모르지만, 어렸을 때부터 나는 몹시도 동물 키우기를 좋아했다.

길에서 주운 개. 엄니가 사준 토끼. 강에서 잡은 거북이와 가재. 십자매에 도마뱀붙이에 투구풍뎅이. 무엇이건 죄다 집에 데리고 왔다. 외할머니가 생선가게에서 쓰는, 문어 넣는 통을 얻어다 뱀이든 가물치든 집어넣고 길렀다.

'가족'에 대해 써오라는 작문 숙제는 그냥 그 동물들의 이름을 하나하나 길게 써넣어 원고용지를 채우고 끝냈다. 아무런 감정도 상황도 묘사하지 않고 오로지 동물 이름만 줄줄이 늘어놓은 실로 무미건조한 글이었다.

그렇다고 그 '가족'이나 부모 문제를 심한 콤플렉스로 생 각했었는가 하면, 전혀 그렇지 않다. 내게는 이미 그런 상 황이 당연한 일이어서 특별히 다른 일반적인 가정을 부럽 다고 생각하지도 않았다. 단지 그 이야기는 그냥 하지 말았 으면 싶었다. 친척 중에서도 유난히 그 이야기를 초들어가 며 불쌍하다느니 딱하다느니 하는 사람들이 싫었다.

치쿠호 탄광촌은 폐광 날이 가까워지면서 아이들 눈으로 보기에도 활기가 시들고 동네 전체가 침침하게 가라앉는 게 느껴졌다.

온 시내를 우르릉 울리던 발파 횟수도 줄어들고 수직갱 은 비둘기 둥지가 되었다. 남은 것은 폐광산과 실업자뿐이 었다.

폐광 갱부들이 마을의 활기와 의욕을 되살리기 위해 브 라스밴드를 조직했다는 영국 영화처럼 멋진 일은 당연히 일어날 리가 없는지라, 그저 이 동네에는 대낮부터 억병으로 취한 어른들만 득실득실했다.

점심때가 지나 마을 변두리 초등학교에서 책가방을 짊어지고 돌아올 때면 거리 곳곳에, 특히 술집 주위에는 남자 어른들이 길바닥에 앉아 술을 마시고 있었다.

죽기 살기로 좋아하는 축구팀이 패배해서 그 훌리건들이 한꺼번에 몰려나온 영국 팝처럼, 술집 안의 입식 카운터에는 자포자기의 에너지가 철철 넘쳤다. 역 앞 언덕길에는 널찍한 계단이 길게 이어졌고, 우리는 늘 그 계단에서 가위바위보 놀이를 하면서 집으로 돌아가곤 했다. 하필 그 계단 끝에 술집이 있어서 이따금 그런 술 취한 아저씨의 취권에 봉변을 당하곤 했다.

아저씨들은 기껏 5미터도 걷기가 싫은지 아이들을 보기만 하면 바로 옆 술집에 잔술 심부름을 시켰다. 맘씨 좋은 아저씨에게 걸리면 오징어 쫀디기나 10엔짜리 동전을 심부름 값으로 주었지만, 깡패 아저씨한테 걸리면 괜히 때리거나 마작 골패를 내던지기도 했다.

엄니는 끝까지 내게 공부하라는 말을 해본 적이 없었다. 학교에서 돌아오면 곧바로 놀러나갔다. 항상 마에노前野라는 친구와 함께 일단 집에 들러 엄니에게 칼피스나 샤베트 같은 걸 한 잔씩 얻어먹고, 자전거로 마에노 군의 집으로 나갔다.

자전거에 마에노 군을 뒤에 태우고 조금 전에 올라왔던

언덕길을 다시 거꾸로 내려갔다. 이 자전거는 친척 중에 '덜거덕 아저씨'라고, 턱 관절에 이상이 있었던지 뭔가 먹을 때마다 턱이 덜거덕덜거덕 소리를 내는 아저씨가 헌 자전거를 고쳐 내게 준 것인데 브레이크가 없는 아주 위험한 물건이었다.

유일한 브레이크는 내 발바닥으로 땅을 디뎌 힘껏 버티는 '발 브레이크'뿐이었는데, 양손을 놓고 달릴 수 있게 되면서 시건방이 들어서 언덕길의 급커브를 노 브레이크로 공격했다가 몸이 잘못 쏠리는 바람에 마에노 군과 함께 그대로 돌담에 처박혔다. 피를 줄줄 흘리며 돌아온 나를 보고 그제야 이 자전거에 브레이크가 없다는 것을 알게 된 자전거 못 타는 엄니는 병원에 다녀오는 길에 즉시 새 자전거를 사주었다.

"어떤 게 좋냐?"라고 온몸에 붕대를 감은 내게 엄니는 물었다. 그 당시, 뒤에 요란한 깜빡이등이 달린 아트 트럭Art Truck 같은 자전거가 초등학생들 사이에서 유행했다. 머리에 그물 붕대를 씌워서, 병문안 때 들고 오는 과일처럼 변해버린 마에노 군이 나보다 먼저 "그야 이거지!"라며 가장 화려하게 깜빡이등이 달린 자전거를 가리켰다.

나도 물론 그게 좋았지만 엄니에게 어쩐지 미안한 마음이 들어 약간 수수한 장식이 달린 자전거를 가리켰다.

병문안 과일과 자전거포 아저씨가 동시에 "어라, 아닌데?

이쪽이 좋은데?"라며 자꾸 비싼 자전거를 권했지만, 나는 고집스럽게 수수한 쪽 자전거가 좋다고 우겼다.

마에노 군의 집은 탄광주택 가까이에 있었고 집 바로 옆이 산이었다. 우리는 날마다 작은 칼을 들고 산에 올라가 덩굴을 잘라 나뭇가지에 묶어놓고 '타잔 놀이'를 했다. 으름을 따먹고 참마나 죽순을 캐어 집에 가져오기도 했다.

강둑에는 뱀밥이며 산딸기, 고비, 머위 등 계절마다 밖에만 나가면 지천으로 먹을 것이 널려 있었다.

누런 떠돌이 개를 발견하면 "어, 된장 발라야겠네!"라고 하면서, 물론 먹지는 않았지만 의식意識은 했다.

다리 난간 위에 올라가거나 얼마나 높은 나무에 올라갈 수 있는지 겨뤄보는 등, 친구들 사이에서 자주 담력시험이 거행되었다.

벌집을 막대로 찔러댔다. 똥을 발견하면 폭죽을 설치하여 아슬아슬한 순간까지 도망치지 않았다. 똥통에 막대를 꽂아 넣어 그 끝에 묻은 똥을 남의 집 빨래에 묻혔다. 개구리는 껍질을 벗기고 항문에 폭죽을.

진짜 저질이었다. 아이들은 유쾌한 범죄자들이다. 모럴보다 즐거움이 항상 앞선다. 하지만 완전범죄를 관철해낼 만한 지혜는 없었다. 그 결과, 말벌이나 쇠바더리에게 물려 몇 차례나 병원에 실려 갔다. 똥 범벅이 되었다. 빨래 주인이 작심하고 내리친 주먹다짐을 먹었다. 개구리 꿈에 시달렸다. 그러다 보면 나쁜 짓을 하는 게 점점 무서워진다.

탄갱 주위를 달리는 광차는 석탄을 싣고 덜컹덜컹 달렸다. 그 광차에 올라타고 어디까지 갈 수 있는지, 모험을 했던 적이 있었다. 물론 광차의 선로에는 접근하지 못하도록 울타리를 쳐놓지만 대개의 아이들은 구멍 뚫린 곳을 훤히 알고 있게 마련이다.

그곳으로 슬쩍 들어가서 광차에 뛰어올라 안에 납작 붙었다. 작은 광차가 나와 마에노 군, 그리고 벳부別府 군을 석탄과 함께 실어 날랐다. 바깥에서 보면 느리게 가는 것 같은 광차도 직접 타보면 무서울 정도로 빠르다. 양쪽의 폭이 좁은 경치가 미끄러지듯 흘러갔다. 작은 암흑의 터널을 빠져나가 한참 달리면 선로에 브레이크가 걸리는 지점이 있었다.

그곳에 부딪치면 석탄을 실은 나무틀 부분이 차바퀴와 분리되고 그 충격으로 90도 수직으로 솟구쳐 단숨에 석탄이 쏟아지는 구조였다. 석탄이 떨어지는 곳은 탄을 집적하는 거대한 개미지옥 상태이고, 그 한가운데서는 석탄을 잘게 부수는 분쇄기가 돌아가고 있었다. 즉 거기에 떨어졌다가는 두말 할 것도 없이 끝장인 것이다.

우리는 그것을 무서워하지 않고 언제까지 광차 안에서 버틸 수 있는지 경쟁했다. 터널 안에 굉음이 울리고 그곳을 지나자 광차는 종점을 향해 더욱 속도를 올려 직선으로 돌진했다.

마에노 군이 맨 먼저 뛰어내렸다. 나도 더 이상 견디지 못하고 뒤를 이어 뛰어내렸다. 벳부 군과 석탄을 실은 광차는 똑바로 개미지옥을 향해 달려갔다. 도망칠 때를 완전히 놓치고 있었다. 어엇? 하면서 등줄기가 서늘해진 순간, 광차는 콰당! 하는 소리와 함께 석탄과 벳부 군을 분쇄기 안으로 내던졌다. 우리는 무서워서 비명을 내질렀다.

그러자 등 뒤에서 탄광 사람이 고함을 지르며 엄청난 기세로 달려왔다. 어딘가를 향해 손을 크게 휘저으며 큰소리로 기계를 멈추라고 지시하는 것 같았다.

그 아저씨가 석탄의 개미지옥에 뛰어들어, 아래로 주르륵 빨려드는 벳부 군을 잡아냈다. 도중에 분쇄기 소리도 멈췄다.

우리는 그 아저씨에게 무진장 혼나고 머리통이 우그러지게 맞았다. 아이들이 이런 못된 장난을 하다가 진짜로 죽는 일이 있겠구나, 하고 지금은 물론 잘 알고 있다.

그때 만일 그 아저씨가 없었다면…, 생각할수록 정말 오싹해진다. 아마도 벳부 군은 누구네 집인가의 연료가 되었으리라. 그 뒤로는 현재에 이르기까지 단 한 번도 광차에는 타지 않았다. 앞으로도 타지 않을 것이다. 이미 타볼 기회도 없겠지만.

엄니는 저녁이면 근처 식당에 일하러 나갔다가 내가 자고 있는 사이에 돌아왔다. 엄니가 돌아올 때 이따금 잠이 깨는 일이 있었다. 식당 냄새와 술 냄새가 온 방 안에 가득했다. 화장품 병뚜껑을 돌리는 소리. 얼굴에 찰싹찰싹 바르는 스킨 소리가 기분 좋게 들려오고, 엄니가 돌아왔다는 안도감과 조용한 방에 작게 퍼지는 화장품 병소리가 다시 편안한 잠을 불렀다.

마에노 군의 아버지와 어머니는 그런 내 처지를 헤아려주었던지 내가 놀러가면 항상 밥 먹고 가라, 오늘은 자고 가라고 하면서 붙잡았다. 마에노 군의 아버지는 탄광에 근무해서 저녁에는 언제든 집에 있었다.

아직 바깥이 훤한 저녁 무렵. 마에노 군의 아버지와 어머니, 누나, 마에노 군이 늘 앉는 지정석에 모여 앉았다.

저녁 일기예보 방송이 텔레비전에서 흘러나왔다. 엄니와 나의 저녁식사 때보다 아직 한참 이른 시간이었다. 그런데도 가족이 모두 모여 있었다. 텔레비전에서만 보던 한 가족의 단란한 식탁 풍경에 나는 아연 긴장하곤 했다. 요즘도 남의 집 단란한 식탁에 초대되면 여전히 똑같이 긴장하고 여전히 똑같은 생각을 한다.

'히야, 텔레비전 드라마 같다…'

저녁밥을 먹고 나면 마에노 군의 아버지는 늘 보배 소주에 야쿠르트를 타서 마셨다. 우리는 야쿠르트만 받아다 뚜

껍을 쩨쩨하게 쪼금만 뜯어내고 쪽쪽 빨아먹었다.

그리고 마에노 군의 아버지는 "오늘은 자고 가거라. 편하게 혀"라면서 엄니에게 오늘 자고 간다는 전화를 하라고 했다.

"좋아, 오늘은 나카가와 군도 와있겠다, 나도 술 한잔 더 마셔야겠고만."

그러다 온 가족에게 "더 안 마셔도 괜찮아!"라는 타박을 들었다. 마에다 아버지의 별명은 '쇠고집 말썽꾼'이었다.

마에노네는 누나의 생일이라면 또 모르되 아버지 생일에까지 나를 초대했고, 주말이면 노상 어느 쪽인가의 집에서 함께 자곤 했다.

그 집 어머니가 수박을 자르면 우리와는 달리 한 통이 금세 없어졌다. 문턱 쪽에 앉아서 거실에서 정원까지, 그 밑에서 기다리는 개를 향해 수박씨를 날렸다.

그 개는 강아지 때 내가 둑길에서 주워왔는데 우리 집에서는 오래 기를 수가 없어 마에노 집에 맡긴 개였다. 결국 그 개는 마에노 군의 집에서 20년 가까이 살다 죽었다.

치쿠호는 살림이 넉넉한 동네는 아니었지만 좀스럽거나 인색하게 구는 사람이 없는 동네였다. 엄니나 엄니의 형제간, 그리고 이 동네에서 태어나고 자란 사람들에게는 공통된 기질일 것이다.

엄니가 내게 화를 낸 기억은 거의 없지만, 단 한 번 큰소리로 혼이 난 일이 있었다.

열 살 남짓한 때였다. 사촌 아기가 우리 집에 놀러왔다가 내 책을 쭉쭉 찢은 일이 있었다. 나는 잔뜩 화가 나서 엄니에게 고자질을 하러 갔다. 그리고 그 책의 가격이 적힌 곳을 가리키며 얼마 얼마를 손해 봤다고 투덜거렸던 것 같다. 그러자 엄니는 한 번도 들어본 적이 없는 무서운 소리로 나를 꾸짖었다.

"사내가 돈 몇 푼에 쫑알거리면 못 쓴다이!"

엄니에게 큰소리를 들은 건 그때가 처음이자 마지막이었다.

마에노 군의 아버지는 내가 중학교에 올라갔을 때 손목시계를 사주었다. 마에노 군과 똑같이 한 쌍으로 사준 손목시계였다. 그때는 탄광도 이미 폐광이 된 직후였을 것이다.

지금 내가 어른이 되어 새삼 돌아보아도, 아들의 친구에게 아들과 똑같은 손목시계를 사주는 건 쉽게 할 수 있는 일이 아니다. 정말 마에노 군의 아버지는 멋진 사나이였다고 생각한다.

나는 유독 손목시계 복이 있었던지 내 손으로 사본 적이 거의 없는데도 로렉스, 오메가 등의 다양한 고급시계를 누군가에게서 선물로 받곤 했다.

하지만 요즘에는 손목시계를 차는 습관이 없어진데다 내 물건에 대해 무심한 성격이기도 해서 그런 고급시계들을 어느 구석에 넣어두었는지도 모른 채 살고 있다.

하지만 마에노 군의 아버지에게서 받은 그 시계만은 차고 다니지 않는 요즘도 이따금 시계방에서 수리를 해가며 소중히 간직하고 있다. 원심遠心 오토매틱으로 돌아가는 세이코 손목시계. 실은 이 손목시계를 나와 마에노 군이 나란히 차고 아버님을 모셔다 '보배 소주 + 야쿠르트'나마 대접하고 싶은 마음이 간절하지만, 이미 이 시계가 마에노 군 아버님의 유품이 되고 말았다.

동네 유일의 산업이 폐쇄되고 어른들의 생활과 상황이 변하면 아이들에게도 그 영향이 미친다.

우리 반에도 생활보호 대상 가정이 하나둘 늘어나고, 선생님이 조금만 더 신경을 써주시면 좋을 것을, 다른 아이들 앞에서 그 학생들을 나란히 세워놓고 노트니 연필 등을 나눠주었다. 나는 그 행위의 의미를 알지 못한 채, 집에 돌아와 엄니에게 나는 왜 노트를 못 받느냐고 물어보았다. 그랬더니 엄니는 이 동네 이야기며 일자리를 잃은 사람들의 이야기를 들려주었다.

하지만 생활보호 대상자인 한 친구네 아버지 어머니는 아침부터 부부간에 나란히 파친코에 앉아있고 밤에는 늘 술집에 있었다. 나는 그게 내내 신기하기만 했다. 그 아저씨는 노상 이웃집 아주머니들에게 "아랫도리를 홀딱 벗고 자는 게 내 건강법"이라는, 나는 잘 모르겠는 야한 소리를 해댔고, 생활보호 대상자를 조사하는 사람이 집에 올 때는 텔레비전을 감춰둔다고 묘한 테크닉을 털어놓곤 했다.

언제인가, 그 친구와 '가면 라이더' 카드로 딱지치기를 하는데 내가 내내 잃어버린 줄 알았던 카드 앨범을 그 친구가 가지고 있었다. 럭키 카드가 당첨되어 그걸 편지로 우송한 끝에 겨우 손에 넣은 내 보물 1호였다.

"야, 그거 내 앨범이지?"

"아녀. 나도 당첨됐어."

그 카드 앨범에는 내 이름과 학년, 반을 써두었다. 하지만 그 자리만 검은 매직으로 칠해서 지워놓고 있었다.

"여기 내 이름이 있었는데?"

"내가 어떻게 알아? 아무튼 이건 내 거야……."

중언부언하는 모습을 보고 틀림없이 내 앨범이라는 확신이 들었지만, 그래도 친구에게 차마 "네가 훔쳐갔지?"라는 말을 하기가 어려워 찜찜한 채로 그냥 놔주고 말았다.

그날 밤, 엄니에게 그 이야기를 하자 "네 손으로 다시 찾아와"라고 했다. 마음속 어딘가에서 '엄니가 찾아줄 것이다, 이건 분명히 그 애 쪽에서 나쁜 짓을 한 거니까'라고 생각하고 있었는데, 엄니는 그렇게 해주지 않았다.

다음 날, 무거운 마음으로 그 친구 집에 찾아갔더니, 아저씨가 또 문 앞에서 '아랫도리 홀딱 건강법'에 대해 이웃

집 아줌마에게 역설하고 있었다. 방에 들어가 보니 친구가 카드를 앨범에 넣었다 뺐다 하면서 놀고 있었다. 그 옆에서는 고등학생 형이 하이라이트 담배를 피우며 그 빈 담뱃갑을 이용하여 공을 만들었다. 그런 공이 방에 몇 개나 장식되어 있었다.

나는 아무래도 그 앨범은 내 것이니 돌려달라고 말했지만, 곁에 든든한 형이 있고 보니 어제보다 더욱더 유들유들해진 그 친구는 완강하게 내 말을 부정하며 반론의 언사를 늘어놓은 끝에 번번이 "그치, 형?"이라고 형의 얼굴을 올려다보며 거짓말의 동의를 구했다. 형 쪽에서는 "응, 그렇지"라고 담뱃갑 공을 만들어가며 눈썹 하나 꿈쩍하지 않고 대답했다.

그래도 끈덕지게 물러서지 않고 있으려니 끝장에는 형이 하이라이트 담뱃갑으로 공을 만들던 손을 멈추고 "그럼, 내 동생이 도둑질을 했다는겨?"라고 위협조로 나오는지라 나는 그만 완전 녹다운.

그 형은 항상 '다운타운 부기우기 밴드' 흉내를 내서 매직으로 이름이며 그림을 그려 넣은 흰 멜빵 작업복을 입고 있었다. 나도 다운타운 부기우기 밴드를 좋아해서 위아래가 붙은 그 하얀 멜빵 작업복을 보면 정말 멋있다고 생각했었는데, 그 즉시 그것마저 엄청 싫어졌다.

눈물을 글썽이며 현관을 나서려니, '아랫도리 홀딱 건강법'의 대가인 아버지가 "왜 그려? 싸움이라도 혔어?"라고 나를 불러 세우는지라 "저기 저 앨범, 내 건데, 내 건데……" 라는 말을 던지고 반은 울면서 뛰쳐 나왔다.

형제가 똑같이 비겁하다고 생각했고, 형제라서 좋겠다고 도 생각했다.

억울해서 자꾸 눈물이 났지만 그런 얼굴을 보이면 또 못 찾아왔다는 걸 엄니에게 들킬 것 같아 문어 통에 넣어둔 가재에게 애꿎은 화풀이를 하며 한참이나 밖에서 울었다.

엄니가 일 나가기 전 저녁 때, 눈이 퉁퉁 부었는데도 엄니는 아무것도 물어보지 않았고 나는 아무 말 없이 밥만 꾸역꾸역 떠 넣고 있으려니 부엌 옆의 문이 열렸다.

문 앞에는 담뱃갑으로 공 만들기 선수인 형이 앨범 도둑인 친구의 멱살을 움켜쥐고 서있었다. 친구는 멱살이 치켜 올려진 채 왕왕 울고 있어서 아주 너덜너덜한 걸레 같은 꼴이었다.

형은 한쪽 손에 든 앨범을 내게 내밀며 "이거, 이 녀석이 돌려준댜. 미안허고만"이라고 말했다.

아무래도 '아랫도리 홀딱 건강법' 아버지의 심한 고문을 받아 제 죄를 털어놓은 모양이었다. 형은 엄니를 향해 "아주머니, 죄송했고만요"라고 머리를 숙였고, 엄니는 웃으며 "에구, 저런. 이렇게 일부러, 미안허다"라고 했다.

형이 너덜너덜 걸레가 된 동생에게도 한 마디 사죄의 말씀을 올리라고 눈짓을 하자, 걸레표 앨범 도둑인 그 친구는 통곡을 하며 겨우 한 마디 말을 쥐어짜냈다.

"이제 그딴 거 필요 없다니께!"

"미안하다고 혀야지!"

간발의 틈을 두지 않고 형의 무르팍이 기막힌 각도로 앨범 도둑의 등짝을 찍었다.

"에구, 이제 됐다, 됐어. 그러지 말라니께, 불쌍하잖여"라고 엄니는 형을 타일렀지만, 공 만들기 선수인 형은 양손으로 먹을 완전히 졸라 치켜들어 동생 잡도리에 들어갔다. 희미해져 가는 의식 속에서 자칫 질식 직전에 이른 걸레표 도둑은 "미안혀어"라는 마지막 일성을 토해내고, 그대로 끌려갔다.

돌아온 카드 앨범을 손에 들고 지그시 바라보았지만 '그렇게까지 해가면서, 나도 이딴 거, 필요 없고만……'이라고 생각했다.

그 후 '아랫도리 홀딱 건강법' 아버지와 엄니 사이에 부모들 간의 화해 인사도 집행된 모양이었다.

가난은 비교할 것이 있을 때 비로소 눈에 띈다. 이 동네에서는 생활보호를 받는 집이나 그렇지 않은 집이나 사회적인 지위는 달랐어도 객관적으로는 어느 쪽이 더 여유 있게 사는지 별반 눈에 띄지 않았다. 부자가 없으니 가난뱅이도 존재하지 않았다.

도쿄의 엄청난 부자처럼 유독 두드러진 존재만 없다면, 그 다음은 죄다 도토리 키재기 같은 것이어서 누구든 먹고 살기 힘든 정도가 아닌 한, 필요한 것만 채워지면 그리 가난하다고는 느끼지 않는다.

하지만 도쿄에서는 '필요한 것'만 가진 자는 가난한 사람이 된다. 도쿄에서는 '필요 이상의 것'을 가져야 비로소 일반적인 서민이고, '필요 과잉한 재물'을 손에 넣고서야 비로소 부유한 사람 축에 낀다.

'가난하더라도 만족하며 사는 사람은 부자, 그것도 대단한 부자이다. 하지만 부자라도 언제 가난해질지 모른다고 겁을 내며 사는 사람은 헐벗은 겨울 같은 법이다.'

〈오셀로〉에 등장하는 이런 대사도 도쿄라는 무대에서 듣게 되면 관념적이고 진부하기 짝이 없는 말로 다가온다. 하지만 지금 이렇게 그때 그 동네 사람들을 생각하고 있으려니 정말 그 말이 꼭 맞는다는 생각이 절절히 든다.

필요 이상으로 지니고 사는 도쿄 시민들은 그래도 여전히 자신이 가난하다고 믿어 의심치 않는데, 그 동네에서 살았던 사람들, 아이들, 계단 위에 앉아 원가의 술을 마시던 사람들이 스스로를 '가난하다'고 낮잡은 적이 있었던가? 돈이 없어서, 일자리가 없어서 고민을 했는지는 모르지만 스스로를 '가난하다'고는 전혀 생각했던 것 같지 않다.

왜냐하면 가난하다는 서글픈 자조 같은 것이 그 동네에는 눈곱만큼도 떠돌지 않았기 때문이다.

'호주머니 속에 넣어둔 100엔'은 가난하지 않지만 '할부로 사들인 루이비통 지갑 속의 전 재산 1,000엔'이라면 그건 슬프도록 가난하다.

개발 붐을 탄 패션빌딩에 들어선 어중간한 레스토랑에 줄을 서면서까지 기어들어가 어중간한 식사와 어중간한 와인을 마신다.

착취하는 측과 착취당하는 측, 무시무시한 승부가 명확히 색깔별로 분류되는 곳에서 자신의 개성이나 판단력이 함몰되고 마는 모습에 빈곤은 떠도는 것이다. 필요 이상으로 얻으려고 하기 때문에 필요 이하로 비춰지는, 그런 도쿄의 수많은 이들의 모습이 가난하고 서글픈 것이다.

'가난'이란 아름다운 것은 아니지만 결코 추한 것도 아니다. 하지만 도쿄의 '볼품없는 가난'은 추함을 넘어 이미 '더러움'에 속한다.

내가 초등학교에 다니던 그 무렵, 아부지와 엄니 사이에 양육비 같은 금전적인 왕래가 있었는지, 그건 알지 못한다. 엄니는 식당 일을 나갈 때도 있고 집에서 쉴 때도 있었지만, 어쨌든 살림이 넉넉했을 리가 없다. 학용품이나 급식비는 그럭저럭 마련했다지만 어찌됐든 내 집이 없었다. 외할머니네 집에서 더부살이를 했던 게 금전적인 문제였는지, 아니면 또 다른 약속 때문이었는지, 그건 잘 모르겠지만.

하지만 나는 한 번도 우리 집에 돈이 없다고 생각한 적이 없었다. 더구나 우리가 가난하다는 느낌은 가져본 적도 없었다.

엄니가 남에게 신경을 많이 썼던 것처럼, 나도 어린 시절에 엄니에게 금전적인 문제에서는 왠지 모르게 신경을 썼다. 특별히 고생스러워하는 모습을 보이지도 않았고 내 앞에서 돈 걱정을 한 적도 없었지만, 그래도 역시 어린 마음에도 집안 사정을 알아채고 되도록 무리한 요구는 삼갔다.

하지만 내가 갖고 싶다고 말한 것은 확실하게 사주었다. 형제가 없었기 때문인지도 모르지만, 장난감도 책도 야구 용품도 레코드도 갖고 싶다고 말한 그 다음 날에는 제격 사주었다.

그리고 엄니는 내가 젖먹이였을 때부터 무슨 일이 있을 때마다 양복을 사 입혔다. 어딘가 친척 집에 간다, 제사가 있다, 학예회를 한다, 합창 콩쿠르에서 지휘를 맡았다……. 그런 행사가 있을 때마다 새 옷을 사들이고 거기에 맞춰 모자나 신발을 사주는 일도 많았다.

이웃이나 친척들은 항상 새 옷을 입는 나를 보고 "마사야는 옷 부자네"라고 부러워하곤 했다.

항상 내 물건만 사고 엄니 것은 도무지 사는 기색이 없어서, 언젠가 함께 지판 바지를 사러 갔을 때 엄니에게도 억지로 뭔가 사라고 졸랐다. 그때 엄니는 내 권고에 못 이겨 송아지 가죽 패치워크가 달린 조끼를 샀다. 그리고 그 조끼를 몇 년이나 내내 입고 다녔다.

엄니는 가끔, 돌아가신 외할아버지가 부처님 같은 분이었다고, 한 번도 본 적이 없던 내게 이야기해 주곤 했다.

외할아버지가 살아계실 무렵에는 전통 기모노 옷집을 했기 때문에 엄니도 아마 입는 것에는 그리 부족함을 느끼지 않았을 것이다. 하지만 엄니는 1931년생이니까 사춘기 때쯤에는 모든 물자가 부족한 시기였다. 여자들이 몸뻬 바지를 입고 학교에 다니던 시절이다.

그런 시절이었지만, 엄니가 여학교에 입학했을 때 외할아버지는 사방을 뒤지고 다닌 끝에 그 당시 주위에서는 아무도 신은 사람이 없던 새 로퍼를 사다가 "내일부터 이거 신고 학교에 가거라"라며 건네주셨다고 한다.

엄니는 그 새 로퍼가 너무 좋아서 친구들에게 자랑하려고 학교 가는 시간을 목이 빠지게 기다렸노라고, 기회 있을 때마다 내게 그 이야기를 들려주었다.

엄니에게 그런 마음이 있었기 때문인지도 모른다. 외할아버지가 해주신 것처럼 내 자식에게도 해주겠다고 생각했는지도.

내가 어른이 된 뒤에도 엄니는, 내가 새로운 패션이랍시고 다 떨어진 옷을 입고 다니면 그걸 질색하며 싫어했다.

"일하는 곳에 그런 허름한 옷을 입고 가면 못 쓴다니께. 입성 때문에 처음부터 남한테 만만하게 보이는겨."

그런 말을 했었다.

이탈리아계 마피아가 실크 양복을 즐겨 입는 것, 혹은 다운타운의 흑인이 온몸에 금 액세서리를 달고 쓰리피스를 즐겨 입는 것과 비슷한 심리인지, 아무튼 엄니는 옷차림에는 퍽 까다로웠다.

그리고 요리하기를 좋아했던 엄니는 나 혼자뿐인 식사라도 반찬을 몇 가지씩이나 차려냈다. 일품요리는 어쩐지 보기가 썰렁하다며 작은 반찬접시들을 몇 개나 식탁에 올렸다. 당연히 다 먹지 못하고 남겼지만, 그 남은 반찬을 다음 식사 때에 내놓는 일은 거의 없었다.

초등학교 친구도, 도쿄에서 어른이 된 뒤에 사귄 친구도 우리 집에 와서 함께 식사를 하면, 항상 이렇게 반찬이 많으냐고 물었다. 그와는 정반대로, 그게 당연하다고 생각하며 살아온 나는 다른 집에 가면, 어라, 반찬이 이것뿐이야……, 하는 생각이 들고 만다.

그 다음으로, 침구도 빈번하게 새로 사들였다. 입는 것과 입에 넣는 것, 살에 닿는 것에 엄니는 사치를 부렸다. 다른 부분은 정말 검소했지만, 그것만은 엄니의 미의식에 속했던 것일까. 그 덕분에 나는 내가 가난하다고 생각한 적도,

불운하다고 생각한 적도 없었다. 그것은 모자가정이라는 환경 속에서 내게 모종의 열등감을 느끼지 않게 하려고 엄니가 열심히, 무리를 해가며 고집을 부린 부분이었는지도 모른다.

아이들 습관에는 몹시 엄격한 부분과 완전히 방임하는 부분이 양극단으로 갈라져 있었다.

나이 마흔 살이 되는 지금까지도 나는 젓가락 쓰는 법이 완전히 엉망이다. 어떻게 잘못되었는가 하면, 도저히 문자로는 설명할 수 없을 만큼 엉망진창이다. 게다가 연필 쥐는 법도 상당히 특이하다. 어떻게 길이 들면 그런 식으로 쥐게되는가 싶을 만큼 이상한 것이다.

게다가 젓가락이나 연필을 이상하게 쥔다는 것을 나는 상당히 나중까지 스스로 깨닫지도 못했다. 엄니가 똑똑히 가르쳐 주지 않았기 때문이다.

"왜 어렸을 때 찬찬히 가르쳐 주지 않았댜?"

내가 물으면 엄니는 이렇게 말했다.

"너 먹기 편한 방법이면 되지, 뭐."

몹시도 명쾌한 교육관이다.

그런데 다음과 같은 국면에선 지독히 꼼꼼하고 엄했다.

초등학생 무렵에 누군가의 집에서 엄니와 함께 저녁 대접을 받은 일이 있었다. 집에 돌아오자마자 엄니는 곧바로 내게 주의를 주었다.

"그렇게 첨부터 장아찌를 집어먹으면 안 된다니께."

"왜?"

"장아찌는 밥을 어지간히 다 먹었을 때쯤에 먹어야지. 너무 일찍부터 장아찌만 먹으면 그것 말고는 먹을 반찬이 없다고 하는 거 같잖여? 그건 큰 실례여."

우리 집에는 '도둑이 가져가면 가장 곤란할 물건'이라며 엄니가 애지중지해온 '쌀겨된장 장아찌 항아리'가 있었다.

갈색 항아리에 들어있는 그 쌀겨된장을 매일 빠짐없이 뒤적여 주었다. 외할머니에게서 얻어온 장아찌용 쌀겨된장을 조금씩 채워가면서 소중히 간직해온 것으로, 그 베이스가 되는 쌀겨된장은 백년이 넘은 것이라고 했다. 오래된 것일수록 맛있는 장아찌가 나온다는 모양이었다. 하지만 쌀겨된장은 상하기 쉬워서 날마다 뒤적이고 다독다독 해줘야 한다. 며칠 집을 비우게 될 때는 누군가에게 뒤적거려 달라고 일부러 부탁까지 하고 갈 정도였다.

아침에도 저녁에도, 밥 먹을 시간을 거꾸로 계산해서 야채를 장아찌 항아리에 넣어둔다. 오이와 순무, 양배추, 배추, 그리고 다시마에 당근까지 계절에 따라 제철 야채를 날마다 거기에 재웠다. 계절이나 야채에 따라 재우는 시간이 다르기 때문에 대단히 품이 들었다.

여름에는 쌀겨된장의 온도가 올라가기 때문에 장아찌도

쉽게 익는다. 특히 가지처럼 숨이 금세 죽는 야채를 아침 식탁에 내려면 자명종을 맞춰놓고 한밤중에 일어나 가지를 장아찌 항아리에 넣어야 한다. 그렇게 해야 내가 일어날 때쯤에 가지가 마침맞게 익어있는 것이다. 군청색으로 반짝이는 그런 가지 장아찌가 여름내 식탁에 올랐다.

그렇게 엄니는 아침 식사에 먹을 장아찌를 위해 항상 자명종 소리로 한밤중이나 새벽녘에 일어나곤 했다. 장아찌의 시차를 맞추려고 한밤중에 시끄러운 시계 소리에 잠이 깨어 그 강렬한 냄새를 풍기는 쌀겨된장 속에 손을 집어넣고 주물럭거린다……. 이것처럼 수면의 달콤함에 역행하는 행위도 없을 것이다.

하지만 그렇게 수고스럽게 만들어낸 장아찌는 진짜로 맛있다. 일단 장아찌 항아리에서 꺼내면 금세 색이 변하고 수분이 빠져버리는지라 그렇게 되지 않도록 정확한 시간에 항아리에 넣고 꺼내는 즉시 먹게 해준 것이다.

이따금 야채의 질에 따라 예상보다 빨리 익는 일이 있는 모양이었다. 지나치게 익어버린 장아찌는 너무 시어서 먹을 수 없다. 어쩌다 실패한 가지 장아찌를 일단 썰어서 식탁에 내놓았다가도 "너무 시었고만. 야야, 먹지 마라, 안 먹어도 돼"라며 장아찌의 달인이 짓는 떨떠름한 표정으로 지나치게 익어버린 가지를 바라보며, 내게 먹이지 않고 전부 자기가 먹곤 했다.

그런 장아찌가 있어서 아무리 다른 반찬이 많아도 그건 우리 집에서는 귀한 반찬이었다. 나는 그 장아찌가 너무 맛있어서 그것 때문에 일찌감치 일어난 적도 있었는지라 갑작스레 남의 집에서는 처음부터 장아찌를 먹지 말라는 말을 듣고 당황했다.

"……집에서는 괜찮은데, 나가서는 안 돼."

"오이 장아찌였는데?"

"……그건 더 안 된다니께."

어느 정도 나이가 들어서 남의 집에 불려갈 때는 공연히 나 때문에 엄니가 욕을 먹겠다 싶어서 젓가락을 제대로 쥐어보려고 애를 써보기도 했지만, 엄니는 그런 체면치레에는 그다지 신경을 쓰지 않는 것 같았다. 자신이 창피를 당하는 건 괜찮지만 남에게 창피를 주어서는 안 된다는 게 엄니의 예의범절이었다.

어쩌다 내 젓가락 쓰는 법을 보고, 부모님에게 영 잘못 배우셨네 어쩌네 하며 자꾸 지적을 하는 사람들이 있다. 그런 사람들일수록 따뜻한 요리가 나와도 냉큼 먹지 않고 주절주절 떠들고 있거나 아직 먹지 않은 요리에 담뱃재를 떨어뜨리는 '상놈'인 경우가 많다.

예절이란 자신을 위한 체면치레가 아니다. 식탁에서라면 요리를 해준 사람에 대해 최대한 경의를 표하는 것이 매너일 것이다. 젓가락 쓰는 법 정도의 일로 세상이 뒤집힐 것처럼 딱딱거리는 사람은 으레 요리사에게 "나는 돈을 낸 손님이야!"라는 태도로 거만하게 구는 예의 없는 사람인 경우가 많다. 유독 그런 사람일수록 계산은 남에게 넘겨 버리는 일이 많으니, 그 예의 없음은 이미 경악의 수준이다.

참고로, 지금까지 내 연필 잡는 법이 이상하다고 지적했던 이들 중에 나보다 글씨를 잘 썼던 사람은 하나도 없다.

어린애뿐만 아니라 한 사람의 인격이나 성격은 가족과 가정을 벗어나 좀 더 넓은 범위의 환경에 의해 형성된다.

그 장소의 공기나 토양 및 기질에 DNA와 피를 섞어 한 방울 떨어뜨리면 그 지역에 따른 한 인간의 성질이 싹트는 것일 게다.

고쿠라에서 살던 때의 나는 어떤 자리에서도 말 한마디 하지 못하는 소극적인 아이여서 늘 어머니의 뒷모습을 찾으며 울기만 했었다.

하지만 부부 간의 사정으로 거대한 제철 도시에서 한적한 탄광촌으로 떠나왔다. 시내에 노면 전차가 달리는 번화한 도시에서 하루 여덟 번 적자투성이 단선 기차의 종착역인 시골로. 아부지의 고향과 엄니의 고향, 그중 어느 쪽이 아이로서 지내기가 편했는가. 그건 어쩌면 어느 쪽 유전자를 더 강하게 이어받았느냐에 따라 달라지는 것인지도 모른다.

치쿠호로 옮긴 뒤, 초등학교에 들어가면서 나는 돌연 활발한 아이가 되었다. 긴 방학 때면 나 혼자 기차를 타고 친척 집을 찾아갔다. 학교에서는 요란하게 장난을 쳐댔다. 학예회 때는 나를 주인공으로 집어넣은 대본을 썼고 반 친구들을 통솔하여 연기지도도 했다. 시시한 장난을 치면서 늘 중심인물이 되려고 했다.

초등학교 고학년에 올라가자 날마다 야구 연습을 하고 유도 도장에도 다니기 시작했다. 여전히 공부는 전혀 하지 않았다. 여름방학 숙제를 8월말에야 온 가족이 나서서 급하게 해준다는 이야기를 자주 듣는데, 나는 그 '여름방학의 친구'를 다 풀어서 내본 일조차 없었다. 처음 두세 장만 하고는 그 뒤는 그냥 하얀 채로 제출했다. 7월에서 8월 페이지로 넘어가본 기억도, 그림일기를 빠짐없이 그려낸 기억도 없다.

그러니 통지표의 성적이 좋을 리가 없었다.

국어, 미술, 음악처럼 지금 하는 일과 적잖이 관계가 있을 듯한 과목도 대개는 3점 정도였고 산수에 이르면 성적이 더욱 초라해서, 6학년이 되어서도 구구단의 7단 이상은 내내 애매한 채로 내팽개쳐 두었다.

당시에 유행하던 주산을 배우러 다니기는 했으나 주판알을 퉁기는 시간보다 주판으로 롤러스케이트를 타는 시간이 더 길었다. 만점인 5점을 받는 건 매번 체육뿐이었다.

운동회나 학예회 시간에만 태깔이 나는 전형적인 바보였다.

그래도 사이좋은 친구들이 모두 바보였기 때문에 나는 바보로서는 스타에 오르지 못했다. 2단부터 애매한 벳부 군은 산수 시간만 되면 특수학급 쪽으로 레벨이 이적되는 처지인지라 3단을 외울 줄 아는 나를 존경의 눈빛으로 바라보는 것 같았다.

하지만 벳부 군도 달리기는 아주 잘해서 지구별 대항 릴레이나 반별 대항 릴레이에는 늘 나와 벳부 군이 함께 선수로 뽑혔다.

통지표의 통신란에는 어떤 담임 선생님이나 대충 비슷한 말을 써주셨다.

'항상 반 친구들을 즐겁게 해주는 명랑한 성격입니다. 그러나 연락장이나 숙제를 잊어버리는 일이 많습니다. 산수에 조금 더 노력을 기울이고…….'

통지표의 성적에 대해 엄니는 별다른 의견을 밝히지 않았다. 언제나 "에구……"라느니 "점수가 왜 이런댜?"라느니 중얼거리고는 씨익 웃으며 나를 바라보았다.

성적보다 통신란을 읽고서 엄니는 어떻게 생각했을까? 그곳에 표현된 아들의 모습이 머릿속에 상상이 되었을까?

집안에서 나 혼자 있을 때만 잘하는 사람을 '방 안 통소'라고 한다는데, 나는 완전히 '방밖 통소'였다. 집밖에만 나가면 남들이 추어주는 대로 마냥 까불면서도 집에 돌아와 엄니 앞에서는 얌전한 아이인 척 행동했다. 어느 쪽이 내 본 모습인지는 모르겠으나, 엄니 앞에서는 얌전하고 착한 아이여야 한다, 어른이 되지 않고 어린애 그대로여야 한다고, 왜 그런지 그런 의식을 품고 있었다. 내가 부쩍 커버리면 엄니가 몹시 슬퍼할 것 같았다.

애니메이션 송 이외에 처음으로 사주었던 레코드는 다운타운 부기우기 밴드의 '항구의 요코·요코하마·요코스카'였다. 그때까지 '가면 라이더'나 '아파치 야구' 같은 어린이용 텔레비전 드라마 주제가만 들었는데, 어린 마음에도 왠지 '항구의 요코·요코하마·요코스카'는 뭉클하게 감동적이었던지 간절히 그 레코드를 사고 싶었다. 용돈은 한 달에 얼마씩 정해서 주는 게 아니어서, 하루 20엔을 기본으로 많을 때는 50엔을 주었다. 그밖에 갖고 싶은 게 있으면 엄니에게 말하라는 시스템이라서 5백 엔짜리 레코드를 소리 없이 내 힘으로 사들일 방도는 없었다.

말을 하면 사줄 터였다. 하지만 갑자기 이런 노래를 들으면 부쩍 어른이 되었다고 생각하는 게 창피하달까, 아무튼 싫었다. 우리 아들이 그새 성인이 되었네, 라고 생각할까봐 영 난처했다.

하지만 결국 '항구의 요코'를 향한 욕구를 억누르지 못해 상점가에 나간다는 엄니에게 사다달라고 부탁했다.

"이거면 된다?"라며 엄니가 레코드를 내 앞에 달랑달랑 내밀기에 부루퉁하게 받아들고는 내 방에 틀어박혀 포터블 플레이어로 당장 들어보았다.

쑥쑥 커가는 기쁨이 허리까지 번져서 나 혼자 춤을 추고 난리를 치고 있으려니 엄니가 갑자기 쑥 들어왔다. "야, 그 노래, 참말로 재밌네"라고 하는지라 나는 얼굴을 빨개져서 "내 방에 들어오면 안 된다니께!"라고 급히 몰아내고는 다시 문을 처닫은 채 볼륨을 최대한 작게 해놓고 푹 빠져들었다.

그 감정은 무엇이었을까? 새끼 강아지를 바라보며 더 이상 크지 않기를 바라듯이, 그런 귀여움의 조건을 내게도 끼워 맞춰보려고 한 것일까.

그런 묘한 감정은 한참이나 내 마음속에 남아있었다.

겨우 한두 장뿐이지만 엄니도 자기 레코드를 가지고 있었다. 특히 트로트 가수인 나카조 기요시를 좋아했다.

그 시절 사람들은 뭔가 일을 하면서 음악을 듣는다는 발상이 없었던지, 어쩌다 레코드를 들을 때는 항상 포터블 플레이어 앞에, 빅터 레코드 회사의 개 상표처럼 정좌를 하고 앉아서 나카조 기요시의 〈거짓말〉을 푹 빠져서 듣곤 했다.

그러던 어느 날인가, 나카조 기요시가 우리 동네 근처에 순회공연을 하러 왔다. 학교에서 돌아오는 길에 모퉁이 담뱃집 담벼락에 그 공연을 알리는 포스터가 붙어 있었다.

마침 엄니 생일이 머지 않은 때여서 나는 그 콘서트 티켓을 생일 선물로 사주기로 마음먹었다.

그때까지는 그 근방에 피어있는 꽃을 꺾어다 주거나 어깨를 주물러 주거나 점토로 만든 음산하게 생긴 동물 따위를 선물했지만, 이번 플랜에는 돈이 필요했다. 하지만 아무리 궁리를 해봐도 돈 나올 구멍이 없어서 결국 그 돈도 엄니에게서 받아낼 수밖에 없었다.

아무 말도 하지 말고 2천 엔만 마련해 줄 수 없겠느냐고 엄니에게 은근히 물어보았다.

역시 이 회담은 난항이었다. 당연히 엄니는 어디에 쓸 거냐고 물었고, 나는 대답을 하지 못해 일순 분위기가 험악해졌다. 1학년 때 상급생에게 돈을 뜯겼던 일을 알고 있는 엄니는 그런 쪽으로 걱정하는 것 같았다. 결국 무엇을 샀는지 꼭 보여준다는 약속을 하고 2천 엔을 타냈고 그 길로 담뱃집으로 직행했다. 생일 때까지 두었다가 짜안! 하고 건네줄 마음이었는데, 그날 안으로 엄니에게 보여주지 않을 수 없었다.

"에구, 참말로 고맙다야. 그려, 그려, 꼭 가야겠고만."

몇 번이나 고맙다고 하고는, 당장 포터블 플레이어를 식탁에 갖다놓고 나카조의 〈거짓말〉들으며 얼마나 기쁜지를 내게 어필해 주었다.

그나저나 콘서트를 보고 온 날 밤에는 완전히 헤롱헤롱

해서 돌아와서는 늘 보던 '어머니'의 눈이 아니라 완전히 '에로틱한 아줌마'의 눈빛으로 "아아, 정말 좋았어야. 노래 정말 잘하더라. 진짜 좋았어, 어쩌면 그렇게 멋진 남자가 다 있다냐?"라고 잔뜩 심취해 있었다.

나는 조금 샘이 나기는 했지만, 어떻든 나카조 기요시라는 그 신인가수가 앞으로 인기 깨나 끌겠다고 일찌감치 알아봤던 것이다.

그 무렵, 엄니는 마흔 살 전후였을 텐데, 이웃 아저씨들에게 그럭저럭 인기가 있는 모양이었다. 아줌마 친구들도 항상 놀러왔지만 이따금 아저씨 친구들도 찾아왔다.

아저씨들은 막 뽑아낸 연근을 신문지에 둘둘 말아 선물이라며 집에 들고 와서는 주로 맥주를 마셨다. 30분쯤 맥주잔을 기울이다가 "그럼, 슬슬 시작해볼텨?"라는 신호와 함께 안방으로 옮겨 화투판을 벌이는 것이다.

엄니는 아무튼 무지하게 화투를 좋아했다. 그리고 누구보다 잘 쳤다. 주말 저녁이면 우리 집에서는 빈번하게 화투판이 개막되어서, 담배 연기로 자욱한 안방 한 귀퉁이에서 나는 그 모습을 지켜보곤 했다.

대개는 와타나베 아저씨와 무라야마 아저씨라는, 늘 똑같은 멤버가 찾아와 하얀 커버의 방석을 셋이서 에워쌌다. 화투 패는 세 사람에게 나누지만 한 사람은 빠지고 둘이서

71

치는 게 룰이었다.

"오늘은 절대로 내가 따 갈겨."

노상 지고 돌아가는 무라야마 아저씨가 그렇게 말하면 엄니는 내 쪽을 돌아보며 "야, 거기서 잠깐만 기다려라이? 지금부터 아저씨들한테 꽃 공부를 시켜줄 테니께"라며 웃었다.

엄니의 패 내는 방법을 뒤에서 지켜보며 나는 어서 내 차례가 돌아오기를 기다렸다. 엄니가 화장실이나 찻물을 끓이러 자리를 뜰 때 "네가 좀 쳐봐"하고 대타를 부탁하는 것이다.

외가 쪽 친척은 다들 도박을 좋아해서 추석에 친척들이 모일 때면 아이들을 모두 불러들여 주사위를 던지게 했다. 우선 자리 값을 내고 두 개의 주사위를 던진다. 1이 나오면 자리 값과 같은 액수를 얹어서 내야 한다. 거기에 같은 수, 혹은 1과 6이 나오면 두 배가 된다. 모두에게 한 번씩 던지게 해서 6의 수가 나오면 '몽땅 독차지'가 된다.

곧바로 6의 상대수가 나오면 자리의 판돈이 적지만, 몇 판을 돌려도 좀체 6이 맞춰지지 않는 경우에는 1이 어떻게 나오느냐 따라서 액수가 상당히 높아진다.

아이들은 추석에 받은 용돈을 걸고 판을 겨루는데, 기껏 해야 10엔 단위의 놀이였다. 그래도 뒤에서 구경하던 어른들이 간간이 천 엔짜리 지폐로 축하금을 붙여주곤 해서 나

는 추석이 돌아올 때마다 그 놀이를 하는 게 큰 즐거움이
었다.

유치원 다닐 무렵부터 주사위에 화투까지 그야말로 영재
교육을 받고 자란 터라서 화투 솜씨도 초등학생 때는 무라
야마 아저씨 못지않다는 자신감이 있었다.

"마사야는 과잣집 뽑기를 할 때도 뽑을 때마다 당첨되는
애여, 미리 빠지는 게 좋을겨."

엄니가 그렇게 말하며 부엌으로 나가면, 아저씨들은 늘
당하는 일인지라 초등학생 상대라고 일절 봐주는 것도 없
이 진검승부로 나온다. 묘한 패를 내면 "호오, 건방지게 싸
움을 걸었어?"라고 위협조로 나오고, "아직은 마사야한테
질 수야 없지. 나도 50년 화투 패를 돌려본 몸이여"라고 해
가면서 커리어를 과시했지만, 무라야마 아저씨와의 통산성
적은 대략 반반이었다.

네다섯 번 치고 나면 차를 준비해온 엄니가 내 뒤에서
패를 지켜보았다.

"너, 왜 팔공산부터 안 먹냐?"

"매조 패가 나왔잖여."

"매조는 언제라도 먹을 수 있어. 손에 팔공산 껍데기가
두 장이나 있고만. 이럴 때는 바닥에 깔린 팔공산 껍데기부
터 먼저 먹어둬야 혀. 그러면 아저씨가 팔공산 광을 갖고
있어도 먹지를 못허니께 결국은 내놓게 되느만. 그때는 껍

데기로라도 광짜리를 먹을 수 있어."

엄니는 치는 방법이 안 좋으면 곧바로 기술 지도에 들어
갔다. 그리고 뒤를 이어 나와 자리를 교대하면서 "아직 멀
었다야, 멀었어"라고 했다.

그 "아직 멀었다야, 멀었어"라는 말이 약 올랐지만, 바구
니 속에 있던 천 엔짜리 지폐를 잃었을 때는, 호투하던 선
발투수를 대신하여 등판했던 투수가 안타를 먹어버린 듯한
심경으로, 한솥밥을 먹는 처지에 미안, 제발 만회해 주십사
고 바라는 수밖에 없는 것이다.

"아니, 참말로 대담한 녀석이라니께. 홍싸리, 풍, 목단 십
점짜리를 놔두고 청단부터 먹어가더라고. 애가 보통 담이
큰 게 아니여."

무라야마 아저씨가 담배를 피우며 여유만만한 소리를 하
면 마음속으로 '제기랄!'해가며 승부욕을 불태웠다.

오래도록 기억에 남아 있는 일이 있다.

한번은 그리 잘 알지 못하는 아저씨와 엄니하고 셋이서
약간 먼 곳에 있는 한적한 건강랜드에 갔던 일이 있다.

라듐 온천의 한산한 건강 유원지. 화투 멤버 아저씨들과
는 분위기가 다른 사람이었다. 엄니의 태도도 어딘지 다르
다고 어린 마음에도 생각했었다.

내내 엄니하고 아저씨는 존댓말로 이야기를 나눴다. 아
저씨는 게임기에 동전도 넣어주고 주스도 사오고 이래저래

나와 함께 놀아주었지만, 그 다정함은 나를 위한 게 아니라 그런 행위를 통해 자신이 이익을 얻으려는 것이라는 게 생생하게 느껴졌다.

엄니가 여느 때처럼 깔깔 웃으며 허튼 소리를 하지 않았다. 계속 미소를 머금은 채 얌전을 떨고 있었다.

그 아저씨에게는 화투 멤버 아저씨들 같은 털털한 구석이 없었다. 내내 '그럴싸한 사내'를 연출하며 딱딱한 웃음을 지었다.

얼른 집에 돌아가고 싶었다. 엄니에게 그만 가자고 졸랐다. 하지만 엄니는 "잠깐 저기서 놀고 있어라이?"라며 내게 게임할 동전을 건네주고 어디론가 가버렸다. 가슴이 두근거리고 불안했다. 게임을 해도 재미가 없었다. 도저히 가만있을 수 없어 건강랜드 여기저기를 돌아다니며 엄니를 찾았다.

같은 또래의 아이들이 부모 손을 잡고 대욕탕으로 향하는 틈새를 비집고 다니며 복도를 빙글빙글 돌았다.

목구멍 안쪽과 심장 윗부분을 누군가 꾹 움켜쥔 것처럼 고통스러웠다.

무슨 이야기를 하는 걸까. 그 아저씨는 대체 누구인가. 엄니는 뭘 하고 있는 걸까. 내가 이렇게 여기 있어도 될까. 차라리 없는 게 나은 건 아닐까. 엄니는 대체 어디 있을까.

빙글빙글 헤집고 다니려니 숨까지 막혀왔다.

초라하게 시들어버린 정원, 그 주변을 빙 둘러싼 복도를 몇 바퀴나 빙글빙글 돌았다. 빙글빙글 빙글빙글, 빙글빙글 빙글빙글.

그 싫은 아저씨에게 어째서 엄니는 그토록 상냥한 걸까. 빙글빙글, 빙글빙글.

화투를 할 때처럼 어째서 담배를 뻑뻑 피우지 않는 걸까. 빙글빙글, 빙글빙글.

어렸을 때 내가 좋아했던 그림책은 호랑이가 나무 주위를 빙글빙글 돌다가 버터가 되어버린다는 이야기였다. 주인공은 그 버터로 어머니에게 핫케이크를 만들어 달래서 맛있게 먹는다.

나는 그 부분을 엄니에게 수없이 읽어달라고 했고, 그리고 마지막에는 항상 핫케이크를 먹고 싶다고 해서 엄니가 부쳐주곤 했다.

빙글빙글 빙글빙글. 빙글빙글 빙글빙글.

몇 번이나 복도를 빙글빙글 돌던 끝에 마침내 유희장에서 엄니의 모습을 찾아냈을 때, 빙글빙글 돌던 원심력으로 튕겨나간 것처럼 엄니의 품에 뛰어들었다.

그러자 엄니는 내 머리를 쓰다듬으며 "고만 갈까?"라고 말했다.

돌아오는 차 안에서 아저씨는 운전을 하며 거의 아무 말도 하지 않았다. 나는 뒷좌석에서 엄니의 무릎을 베고 내내 자는 척하고 있었다. 엄니는 내내 내 등을 토닥거렸다.

아부지와 별거하여 이 동네에 온 뒤로 벌써 몇 년이 지나고 있었다. 엄니는 부부간의 문제와 자신의 앞날을 어떻게 생각하고 있었을까. '여자로서', '어머니로서' 자신의 미래를 어떻게 내다보고 있었을까.

기껏해야 약간의 교제 기간과 기껏해야 약간의 결혼생활을 거쳐 '어머니' 이외에는 아무것도 아닌 인생을 보내게 된 데 대해 어떤 느낌을 가지고 있었을까.

내 키는 자꾸 엄니와 비슷해져 가고 엄니는 자꾸 나이를 먹어갔다.

그리고 그런 상황을, 한참 떨어진 도시에서 사는 아부지는 어떤 식으로 생각하고 있었던 것일까.

초등학교 고학년이 되어서도 여름방학이면 나 혼자 고쿠라 할머니 집에 찾아가는 일은 계속되었다.

이미 그때는 하숙생들도 보이지 않고 아츠코 고모는 결혼하여 집을 떠난 뒤였다. 아부지 방은 사람이 기거한 기척도 없고 치쿠호 외할머니와 마찬가지로 고쿠라 할머니도 넓은 집 안에서 혼자, 수많은 아이를 낳아 기른 끝에 이제 나이 들어 혼자 살고 있었다.

나는 고쿠라 할머니를 잘 따랐고 할머니도 그런 나를 귀여워했다.

하지만 고쿠라에는 친구가 있는 것도 아니고 그저 날마다 책을 읽거나 텔레비전을 보거나 할 뿐이어서 적잖이 따분했다.

하늘을 뚫고 치솟은 기다란 굴뚝. 신칸센이 정차하는 큰 역. 제트코스터가 있는 유원지. 줄줄이 늘어선 백화점. 네온이 눈부신 번화가. 사람들로 북적이는 노면 전차.

나는 이미 내가 태어난 도시에 돌아와서도 "히야, 여기는 큰 도회지구나"라며 객관적인 시선으로 바라볼 뿐이고, 내가 태어난 집에서도 시간을 따분하게 느낄 뿐이었다.

하루의 즐거움은 점심시간이 지나고 할머니가 시장에 나갈 때마다 따라나서는 것이었다.

튀김집에서 메추리알 꽂이튀김, 고깃집에서 소시지를 얻어먹는 게 즐거움이었다.

할머니의 시장 바구니를 들고 장보는 일을 도와주면 용돈을 조금씩 주셨기 때문에 그때마다 곧바로 시장 안의 과자집으로 직행했다.

할머니는 주로 50엔을 주셨기 때문에 고쿠라 과자집에서 상당한 부잣집 도련님처럼 마음껏 쇼핑을 할 수 있었다.

베이비 콜라에 카스텔라. 사이다와 초콜릿. 고무인형과 끈기가 나도록 손끝으로 비비면 연기가 솔솔 피어오르는 마법의 약.

특히 열을 올렸던 것은 뽑기였다. 장난감 뽑기와 과자

뽑기. 장난감 뽑기는 당첨 레벨에 따라 장난감이 점점 좋아졌지만, 꽝이 나오면 포도당이나 사카린이 잔뜩 들어간 분말주스가 나왔다. 이 분말주스는 유해식품인데다 물에 타서 마시면 더욱더 맛이 꽝이었는지라 항상 봉투째로, 분말 그대로 〈스카페이스〉의 알 파치노 같은 표정을 지으며 쪽쪽 빨아먹었다.

고쿠라 과자집에서 나는 곧잘 1등이나 2등을 뽑곤 했지만, 그건 뽑기 운이 좋았다기보다 그 과자집 뽑기에는 당첨이 제대로 들어있었기 때문이다. 물론 당연한 일이지만.

치쿠호의 과자집이라면 가게 아주머니가 우선 아이들하고 언제든 싸울 태세로 나온다. 고쿠라 과자집 같은 친절함은 털끝만큼도 없었다.

"야, 자꾸 만지작거리지 말어!"

"살 거여? 사지도 않으면서, 요놈들!"

물론 우리가 부르는 호칭도 '과자집 할망'이었다.

그리고 과자집 할망의 가게에는 뽑기에 '당첨'이나 '1등'이 들어있지 않은 것이다. 할망이 미리 뽑아가 버렸기 때문이다.

뽑기 판에 남은 게 3장밖에 없었던 일이 있었다. 1등짜리 프라모델은 아직 당첨되지 않고 남아있었다.

이건 완전히 따 놓은 당상이라고 생각하며, 마에노 군과 벳부 군과 셋이서 세 장의 뽑기를 10엔씩 내고 뽑았다.

누군가는 틀림없이 1등이 될 것이다. 상식적으로 생각해도 틀림없었다. 하지만 역시나 역시나 과자집 할망의 가게였다. 당연한 일처럼 우리는 모두 다 '꽝'을 뽑았다.

"어떻게 이럴 수가 있냐고요!"

우리는 할망에게 따졌다. 이만큼 정당한 이유로 항의를 한 소비자 단체는 아마 이 세상에 둘도 없을 것이다. 하지만 오랜 세월 야바위 짓으로 잔뼈가 굵어온 할망은 얼굴빛 하나 변하지 않고 의자에 버티고 앉은 채 아무렇지도 않게 말했다.

"그럴 수도 있는겨."

결국 꽝의 경품으로 싸구려 인형을 내밀며 "그럼, 또 오니라"라는 한 마디로 끝이었다. 그리고 다음 날 할망의 가게에 가보면 그 일등 프라모델을 가게 벽에 걸어놓고 100엔에 팔고 있으니, 이건 뭐, 정말로, 참말로, 대단하시네, 망할 할망 똥구녁이다.

그런데 우리가 '핥기'라고 불렀던 뽑기는 그 종이 자체에 특별한 칠이 되어서 혀로 핥아서 침이 묻으면 글씨가 떠오르는 구조였기 때문에 보통 뻔뻔한 게 아닌 할망도 이것만은 미리 손을 써볼 도리가 없었다. 우리는 날마다 그 뽑기만 혀로 싹싹 핥아서 1등이 나오면 "이거여, 할망! 1등이라고!"라며 할망의 코앞에 침으로 질퍽해진 1등 당첨을 들이대서 그간의 체증을 시원하게 뚫었던 것이다.

그런 사기는 할망의 과자집 뿐만이 아니었다. 다코야키 가게의 다코야키에도 문어가 아니라 어묵 토막이 들어있었지만 치쿠호에서는 그런 걸 일일이 캐고 따지는 사람은 없었다.

고쿠라 시장 사람들은 할머니를 따라온 나를 보면 "야, 마사야 군이 왔네. 많이 컸구나. 여름방학이라 집에 왔어?" 라고 다정한 인사를 건네주었지만 나는 집에 왔다는 실감이 전혀 나지 않았다.

쌀집에 들르면 할머니는 배달을 부탁했다. 여름방학에 내가 가 있을 때는 청량음료인 플러시도 함께 주문해 주었기 때문에 날마다 플러시를 실컷 마실 수 있어서 진짜로 좋았다.

할머니와 시장에 나갈 때는 옆집 아주머니가 함께 가는 일이 많았다. 그 아주머니 부부는 자식이 없어서 항상 시장 가는 중간에 건물과 건물 사이의 작은 지장보살 앞에서 한참이나 합장을 하며 자식을 점지해 달라고 기원을 올렸다.

자식이 생겨서 난처한 사람도 있는가 하면 자식이 생기지 않아 일부러 기원을 올리는 사람도 있다.

자식이 생겨서 "설마 나한테 아이가 생기다니!"라고 놀라는 사람이 있는가 하면, 자식이 생기지 않아서 "설마 나한테 아이가 생기지 않다니!"라고 놀라는 사람도 있다.

어렸을 때 상상해보는 우리 자신의 미래.

가수나 우주 비행사는 못 되더라도 언젠가 우리도 누군가의 '어머니'나 '아버지'는 될 것이라고 생각한다.

하지만 당연히 될 것이라고 생각했던 그 '당연한 일'이 내게만은 일어나지 않는 일이 있다. 누구에게라도 일어나는 '당연한 일', 필요 없다고 생각하는 사람에게까지 저절로 찾아오는 '당연한 일'이 나에게만은 이루어지지 않는 것이다.

전혀 힘든 일이 아니었을 터였다. 이루어지지 못할 일이 아니었을 터였다.

남에게는 '당연한 일'이 나에게만은 '당연한 일'이 아니게 된다. 세상의 일상에서 수없이 반복되는 평범한 현상이 나에게는 완전히 '기적'으로 보인다…….

가수나 우주 비행사가 되는 것보다 훨씬 더 멀게만 느껴지는 그 기적.

어릴 적의 꿈이 깨어져 좌절하는 일 따위는 그리 대단한 문제가 아니다. 단순히 그럴싸한 직업으로만 치달은 꿈이란 그리 아름다운 발상은 아닐 것이다.

하지만 어른이 생각하는 꿈. 이루어지는 게 당연할 터인 일상 속의 소박한 꿈. 어렸을 때는 평범한 것을 몹시도 싫어했지만, 그저 평범하게 남들처럼 되기를 원하는 어른의 꿈. 예전에는 당연한 일로 알았던 것이 당연한 일이 아니게 되었을 때. 평범함에 좌절해 버렸을 때…….

그런 때에 사람들은 손을 맞대고 기원을 하는 것이리라.

맥도날드 드라이브스루drive-through가 가까이에 있는 공원. 그네, 모래밭, 성 모양의 미끄럼틀. 인공으로 심어놓은 녹음이 똑같은 높이로 촘촘히 간격을 두고 서있다. 아이들이 많고, 그 부모도 함께 나왔다.

하지만 치쿠호 공원에 있는 어른들은 모두가 술주정뱅이였다. 아이들은 공원에 없었다. 그보다 공원이라고 부를 만한 곳이 없었다.

그네는 앉는 자리가 떨어져나가 그저 철제 기둥에 쇠사슬이 늘어져 있을 뿐인 오브제였다. 모래밭은 인간과 떠돌이개의 똥만 가득하고, 미끄럼틀을 타려고 했다가는 엉덩이에 못이 찔렸다.

우리가 주로 노는 곳은 산이며 강, 제방과 벌판과 공터로, 어디에나 수많은 종류의 식물이 수북하게 자라있고 날마다 무슨 벌레엔가 물렸다.

고쿠라 공원에서는 고무공으로 야구를 하는 동갑내기 초등학생이 플라스틱제 야구 방망이를 사용했었다.

치쿠호의 우리는 보통 야구를 할 때면 방망이는 각진 막대기를 썼다. 연식용 방망이는 지나치게 무거워서 나무막대를 손칼로 깎아내 그립을 만들고 비닐 테이프를 감았다.

그 나무막대도 대개는 선거 공고용 포스터를 붙이는 베니어판의 기둥이었다. 마침맞는 선거 포스터 기둥을 발견하면 뿌리째 뽑아 집에 가져와 낫으로 길이를 맞추고 깎아냈다.

회심의 미소를 지으며 '저에게 맡겨주십시오!'라고 불타는 의욕을 보이는 입후보자의 포스터는 집에 들고 오는 길에 귀찮아서 그 근처 풀덤불에 내던져버리고는, 안녕!

'아랫도리 홀딱' 아저씨가 표를 찍어달라고 엄니에게 부탁했던 게 이 사람 아니었나? 라고 생각하면서도, 안녕!

치쿠호 아이들은 과일이건 산나물이건 선거 포스터 게시판이건 동네에 있는 것은 모조리 뜯어다 써도 된다고 생각했다.

새 방망이를 만들면 친구가 이렇게 물었다.

"어? 그거 또 만들었댜?"

"이건 아소麻生 후보 꺼여."

다들 자기가 만든 방망이의 공급원이 된 입후보자의 이름을 붙였다.

"내 것은 사토 후보. 근데 아소 후보네 막대기가 방망이로는 두께가 딱 좋다야."

입후보자는 이런 뜻밖의 평가를 받을 줄은 전혀 알지 못했을 것이고, 만일 알았다가는 영 재미가 없었을 것이다.

초등학생의 범죄라고 하면 대개는 소매치기라고 하지만,

치쿠호의 초등학생들은 죄다 공직 선거법 위반범이었다.

고쿠라 공원 주위에는 다양한 장사꾼들이 찾아왔다. 녹말 떡이니 아이스크림, 당나귀 빵(1927년에 설립된 교토 찐빵 회사의 상품명. 음악을 울리는 당나귀 수레로 판매하고 다녀서 붙은 이름이다)이며 장난감 풍경風磬. 세련된 장사꾼들이 많아서 내심 부러워하기도 했다. 치쿠호에는 겨우 축제 때나 튀밥 장사가 찾아오는 정도였다.

자전거 짐칸에 기계를 싣고 다니는 아저씨였는데, 집에서 쌀을 퍼다 가져다주면 아저씨는 기계에 넣고 빙빙 돌렸다. 치익치익 소리가 나면 마지막으로 망치로 기계의 몸체를 내리쳤고 곧바로 "펑!" 하는 폭음이 울렸다.

그러면 조금 전에 건네준 쌀이 설탕과 뒤섞여 몇십 배의 튀밥이 되어 나오는 것인데 "더 이상 못 먹겠다!"고 할 만큼 그 양이 엄청나서 나중에는 항상 토끼에게 먹였다. 토끼는 그것을 먹으면 대개는 케켁케켁 토했다.

그리고 축제 때마다 엄니가 옛날식 핫바지를 만들어 입혀주는지라 창피해서 친구들을 만나기가 싫었다.

시골과는 달리 도회지에서는 무엇을 하건 돈이 든다. 돈이 두둑하면 재미있지만 주머니가 비었을 때는 따분함이 두 배로 커진다. 그것은 초등학생도 마찬가지다.

고쿠라 공원에는 그림 연극단이 찾아왔다. 여름방학 때는 언제나 점심시간이 지나서 이 연극을 보러 나갔다. 우선

10엔으로 뽑기부터 했다. 꼬챙이 끝의 색깔에 따라 검정색은 1등이어서 엿과 연두색 크림을 소프트 과자에 끼워 넣은 것과 마른 오징어, 2등은 크림만, 꽝은 엿만 끼워주었다. 나는 1등을 뽑아본 일이 없어서, 당첨된 아이가 종이 연극을 보며 양손에 온갖 과자를 들고 번갈아 먹는 모습이 몹시도 위대하게 보였다.

연극단 아저씨는 엿이 든 상자에 나무젓가락을 넣어 빙글빙글 돌렸다. 스테인리스 상자 속에서 투명한 엿이 태양빛에 반짝반짝 빛났다. 빙글빙글 돌려서 들어 올리면 가늘게 늘어난 엿 실이 크리스털처럼 반짝였다.

하지만 고쿠라 엿은 몹시 끈적거려서 이 엿을 먹다가 내 젖니가 엿에 딱 붙어 나오는 바람에 소스라치게 놀란 적이 있다.

그림 연극의 내용은 그 당시에도 너무 구식이라는 느낌이 들만큼 옛 무용담이 대부분이었다. 그림 연극의 마지막에는 반드시 퀴즈가 나왔다. 그 퀴즈 문제는 '에헤, 저런 뻔한 걸 문제라고 낸다냐?'라는 생각이 들만큼 쉬운 것이었지만, 나는 다 알면서도 한 번도 손을 들지 못했다. 치쿠호였다면 펄쩍펄쩍 뛰면서 손을 들고 날뛰었을 테지만 고쿠라에만 가면 자동적으로 갑자기 소극적인 아이로 돌아가 버렸다.

정답을 맞히면 엿을 또 하나씩 나눠주는데도 손을 들지

못했다. 남의 구역이라고 느껴지는 곳에 가면 갑자기 그 무렵의 자신으로 되돌아갔던 것이다.

답을 알아내려고 끙끙거리는 아이, 틀린 답을 말하는 아이들을 어처구니가 없어서 물끄러미 쳐다보며 '어떻게 그런 것도 모른다……'라고 생각하면서도 한 번도 손을 들 수가 없었다.

아부지는 내가 고쿠라에 가있을 때도 거의 집에 붙어있지 않았다. 원래부터 서비스 정신이라는 게 전혀 없는 사람인지라 유원지가 바로 이웃에 있는데도 한 번도 데려갈 생각을 하지 않았다. 집에 있어도 잠을 자거나 아니면 텔레비전을 보거나, 둘 중의 하나였다. 식사 때도 내내 텔레비전을 보느라 내게 말을 붙이는 일이 거의 없었다.

거기다 내가 열심히 만화영화나 야구를 보고 있을 때도, 나중에야 나타나서는 말도 없이 채널을 돌려 자기가 좋아하는 방송으로 바꿔버렸다.

아부지가 와있는 고쿠라 집의 밤은 무겁고 길었다. 그건 분명 아부지가 나를 대하는 방법, 거리를 두는 방법을 알지 못해 쩔쩔매는 모습이 고스란히 내게 전해졌기 때문일 것이다.

1학년 때의 시험. 사회 시험이었을 텐데 '아버지의 직업은 무엇입니까?'라는 설문이 있었다. 아부지가 일하는 모습은 세 살 무렵에 파란 그림물감으로 그림을 그리던 기억밖에 없는지라 나는 답란에 '화가'라고 써넣었다. 다시 받아든 시험지에는 동그라미가 쳐져 있기는 했지만, 이미 이 무렵에는 아부지가 '화가'가 아니라는 건 뻔히 알고 있었다.

이따금 엄니에게 "아부지는 무슨 일을 한댜?"라고 물어보았지만, 그때마다 엄니는 "글쎄다, 뭘 하는지……"라며 제대로 대답해주지 않았다.

뿌연 젖빛 유리를 통해 여름 햇살이 비쳐드는 평일 대낮에 아직도, 아직도, 자고 있는 사람. 겨우 일어나서도 텔레비전을 켜고 서부극 재방송을 보고 있는 사람. 전화로 무언가 이야기를 하는가 싶더니 갑자기 큰소리로 고함을 지르는 사람. 야구선수 에나츠江夏처럼 하얀 양복을 입고 다니는 사람. 오른손 새끼손가락 손톱만 길게 기르는 사람. 나를 꼬맹이라고 부르는 사람.

이 사람은, 나의 아부지는, 대체 무엇을 하는 사람일까?

도무지 짐작도 가지 않았고, 아부지에게는 물어볼 생각도 하지 않았다.

"스테이크 먹을텨?"

아부지는 내가 고쿠라에 갈 때마다 늘 똑같은 스테이크 하우스에 데려갔다. 엄니가 함께 있을 때도 곧잘 그 식당에 가곤 했다.

카운터에 옆으로 나란히 앉으면 요리사 옷을 입은 사람이 눈앞의 깨끗한 철판에 고기를 구워주었다.

"내 아들이여."

"엣, 그래요?"

요리사가 묻지도 않는데 항상 그 사실을 발표하곤 했다.

"학교 급식은 맛있냐?"

"맛없어."

"네 어머니 요리는 맛있을 텐데?"

"응."

"아직도 짐승들을 키우냐?"

"응."

"아버지는 짐승은 안 좋아해."

"……."

대화가 도통 신이 나지 않는 것이다. 결국 아부지는 요리사 아저씨하고만 이야기를 하게 된다.

번화가에 늘 한결같이 거지가 앉아있는 자리가 있었다. 소나무 지팡이를 곁에 두고 하모니카를 불거나 계속 고개를 숙이고 있기도 했다. 나는 그 사람을 보면 어쩐지 가슴이 뭉클해져서 엄니와 함께 갈 때나 할머니가 있을 때는 돈을 좀 달라고 해서 동전을 그 거지 앞의 알루미늄 도시락 뚜껑에 넣어주었다.

엄니는 "그래, 착한 일 했고만"이라고 칭찬해 주었다. 그곳을 지나가는 길에 거지가 눈에 띄지 않으면 혹시 죽지나 않았는지 걱정이 되기도 했다.

아부지와 스테이크 하우스에 들른 다음에도 대개는 그 앞을 지나 번화가 안쪽으로 들어갔다.

그날도 거지가 하모니카를 불고 있었다. 아부지에게 "동전 좀 주세요"라고 했더니 아부지는 동전지갑을 호주머니에서 꺼내 지퍼만 열고는 "여기"하며 내밀었다.

그 안에서 은색 동전을 몇 개 꺼내 들고 알루미늄 도시락 뚜껑에 넣어주려고 뛰어갔다.

"고맙습니다……."

거지가 건네는 인사도 듣는 둥 마는 둥 냉큼 다시 아부지 쪽으로 달려왔다. 아부지는 상점가 한가운데서 담배를 피우며 내 모습을 지켜보고 있었다.

그 다음에 찻집에 들어갔다. 아부지는 하루에 세 번 정도는 찻집에 들렀다. 조금만 걸으면 곧바로 "잠깐 커피나 마시고 갈까?"라며 대답은 기다릴 것도 없이 마음대로 가게로 성큼 들어갔다. 그리고 어떤 가게이건 길게 있는 법이 없는 아부지는 자기가 다 마시면 다른 사람이 아직 마시는 중이라도 "가자"하며 자리에서 일어서는, 심히 성급하고 자기 멋대로인 사람이었다.

아부지는 언제나 뜨거운 커피를 마셨다. 나는 밀크 셰이크를 주문했다. 아부지는 커피 맛에는 퍽 까다로운 주제에 설탕과 밀크를 듬뿍 넣어 마셨기 때문에 엄니는 그런 아부지를 두고 "그래서야 뭘 마셔도 마찬가지 아니냐?"라며 이상하다는 듯 고개를 갸웃거렸다.

담배도 대량으로 피우는 아부지는 '미스터 슬림'의 빈 갑을 비틀어서 내버리고 품속에서 새 미스터 슬림을 꺼내 새끼손가락의 긴 손톱으로 바깥쪽 셀로판을 툭 쳐서 벗겨냈다.

아부지는 그 길고 가느다란 담배를 뻑뻑 피우며 내게 말했다.

"저 거지 말여, 사실은 큰 부자여."

"거짓말!"

이 사람이 느닷없이 무슨 말을 하는가 싶었다.

"괴짜여, 저 사람. 집이고 땅이고 잔뜩 가지고 있어. 집세가 척척 들어오니 일을 안 해도 되고, 그러니 노상 시간이 남아돌아. 그래서 심심풀이 삼아 동냥을 하는 거여."

"설마! 절대로 아녀. 왜 그런 말을 혀?"

"정말이라니께. 엄청 부자라고, 저 거지."

거지가 큰 부자라니, 무슨 말인지 의미를 알 수 없었다. 그 정보가 사실인지 어떤지는 알 수 없었지만, 어째서 그런 어린애의 꿈을 부수는, 이런 것도 꿈인가? 아무튼 그런 심한 말을 하는 걸까 하고, 그때는 상당한 충격을 받았던 것이다.

아부지에게는 '사무실'이라고 하는 곳이 있었다. 잠깐 사무실에 다녀오겠다든가, 오늘은 사무실에 있을 거니까 꼬맹이도 시내로 나오라는 등의 말을 했었다.

한번은 그 '사무실'이라는 곳에 나를 데려간 적이 있었다. 유흥가 끄트머리에 있는 빌딩의 한 칸이었다.

출입문을 열자 키 큰 관엽 식물 화분이 몇 개나 놓여 있었다. 그것은 이 자리를 위해서 있는 것이 아니라 어딘가에 옮기기 위해 잠시 모아놓은 것 같았다.

"어머, 나카가와 씨네 아드님?"

화려한 차림의 아줌마와 쓰리피스 양복을 입은 아저씨가 내 주변을 에워쌌다. 책상이 두어 개 덜렁 놓여있을 뿐이어서 이곳이 뭘 하는 사무실인지, 초등학생이 아니더라도 전혀 짐작이 가지 않았을 거라고 생각한다.

"역시 꼭 닮았고만."

머리를 반들반들하게 밀어버린 몸집이 엄청나게 큰 남자가 내 어깨를 붙잡고 얼굴을 들여다 보려는지 큼직한 몸을 웅크렸다. 내 어깨에 얹힌 그 사람의 큼직한 손을 옆눈으로 바라보며, 굵직한 손가락에 반지를 끼고 있구나, 했더니만 그게 아니라 반지 무늬 문신을 하고 있었다.

그 문신을 보자마자 몸이 딱 굳으면서 식은땀이 났다.

"그래? 역시 닮았어?"

아부지는 흐뭇한 듯한 목소리로 부끄러워하고 있었다.

"역시 부자지간인데요. 완전 붕어빵이여."

92

위압감 넘치는 생김새의 사람들이 만면에 미소를 띤 얼굴로 나란히 나를 들여다보았다.

이론이 아니라 피부로 감지되는 공포에 잔뜩 움츠러든 나는 마지막까지 한 마디도 하지 않았다. 사람을 그런 공포에 빠지게 하는 장소. 그것이 아부지의 '사무실'이었다.

나는 아부지 닮았다는 소리를 듣는 게 싫었다. 친척 아주머니에게 "갈수록 아버지를 꼭 닮는고만"이라는 말을 들을 때마다, 왜 그런지 엄니에게 미안한 마음이 들어서 "코 납작한 건 엄니 닮았고만요!"라고 엄니를 위로하자는 건지 약 올리자는 건지 모를 주장을 하곤 했다.

그리고 언젠가의 여름 한낮. 전깃불을 끈 안방에서 고쿠라 할머니가 했던 말을 떠올리고, 엄니를 닮지 않았다는 말에 도리질을 쳤다. 어딘가에서 내내 그 말이 마음에 걸려서, 엄니를 닮았다는 말을 듣지 못하는 게 불안을 더욱 부채질했다.

'낳아준 부모보다 키워준 부모라고 하더니만······.'

배를 타고 모험 여행에 나서는 게 어릴 적의 꿈이었다. 마에노 군과 노상 그 이야기를 했다. 이러저러한 모양새의 배에 선실에는 이러저러한 장비를 갖추고······.

어떤 바다가 좋을까? 식료품은 얼마나 실어야 할까?

언젠가 꼭 둘이서 배를 타고 떠나자고 했었다.

어째서 배였는지 모르겠다. 나는 내가 언젠가 타고 나갈 배를 자주 그렸다. 하얀 바탕에 빨간 줄이 들어간 둥근 창문의 배 그림. 몇 장이고 수없이 비슷한 그림을 그렸다.

여름방학 때, 나 혼자 그 배를 그리고 있으려니, 점심때가 지나서 꾸물꾸물 일어난 아부지가 그것을 보고 말했다.

"너는 만날 배만 그리냐? 그러니 노상 똑같은 그림이 나오지."

그러고 보니 내가 그린 배는 항상 하얀 배를 옆에서 바라본 구도뿐이었다.

"앞에서 보면 어떻게 생겼는지 모르니께 그렇지."

그러자 아부지는 러닝셔츠와 잠방이 차림 그대로 마루로 나서더니 마당에 있던 도구상자에서 목공 도구와 재목을 꺼내고는 나를 불렀다.

"어이, 꼬맹아. 이리 와봐."

재목을 톱으로 짧게 잘라내고 그 나무판에 대패질을 시작했다.

"아부지가 배를 만들어줄 테니께, 잘 봐."

매미가 우는 한낮에 햇빛이 비치는 마루에서 아부지가 땀을 흘리며 나무를 깎고 있었다.

여름의 쨍쨍한 소리, 대패가 나무를 깎아내리는 소리가 기분 좋게 귓가에 울렸다. 야행성이라 피부가 새하얀 아부지가 온몸이 벌게져서 나무를 깎아내는 모습을 옆에서 무릎을 안고 앉아 바라보았다.

"네 할아버지도 이렇게 이거저거 많이 만들어 줬고만……."

아부지의 왼팔에는 큼직한 상흔이 있었다. 어렸을 때 화상을 입어서 평생 그 자욱이 남았다.

병원에서 돌아온 뒤에도 아프다고 울음을 그치지 않는 아버지를 보며 할아버지는 불쌍하다고 몇 번이고 혀를 차며 "내가 곁에 있었으면 이런 일이 없었을 텐데, 미안허다"고 말했다고 한다. 화상을 입었을 때, 마침 할아버지가 그 자리에 없었기 때문에 그 일을 몹시 후회했던 것이다.

"뭣이든 먹고 싶은 건 다 사다주마. 뭐가 먹고 싶은지 말해 봐."

아파서 끙끙거리는 아부지에게 그렇게 말하자 울면서 이렇게 대답했단다.

"이밥하고 오이 장아찌가 먹고 싶어."

할아버지는 먹을 게 부족하던 그 시절에 여기저기 수소문하여 흰쌀과 오이와 바나나를 구해다 아부지에게 먹여주었다는 모양이다.

밥상에 오이 장아찌를 올릴 때마다 고쿠라 할머니는 그때 이야기를 해주었다.

몸체를 다 깎아내고, 다음에는 그 위에 덧댈 나무 모양을 만들기 시작했다. 목공용 본드로 맞붙이자 점점 배 모양이 잡혀갔다. 눈앞에 배가 있는 것도 아닌데 참 잘도 만드는구나, 하고 나는 가슴을 두근거려가며 아부지의 손놀림을 잔뜩 홀려서 바라보았다.

엄니의 머리에도 커다란 상처 자국이 있었다. 그것도 어릴 때 크게 다친 흔적이었다.

밤중에 토방에 머리로 떨어져서 피가 솟구쳤다. 외할아버지는 수건으로 엄니의 머리를 누르고 피투성이인 엄니를 품에 안은 채 냅다 병원으로 내달렸단다. 조용히 가라앉은 병원 문을 통탕통탕 두드려서 의사를 깨우고 마취도 하지 않은 채 그대로 스무 바늘쯤 봉합했다고 한다.

참을 수 없는 아픔에 엄니는 비명을 질렀지만, 그동안 내내 할아버지는 엄니를 무릎에 앉힌 채 꽉 끌어안고서 "참어라! 참어!"하고 격려했단다.

"여자애가 이런 상처가 나버렸으니, 우리 에이코 불쌍해서 어쩐다냐"라고 그 뒤에도 내내 외할아버지는 눈물을 흘렸다고 한다.

내가 엄니의 머리에 난 상처자국을 손으로 더듬으며 "대머리네, 대머리"라고 놀리면 언제나 엄니는 그때 할아버지가 얼마나 듬직하고 다정했는지, 새삼 생각나는 듯 내게 이야기해 주곤 했다.

아부지와 엄니, 둘 다 자신의 아버지를 몹시도 좋아했던 것이다.

나뭇조각을 조그맣게 깎아 포대砲臺를 만들고 성냥개비 알맹이를 대포알 삼아 거기에 꽂았다. 바깥 둘레에는 조그만 못을 1센티 간격으로 촘촘히 박고 거기에 실을 한 가닥씩 건너질러서 난간을 만들었다.

전함이었다. 내가 좋아하는 배는 그런 게 아니라 세 명 정도가 탈 작은 배였지만, 너무나 멋지게 만들어져서 나는 깜짝 놀랐다.

"흰색이 좋겠지?"

굳어버린 페인트 통 뚜껑을 끌로 밀어 열고 붓을 안에 밀어 넣었다. 나무 색깔의 배가 점점 하얗게 칠해져 갔다.

그새 해가 기울어 저녁 황혼 빛에 배의 하얀 칠 부분이 오렌지색으로 물들었다. 사위어가던 매미 소리와 시원한 바람.

이제 조금만 더 하면 완성될 때쯤이었다.

"뭐, 됐네. 이런 거면 좋겠지?"

그러면서 아부지는 완성 3분 전 상태에서 붓을 내려놓더니 "그럼 나는……"이라며 집 안으로 들어가 외출 준비를 시작했다.

아니, 하자고요, 끝까지. 조금만 더 하면 완성되는데, 싫증이 났나, 갑자기? 약속 시간이 되었나? 아니, 아무리 그래도 그렇지, 이제 5분도 안 되어 끝나는 지점까지 왔는데, 왜? 어째서? 뭐야, 아부지, 하다가 말아버리는 그 어중간한 짓?

어째서 끝까지 만들어 주지 않았는지 모르지만, 그때가 내 모든 추억 중에서 가장 아부지가 아버지다웠던 순간이었던 것만은 틀림이 없다.

누가 보더라도 우리 두 사람이 부자지간으로 보였을 시간이었다. 그리고 내가 아부지와 보낸 가장 즐거운 시간이었고 가장 흐뭇한 시간이었다.

이제 3분이면 완성될 텐데 그 시간을 못 기다리고 미완성으로 끝나버린 그 전함은 지금도 내 수중에 있다. 어떤 물건이든 금세 잃어버리는 나지만, 이 배만은 어떤 이사 때도 항상 눈에 띄는 상자에 넣었고, 어디에 살건 바로 곁에 두었다.

어린아이의 하루와 한 해는 농밀하다. 점과 점의 틈새에 다시 무수한 점이 빽빽하게 차있을 만큼 밀도가 높고, 정상적인 시간이 착실한 속도로 착착 진행된다. 어린아이는 순응성이 뛰어나고 후회를 알지 못하는 생활을 보내기 때문이다.

이미 지나간 일은 냉혹할 만큼 싹둑 잘라내고, 하루하루 다가오는 광채나 변화에 지조라고는 없을 만큼 대담하게 전진하고 변화해 간다.

그들에겐 '그냥 어쩌다보니 지나가는 시간' 같은 건 없다.

어른의 하루와 한 해는 덤덤하다. 단선 선로처럼 앞뒤로 오락가락하다가 떠민 것처럼 휩쓸려간다. 전진인지 후퇴인지도 명확하지 않은 모양새로 슬로모션을 '빨리 감기'한 듯한 시간이 달리가 그린 시계처럼 움직인다.

순응성은 떨어지고 뒤를 자꾸 돌아보고 과거를 좀체 끊지 못하고 광채를 추구하는 눈동자는 흐려지고 변화는 좋아하지 않고 멈춰서고 변화의 빛이라고는 없다.

'그냥 어쩌다보니 지나가는 시간'이 덧없이 흘러간다.

내 인생의 예측 가능한 미래와 과거의 무게. 자신의 인생에서 미래 쪽이 더 중요한 종족과, 이미 지나가버린 일쪽이 더 묵직하게 덮쳐드는 종족. 그 두 부류의 종족이 가령 같은 환경에서 같은 생각을 품고 있다 해도, 거기에는 명백히 다른 시간이 흐르고 전혀 다른 견해가 생겨난다.

내게 그토록 많은 일들이 일어났던 7년 동안이었지만, 엄니에게는 눈 깜빡할 사이의 7년이었는지도 모른다.

가족이라는 팀에서 아부지의 모습이 사라지면서 나와 엄니의 그 7년 동안, 그리고 그 뒤의 인생이 큰 영향을 받은 건 사실이었다.

하지만 나는 그런 건 생각도 해보지 않았고, 결과적으로 어느 쪽이 좋았는지 판단조차 해본 일이 없었다.

나에게 부친이란 옆에 없는 게 당연한 일이었고, 이미

그 문제로 뭔가 생각하고 고민하는 일도 없었다. 그런 일상에 단순히 순응했을 뿐이고, 그런 상황을 만들어낸 과거조차 나는 갖고 있지 않았다.

내게는 그저 나만의 7년이 착실하게 지나쳐 갔다. 단지 그것뿐이었다.

하지만 엄니의 그 7년은 그렇지 않았으리라. 별거를 빚어낸, 내가 알지 못하는 어떤 원인이 항상 엄니의 몸속에서 생생히 꿈틀거리고, 이렇게 할 걸, 저렇게 말할 걸, 하는 회한이 끊임없이 마음속을 오락가락하며 엄니의 시간의 흐름을 비뚤어지게 하고 옆길로 새게 하고 뒤로 돌리기도 하면서 발목을 잡았을 것이다.

시공을 역행하는 기대와 반비례하여 마구 가속 페달을 밟는 육체와 정신의 노쇠. 진흙탕 속에서 돌아가는 비디오테이프를 바라보는 사이에 상황은 하나도 변한 게 없는 채로, 그냥 어쩌다 보니 흘러가버린 엄니의 7년간이었는지도 모른다.

나는 6학년이 되고 엄니 키와 엇비슷할 만큼 자랐다.

연애 노래도 엄니 앞에서 태연히 듣게 되었고, 놀이도 그리는 그림의 내용도 달라졌다.

브루스 리와 비틀스, 악당에도 푹 빠졌고 늘 이성을 의식했다. 뱀이나 개구리를 만지는 건 점점 기분 나쁘게 느껴지고 집 안에 박혀 나 혼자 노는 일도 늘어났다.

단파 라디오BCL가 딸린 카세트를 사달라고 해서 단파 방송을 듣고 녹음기능을 이용하여 나만의 라디오 방송을 녹음하기도 했다.

노트는 학습장에서 대학 노트로 바뀌었고 연필은 샤프 펜슬로 변했다.

엄니는 흰머리가 늘어서 항상 파온이나 비겐으로 머리를 염색했는데 뒤쪽의 손이 닿지 않는 부분은 내가 염색약을 발라주었다.

전에는 엄니와 함께 목욕탕에 들어갔고, 목욕을 하고 난 뒤에는 엄니의 "아~옹 해라이?"라는 말에 내가 아~옹 하고 턱을 쳐들면 하얀 땀띠약을 톡톡 발라 주었지만, 이미 나 혼자 목욕탕에 들어가고 샴푸와 린스도 쓰게 되었다.

비탈길에서 외할머니의 리어카를 만나면 뒤에서 밀어주는 게 아니라 아예 교대해서 내가 끌고 외할머니는 뒤에서 밀게 되었다.

반바지를 입지 않게 되었다.

딱지, 우표, 옛날 동전, 우유병 뚜껑, 키 홀더……. 열심히 수집하던 것들에 더 이상 몰두할 수 없게 되었다.

책가방에 덕지덕지 붙이고 다니던 스티커들을 벗겨냈다.

도서관에서 책을 빌리게 되었다.

그때까지 엄니를 '마마'라고 불렀는데 '엄마'라고 부르게 되고, 그러다 차츰 '엄니'가 되었다.

엄니는 책을 읽을 때면 안경을 쓰게 되었다.

토끼가, 죽었다.

무릎을 꿇고 똑바로 앉아 두 손바닥을 맞대고 텔레비전 화면을 향해 '제발 홈런을 쳐주세요'라고 기도하면 항상 홈런을 쳐주었던 나가시마 시게오가 그라운드에서 사라졌다.

조금씩, 아주 천천히, 여러 가지 것들이 변해 갔다.

나는 이제 곧 중학생이 될 터였다.

앞으로 몇 달이면 초등학교 졸업식인 어느 날. 엄니가 나를 불러 진지한 얼굴로 말했다.

"너, 아버지 좋으냐?"

"응……."

"중학교 때부터는 고쿠라에 가서 살래?"

"엣? 왜?"

"아버지하고 셋이서 살 거고만."

"에엣! 진짜?"

3

인간의 능력은 아직 무한한 가능성이 남겨 있다고 한다.

하지만 그 각각의 능력을 반이라도 활용하는 사람은 없다고 한다.

저마다 자신의 능력과 가능성을 시험해 보려고 집 밖으로 나가고 세상을 향해 질문하고 헤매고 다닌다.

하지만 그런 방황도 능력이다. 활에서 막 쏘아 올려진 화살처럼 얼마간은 똑바로 날아가기 때문에 나름대로 일정한 성과는 거둘 수 있다.

전체 능력의 1, 2퍼센트만 쥐어짠다 해도 조금쯤은 괜찮은 인물이 될 것이다.

그런데 화살의 궤도가 호를 그리기 시작할 무렵이면 어

디선가 정체를 알 수 없는 '감정'이라는 것이 비어져 나온다. 몸이 여위도록 무언가를 생각하기 시작한다.

이제 겨우 뛰기 시작했는데 앞으로 가 닿을 곳, 그 끝에 과연 '행복'이 있을 것인가 하고 고민하기 시작한다. 능력이 성공을 가져다 준다고 해도 반드시 행복을 가져다 준다고는 할 수 없지 않은가……

그런 고민을 하기 시작하면 이미 끝장이다.

인간의 능력에는 무한한 가능성이 있다고 해도, 인간의 '감정'은 이미 오랜 옛날부터 그 한계를 드러냈기 때문이다.

일취월장, 각종 도구가 발명되고 인간 장수의 비결도 발견되고, 우리는 과거 인류가 상상도 하지 못했던 '멋진 생활'을 하고 있다. 하지만 수천 년 전의 사상가와 철학자들이 남긴 말, 오랜 옛날의 인간이 느꼈던 '감정'이나 '행복'에 관한 말이나 그 가치는 아직까지도 우스울 만큼 하나도 변하지 않았다. 어떤 놀라운 도구를 갖고 어떤 쾌적한 환경에 둘러싸여 있어도 인간이 느끼는 것은 내내 마찬가지다.

감정의 받침접시에는 이미 가능성이 없다. 그러므로 인간은 앞으로도 영원히 자신의 잠재 능력을 남김없이 끌어내는 일은 없을 것이다.

'행복'이라는 해바라기 밭의 도깨비를 의식하는 그 순간부터 아직 보지 못한 자신의 능력 따위는 한 푼의 가치도 없는 것이 되고 만다.

결국 파랑새는 내 집 새장 속에 있다. 치르치르와 미치르가 그토록 찾아다니던 행복의 파랑새가 결국 내 집의 새장 속에 있었던 것처럼 '행복'은 '가정'에 있다.

이 법칙에서 인간은 도망칠 수 없는 것일까?

만일 그렇다고 한다면 인간은 정말 재미도 없고 가능성도 의외성도 없는 생물이지만, 그러나 그렇기 때문에 따스하고 사랑스러운 생물인 것이리라.

파랑새는 내 집 안에 있다.

하지만 집 안의 새장에 파랑새가 있다고 해도 그것만으로 가정이 행복에 감싸이는 건 아니다. 가족 모두가 파랑새를 찾고 원하고 바란다면 저절로 '행복'이 찾아올지도 모르지만 가족 중의 한 사람이라도 불새를 원하는 사람이 있다면 이야기는 또 달라진다.

우선 그 사람의 귀에는 파랑새의 지저귐이 지겹게 들린다. 파랑새를 귀여워하는 여자와 아이들의 모습마저 한심하게 느껴진다.

불새를 잡기 위해서라면 파랑새의 깃털을 뽑아 구워먹는 것도 당연한 일이라고 생각한다. 그러고는 결국 까마귀 무리에 휩쓸린다.

5월에 어느 사람은 말했다.

도쿄에서 살다 보면 그런 뻔히 다 알만한 일을 이따금 알 수 없게 된다고, 그 사람은 말했다.

조금씩, 천천히, 여러 가지 일이 바뀌었듯이 초등학생이었던 나도 조금씩, 천천히, 여러 가지 일들을 알아차리기 시작했다.

아무리 야구를 해도 4번 타자가 될 리 없고, 학교 성적이 특별히 좋은 것도 아니었다. 만화 주인공 같은 슈퍼스타는 아예 처음부터 가능성도 없어 보였다.

나 자신의 문제, 환경 속에서의 나 자신의 문제. 일반적인 부분과 그렇지 않은 부분.

아이는 세상일을 알면 알수록 생각이 평평해진다. 다른 사람들 모두가 가지고 있는 것을 원하고, 다른 사람들과 다른 부분은 지독히 싫어하게 된다. 지금까지 아무렇지도 않게 생각했던 것을 콤플렉스로 느끼게 된다.

그런 때에, 중학생이 되면 고쿠라에서 우리 가족 셋이 함께 살 거라는 말을 듣고 나는 그야말로 순수하게 기뻤다. 일반적인 사람의 대열에 마침내 낄 수 있게 된 것 같아 정말 기뻤다.

치쿠호는 내게 몹시 다정하게 대해준 곳이었지만, 이 동네를 내 동네라고 실감한 일은 없었다. 그렇다고 고쿠라에 대해서도 그런 실감은 없었다. 하지만 엄니와 아부지와 나, 셋이서 함께 살아갈 곳이 생긴다면 그곳이 바로 내 동네가 되는 거라고 생각했다. 그리고 어떤 허름한 집이건 그곳이 내 집이 되는 거라고 생각했다.

그게 너무나 기뻐서 졸업식 날을 미처 기다리지 못하고 마에노 군과 다른 친구들, 이발소 아줌마, 야채 가게 아저씨, 만나는 사람들마다 나는 중학생이 되면 고쿠라로 이사할 거라고 말하고 다녔다.

친구들을 만날 수 없는 건 섭섭했지만, 내가 일반적인 가정에 소속된다는 기쁨이 그보다 훨씬 더 컸다.

"이제 자주 못 보겠다……."

"아녀, 기차로 한 시간인데 뭘. 외할머니도 계시고 자주 올 거여. 그리고 너희가 고쿠라에 와서 자고 가면 되잖여."

언젠가 마에노 군과 함께 고쿠라 게임센터에 놀러갔을 때, 게임기가 너무 많아 둘 다 거의 정신이 나간 것처럼 마구 돌아다니며 놀았던 일이 있었다. 치쿠호 시내의 컴퓨터 게임이라고는 문구점 구석에 딱 한 대 있는 스탠드형 게임기뿐이었다.

외할머니는 그즈음부터 심장에 병이 생겨, 비 오는 날도 눈 오는 날도 온몸에 살론 파스를 덕지덕지 바르고 고집스럽게 계속해 오던 생선 장사를 그만두었다.

생선을 싣고 하루 종일 끌고 다닌 리어카를 저녁때마다 청소하는 게 외할머니의 하루 일과의 끝이었다.

솔로 꼼꼼하게 싹싹 문지르고 호스에서 쏟아지는 물로 땀과 생선 냄새를 씻어냈다. 언젠가 내가 그걸 도와주고 있으려니, 외할머니는 리어카 닦는 손을 멈추지 않고 내게 눈을 주는 일도 없이 이렇게 말했다.

"너, 중학교 때부터 고쿠라에 간다면서?"

"응······."

"그렇고만. 잘 됐다야."

"그래도 방학 때마다 올 거여······."

"암, 언제든지 오거라이."

엄니와 외할머니는 친 모녀간이지만 평소에 그다지 말을 나누는 기색도 없었다. 외할머니는 유독 말수가 적은 사람이었고 엄니는 친정에 되돌아온 자신의 처지 때문에 어딘지 부드럽게 맞춰나가기가 어려웠는지도 모른다.

그때 외할머니는 정말 쓸쓸해 보였다.

병이 들어 몸이 여윈 것도 있었고, 머리 염색도 그만두었기 때문에 어느새인가 존재가 새하얗게 변해있었다.

오랜 세월 자식들을 키우기 위해 계속해온 생선가게도 접고, 이제 좀 쉬게 되었을 때는 집 안에 아홉이나 우글거리던 자식들이 하나도 없었다.

친정으로 되돌아온 딸도, 처음으로 함께 살았던 손자도 역시 떠난다고 한다.

그때, 외할머니는 "언제든지 오거라이"라고 하고는 그뿐, 더 이상 쓸 일도 없는 리어카를 한없이 닦고 있었다. 나는 그 물 뿌리는 소리를 들으며 정말 섭섭해서 견딜 수가 없었다.

규슈의 벚꽃이 봉오리를 맺을 무렵, 우리는 졸업식을 맞이했다. 저마다 긴장된 얼굴로 체육관에 줄을 섰다.

노다野田 군은 어렸을 때 자동차에 치여 한쪽 다리가 없었다. 왼다리의 무릎부터 아래쪽이 살구색 의족이었다. 하지만 몹시 활달한 친구여서 어떤 체육 수업도 쉬는 일이 없었다. 이따금 다른 학교 애들이 "절름발이다!"라느니 하며 노다 군을 놀려대면 그 자리에서 의족을 뽑아 한쪽 발로 깨금발을 하며 그 아이들을 쫓아갔다.

그 깨금발 뛰기가 이상하도록 빨랐다. 그리고 자신을 놀린 아이들을 기어코 쫓아가, 잡히기만 하면 들고 있던 의족으로 늘씬하게 패주는 것이었다.

"네 다리를 두고 무슨 소리를 하는 놈이 있으면 그 의족으로 인정사정 볼 것 없이 패버려."

노다 군은 부모에게 그렇게 배웠다고 한다.

나카가미中上 군은 곧잘 술 취한 아버지가 교실에 난입하곤 했다. 탄광이 문을 닫은 뒤로, 한창 수업 중에 아들의 이름을 부르며 들이닥쳤다.

"우왓! 나카가미 아버지 왔다!"

매번 아이들은 거미 새끼를 흩어놓은 것처럼 우르르 달아났다. 미처 달아나지 못한 아이는 나카가미 아버지에게 붙잡혀 패대기쳐지고 두들겨 맞았다.

다른 교실에서도 선생님과 학생들이 몰려왔다. 어머니는

행방불명이라는 소문이었다.

선생님들에게 양팔을 등 뒤로 붙잡히고서도 한사코 교실 안으로 들어오려는 나카가미 아버지. 교실 구석에 숨어 싫어서 어쩔 줄 모르는 표정으로 그 꼴을 지켜보는 나카가미 군이 있었다.

수없이 아들의 이름을 부르짖으며 선생님이건 아이들이건 발로 걷어차며 날뛰었다.

소풍 가는 날, 나카가미 군은 흰밥을 투명한 비닐 봉투에 넣어, 그냥 그것만 허리 벨트에 달랑달랑 묶고 온 적이 있었다.

그런 친구들 모두가 체육관에 줄을 서있었다.

저학년 때부터 자신의 이름이 새겨진 검은 양복바지만 입었고, 고무공 야구를 하면서 어서 빨리 단단한 공으로 야구하고 싶다고 벼르던 몸집 큰 오니즈카鬼塚 군.

깡통을 차며 술래잡기를 할 때마다 은근히 마음에 들어 항상 그 아이가 숨은 곳으로만 쫓아갔던, 긴 머리 여학생 후나마船山.

마에노 군과 벳부 군, 그리고 모든 친구들과 부모님들이 홍백紅白의 기념 막에 에워싸여 있었다.

초등학교를 졸업해도 다들 자동적으로 동네에 있는 똑같은 중학교로 진학할 터였다.

그러니까 떨어져 나가는 건 나뿐이었다. 졸업식 전에 아이들은 송별회도 해주었다. 졸업식 당일, 교실에서는 선생님이 나를 교단 위로 불러내 "다른 도시로 가더라도 우리를 잊지 말아라"라고 말씀해 주셨다. 모두 함께 엉엉 울며, 안녕이라는 인사를 해주었다.

졸업 문집에는 '나는 고쿠라 중학교로 떠나지만, 언젠가 고시엔 야구장에서 다시 만나고 싶습니다'라고 썼다.

태어나서 처음으로 받은 졸업장을 들고 모두 울면서 저마다의 집으로 돌아갔다.

이사 준비는 거지반 끝냈다. 날마다 봄기운 자욱한 화창한 날씨가 이어지고, 새로운 생활을 시작하려는 나는 그 봄날 안에서 상쾌한 마음으로 한껏 기대에 부풀어 있었다.

새집은 고쿠라 중심가에 있는 맨션이라고 엄니는 말했다.

치쿠호에는 탄광주택과 임대주택은 있어도 맨션은커녕 연립아파트도 없었다. 맨션이 어떤 것인지 짐작도 가지 않았지만, 뭔가 세련된 느낌이 들어서 마음이 설렜다.

그토록 좋아하던 친구들과 작별 인사도 마쳤다. 유도 도장에도 주산학원에도 인사를 하고 그만두었다. 이제는 이사하는 일만 남았다. 고쿠라 중학교는 어떤 교복을 입을까? 야구부 유니폼은 무슨 색깔일까?

그리고 벚꽃도 하나둘 피어나던 어느 날, 엄니는 아무 일도 아닌 척하며 이렇게 말했다.

"역시 고쿠라에는 안 가기로 했고만."

"엑? 왜, 왜 그려? 설마, 거짓말이지?"

"안 가……."

"아부지는?"

"……몰라."

"어떻게 된 거여?"

"아무튼 이제 안 가기로 했고만. 너는 여기 중학교에 가라이?"

"에잉, 싫어."

"어쩔 수 없잖여……."

무엇 때문인지도 알지 못했다. 엄니는 그 이상 말을 하지 않았다. 떨어져 살던 부부 사이에 무슨 일이 있었기에 다시 함께 살 생각을 했을까? 그리고 어째서 그 계획을 중도에 포기했을까?

아이에게도 나름대로 사회적인 관계라는 게 있다. 하지만 그것도 부모에게 휘둘릴 수밖에 없었다.

빙글빙글 빙글빙글 돌았다. 머릿속에서 빙글빙글 빙글빙글 돌았다.

'애들에게 뭐라고 하지……?'

빙글빙글 빙글빙글, 자꾸 그것만 마음에 걸렸다. 아부지는 대체 무슨 짓을 하는 건가……. 빙글빙글 빙글빙글.

그러자 즉시 봄의 따스함이 우울한 온도로 바뀌었다.

엄니에게 뜻밖의 말을 들은 지 이틀도 안 되었을 때, 마에노 군이 우리 집에 찾아왔다. 마에노 아버지가 주었다는 전별금과 자신이 소중히 간직해온 장난감을 들고 있었다. 며칠 전에 마에노 집에서 송별회까지 해준 뒤끝인데, 그래도 섭섭해서 작별 선물을 들고 온 것이었다.

"이거, 울 아부지가 갖다 주라더라. 그리고 이건 내가 주는 거여. 너 가져가……."

반은 울고 있는 마에노 군의 얼굴을 보고 있자니 도무지 뭐라고 해야 할지, 차마 말을 꺼내기가 괴로웠다.

"저어…… 우리 고쿠라에 가지 않기로 했고만……."

"에? 무슨 소리여?"

"너랑 같은 중학교에 갈 거여……."

"……야, 뭐여, 이게!"

마에노 군은 완전히 김빠진 기색으로 별다른 말도 없이 그 전별금을 든 채 집으로 돌아갔다.

꼴이 우습다고 할까, 참으로 송구하다고 할까. 직업상 요즘도 이따금 상대에게 그럴싸한 소리를 늘어놓았다가 "저어, 그건 없었던 일로……."라고 하는 일이 있기는 하지만 그때만큼 답답한 상황은 이날까지 경험해본 일이 없다.

마에노 군의 뒷모습을 답답해서 미칠 것 같은 기분으로 바라보고 있으려니, 이번에는 반대편 비탈길 아래에서 벳부 군이 선물상자를 들고 나를 향해 손을 흔들고 있었다.

뭐, 정말 그때는 집 안에 꼭꼭 숨어서 뒷일은 엄니에게 다 맡겨놓고 어서 봄이 지나가기만을 기다렸다.

벚꽃이 눈처럼 휘날리는 가운데, 목까지 단추를 채운 교복을 입고 누구보다 무거운 마음으로 중학교 신입생이 되었다.

입학식을 하고 몇날 며칠이 지났는데도 만나는 친구, 스치는 지인에게 판에 박은 듯 똑같은 질문을 받았다.

"어라? 너, 왜 여기 있냐?"

그야 당연히 물어볼 만도 했다. 그토록 장기간에 걸쳐 사방 천지에 이야기를 했고, 눈물 콧물 범벅의 작별인사까지 해놓고서 아무렇지도 않게 똑같은 중학교에 똑같은 교복을 입고 나타난 것이다. 자꾸 물어보는 친구도 귀찮았지만 아무말도 하지 않는 친구는 더 무서웠다. 정말 폼 안 나고 어딘지 사기성이 농후한 듯한 중학교 신입생이었다.

그런 어수선한 속에서 이삿짐도 아직 그대로 쌓아둔 때에 엄니는 외할머니 집 가까이에 따로 집을 빌려 이사하겠다고 나섰다.

"괜찮어, 그냥 여기서 살아도……."

이사에 대한 의욕이 완전히 상실된 내 말에, 엄니는 힘없이 대답했다.

"언제까지고 여기서 살 수도 없으니께……."

외할머니 집은 엄니와 외삼촌, 이모들이 태어난 곳이지만, 몇 년 전에 장남인 큰외삼촌이 새로 지은 집이었다. 장남이 어머니가 사시는 생가를 새로 지었지만, 그 외삼촌도 그 집에서 사는 것도 아니고 거기서 차로 20여 분 떨어진 곳에 따로 집을 지어 살았다. 어째서 큰외삼촌이 새로 지은 집에서 외할머니와 함께 살지 않는지는 알 수 없지만, 아무튼 엄니는 그 집에 자신이 아이를 데리고 돌아와 눌러앉은 꼴이 된 게 영 마음에 걸렸던 모양이다.

나는 어린 마음에도 외할머니가 혼자 사는 게 안타까웠고, 외할머니를 혼자 살게 하느니 차라리 우리가 여기서 함께 사는 게 낫다고 생각했지만, 어른들의 세계는 부모자식, 형제자매간이라도 그런 부분이 꽤 복잡한 모양이었다.

그리고 그렇게 복잡하게 생각하기 때문에 혼자 사는 노인이 양산된다.

결국 엄니와 나는 외할머니 집에서 다시 역 하나 더 들어간 곳으로 이사를 했다.

엄니 친구의 소개로 이사한 곳은 대단히 기묘한 집이었다. 아니, 기묘하다기보다 호러 영화처럼 무시무시한 집이었다.

낡은 병원이었다. 아마 1920년대에 건립되었을 듯한 분위기. 처음 엄니를 따라 그 집을 보러갔을 때는 농담을 하는가 싶었다.

병원 원장은 몇 년 전에 타계하고, 남겨진 노부인이 병원에 인접한 본채에서 살고 있었다. 그 뒤에도 병원을 부수지 않고, 병동 부분을 그대로 내부만 수리해서 셋집으로 내준 것이었다.

L자형으로 세워진 건물은 한 변이 병실이고 또 다른 한 변은 진찰실, 수술실, 현관, 대기실이었다. 노부인의 남편에 대한 그리움 때문에 수술실처럼 예전에 병원이었던 흔적들을 거의 그대로 남겨두었다. 그런 노부인의 그리움 자체가 우리 쪽에서 보면 견딜 수 없는 공포감을 연출해냈다.

완전히 똑같은 넓이의 방 네 개가 복도를 중심으로 나란히 두 개씩 이어졌다. 그야말로 옛날 병원을 고스란히 연상시키는 배치였다.

우리는 바로 그 방 네 개가 있는 쪽을 빌렸던 것인데, 더욱 무서운 것은 그 집 화장실이었다.

화장실은 복도를 안쪽으로 쑤욱 들어가 L자형의 두 변이 마주치는 지점에 있었다.

묵중한 미닫이문을 열면 아무도 없는 수술실과 진찰실의 냉기가 살갗을 파고들었다.

엄니는 그쪽은 우리가 빌린 곳이 아니니 들어가면 안 된다고 말했지만, 그런 썰렁한 곳, 가라고 싹싹 빌어도 가고 싶지 않았다.

소변기 두 개와 개인용 변소 두 개가 일렬로 늘어섰고

그중 어느 쪽이나 마음대로 쓰라고 했지만, 말하나마나 한 발짝이라도 가까운 쪽을 사용했다.

되도록 수술실 쪽은 돌아보지 않도록 주의하며 서둘러 볼일을 보았다. 물론 그런 오래된 집은 변소도 푸세식이고 전기는 알전구였다. 위고 아래고 옆이고 뒤고, 전부 다 무서워서 차마 고개도 못 돌렸다. 아무튼 화장실 가는 게 마지막까지 엄청난 스트레스였다.

공포영화를 보지 않게 되었다. 한참 유행하던 요코미조 세이시橫溝正史(1902~1981. 소설가. 일본의 토속성에 괴기함을 융합시킨 본격 추리소설을 발표한 작가)의 책은 읽지 않게 되었다.

한번은 한여름 밤에 변소에서 일을 보고 돌아오려는데 우리 집 쪽으로 통하는 미닫이문이 열리지 않았다. 바깥쪽에서 잠긴 것 같았다. 수술실 앞 넓은 복도에서는 뭔가 기묘한 소리가 자꾸 들려왔다.

견딜 수가 없어 큰소리로 엄니를 불렀다. 미닫이문을 쾅쾅 두들기며 엄니를 불렀다.

"엄니! 엄니!"

그러자 엄니가 미닫이문을 벌컥 열더니 나를 손가락질하며 배를 부여잡고 웃어대는 것이었다.

"사내 녀석이 뭐 이래? 배짱이 없고만, 배짱이."

엄니가 문을 잠그고 장난을 친 것이었다. 그런 장난은 치지 마! 진짜로! 화딱지가 나서 아무 말도 하지 않고 내 방으로 돌아왔다. 세상 어느 누가 내 집에서 담력시험을 한 단 말인가.

학생식당 구석방에서 살아본 적도 있지만, 이 집은 창피한 것에 더하여 '무섭다'는 게 정말 참을 수 없었다.

오래된 병원건물의 옛 병동에서 엄니와 나의 새로운 생활이 시작되었다. 외할머니 집에서는 걸어서 다닐 수 있었던 중학교도, 막판에 이사하는 바람에 자전거로 40분 정도 걸리게 되었다.

나는 중학교 야구부에 들어갔고 머리를 빡빡 깎았다.

성질이 거칠기로 유명한 이 지역 중학교 야구부. 이곳 야구부는 운동부라도 전혀 호쾌한 구석이 없었다.

1학년은 모조리 빡빡머리지만, 3학년쯤 되면 다들 리젠트나 펀치파마라는 것을 해서 야구부 부실이 마치 폭주족 집합소 같았다.

그래서 시합에 나가는 학생들은 모조리 포마드 냄새가 풍풍 나고 머리 모양이 망가진다며 모자도 제대로 쓰지 않는 선배들이었다.

그런 야구부가 강할 리 없었지만, 연습 훈련이나 기합 및 괴롭힘은 메이저급이었다. 4월에 70명이던 1학년생이 눈 깜짝할 사이에 반으로 줄어들어, 결국 나와 같은 학년의 부원은 최종적으로 열 명이 남았다. 주전선수 자리를 따내는 일만은 어렵지 않게 된 셈이었다.

아침에는 7시까지 부실에 나가서 그 전날 빨아둔 선배들의 유니폼을 걷어다 접고, 스파이크에 검은 구두약을 발라 닦아놓고, 수업 시작할 때까지 선배가 오기를 기다렸다. 점심시간에도 부실에 집합해서 빵과 담배, 여학생 농구부원의 짧은 바지 등, 선배가 원하는 물품들을 조달하기 위한 목적만으로 늘 자리를 지켜야 했다. 비가 오는 날은 그라운드를 쓸 수 없기 때문에 교실이나 복도를 활용하여 고통스러운 근육 트레이닝을 받고, 그다음에는 부실에서 거행되는 '설교'라는 미팅에 참가했다.

나무벤치 위에 야구 방망이를 나란히 올려놓고 그 위에 무릎을 꿇고 앉는다. 발등과 정강이가 끊어질 만큼 아프다. 그 위에 방망이가 또 하나, 장딴지와 안쪽 넓적다리 사이에 들어간다.

이미 이건 설교도 뭣도 아니고 괴롭힘을 넘어 고문이었지만, 중학교 1학년이던 우리 입장에서 중3 선배는 몸집도 크고 입이 떡 벌어질 만큼 성질도 사나웠다. 얼마나 무서웠는가 하면 우리 집 변소만큼 무서웠다. 당연히 신입생들도 차례차례 그만두게 마련이다.

학교의 오랜 전통이라던 그 '설교'도 긴 세월 이어져온 보람이 있어서 육체적으로나 정신적으로나 그 엄격함은 가히 최상급의 완성도를 보였다. 다리의 고통과 동시에 정신적으로 치고 들어오니 도무지 견뎌볼 재간이 없었다.

모두 눈을 감으라고 하고 전깃불도 꺼버려서 어떤 선배가 때렸는지 모르게 한다.

퍽퍽 내리치면서 방망이가 끼워진 무릎 위에 걸터앉아, 좋아하는 여학생 이름을 큰소리로 외치라고 한다.

"아직 없습니다!"

그렇게 말한 동급생에게 음란하기로 유명한 선배가 고함을 친다.

"그러면 처녀가 좋은지, 처녀막이 찢어진 쪽이 좋은지 말해 봐!"

"모릅니다!"

몇 달 전까지만 해도 가재나 풍뎅이를 가지고 놀던 초등학생들인 것이다. 느닷없이 그런 성인물 버전으로 나오면 더욱더 무서운 마음이 들었다.

부실 바깥에서 들려오는 빗소리. 하급생은 모두 얼굴이 퉁퉁 붓도록 뺨 싸대기를 맞고, 마지막에는 다들 울었다. 아니, 모두 울 때까지 집에 보내주지 않았다.

야구부 선생도 당연히 이런 전통행사를 잘 알고 있어서, 우리가 코피를 흘리며 교정을 걸어 나가면 "오우, 설교 들었냐?"라고 반은 실실 웃으며 물었다.

'당신 아들한테 맞았다고!'

우리는 일제히 마음속으로 외쳤다. 이 야구부 선생의 아들이 3학년 선배였기 때문이다. 보결로 들어온 주제에 설교만은 4번 타자 못지않은 지겨운 놈이었다.

집에 돌아오자 엄니는 내 부어오른 얼굴을 들여다보며 말했다.

"너, 얼굴이 부은 거 아녀?"

"······."

"선배가 못살게 군댜?"

"······."

"그 정도는 괜찮여. 사내는 조금쯤 단련을 받는 것이 좋고만."

엄니가 어떻게든 해줬으면 하는 기대는 하지도 않았지만, 그 말은 정말 이해할 수가 없었다.

초등학생 때, 마에노 군 일행과 들판에서 토끼 먹이를 뜯고 있는데 옆 동네의 유명한 초등학생 악동 군단이 자전거로 공격을 해온 일이 있었다.

"야, 결투하자!"

그러면서 갑자기 우리에게 덤벼들었다. 실전에 능한 놈들에게 순식간에 포위된 우리는 실컷 두들겨 맞았던 것인데, 그렇게 한창 두들겨 맞을 때 엄니가 우연히 그 옆을 지나갔다.

풀숲에 쓰러져 깔린 채 옆 눈으로 엄니의 모습을 확인했다. 양산을 받쳐 든 엄니는 잠시 멈춰 서서 이쪽을 바라보았지만 금세 아무 일 없었던 것처럼 다시 걸음을 옮겼다.

'어라, 그냥 가는 거여?'

그렇게 생각하며 엄니의 뒷모습을 눈으로 쫓았다. 엄니는 그런 일에는 항상 그러는 사람이었다.

'목매 죽은 귀신의 병원 집(요코미조 세이시의 유명한 추리소설 제목의 패러디)'으로 이사하면서 엄니는 내 침대를 사주었고 외삼촌에게는 스테레오를 선물 받았다. 스테레오라고는 해도 컴포넌트가 아니라 서랍처럼 큼직한 가구 풍의 중고 스테레오였지만, 그래도 침대와 스테레오와 책상을 들여놓고 보니 제법 세련되고 충실했다. 그런 내 방이 마음에 들어 혼자 방에서 보내는 시간이 부쩍 늘었다.

거기서 또 한 가지 충실을 꾀하기 위해서는 텔레비전이 필요하겠다 싶어서 엄니에게 내 방에 놓을 텔레비전이 있었으면 좋겠다고 은근히 떠보았다.

엄니는 텔레비전을 자주 보는 편이 아니라서 거실 텔레비전으로도 내가 원하는 방송을 얼마든지 볼 수 있었지만, 내 방 침대에서 내 전용 텔레비전을 나 혼자 본다는 그 이미지가 썩 마음에 들었던 것이다.

그러자 엄니가 말했다.

"그건 아부지한테 말해라이?"

아버지에게 연락했더니 고쿠라로 오라고 했다.

쉬는 날, 기차를 타고 고쿠라에 나가 역에서 아부지를 만났다.

그때 아부지를 만난 건 퍽 오랜만이었다. 아마 1년 가까이 만나지 못했을 것이다. 중학교에 들어가면 함께 살기로 했던 이야기가 없었던 일이 된 뒤로 한 번도 만나지 못했었다.

고쿠라 역에서 곧장 전자 대리점으로 데려갈 줄 알았더니, 우선 찻집에 들어가 커피부터 한 잔 마시고, 그러고는 택시를 타고 시내 변두리 쪽으로 달렸다.

어디로 가는 건지 슬슬 걱정이 되는 참에 택시는 상점이라고는 도무지 보이지 않는 곳에 멈춰 섰고, 아부지는 큼직한 맨션으로 들어갔다. 엘리베이터에 타더니 익숙한 몸짓으로 버튼을 눌렀다.

열쇠다발에서 열쇠를 찾아 철문에 꽂자 방 안에 고여 있던 공기가 일시에 흘러나왔다.

핑크빛 카펫에 빨간 슬리퍼. 척 보기에도 여자의 방이었다. 3DK(침실 3개에 거실과 이어진 부엌이 있는 주택구조)의 집 안에는 가재도구가 모조리 갖춰져 있었지만, 나는 금세 느꼈다. 이 집에 이미 아무도 살고 있지 않다는 것을. 실내 공기는 탁하게 고여 있었다. 커튼도 창문도 한참이나 열어본 적이 없는 듯했다. 수도도 오래도록 물을 틀지 않아 스테인리스 싱크대에 허연 가루가 붙어 있었다.

아부지는 담배를 피우며 멍하니 집 안을 쳐다보고 있었다. 그리고 내게 말했다.

"가지고 싶은 건 뭐든 가져가."

여러 가지 물건들이 있었지만 나는 별로 손댈 마음이 나지 않았다.

"텔레비전 하나면 돼……."

14인치 빨간 텔레비전이었다. 이 텔레비전을 보았던 사람, 이곳에 살았던 여자는 어딘가로 떠나버린 것이리라.

아부지의 허탈한 표정이 내게도 보였다. 그런 점은 남자들끼리의 묘한 감각이랄까, 엄니에게는 안됐지만, 아부지의 이기적이기 짝이 없는 슬픔도 느껴졌고, 그 쓸쓸함도 어쩐지 나는 알 수 있었다.

"그거 하나면 되겠냐?"

"응……."

"그럼 갈까?"

상당히 무거웠지만, 나는 그 텔레비전을 포장도 하지 않은 채 품에 안고 문으로 향했다. 아부지는 마른 싱크대에 담배를 비벼 껐다. 텔레비전 하나만 없어진 그 핑크빛 방의 현관문이 콰당 닫혔다.

돌아오는 기차 안. 빨간 텔레비전을 옆 좌석에 놓고 혼자 치쿠호로 돌아오며 생각했다.

'우리가 살기로 한 고쿠라 맨션이라는 게 그 집이었는지

도 몰라······.'

창밖의 경치가 자꾸자꾸 논밭으로 바뀌어 갔다.

달이 뜨네 달이 뜨네
미이케三池 탄갱 위에 달이 뜨네
굴뚝이 하도나 높아서
달님도 눈이 매울 거에요

당신이 그럴 작정으로 말한다면
결심을 하지요, 헤어집시다
원래의 열여덟 아가씨로
되돌려 준다면 헤어집시다

한 산, 두 산, 세 산을 넘어
그 속에 피어난 팔겹 동백꽃
제아무리 곱게 피어났어도
님이 한 번 지나가면 원수의 꽃

기쁘게 모실 그날이 오기까지
마음은 하나 몸은 둘
뿔뿔이 헤어진 섭섭함에
꿈에서나마 그 님과 이야기 하고파

어릴 적, 온 동네 사람이 모여서 춤추는 명절이 다가오면 공민관公民館에 모두 모여 〈탄광 타령〉 연습을 하곤 했다.

가혹한 노동 속에서 태어난 노동요.

도회지 사람은 탄광 갱부를 차별했다. 그리고 갱부는 자신이 캐낸 석탄을 배로 실어 나르는 인부를 차별하고, 인부는 그들의 짚신을 삼는 직인을 차별했다.

한심한 차별은 어느 곳에나, 어떤 세상에나 바로잡히지 않는다네, 에헤라 데야.

천민부락 차별에 인종차별에 장애차별에 빈곤차별, 직업차별, 지능차별에 치정에 조루증. 이거야 차별의 대할인 판매 아닌가, 호이호이.

날 때부터 무거운 짐을 짊어지고, 하느님 부처님 같은 데 의지할 수 있나, 평등 따위는 있지도 않다네.

말 안 듣는 하느님 부처님에게 의지하느니 노래하고 춤추고 술 마시고, 열심히 일한 뒤에는 마누라 엉덩이라도 쓰다듬자고.

하루 스물네 시간은 누구에게나 똑같은 것, 내 땀 흘려 열심히 일하세나.

얼씨구 절씨구 어절씨구.

나는 점점 자립심이 강해졌다. 다른 친구들은 하나둘 성性에 눈을 떴지만, 나는 그 부분만은 완전히 유치한 상태

그대로여서 다들 왜 그리 좋아서 환장을 하는지 이해할 수가 없었다.

그 대신이었는지, 도저히 이대로는 안 되겠다는 생각에 중학교를 졸업하면 어떻게 해야 할지 내내 고민했었다.

치쿠호가 싫지는 않았지만, 세상일을 파악하는 능력이 생기자마자 마음에 들지 않는 가치관들이 여기저기서 눈에 띄었다.

어처구니없는 차별이 만연하고, 세상 지식에 어둡기만 한 어른들.

하루 스물네 시간이 이런 곳에서 허비된다는 것에 답답함과 공포감을 느꼈다.

영국과 미국의 음악에서는 이런 자잘한 가치관을 부정하고 있지 않은가. 좀 더 치열하게 싸우고 있지 않은가. 좀 더 장엄한 탄식을 내뱉지 않는가.

잘 알지 못하는 막연한 것에 동경을 품기 시작했다.

엄니가 2만 엔에 사준 모리스 기타를 날마다 손에 못이 박히도록 쳤다. 엄니는 시내에 나갈 때마다 비틀스의 레코드를 한 장씩 사다주었다.

내가 엄니에게 큰 부담이 되고 있는 듯한 마음이 들었다. 무언가 사다줄 때마다 마음이 들볶이기 시작했다.

엄니는 내가 중학교에 들어간 뒤로 식당이나 드라이브인 일을 그만두었다. 아마도 사춘기를 맞이한 나를 밤 시간에 혼자 두는 게 좋지 않다고 생각해서 그랬을 것이다.

그 대신 도자기 접시에 무늬를 넣는 재택 아르바이트를 시작했다.

방한용 스포츠 재킷도 금속 야구 방망이도 카디건도 그런 와중에 전부 사주었다.

흔들리는 형광등 불빛 아래서 하얀 접시에 고무 주걱으로 무늬가 인쇄된 스티커를 하나하나 붙이고 있었다. 엄니는 손재주가 꽝이어서 걸핏하면 스티커가 구겨지고 자꾸 실패만 했다. 나도 거들었다. 내가 훨씬 더 일손이 빠르고 깔끔하게 만들어냈다.

내 방에서 레코드를 들을 때도 곡과 곡 사이에 옆방에서 들려오는 접시 쌓이는 소리가 내 귓속에 괴롭게 울렸다.

어느 날, 엄니가 그 아르바이트 일을 하면서 나를 부르더니 "이거, 읽어봐"라며 빨간 표지의 책자를 건네주었다.

어딘가의 교회에서 발행한 성교육 책자였다. 엄니는 겸연쩍은 얼굴로 접시에 인쇄 스티커를 붙이고 있었다. 나도 왠지 낯이 뜨거워서 책을 들고 얼른 내 방으로 돌아왔다.

하늘은 어쩌면 저리도 새파란가. 흰 구름은 느긋하게 흘러가고 여름 햇빛은 운동장에 광채를 던지고 있었다.

중2의 여름방학. 무시무시한 3학년 선배들은 현 대회 예선전에서 1회전부터 왕창 져버렸는지라 여름방학 초순에 일찌감치 은퇴했고 우리는 비로소 개운하게 야구를 할 수 있었다…… 라기보다, 그제야 겨우 야구라는 것을 해볼 수 있었다.

선배들은 우리 눈꺼풀에 강제로 안티플라민을 바른 일도 있었다. 폭죽을 바지에 집어넣기도 했다. 어지간히도 두들겨 맞았고 여학생의 운동팬티를 훔쳐오라는 심부름도 참 많이 했지만, 그래도 그만두지 않기를 참 잘했다…….

보라, 저렇게 하늘이 푸르지 않은가.

즉시, 우리는 자라는 빡빡머리에 포마드를 처바르고 그라운드에 섰다.

우리 때부터는 '설교'나 훈련 같은 건 그만두기로 했는지라 2학년도 1학년도 꺄악꺄악 떠들어가며 하얀 공을 쫓았다. 야구부 주장은 초등학교 시절부터 단단한 공으로 야구하고 싶다고 별러대던 오니즈카 군이 되었다. 오니즈카 군은 경구硬球에 대한 동경이 너무도 열렬해서 중학교 내내 말랑말랑한 공임에도 경구용 방망이를 사용했다.

여름방학 때의 어느 하루. 우리 야구부에서 고등학교 야구부로 들어간 OB 선배가 남아도는 시간을 때울 겸, 연습타격을 해주러 왔다.

연습이 끝난 뒤에 그 선배는 우리를 벤치 앞에 집합시키고 초코 아이스바를 하나씩 사주고는 한 말씀을 내려주시는 것이었다.

"좋아, 니들. 자위는 좀 해 봤냐? 자위 해본 놈은 손 들어봐!"

"예엣!"

엣! 2학년 전부? 1학년도? 아무래도 그 자위라는 것을 하지 않은 건 나뿐인 것 같았다. 소스라치게 놀랐다.

"얌마, 너는 아직이여?"

"예엣! 아직입니다!"

"이런 멍텅구리! 얌마, 어떻게 된 거여! 그래서야 어떻게 야구를 허겄냐! 내일까지 확실하게 해보고 왓!"

"예엣! 감사합니다!"

1학년 앞에서 무지하게 혼쭐이 났다. 그런 일 때문에 꾸지람을 듣는다는 게 어딘지 석연치 않았지만, 그 선배는 다리를 다쳐서 자기 연습을 못하는지라 다음 날도 반드시 나올 터였다. 내일도 '아직'이라고 했다가는…… 아, 싫다, 싫어, 그런 일로 또 잔소리를 듣는 건.

하지만 애들이 육상부 여학생 누구누구는 젖이 크고 누구누구의 브래지어는 속이 훤히 다 보인다느니 어쩌느니 해가며 괜히 저희들끼리 좋아서 어쩔 줄을 몰랐지만, 아직도 나는 그런 게 뭐가 그리 재미있다는 건지 도통 모르겠는 것이었다.

엄니가 건네준 작은 책자에도 자위행위 운운하는 대목이 있어서 그게 뭔지 모르는 바는 아니었지만, 나와 직결된 문제로 생각해본 적이 없었던 것이다.

진짜 일이 귀찮게 됐다…….

그렇게 생각하며 저녁노을이 붉은 논길을 자전거로 집에 돌아왔다.

그 무렵의 식욕은 매 끼니마다 하마처럼 죄 핥아먹어도 금세 배가 고팠다. 나 혼자 공연히 겸연쩍어서 엄니의 얼굴을 되도록 쳐다보지 않으면서도 밥만은 몇 공기씩이나 먹었다.

일찌감치 내 방으로 들어가 팬티를 벗고 침대에 반듯하게 드러누웠다. 아이돌 가수인 아그네스 럼, 오바 구미코의 수영복 사진을 보며 고추를 철떡철떡 주물렀다. 고추는 탱탱해지기는 했지만 선배가 말했던 그런 현상은 일어나지 않았다.

"그거 했더니, 칼피스가 말이여, 나는 뭐, 한 3미터쯤 날랐고만."

"선배님, 굉장허시네요!"

"자위도 장거리포가 되는 거구나…….'

탱탱해진 그대로 시간이 멈췄다. 선배가 말한 칼피스는 나올 기미도 없었다. 그때, 옛날 5·7·5조의 짧은 시 한 구절이 퍼뜩 떠올랐다.

가수 다니무라 신지가 진행하는 라디오 방송에 〈천재, 수재, 바보〉라는 코너가 있었다. 그 방송 내용을 책으로 만든 와니 출판사의 소형 책을 가지고 있었는데, 그 속에 어느 독자가 투고한 〈자위〉라는 시조가 있었다. 바로 그 시조의 한 구절이었다.

'사내 열다섯 살은 뱃머리여라, 강을 올라갔다 내려갔다……'

막연히 그 시구詩句를 떠올리며 강을 출렁출렁 올라갔다 내려갔다 해본 그 순간이었다.

"우앗! 선배님! 이거, 이거였고만!"

하얀 공은 천정을 뚫을 기세로 튀어 올랐다.

그렇지만, 떨어졌다.

황급히 병원귀신 변소로 뛰어가 화장지를 챙겨왔다. 그리고 일단 현장 검증을 위해 다시 한 번 '뱃머리 출렁출렁'이 되어보았다.

그 행동을 엄니에게 들켰을 리가 없으련만, 며칠 뒤에 학교에서 돌아와 보니 책상 위에 자연스럽게 티슈 상자가 놓여 있었다. 크억-, 우악! 정말 비명을 지르고 싶을 만큼 창피했다.

중학교에 들어가면서 야구부 연습에 바빠 봄방학이나 여름방학에도 고쿠라 할머니 집에 가지 못했다. 치쿠호 외할머니에게는 학교에서 돌아오는 길에 이따금 자전거를 타고 들러보았다.

부엌에서 외할머니 혼자 저녁밥을 먹고 있었다. 생선을

팔러 다니던 때와는 달리 몸이 갑자기 작아진 것만 같았다.

철에 맞는 조림이며 가지 무침 등을 잔뜩 만들어 놓고 그걸 조금씩 덜어먹고 있었다.

밥통을 열어보니 누렇게 변색된 밥이 들어 있었다. 한 번에 지어서 보온으로 해둔 채 며칠씩 먹는 모양이었다.

"할머니, 이런 걸 먹는댜……?"

"나 혼자인데 뭐, 그거면 되느만."

오래된 밥 냄새, 살론 파스 냄새가 났다.

굴뚝이 하도 높아서 달님도 눈이 매울 거라고 노래했던 건 이미 옛날 옛적의 얘기였다. 더 이상 탄갱 굴뚝에서 연기가 피어오르는 일은 없었다.

그리고 고쿠라 제철소의 거대한 굴뚝도 연기를 피워 올리는 일이 없었다. 폐산이 되고 용광로는 닫히고 두 개의 내 굴뚝도 이미 옛날처럼 연기를 풍풍 뿜어내지 않았다.

어른들이 건설한 것, 내 눈에 보이는 모든 것이 쓸쓸하게 보였다.

그리고 고등학교 입시가 다가오면서 나는 이 동네를 떠나기로 결심했다.

이곳이 아닌 다른 어딘가로 떠나고 싶은 마음, 엄니를 자유롭게 해주어야 한다는 마음, 그 두 가지가 똑같은 무게로 나를 자극했다. 이대로 친구들과 함께 이 지역 고등학교에 진학할 마음은 눈곱만큼도 없었다.

어디라도 좋았다. 그러던 차에 참고서 권말부록을 들여다보니 특수 고등학교가 소개되어 있었고, 거기서 오이타 현大分縣에 미술학교가 있다는 것을 알았다.

뭐, 여기쯤이면 좋겠고만.

그런 정도의 기분으로 그쪽을 찍었다. 특별히 미술학교라서 선택한 것도 아니었다. 그곳으로 정한 가장 큰 이유는 공립 고등학교였기 때문이었다. 어떻게든 집을 떠나 혼자 사는 것이 우선의 내 목표였다.

가을벌레가 쓰을쓸 울기 시작할 무렵, 나는 엄니에게 그 학교 이야기를 했다. 텔레비전에서는 나와 똑같이 중학교 3학년생이 주인공인 〈3학년 B반 긴파치金八 선생님〉이 흘러나오고 있었다.

"네가 거기로 정했으면 그렇게 혀."

엄니는 조용히 말했다.

"혼자 잘 해낼 수 있겠냐?"

"응, 열심히 할겨."

"아침에도 잘 일어나겠어?"

"응, 일어날 수 있어."

엄니를 혼자 두고 가야 하는 안타까움과 엄니를 혼자가 되게 해주어야 한다는 마음, 어느 쪽이 옳은 것인지는 알지 못했다.

아들의 그런 결심을 듣게 된 아부지는 엄니와는 달리 크게 반겼다.

　　"그거, 좋고만. 아버지도 그러는 게 좋다고 생각했어. 사내는 일찌감치 바깥 세상으로 나가는 게 좋은겨. 아부지도 열여섯 살 때부터 도쿄에 혼자 나갔었고만."

　　'아부지는 고향에서 떨려나 어쩔 수 없이 간 거잖여.'

　　내심 그렇게 생각했지만, 왜 그런지 아부지는 유난히 좋아하는 것 같았다.

　　그 무렵, 아부지는 사업이 잘 되는지 위세가 썩 좋았다. 무슨 건축 관련 회사를 시작했다는 모양이었다. 명함에 '일급 건축사'라는 직함이 붙어있었지만 아부지가 그런 자격을 땄다는 이야기는 들어본 적이 없었다.

　　초등학생의 어깨 주물러 주기 티켓처럼 아마 면허를 자기가 자기에게 발행했을 것이다.

　　엄니에게 서랍장이며 반지며 기모노도 사준 모양이었다. 운전면허도 없으면서 자동차도 샀다고 했다.

　　병원귀신 집에는 외할머니가 안 계셔서 그런지, 위세가 좋아져서 그런지, 내 고등학교 입시 전까지 한 달에 한 번 꼴로 찾아왔고 하룻밤 묵어가는 일이 몇 차례 있었다.

　　아부지는 터키탕이니 러브호텔, 종교단체 건물처럼 주변 주민들이 얼굴을 찌푸릴 종류의 건축만 전문으로 하는 것 같았다.

그런 사업은 이래저래 복잡해서 뒷골목 사회와 통하지 않고서는 입찰할 수가 없는지라 아부지는 그런 쪽의 복잡한 문제를 풀어나가는 면에서 '일급 건축사'였는지도 모른다. 건물을 짓는 것보다 사전 협상이 가장 중요한 업무인 모양이었다.

"뭐, 현이 다른 고등학교에 가는 것이니께, 그 학교가 어느 정도나 되는 학교인지 어떻게 해야 합격을 허는지, 그런 정도는 알아두는 게 좋을 것이고만."

"필기 쪽은 내가 시험 쳐서 떨어질 정도로 성적이 높은 학교는 아닌 거 같은데, 그림에는 실기시험이 있더라고."

그러자 아부지는 잠시 조용히 담배를 피우더니, 늘 하던 대로 별로 바람직하지 않은 협상에 들어갈 생각을 해냈는지, 나와 엄니에게 말했다.

"잠깐 온천에도 들를 겸 오이타에 한번 가볼까?"

"거길 왜 간댜?"

"학과 시험은 점수가 잘 나오는 것밖에 방법이 없지만 그림 실기 쪽은 네가 어느 정도나 되는지 어느 정도의 수준이면 합격하는지, 통 모르잖냐? 그걸 한번, 아는 사람에게 알아보는 게 좋을겨. 음, 그게 좋겠고만."

"누구한테 알아 본다는겨?"

"암말 말고 두고 봐."

아부지는 세컨드 백에서 검은 전화번호부를 꺼내 집의

검정 전화로 뭔가 음침한 목소리의 전화를 하기 시작했다.

"엄니⋯⋯."

왠지 불안해져서 엄니를 바라보자 엄니는 좋아서 어쩔 줄을 모르면서 "히야, 온천은 참말로 오래간만이고만"이라며 완전히 놀러갈 생각에 오염되어 있었다.

그리고 전화를 끊은 아부지는 말했다.

"좋아, 다음 주에 벳푸에 가자고."

벳푸 역에서는 똑바로 산을 향해 도로가 길게 뻗어있었다. 길가에는 도랑을 타고 흐르는 온천 수증기가 차가운 겨울 공기 속에 하얗게 피어 오르고 곳곳에서 탕화湯花 냄새가 났다.

역에는 흰색 면 재킷에 흰 면바지를 한 벌로 빼입은, 그야말로 아부지의 친구다운 풍채의 아저씨가 검은 승용차로 마중을 나와 있었다.

"내일 보실 일은 벌써 준비를 단단히 해놨으니께 오늘은 맛있는 거 먹고 온천 좀 하고, 느긋하게 놀다 가십쇼. 기왕 이렇게 벳푸까지 오셨는데."

흰 면바지 아저씨는 자꾸 산속으로 차를 몰아 깊은 숲속에 숨듯이 들어선 '산적 레스토랑'이라는 간판의 산장 앞에 차를 세웠다.

이 산장에서는 그 자리에서 금방 잡은 닭을 내놓는다고 했다. 회와 구이는 맛이 있었지만, 창문 밖에서 "꼬꼬댁!"이니 "꾜-켁!"이라는 임종의 비명소리가 들려오는 통에 내 입맛으로는 도저히 그 '산적의 맛'을 좋아할 수 없었다.

"아드님은 내년에 벳푸로 온다고?"

"네…… 합격하면요……."

"벳푸에 오면 걱정할 거 하나도 없고만. 아저씨가 어떤 일이든지 다 봐줄 테니께."

뭔가 분위기가 점점 더 수상해지는 것 같아 불안한 마음으로 엄니를 쳐다보았지만 "닭고기 회가 이렇게 맛있는 줄 몰랐네"라며 한창 산적요리를 만끽하고 있었다.

엄니는 기뻤던 거라고 생각한다. 돌이켜보면 나와 아부지와 엄니가 함께 여행을 해본 건 그때가 처음이었다. 하긴 여행이라고 이름붙일 만큼 번듯한 여행도 아니었지만, 역시 그전에도 그 뒤에도 단 한 번밖에 없었던 가족여행이었으니 누구보다 기쁘게 생각했던 것은 엄니였을 것이다.

온천여관에 묵으며 모두 똑같은 목욕 가운을 입었다. 목욕을 하고 나와서 아부지에게 맥주를 따르는 엄니의 모습을 보았을 때, 이 어른들, 꼭 부부 같네, 라고 생각했다.

나도 그런 느낌이 왠지 흐뭇했다.

다음 날, 하얀 면 재킷 아저씨의 마중으로, 입시를 치를 고등학교와 인연이 깊다는 화가 선생의 자택에 인사를 하러 갔다.

자그마한 몸집에 선량하게 보이는 노 화가는 내가 가져
간 스케치북을 시간을 들여 찬찬히 들춰보더니 부드러운
말투로 감상을 밝혔다.

"아주 잘 그렸어요. 하지만 여기를 좀 봐요. 감 열매가 아
주 깨끗한 색깔로 그려져 있는데, 감 아래로 생긴 그림자,
갈색 테이블인 거 같은데, 자네는 이 감의 그림자를 검게
칠했지? 정말 여기가 검은 색이었을까? 아마 그렇지 않았
을 거야. 잘 관찰하고 잘 생각한 다음에 그리면 훨씬 더 잘
그릴 수 있어요. 그림을 그리는 시간보다 그림을 그리기 위
해 다양하게 생각하고 다양한 각도에서 사물을 바라보는
시간이 더 중요해요."

아, 그렇구나! 나는 깊은 감명을 받았다. 그러나 아부지
와 하얀 면 재킷은 그런 좋은 말씀보다는 좀 더 즉물적인
이야기를 듣고 싶었던지, 몸을 앞으로 내밀며 화가 선생님
께 물었다.

"그래서요, 선생님. 시험은 어떻겠습니까?"

"예, 전혀 가능성이 없는 건 아니예요. 앞으로 훨씬 잘 그
리게 될 겁니다."

화가 선생님의 예의바르고 온화한 답변에 두 사람은 안
달복달하는 기색이어서, 나는 그 분위기가 너무 싫었다.

처음 인사를 할 때, 아부지가 백화점 종이봉투를 내밀며

"겐카이나다玄海灘의 성게 절임입니다. 인사 겸 들고 왔으니 부디 받아주시지요"라고 은근히 화가 선생에게 내밀었지만 "아, 아뇨. 마음만은 고맙게 받지요. 부디 마음 상하시지 말고"라면서 들고 간 선물조차 받지 않았다.

아부지도 하얀 면 재킷도 늘 만나던 사업 상대와는 전혀 질이 다른 인물이라서인지 결국 하릴없이 담배만 뻑뻑 피워댔다.

"학과 시험도 중요하니, 공부 열심히 해요."

화가 선생은 현관 앞까지 배웅해 주며 내게 말했다. 현관까지 나가는 복도에서도 하얀 면 재킷이 화가 선생에게 자꾸 치근치근 들러붙는 게 너무 창피해서 나는 어서 빨리 집 밖으로 달아나고 싶었다.

돌아오는 차 안에서 성게 절임을 무릎에 올려놓은 아부지가 하얀 면 재킷에게 물었다.

"어땠어?"

"히야, 안 통하느만요. 아무리 쥐어주려고 해도 진짜 안 받더라니께."

역시 이 어른들이 그런 못된 음모를 꾸몄던 것이다.

"왜 그런 짓을 해! 그런 거 안 해도 내가 합격할 거라고!"

내가 화를 내자 하얀 면 재킷은 입을 다물었다. 기분이 엉망인 채로 한참 차를 달리다가, 아부지가 다시 담배에 불을 붙이고 창문을 열면서 말했다.

"그나저나 그 선생, 참 훌륭한 인물이고만. 아무리 대단한 사람도 쥐어주는 건 못 이기는 척 받는 법인데. 특히나 선생이라는 이름이 붙은 자들은 더 그래. 뱃속 검은 인간들이 그쪽에 더 많으니께. 하지만 그 선생은 참 대단하시고만. 진짜 예술가여, 예술가."

아부지는 이건 집에 가져가 먹으라면서 성게 절임을 엄니의 무릎에 얹어주었다.

"아휴, 카메라 가지고 갈 걸 그랬다야!"

엄니는 벳푸 여행이 정말로 좋았던지, 몇 번이나 사진을 안 찍은 것에 대해 아쉬워했다.

그러고 보니, 우리 셋이서 함께 찍은 건 내가 세 살이던 때의 사진밖에 없었다.

수학여행을 갈 때 시내 카메라 가게에서 엄니가 카메라를 사주었다. 귀한 카메라를 손에 넣었는지라 보는 대로 죄다 찍다보니 필름 현상에 엄청난 돈이 들었다.

벳푸에 갔을 때도 카메라를 가지고 갔더라면 좋았을 텐데. 지금에야 나는 정말 아쉽기 짝이 없다.

벳푸 음모에 실패한 아부지였으나, 내 입시에는 그래도 퍽 신경이 쓰였던 모양이다. 처음으로 내게 관심을 가져준 것 같아 반가운 마음도 있었다.

스케치북에 있던 내 그림을 보고 "좀 더 잘 그릴 수 있을 텐디"라고 심각한 표정을 짓더니, 벳푸에 다녀온 그 다음 주에는 "내가 데생을 가르쳐 줄 거니께"라며 고쿠라까지 나오라고 했다.

고쿠라 역 근처 터키탕 거리. 역에서 전화를 하자 아부지는 일이 바쁜지 터키탕 가게 이름을 대며 그곳으로 찾아오라고 했다.

양옆으로 번쩍이는 터키탕 네온사인이 줄줄이 늘어섰고, 호객꾼의 목소리가 앞에 가는 샐러리맨에게 엉겨 붙었다.

스케치북을 들고 아부지가 일러준 한 터키탕 입구에 섰다. 점장인 듯한 사내가 나를 발견하자마자 물었다.

"나카가와 씨 아드님?"

"네."

"그렇고만. 쏙 빼다 박았네!"

나는 아부지 닮았다는 소리를 듣는 게 싫다고요.

점장인 듯한 사내는 출입구 문을 열고 옆 건물을 향해 아부지를 불렀다.

"오우, 꼬맹이. 왔냐?"

아부지가 곱자를 들고 나타났다. 이웃한 터키탕의 개장 공사를 하는 중인 것 같았다. 게다가 건축비를 내지 않은 채 도주해버린 이쪽 터키탕 경영에도 손을 대고 있는 모양이었다.

"정말 많이 닮았네, 아드님이."

"그래? 닮았어?"

아부지는 아들과 꼭 닮았다는 소리를 좋아했다. 따라오라면서 앞장서서 나를 터키탕 안쪽으로 데리고 갔다.

기다란 빨간 털의 카펫. 복숭앗빛 조명. 그리스풍이면서 또한 누보 분위기, 게다가 아라비아식의 기묘한 내부 장식이었다. 아부지의 센스가 마음껏 발휘된 특이한 공간이었다.

카펫을 깔아놓은 복도를 지나자 종업원 전용의 작은 방이 있었다. 가게 안과는 전혀 분위기가 다른 소박한 방으로, 작은 싱크대가 붙어 있었다.

중앙에 놓인 전기 고타쓰 곁에 가운을 입은 터키탕 아가씨 둘이 귤을 까먹다가 내가 들어서자 합창하듯이 부르짖었다.

"어머머! 나카가와 씨네 아드님? 와아, 붕어빵이네!"

나는 고타쓰에 앉아 잔뜩 긴장한 채, 섹시한 두 터키탕 누나에게 온갖 질문을 받아야 하는 딱한 상황을 맞이했다.

"아웅, 귀여워라. 몇 살이니?"

"중학교 3학년요."

"아빠한테 놀러 왔어?"

"아뇨, 저어, 공부하려고……."

"그렇구나. 그럼 누나하고도 공부 좀 해볼터?"

"치잇, 싫지, 이런 아줌마는? 누나랑 하자, 응?"

"아뇨, 그게 아니고, 아부지랑……."

"아웅, 너무 귀엽다. 저기, 혹시, 그거? 아직도 동정?"

"……예."

"그럼 처음에는 이 누나랑 하자. 맨 처음에는 예쁜 여자하고 하는 게 좋거던."

"너 같은 건 어림도 없어. 누나랑 하자."

아부지는 어디로 간 것일까? 좋은 건지 괴로운 건지 알수 없는 이 상태를 더 이상 견딜 수가 없었다.

"젖 한번 볼래?"

"아뇨, 그건……."

"이거 봐, 한번 만져 보라니깐."

"애, 그러지 마. 도련님이 무서워 하잖여."

복숭앗빛 웃음소리가 온방에 울리고, 나는 어떻게도 할수 없어 고타쓰 이불의 꽃무늬만 뚫어져라 쳐다보았다. 그러자 아부지가 돌아왔다.

"아앙, 나카가와 씨네 아드님, 너무 귀여워. 아직 동정이래요."

"그래? 내가 우리 꼬맹이 나이 때쯤에는 뭐, 별별 짓을다 했는데."

"아드님은 착실해서 그렇죠. 맨 처음에는 이 누나하고 하자고, 지금 약속했어요."

"파하하! 아직 이 녀석은 어린애라니께."

144

아부지는 현장에서 가져온 헬멧을 고타쓰 위에 털썩 내려놓고 말했다.

"이거, 그려봐라. 나중에 내가 보러 올 테니."

"어머, 뭣이랴, 이게? 꺄하하하하!"

그 뒤에도 온갖 사념과 싸워가며 내가 연필로 헬멧 그림을 그리고 있으려니, 번갈아가며 들어오는 터키탕 누나들이 "왜 어린애가 이런 데서 헬멧 그림을 그리고 있냐? 너무 재미있다!"라며 저마다 웃어댔다.

그림이 마무리될 즈음, 아부지가 돌아와 아직 끝나지 않은 헬멧을 보며 연필을 들었다.

"이게 아녀. 여기가 좀 더 동그랗고 아래 탁자에 닿은 부분은 이렇게, 이렇게 해야 혀. 어디 보자, 너는 선이 너무 가늘어. 좀 더 연필심의 배 쪽을 사용해서 힘차게 그릴 수 없겠냐?"

내 그림 위에 대고 북북 그려서 내가 그린 원형은 전혀 남아있지 않은 시커먼 헬멧이 완성되었다.

확실히 잘 그리기는 했지만, 아부지는 그림도 글씨도 개성이 지나쳐서 데생이라기보다 헬멧을 모티브로 한 현대미술과 그 표현인 것이다. 이런 걸 배워봤자 입시용으로는 좀…… 이라는 느낌이 들었다.

집에 돌아오자 엄니는 어땠느냐고 그날의 아부지의 수업

에 대해 물어왔다.

내가 스케치북을 펼쳐 엄니에게 보여주자,

"뭣이랴, 이게?"

"헬멧."

"난 또, 송충이 그림인 줄 알았네."

"아부지가 내가 그린 위에다 그렸어."

"너, 오늘 어디서 그림을 그렸다냐?"

"터키탕."

"터키탕?"

"응."

"왜 터키탕에서 헬멧이랴?"

"나도 몰라."

입시 날이 다가왔다. 타지 현에서 치르는 시험이라 이런 저런 까다로운 수속이 필요했다.

엄니는 준비할 서류며 도구를 종이에 적어 놓고 꼼꼼하게 몇 번이고 확인하고 있었다.

그것이 시험을 위한 것인지 아니면 입학 때 필요한 것인지는 모르지만, 엄니가 써놓은 필요서류 중에 내 관심을 끄는 항목이 있었다.

호적등본.

1

이 세상에 사랑이 많아도 아이를 귀애하는 사랑보다 더한 사랑은 없으니.

자식이 부모 슬하를 떨어져 나가는 것은 부모자식의 관계보다 더한 무언가를, 눈부시게 향기로울 터인 새로운 관계를 원하기 때문이다.

친구, 동료, 연인, 부부……. 그 한 사람 한 사람을 만나 제각각 아름답고도 확고한 관계를 꿈꾸고 원한다.

하지만 그런 관계를 바라면 바랄수록 낙담의 씨앗이 된다. 실망에 빠지고, 마음은 갈기갈기 찢긴다.

따스하고 대범하고 변심하지 않고 바뀌지 않을 그것을

찾아다녀도 현실은 번거로움과 배신의 벽 속, 네 발로 북북 기며 두 손으로 모래를 헤집고 눈물을 흘리며 손톱에 피가 나도록 찾아 헤매도 찾아낼 수 없다.

비관하고 포기하려 해도 환상은 그런 마음을 꽁꽁 얽어매고 착각과 환각을 자꾸 보여주면서 다시 그 벽 속으로 끌어들인다.

몇 번이고 똑같은 절망을 되풀이하게 한다.

빙글빙글 빙글빙글, 빙글빙글 빙글빙글.

그리고 완전히 소진되고 질질 끌려들었다가 내동댕이쳐진다.

너덜너덜해진다.

그런 때, 아이는 부모가 된다.

인간이 태어나 맨 처음 알게 되는 부모자식이라는 인간관계. 그보다 더한 무언가를 믿어 의심치 않으며 세상을 향해 길을 떠나지만, 결국 태어나서 처음 알았던 것, 처음부터 그곳에 당연한 일처럼 있었던 그것이야말로 유일하고도 강력하고 결코 뒤집히는 일이 없는 관계였다고, 마음에 가시를 찔려본 후에야 가까스로 깨닫는다.

이 세상에 다양한 사랑이 있으나 부모가 아이를 귀애하는 것 이상의 사랑은 없다.

사랑을 원하는 동안에는 그것을 깨닫지 못한다. 그저 열심히 주는 입장이 되어 보고서야 겨우 조금씩 깨달아간다.

예전에 부모가 내게 어떤 마음을 품고 있었는가. 그날의 일을 깨닫고, 지금에야 나 자신이 그것과 똑같이 되려고 마음먹는다.

그때서야, 인간은 확실한 무언가를 손에 넣는 것인지도 모른다.

나 살아있는 동안은 자식의 몸을 대신하기를 염원하고, 나 죽어 떠난 뒤에는 자식을 수호하기를 기원한다.

5월에 어느 사람은 말했다.

가령 육신의 흔적은 없어진다 해도 그 사람의 생각이나 영혼은 사라지지 않습니다, 당신이 두 손을 맞대고 그 목소리를 듣고자 기원한다면 금세 들려올 것입니다, 라고 말했다.

"역시 에가와 스구루江川卓가 후쿠오카 팀으로 왔더만."

"이제 크라운도 영 틀렸지?"

"애초부터 그렇고만. 백 엔짜리 라이터 회사가 구단을 가진다는 것 자체가 무리한 얘기였어. 거봐, 에가와도 거인 쪽이 오히려 좋았잖여."

"그려도 야쿠르트는 백 엔도 안 되는디?"

"야쿠르트는 날마다 먹는 거잖여. 라이터는 한 번 사면 한참 쓰는 거고. 그러니 돈이 벌릴 리가 있냐고."

치쿠호에는 그 옛날 '니시테츠西鐵 라이온즈'라는 강한 야구팀이 있었다고 탄광 사람들은 자주 옛 이야기를 했지만, 우리 어릴 적에는 이미 태평양 라이온즈, 크라운 라이터 라이온즈로 매각을 거듭하는 만년 최하위 약소 지방구단밖에 없었다.

호세이 대학의 괴물 에가와 스구루를 드래프트로 강행 지명했으나 입단을 거부하는 바람에 이제는 헤이와다이平和臺 구장에서 프로야구 팀이 사라지는 게 아니냐는 소문까지 떠돌던 그해 봄, 우리는 중학교 졸업식을 맞이했다.

그때까지는 내가 사는 집에서 초등학교도 중학교도 친구들과 같이 다니기만 하면 끝이었지만, 이제부터는 학력이라는 자격을 따기 위해 제각각 다른 학교로 진학하고 가정형편으로 벌써 일을 시작한 친구도 있었다. 그런 모습을 지켜보며 모종의 이질감과 사회생활이 시작되었다는 새로움을 동시에 느끼며 나는 치쿠호를 떠나게 되었다.

벳푸 만에서 시작된 완만한 경사길이 산간까지 이어지고, 그 길 중간에 자리 잡은 작은 목조 공동주택이 독신생활을 시작한 열다섯 살의 내 방이었다. 벳푸 칸나와別府鐵輪 온천이 가까운 그 공동주택은 주변에 여관이며 호텔, 유원지가 줄줄이 늘어서 있었다.

예전에는 흥청망청 번화했던 이 온천가도 그즈음에는 유

후인由布院 쪽으로 그 인기를 빼앗기고 어느 길모퉁이건 시
골 같은 쓸쓸함만 감돌았다.

길게 하늘로 뻗은 굴뚝에서 하얀 연기를 토해내던 제철
도시에서 폐광 곳곳에 하얀 유해가스가 피어오르던 탄광촌
으로, 그리고 이제는 길가 도랑에서 유황냄새와 뿌연 수증
기가 피어오르는 온천가로 자리를 잡은 것이었다.

지는 해의 어스름한 이내가 자욱한 쓸쓸한 동네, 옛날의
영화를 잃고 허옇게 시들어버린 동네, 나는 그런 곳으로만
전전하는 것 같았다.

"우리 꼬맹이가 어릴 적부터 운은 좋았고만."

합격 소식에 아부지는 만족스러운 듯 그렇게 전화를 해
왔다.

발표에서 입학까지 짧은 기간에 이사와 입주 준비로 바
쁘게 돌아갔다. 목조 2층 건물에 목욕탕과 화장실은 공동
이고 집세는 2만 엔인 공동주택이었다. 집 근처의 허름한
식당에서 한 달 2만 엔에 세 끼 식사를 먹기로 했다.

꽃봉오리가 차오르는 향기가 온 동네에 자욱했다. 온천
가의 봄날은 탄광촌의 봄보다 부드럽고 따스했다. 사람들
의 발길이 뜸해진 관광지라지만 언덕 위에서 보이는 바다
도, 말끔하게 단장한 공원도 피어오르는 수증기도, 모든 것
이 치쿠호의 그을음투성이 동네보다는 내 눈에 환하게 비

쳤다.

멀리 떨어져 살게 된 나의 새 방을 엄니는 정성껏 청소하고 생필품을 빠짐없이 사주고 화기 주위에 불조심이라는 메모를 써 붙이고 이웃 방들에 인사도 돌았다.

나는 아직 불안도 외로움도 알지 못했다. 부푸는 기대와 예감에 그저 마음이 통통 튀어오를 뿐이었다. 특별한 목표가 있는 것도, 꿈을 가진 것도 아니었다. 작은 자립을 이루었다는 기쁨과 저 폐광촌에 나도 매몰될지 모른다는 공포감에서 약간 벗어난 데 대한 안도감뿐이었다.

학교 수속이며 생활할 준비를 마치고 치쿠호 집에 다시 돌아오자, 엄니와 내가 지난주까지 함께 살았던 병원 집에 이미 내 물건이라고는 없었다. 침대도 책상도 실려 가고 방바닥에는 그 무거운 흔적만 남아있었다.

부모 슬하를 떠나는 아이, 그 뒤에 남겨지는 부모의 심정은 어떤 것일까. 그때 나는 그걸 잘 알지 못했지만, 엄니와 함께 있는 동안에 맛있는 거 많이 먹어두자며 날마다 맛있는 것을 만들어 주는 엄니의 표정, 부엌에 선 뒷모습, 침대가 없어진 방에 이불을 깔고 있는 엄니의 얼굴이 내내 웃고 있는데도 어딘지 쓸쓸하게 보였다.

그때까지 어떤 초라하고 괴상한 집에서도, 남의 집에서 식객 노릇을 할 때도 항상 함께 살았던 엄니와 나, 한심스러운 일도 창피한 일도 함께 겪어왔던 엄니와 나는 이제부터 따로 헤어져 살아야 하는 것이다.

방세와 식당에 낼 식사비, 그밖에 2만 엔씩 다달이 돈을
부쳐야 하니 엄니에게는 지금까지보다 더 큰 부담을 끼치
게 될 터였다. 통통 튀는 기분과 답답한 마음이 내 가슴 속
에서 맞부딪쳤다.

떠나는 날, 무인역 홈에 벚꽃이 눈발처럼 쏟아졌다. 내다
보이는 저 끝까지 논밭이 펼쳐지고 그 맞은편으로는 폐광
산이 보였다. 아무 예쁠 것도 없는 그 풍경 속에 덜렁 솜사
탕 같은 벚나무가 멍하니 떠있었다.

하루 여덟 번만 운행하는 기차를 홈의 벤치에서 엄니와
기다렸다.

"네 몸 관리를 잘 허고, 착실하게 공부해야 헌다이?"

"응……."

"가방 속에 주먹밥 넣었으니께 기차 안에서 먹어."

"응……."

뭔가 엄니의 마음이 편해질 말을 한 마디 해줘야 한다고
생각하면서도 말이 나오지 않았다. 봄 향기와 따스한 바람
이 바지자락으로 기어들었다. 엄니의 발이 조그맣게 보였
다. 엄니는 어떻게 생각하고 있을까? 쓸쓸하지는 않을까?
돈 때문에 걱정하지 않을까? 아직 아무 말도 하지 못했는
데, 두 칸짜리 디젤 기차가 덜컹덜컹 홈으로 미끄러져 들어
왔다.

"도착하면 전화할 테니께……."

"열심히 해라이?"

차장이 부는 호각소리가 울리자 낡은 기차 문이 스르륵 닫혔다. 엄니는 달리기 시작하는 기차를 따라 걸어오며 손을 흔들었다. 길지 않은 홈의 끝까지 따라와 내내 손을 흔들고 있었다. 전망 좋은 단선, 곧게 뻗은 선로 건너편으로 엄니가 자꾸자꾸 작아져갔다.

나는 제대로 손도 흔들지 못한 채 그저 그 모습을 내내 지켜보고 있었다.

차창 밖의 풍경이 시내로 바뀌었다. 한참 후에 여행 가방의 지퍼를 열어보니 종이 도시락과 새 속옷이 들어 있었다. 김으로 감싼 가마니 모양의 주먹밥 네 개와 닭튀김, 달걀부침에 그날 아침에 엄니가 장아찌 항아리에서 꺼낸 가지 장아찌가 들어 있었다. 그리고 도시락 밑에는 내 이름이 적힌 하얀 봉투가 있었다.

네가 고등학교에 합격해서 정말 기뻤다, 엄니 일은 걱정하지 말고 몸 건강하게 열심히 공부해라, 라고 써있었다. 엄니 일은 하나도 쓰지 않고 오로지 나를 격려하는 말만 힘차게 적혀있었다. '어머니로부터'라고 끝맺음을 한 그 편지와 함께 꾸깃꾸깃한 만 엔짜리 지폐 한 장이 나왔다.

나는 주먹밥을 먹으며 눈물이 멈추지 않았다.

피의 연못 지옥, 빡빡머리 지옥, 용틀임 지옥, 바다 지옥, 도깨비산 지옥, 산맥 지옥. 벳푸에는 아직도 수많은 지옥이 있다.

옛날 옛날에 벳푸 각지에서 열탕, 진흙탕 등 수증기가 솟구치자 사람들이 그곳을 두려워하고 기피했던 데서 그 각각을 '지옥'이라고 부르게 되었다. 분출하는 열의 특징에 따라 하나하나 이름이 붙여지고, 이제는 관광명소가 되어 지옥의 순례를 즐기는 관광객들이 뒤를 이어 찾아든다. 그 옛날의 지옥도 세월이 흘러 그 정체가 밝혀지자 사람들은 돈을 치러가며 허위허위 찾아온다. 지옥조차 관광지가 된 것이다. 팽팽하던 긴장감도 일단 풀리고 나면 점차 느슨해지고, 아무 일도 없었던 듯 그저 일상이 되어버린다.

입학하여 한참이 지나자 나는 걸핏하면 학교를 빼먹었다. 엄니가 깨워 주는 것도 아니니 자명종을 꺼놓고 다시 잠이 들면 다음에 눈이 뜨이는 건 한낮인 때도 한두 번이 아니었다.

그러면 학교에는 갈 생각도 하지 않고 게임센터에 틀어박혀 게임에 몰두하거나 파친코 가게를 기웃거리고 찻집에서 만화에 푹 빠져 하루를 보냈다.

그다음 날 나가서 "감기 걸려서 못 왔습니다"라고 둘러대면 담임선생은 그게 거짓말이라는 걸 뻔히 알면서도 그저 몇 마디 잔소리로 끝내버리는 타입이었다. 상급생에게 불려가서 파마는 하지 말라든가 태도가 불량하다든가 해서 기합을 먹어도 치쿠호의 무서운 선배들에 비하면 도무지 박력이 없으니 전혀 가슴에 와 닿는 게 없었다.

엄니의 얼굴을 떠올리며 이따금 나 자신을 꾸짖어 봐도, 그 마음 역시 무기력과 타락적인 생활에 떠밀려 오래 가지 않았다.

학교도 미술 수업도 재미가 없었다. 밤에는 목적도 없이 거리를 배회하고 의미도 없이 한밤중까지 빈둥거렸다.

꾸지람 듣는 일도 없고 무서운 사람도 없이, 넉넉한 자유를 부여받은 이 나이 또래의 아이들은 한번 미끄러지기 시작하면 그다음부터는 빠르다. 그림도 기타 치기도 흥이 나지 않아 그저 한심하기 짝이 없는 자유만을 누렸다. 그런 생활 속에서도 하루에 한 번, 밤 9시쯤이면 공원 귀퉁이에 있는 공중전화로 엄니에게 전화를 했다. 그 대화 속의 나는 담임의 눈 밖에 나버린 현실의 내가 아니라 타향에서 열심히 공부하는, 엄니에게 걱정 끼칠 일 없는 거짓된 나였다.

전화를 끊은 뒤에 아무도 없는 공원의 눅눅한 공기를 들이마시며 늘 자기혐오에 빠졌다.

그 무렵, 1년 동안에 키가 10센티미터쯤 컸다. 아무리 먹어도 돌아서면 배가 고팠다.

식당 아주머니는 친절한 사람이었지만 늘 한 가지뿐인 반찬은 오래된 기름 냄새가 났다. 일주일에 몇 번이나 건더

기가 부실한 크림스튜가 나왔다. 아주머니는 얼마든지 떠다 먹으라고 했지만 크림스튜 한 가지로 밥이 먹힐 리 없어서 날마다 식당을 나온 뒤에는 슈퍼에 들러 포테이토칩을 봉지째로 단숨에 먹어치웠다.

그 덕분에 지금도 크림스튜는 잘 먹지 않는다. 나 혼자 살아보고서야 음식의 중요성과 날마다 맛있는 요리를 해준 엄니의 고마움을 알았다.

사흘에 한 번씩은 학교를 빼먹었는지라 2학년에 올라갈 수 있을지 걱정되었지만, 그럭저럭 진급을 해서 새롭게 봄을 맞이했다. 학교 친구와 어울리는 일이 늘어나면서 수업을 빼먹는 일은 줄었지만, 여전히 비슷한 마음가짐으로 신학기를 맞이했다. 내 방에서 학교까지 걸어서 채 3분도 걸리지 않았지만 그래도 내 발길은 영 그쪽으로 향하지 않았다. 그날도 늦잠에 빠져 1교시가 끝날 때쯤에도 여전히 이불 속에 있었다. 그러자 방문을 두드리는 소리가 들렸다. 속옷 차림으로 방문을 열자 새 담임 선생님이 서있었다.

"어서 옷 갈아입어. 학교 가자."

무라카미라는 나이 든 여선생으로, 몸집은 작은데 목소리는 엄청 큰 선생님이었다.

그날만이 아니었다. 조금이라도 지각을 하면 수업 틈틈이 나를 깨우러 달려오셨다. 학교에 출근하기 전에 먼저 내게 들렀다 가시기도 했다. 선생님에게 팔을 잡힌 채 학교 운동장을 가로질러 터덜터덜 끌려가면 수업 중이던 우리 반 친구들이 창문 너머로 내다보며 웃어댔다. 정말 꼴이 말이 아니었다. 그런 창피한 등교를 몇 차례 하다 보니 나는 깨우기 전에 스스로 학교에 달려가게 되었다.

"네가 고등학교를 무사히 졸업한 건 무라카미 선생님 덕분이여"라고 엄니는 말했다. 나도 그렇게 생각한다. 날마다 착실히 학교에 다니자마자 어느 여학생을 좋아하게 되었으니, 청춘이란 참으로 단순하기 짝이 없다. 기분이 날 때가 아니면 제대로 등교를 하지 않았는지라 1학년 때부터 같은 반이던 T의 존재를 그때까지 미처 알지 못했던 것이다.

내 자리는 복도 쪽 맨 뒤였고 T의 자리는 창가 쪽 맨 뒤였다. 창문으로 쏟아져 들어오는 햇빛이 T의 가늘고 곧은 머리칼을 흔들며 반짝였다. 어스레하게 습기 찬 복도 쪽 자리에서 바라보는 T의 옆얼굴은 아름답고 눈부셨다.

T를 보기 위해 학교에 다녔다. 반 친구들의 이야기를 가만히 들어보니 아무래도 T는 모두에게 인기가 있는 모양이었다. 성적도 우수하고 시내 보석가게의 딸이라는 것도 알았다.

'부잣집 딸이라……. 그런 여자는 내 생전 처음이네.'

탄광촌에는 부잣집 딸이라는 건 없었다. 보석가게라는 것도 없었다. 있어봐야 기껏 시계방이었다. 만일 보석가게

158

가 있었다면 사흘에 한 번 꼴로 도둑이 들었을 것이다.

여름방학을 앞두고 기말시험 기간이 다가왔다. 우리 학교는 시험 성적을 1등부터 꼴찌까지 복도에 내붙였고 그때까지는 내가 몇 등인지 그런 것에는 관심도 없었지만, T가 매번 5등 안에 든다는 정보를 입수했다. 나를 바보라고 생각해서는 될 일도 안 되겠다는 위기감에 나는 시험공부라는 것을 시작했다. 성적이 우수한 부잣집 딸하고 나하고는 도무지 어울리지 않는다는 식의 만화 같은 생각을 했던 건 아니지만, 뭐, 그 비슷한 감각이었을 것이다.

"네가 웬일이냐?"라고 무라카미 선생이 도리어 걱정스럽게 물어보는지라 "T를 좋아해서요"라고 솔직히 말했다가 실소를 사고 말았다.

친구 놈들이 고백을 하라고 꼬드겼지만 아무리 생각해도 부끄러웠다. 그런 면에서는 나는 완전 쑥맥이었다. 다른 몹쓸 짓은 아무렇지도 않았지만, 달달한 짓에는 영 소질이 없는 것이다.

하지만 그때는 기말시험 공부를 지나치게 많이 해서 상당히 고조되어 있었던지, 결행의 날을 종업식 날로 정하고 T에게 사랑을 고백하기로 마음먹었다. 종업식 날로 정했던 것은 만일 거절당하더라도 그다음 날부터 여름방학에 들어가는지라 얼굴을 마주치지 않아도 될 거라고, 네거티브한 것을 포지티브하게 계획했기 때문이다.

종업식 뒤에 T를 바닷가 공원으로 불러냈다. 이런 일은 산보다 바다 쪽이 좋다. 축 늘어진 야자수가 가득한 공원 벤치에 앉아 하늘이 저녁 황혼으로 물들 때까지 나의 영문 모를 마음을 영문 모를 말로 뜨겁게 뜨겁게 펼쳤다.

대답은 이 공원에서는 하지 말아달라고 요청했던 것은 처음으로 갖게 된 둘만의 시간을 최대한 오래오래 즐거운 마음으로 이어가고 싶었기 때문이다. T를 역의 홈까지 바래다 주면서 기차가 오기 직전에야 대답을 물어보니, 얌전하기만 한 T는 꾸벅 고개를 끄덕여 주었다.

세상에 이렇게 기쁜 일이 또 있을까. 들어오는 기차에 그대로 몸을 들이박고 싶은 기분이었다.

홈에 있는 사람들 모두가 우리가 주연하는 뮤지컬의 조역으로 보였다. 역장과 친구 놈들이 축하의 댄스를 추면서 선로에서 와르르 튀어나온다 해도 나는 당연한 일이라고 생각했을 것이다.

그다음 날부터는 여름방학. 나는 곧바로 치쿠호에 돌아갈 터인지라, 그렇다면 편지를 쓰겠다고 말했다. 아마도 내 목소리는 오페라 가수처럼 붕 떠있었을 것이다. 그러자 T는 가방 속에서 두툼한 책을 꺼내 내게 건네주었다.

"이거, 읽어봐……."

T를 싣고 움직이기 시작한 기차. 그녀가 건네준 책을 가슴에 끌어안고 손을 흔들어 배웅했다. 역 계단을 여덟 칸씩

건중건중 건너뛰고, 흥분이 식지 않은 채 의미도 없이 상점
가를 춤추듯이 내달렸다.

상점가에 북적거리는 사람들이 모두 내가 주연하는 영화
의 엑스트라로 보였다. 마침 '얼간이'라는 별명의 1학년 후
배가 얼간이 같은 면상으로 걸어가고 있었다. 기분이 한껏
고조된 나는 방금 라면을 먹고 나온 길이라는 얼간이에게
라면을 사주겠다며 다시 그 라면집으로 데리고 들어가 그
멋진 드라마의 일부시종을 다른 엑스트라 손님들도 다 들
릴 만큼 큰소리로 떠벌린 끝에 가슴이 벅차서 라면은 도저
히 들어가지 않는지라 얼간이에게 내 것까지 먹으라고 권
해서 억지로 두 그릇을 먹였다.

T가 건네준 두툼한 책을 끌어안고 멍해져 있는 내게 얼
간이는 입가에 면발이 줄줄 늘어진 채 내게 물었다.

"선배, 그 책, 뭐여?"

"응, 성경책이여."

방학 때마다 치쿠호 병원 집에 돌아가면 항상 마에노 군
이 즉각 나를 만나러 왔다. 고등학교에 들어가면서 몸집도
큼직해지고 펀치 파마를 한 마에노 군이 놀러 가자고 찾아
오는 것이다.

"파친코, 안 갈 텨?"

이 동네에서는 고등학생이 되면 모두가 파친코를 했다.

나는 마루에서 T가 건네준 성경책을 읽고 있었다.

엄니가 차려준 칼피스를 마시며 마에노 군은 내가 일어서기를 기다리고 있었다.

"파친코, 안 갈 거냐고?"

"파친코……?"

"낚시하러 가도 좋을 것이고."

"낚시……?"

"야, 그거, 뭘 읽는 거여?"

"성경책이여."

"뭐여, 그게? 너, 벳푸에 가더니 머리가 이상해졌냐? 야, 그딴 거 읽는 사람은 처음 봤다!"

편지를 몇 차례 주고받는 사이에 T가 경건한 몰몬교 신자라는 것을 알았다. 하지만 그런 거, 조로아스터교든 부두교든 상관없었다. T를 향해 뜨겁게 끓어오른 마음은 천 페이지가 넘는 그 교전을 몰두하여 읽게 하는 엄청난 힘이 있었다.

"그거, 뭐가 써있는데?"

"나도 잘은 몰라……."

내용을 따라가지 못해 기운이 빠지려고 하면 책 말미에 T가 직접 써준 이름을 바라보고 헤벌쭉해서 다시 기합을 넣어가며 읽었다.

그 나이쯤에도 아직 엄니에게 그런 얘기는 하지 못했다. 여전히 어린애로 남아있어야 한다는 생각까지는 아니었지만, 여학생에게 관심을 가진 내 모습은 보여주고 싶지 않았던 것 같다. 엄니는 느닷없이 여름방학 내내 성경책에 빠져 있는 나를 지켜보면서도 별다른 말을 하지 않았다. 둘 사이에 일정한 거리를 두어서 사춘기의 감정적인 균형을 유지했던 것 같다.

매일같이 의미도 모르는 성경책을 읽고 그 감상이며 T에 대한 감정을 편지로 써내려갔다. 그리움이 사무쳐서 봉함편지는 매번 갈치처럼 두툼했다. 세 통에 한 통 정도의 비율로 T에게서 답장이 왔다. 여름방학이 끝날 때쯤에 둘이 만나기로 약속을 했다.

개학식 일주일 전에 벳푸로 돌아가 역에서 T를 만나 볼링을 하러 갔다. 온갖 고민 끝에 이번 데이트는 볼링장이 좋겠다고 정했던 것이다. 치쿠호 탄광촌에 있던 유일한 오락시설은 볼링장이었다. 세상의 볼링 붐이 진즉에 끝나버린 뒤에도 볼링장이 새로 한 군데 더 들어설 만큼 오로지 볼링밖에 모르던 동네였기 때문에 나도 초등학생 때부터 볼링만은 꽤 자신이 있었다.

첫 데이트는 내 특기인 볼링으로 멋진 모습을 보여주겠다는 그야말로 진부한 꿍꿍이였던 것인데, 마음이 너무 앞섰던지 아니면 성경책의 저주를 받았던지 평소 실력이 도무지 나오지 않았다. 실력이 나오기는 커녕, 볼링은 거의 해본 적이 없다는 T보다 점수가 낮게 나왔다. 도망치듯이 볼링장을 뒤로 하고, 레인에 기름이 많다느니 볼 종류가 적다느니, 어설픈 변명을 늘어놓으며 야마테山手 공원 쪽으로 걸어가려니, 갑자기 수영장을 뒤엎은 듯한 소나기가 습격해왔다. 잠시 비를 그을 곳이 눈에 띄지 않아, 일단 내 방이 바로 저기니께, 하고는 그야말로 싸구려 청춘영화 같은 전개에 따라 뜻밖에 T를 내 방에 초대하게 되었다. 그러나 둘다 비에 흠뻑 젖었다는 그야말로 싸구려 포르노 영화 같은 상황을 맞이하여, 목욕수건을 빌려다 머리를 닦고, 옷을 갈아입으라는 건 뭔가 좀 이상하고, 그냥 따스한 홍차나 한잔 대접하면서, 사양 말고 편히 앉으시죠, 라는 결말이 되었다. 청춘영화에서는 이런 때, 말도 멎어버리고 숨소리만 커져가는 장면이 등장할 테지만, 내가 또 이런 쪽의 성장은 중학교 때와 완전히 똑같은 수준이어서 키스를 한다든가 포옹을 한다든가, 그런 건 눈곱만큼도 생각하지 않는 모범 청년. 참내, 이제야 그런 생각을 하면 뭘 하냐고요. 우연히 때를 잘못 잡아 놀러온 얼간이까지 함께, 셋이서 조용히 차를 마시고 그날은 그것으로 데이트 끝, 여름 끝이었다. 고백을 한 날과 첫 데이트 날, 여름방학의 첫머리와 끄트머리에 두 개의 추억을 만들고서 2학기가 시작된 지 며칠 뒤. T와 T보다 더 심각한 표정인 T의 여자 친구가 나를 불렀다.

이야기 내용은 이러했다. 그 첫 데이트 날은 일요일이고 본래 안식일이었다. 안식일에는 돈을 쓰는 것도 바람직하지 않다. 홍차 같은 기호품을 섭취하는 것도, 독신 남성의 방에 들어가는 것도 계율에 따라 엄격히 꾸지람을 들을 일이다. 아니, 그 이전에 몰몬교도는 몰몬교도가 아닌 이성과의 교제를 금하고 있다. 지난번과 같은 잘못을 반복하지 않기 위해서는 앞으로도 T와 교제를 계속할 거라면 반드시 세례를 받아야 할 것이다. 그렇지 않으면 두 사람의 교제는 어렵다….

라고, T가 아니라 같은 종도인 T의 여자 친구가 꾸짖듯이 말하는 것이었다. T는 조금 미안한 듯한 표정을 짓고 있었지만, "나카가와 군도 세례를 받았으면 좋겠어요"라고 귀엽고 안타까운 목소리로 말을 거들었다.

T가 그렇게까지 말한다면 세례든 할례든 받는 건 싫지 않았으나, 이 타이밍에서 세례를 받는 것이 연애를 위한 것인지 아니면 전도를 위한 것인지 분명치 않아서 내 감정은 혼돈에 빠졌다. 그녀의 마음을 확인하고 싶어 '종교의 벽을 뛰어넘어 기독교도인 그대와 무종교인 내가 다시 한 번 사귀어보는 건 안 될 일일까? 편견이 있어서 하는 말이 아니라, 마음만 있다면 그런 벽을 뛰어넘는 건 얼마든지 가능하다고 생각한다. 또한 내가 알고 싶은 것은 그대와 내 마음의 연결이고, 앞으로 조금만 더 지금 이대로 사귀면 안 될

까?' 라는 뜻의 질문을 정직하게, 정말 한 조각 흐림도 없이 순수하게 T에게 던져보았던 것이다.

"안되겠습니까?"

그러자 T는 말했다.

"안됩니다."

여름이 끝났다. 석연치 않은 사랑의 결말에 나는 울었다.

"종교라는 게 대체 무엇이란 말인가?"

단순한 사랑은 복잡한 눈물로 막을 내렸다. 학교에 가는 게 아연 싫어졌다. 공부하는 것도 싫어졌다. 예의 바르고 착실한 거 따위 똥이나 먹어라, 라고 생각했다. 한밤중에 교사의 창문 유리를 죄다 깨부수고 다니기는……, 물론 하지 않았지만, 아무튼 울었다. 남겨진 것은 머릿속에 천 페이지 분량의 성스러운 말들뿐이었다.

겨울 방학, 치쿠호 집에 돌아온 나는 고타쓰 안에서 종일 오토바이 카탈로그를 들여다 보고 있었다. 몇 달 전 여름방학에는 그토록 성경책을 숙독하던 아들이 겨울이 되자 갑자기 그 관심이 오토바이로 바뀌었다. 자식의 그런 말도 안 되는 어리석은 짓들이 부모의 눈에는 과연 어떻게 비쳤을까.

열여섯 살이 되자 곧바로 오토바이 면허를 땄고 치쿠호

166

집에 돌아올 때마다 친구 오토바이를 빌려 타곤 했었다.

"너, 오토바이 갖고 싶은 겨?"

"응……. 근데, 필요 없어."

"남의 것 빌려 타다가 사고라도 나면 안 되잖여."

"괜찮다니께."

"남한테 자꾸 빌리기도 미안헐 텐데?"

"집에 왔을 때만 타는데, 뭐."

엄니는 결국 정월에 신품 오토바이를 사주었다. 내가 그
토록 원했던 야마하의 은빛 오토바이였다. 시내 오토바이
가게에서 경트럭 짐칸에 신품 오토바이를 싣고 납고를 하
러 왔을 때, 나는 좋기도 하고 미안하기도 해서 아저씨가
들려주는 설명도 제대로 듣지 않고 병원 집 앞에서 오토바
이만 만지작거리고 있었다.

"히야, 세련됐다! 신품이라 역시 다르고만."

엄니 옆에서 마에노 군이 오토바이를 살펴보며 연신 고
개를 끄덕였다.

"사고 안 나게 안전운전 해야 된다이?"

엄니는 그렇게 말하며 오토바이 열쇠와 설명서를 내게
건네주었다. 오토바이 아저씨에게 그 자리에서 꺼내주던
십여만 엔을 나는 똑바로 바라볼 수가 없었다.

시동을 걸자 단기통의 가볍고 상쾌한 소리가 울렸다. 서
리가 내린 논둑길, 일차선 버스길, 바람이 들이치는 제방과

탄광주택 사이길. 오토바이는 은빛 차체를 번쩍이며 시골 길을 돌진했다.

엄니에게 이런 것까지 사달라고 해도 괜찮은 걸까? 다달이 부쳐주는 돈은 모조리 엄니 이름으로 입금되었고, 아부지에게서 돈이 오는 일은 없었다. 한겨울 차가운 바람이 엔진 소리와 함께 스웨터 틈을 뚫고 온몸에 파고들었다.

치쿠호 외할머니는 여전히 혼자서 전기밥통의 누런 밥을 먹고 있었다. 집 안은 향불과 살론 파스 냄새가 가득하고 그 냄새를 맡을 때마다 뭔가 쓸쓸한 기분이 들었다. 무릎이 안 좋아 구식 화장실 변기 위에는 간이 양식 변좌가 놓여 있었다.

가재도구와 외할머니의 몸은 점점 낡고 기운을 잃어가고 있는 와중에 하루하루 넘기는 일력日曆만 새것이었다.

모두 떠나버린 집에서 누렇게 변색된 밥을 먹으며 매 끼니마다 심장병 약을 먹고 칙칙거리는 텔레비전을 지켜보고 있었다. 외할머니는 하루 중 어떤 때가 즐거운 것일까. 무엇이 인생의 낙일까. 어떤 일에 행복을 느끼고 어떤 일에 슬픈 것일까. 신품 오토바이의 열쇠를 테이블에 내려놓고 그 열쇠 너머로 바라본 외할머니의 옆 얼굴. 같은 시대를 살면서도 나와는 전혀 다른 입장에서 하루하루를 살아가는 외할머니의 모습에 나 혼자 안타깝고 답답해서 견딜 수 없었다.

고쿠라 할머니도 마찬가지로 빈집에서 혼자 살았다. 자식들과 손자들은 저마다 새로운 일이 이어지는 나날 속에서 숨 쉴 틈도 없이 바쁘게 돌아다니고 있었다. 할머니들은 그와는 반대로 매일 똑같은 풍경과 잔상 속에서 그저 숨을 쉬고, 하루하루 넘기는 일력만 새것으로 바뀌어갔다.

시작과 끝에 드러나는 쓸쓸함.

고쿠라 시내도, 치쿠호 동네도, 라이온즈도, 벳푸 온천가도, 치쿠호 외할머니 집도, 고쿠라 할머니 집도.

어른들이 들려주는 그 옛날의 영화榮華. 집 안에 아이들 소리와 막 지은 밥의 고소한 냄새가 풍기던 때의 일.

분명 그런 일이 그곳에 있었는지도 모르지만, 십대의 나로서는 그 어느 것 하나, 그때의 모습을 떠올리는 건 불가능했다.

모든 것이 막을 내린 뒤에 태어나 그저 타성으로만 이어지는 환경밖에 본 적이 없는 우리 세대는 예전에 그곳에 있었던 것들에서 어떤 가치도 찾아내지 못하고 있었다.

결국 모든 것은 무너져버린다, 시들어버린다, 떠나버린다, 아무도 남지 않는다…….

결국 이런 결과만 남을 뿐이다. 예전에 일시적으로 존재했다는 그 영화를 나는 믿을 수 없었다.

영고성쇠의 무정함, 한 찰나에 불과한 가족의 번영. 사람들이 당연한 일처럼 원하여 마지않는 그 모든 광채와 따스함을 나는 애매모호한 것일 뿐이라고 불신의 눈으로 바라보고 있었다.

축제가 끝난 뒤의 공허함. 사라져버리는 것에 대한 공포감. 나는 그 두려움에 내내 겁에 질려있었다.

겉껍데기뿐인 이상, 얄팍한 양식良識을 모두 엉터리라고 여겼다. 반드시 찾아올 쇠퇴를 알지 못하고 형식적인 행복과 공장에서 대량생산되는 삶과 가정에 그저 몸을 내맡기고 흘러가노라면 평생 행복할 거라고 믿는 사람들이 모두 명텅구리로 보였다.

완전하지 않은 것은 모두 가짜다. 영원하지 않으면 모든 건 환각이다. 하지만 영원한 것은 이 세상에 하나도 없었다.

반년에 한 번씩 주말을 이용하여 엄니는 내가 어떻게 사는지 보려고 며칠씩 벳푸에 와서 지냈다. 엄니가 와있을 때면 크림스튜 식당에 가지 않고 엄니가 해주는 요리를 먹거나 스테이크하우스니 장어집에 가는 게 큰 즐거움이었다.

그 나이 때쯤이면 친구들은 부모와 함께 돌아다니는 것을 부끄러워했지만, 나는 한 번도 그런 생각을 한 적이 없었다. 오히려 엄니가 오면 일부러 벳푸 거리를 데리고 다니곤 했다.

사람들이 별로 찾지 않는 온천가라고 해도 엄니가 사는

치쿠호에 비하면 훨씬 큰 도시였다. 역 개찰구에는 역원이 있었다. 상점가 훨씬 북적거리고 아케이드도 있었다.

긴테츠 백화점에 엄니를 데리고 가서 여성복이며 액세서리를 사라고 내가 일부러 골라주며 자꾸 권했지만 엄니는 거의 쇼핑을 하는 일이 없었다. 그래도 어쩌다 할인 코너에서 핸드백을 사는 일이 있어서 그런 때면 나는 한결 마음이 놓이고 흐뭇했다.

벳푸 내 방에 왔을 때, 엄니가 감을 잡았던지 내 앞에 다가와 앉으며 넌지시 물었다.

"너, 담배 피우쟈?"

"응······."

어떻게 알았나 싶어서 차마 얼굴을 들지 못하고 있으려니 엄니가 자기 담배와 라이터를 내 눈앞에 내밀었다.

"피워."

"옛······?"

"피워도 괜찮으니께 피워."

"나는 마일드세븐 아니면 안 되는데······."

엄니의 뜻밖의 말에 갈팡질팡하다가 자리에서 일어나 책상 서랍에 감춰두었던 담배를 꺼내다 엄니 앞에서 불을 붙이고 피웠다. 엄니도 담배를 피우며 내게 말했다.

"숨어서 슬금슬금 피우지 말어. 숨어서 피우면 불내기 쉬

171

우니께. 불은 절대로 내면 안 된다이? 남한테 큰 폐를 끼치는 일이니께. 사내라면 당당하게 피워."

다음 날, 엄니는 벳푸 상점가에서 회사 중역실에나 있음직한 큼직한 커트글라스 재떨이를 사다 고타쓰 위에 털썩 올려놓았다.

3학년에 올라가면서 학교 교사가 옮겨가는 바람에 나는 벳푸 시에서 오이타 시내 하숙집으로 이사했다. 나와 똑같이 다른 현에서 유학을 온 얼간이의 소개로 들어가게 된 하숙집이었는데, 이번 하숙집은 신축건물이고 목욕탕과 화장실도 있었지만, 가격은 똑같이 2만 엔이었다. 벳푸 공동주택에서는 집주인의 목욕탕을 함께 써야 했는데 그 주변은 어떤 집에서나 자기 집에 온천물을 끌어다 쓰는지라 날마다 온천물에 목욕을 할 수 있었다.

이따금 집주인 아주머니가 내가 들어있는 탕에 "실례합니다아"라면서 강제로 혼욕을 하러 들어오는 일이 있었다. 그건 벳푸의 혼욕문화에 익숙한 주민의 일상적인 행위인지, 아니면 그 아주머니가 에로틱한 건지, 영 애매했다. 같은 공동주택의 여학생에게 물어보니 그 여학생 때는 "저, 실례허겠고만요"라면서 아저씨 쪽이 들어왔다고 한다. 지금 냉정하게 생각해 볼수록 벳푸의 하숙집은 뭔가 음습한 집이었던 것이다.

오이타의 목욕탕 딸린 하숙집은 언제든 나 좋을 때 목욕물에 몸을 담글 수 있어서 좋았지만, 번번이 온도 스위치를 틀어놓은 채 깊은 잠에 빠져버리는 통에 1년에 세 번이나 한밤중에 목욕탕 가마가 폭발해서 그때마다 집주인에게 큰 소리를 들었다.

진로에 대해서는 전혀 진지하게 고민해 보는 일도 없이 날마다 오토바이를 타고 돌아다니고, 식당에서 접시닦이 아르바이트도 했다. 하기 미술연수를 받기는 했지만 대학 입시를 치를 것인지 어쩔 것인지 한 번도 리얼하게 생각해 보지 않았다.

하루는 하숙집 앞에 개조 오토바이가 몇 대나 진을 쳤다. 빈 깡통을 입에 달고 있는 본드 중독자 패거리들이 "여학생 나와라!"라느니 뭐니 고함을 지르고 있어서 무슨 일이냐고 말을 붙였다가 금세 의기투합. 학교에 다니지 않는 백수 녀석들이 많아서 자연히 밤늦도록 놀고 돌아다니는 생활이 이어졌다.

그쪽 패거리는 오토바이의 나사 하나가 필요하면 오토바이 한 대를 통째로 강탈한 뒤에 나사 하나만 떼어내고 다리 위에서 강바닥으로 오토바이를 밀어버리고는 안녕, 하는 극악무도한 녀석들이었지만, 왜 그런지 아직도 동정童貞인 놈들이 득시글했다. 매일 밤마다 동정에 대한 회의로 입에 침을 튀기곤 했으나, 본드 중독 때문에 그런 고민도 불규칙하게 둔주할 뿐이었다.

"본드를 하면 뼈가 약해져서 죽은 다음에 화장을 해도 뼈가 하나도 안 남는다더만. 나는 벌써 꽤 오래 했으니 뼈가 무지하게 약해졌을겨. 아직 한 번도 못해봤는데, 고추가 말을 안 들으면 어쩐다냐?"

"그런 걱정 허들 말어. 고추에는 뼈가 없으니께."

형제간에 저마다 성씨가 다른 가정환경이며, 일하던 고물상에서 알 수 없는 이유로 해고된 녀석들. 빨간불이 켜진 네거리에서 풀 스로틀full throttle로 냅다 내달리는 용기는 있어도 연애에는 수줍음 많고 소심해지는 녀석들. 부모 잘 만난 덕분에 번듯한 학교에 다니고 얼굴은 모범생인 주제에 연애질만 하고 다니는 놈들을 보면 화딱지가 난다면서, 같은 또래의 고등학생 커플을 오토바이로 밀어버린 바보 녀석들. 어느 날 밤인가 내가 방 안에서 그림을 그리고 있을 때였다. 빈 깡통을 물고 내 모습을 바라보며 한 녀석이 중얼거렸다.

"나도 그런 기술이 있으면 좋겠다……."

"이런 거 할 줄 알아도 아무것도 안 돼."

나는 그렇게 대답했다. 본심이었다.

그 뒤로 녀석들은 당연한 일처럼 교통사고를 일으키고, 여자를 어떻게 대해야 할지 모른 채 그놈의 동정이 문제를 일으키는 바람에 경찰에 붙잡혀갔다. 신고를 한 것은 그 가족들이었다.

"너, 졸업하면 어떻게 할 거여?"

가을 초입에 고쿠라에 불려간 나는 아부지와 함께 늘 다니던 스테이크 하우스에 있었다.

"네 엄마에게 물어봤는데, 아직 어떻게 해야 할지 모른다고 했담서? 모를 게 뭐여? 직장에 들어갈 거면 들어가는 거고, 학교에 갈 거면 가는 것으로 슬슬 결정을 해야지. 근데 어떻든 간에 일단 대학시험은 쳐봐. 나중에는 가고 싶어도 쉽게 갈 수 있는 게 아녀. 붙을지 떨어질지는 그쪽에서 정하겠지만, 시험 칠 수 있을 때 어떻든 쳐봐."

"그새 아드님이 그런 나이가 됐대요?"

스테이크 하우스 주인이 철판 너머로 말을 붙여왔다.

"코앞에 닥쳤는데 아직도 어째야 할지 모르겠다니, 아주 천하태평이여. 나는 말이지, 만약 대학에 안 간다면 얘가 요리사가 되었으면 좋겠어. 손재주도 제법 있는 편이고, 제 어머니 요리도 내내 먹어봤으니께 소질이 있을 것이고만."

"새벽에 못 일어나……."

"그럼 안 되지, 날마다 식재 사러 나가야 허는데."

"하고 싶은 게 뭔지를 모르겠어. 대학이든 전문학교든 취직이든 다 괜찮긴 한데……."

"그렇다면 대학에 가. 가고 나서 생각하면 되는고만. 4년이라는 기간이 있으니께 일단 들어가서 천천히 생각해보면 되잖여. 전문학교는 가지 마라. 거기는 들어가면 금세 그만

둘 거다."

아부지는 완전히 자기 경험에 입각해서 말하고 있었다.

"아부지는 대학도 그만뒀잖어?"

"그건 그 시절의 유행이었고."

나는 아직 아무것도 없었다. 대학입시에 관해서도, 취직에 대해서도, 장래의 목표도 꿈도. 단지 분명하게 마음을 정한 것이 딱 한 가지가 있었다.

"뭘 하든지 간에 한 가지 정해둔 게 있긴 한데⋯⋯."

"오우, 뭔데? 말해봐."

아부지는 몸을 내 쪽으로 돌리며 눈을 보았다.

"도쿄에 가고 싶고만."

그 말을 듣자 아부지는 왠지 싱긋 웃으며 다시 몸을 돌리고는 담배를 피워 물었다.

"도쿄라⋯⋯. 거, 좋지."

스테이크 하우스를 나와 몇 군데 클럽을 돌았다. 어떤 가게에서건 옆에 앉는 마담이나 호스티스에게 "우리 아들이 도쿄에 가고 싶다느만"이라며 묻지도 않는데 뜬금없이 떠벌리고 다녔다. 왜 그랬을까. 아부지는 그 말이 반가웠던 것일까? 아니면 우스웠던 것일까?

마지막 가게는 게이 바였다. 다른 손님은 없이 아부지와 나만 카운터에 나란히 앉았다. 카운터 안에 드레스를 입은 트랜스젠더 마담이 무시무시한 가짜 속눈썹을 붙이고 서있었다. 나는 그때 태어나서 처음으로 트랜스젠더를 보았다.

"어머, 나카가와 씨 아드님?"

"알아보겠어?"

"아잉, 알아보고 말고요. 완전히 꼭 닮았는걸?"

아무튼 고쿠라에서 물장사를 하는 사람들은 아부지와 나를 두고 붕어빵을 못 만들어서 안달이었다.

"몇 살이야?"

"고, 고등학생인데요."

"우와, 진짜 귀여울 때네. 이제, 그거, 그거겠지? 경험 같은 거, 해봤지?"

"에⋯⋯?"

"그럼, 아직도 동정?"

"⋯⋯예."

"뭐? 너, 아직도 동정이여?"

그리고는 항상 그렇듯이 얘가 아직도 한참 어리다는 말부터 시작해서, 아부지가 그 나이 때는 그야말로 별별짓을, 이라는 식으로 이야기가 흘러갔다.

"아직 동정이라면, 내가 좋은 거 보여 줄까?"

트랜스젠더 마담은 카운터 안에서 드레스를 걷어 올리고 조그만 팬티를 내리더니 허벅다리 사이를 보여주었다.

"없지? 짤랐다우. 아주 오래 전에."

"우웃, 굉장하네요."

정말로 굉장한 느낌이었다.

"어디, 잠깐 손 좀 내밀어볼래?"

"에?"

위험한 예감이 엄습했다. 하지만 마담의 손이 카운터 너머로 쑥 나오더니 내 손목을 붙잡아 순식간에 사타구니 안쪽으로 끌고 갔다.

"한번 만져봐. 진짜 솜씨 좋게 그거도 만들었거든, 여기, 여기."

"에엑! 뭔가, 무서워요!"

정말로 무서웠다.

"제대로 만져 봐라야."

아부지는 브랜디를 마시며 웃고 있었다. 내가 처음으로 만져본 그것은 트렌스젠더의 그것이었다.

아부지에게서 우리가 따로 살고 있다는 이야기를 들은 마담은 천천히 자기 얘기도 털어놓았다.

마담의 고향은 규슈 변두리. 형과 어머니와 셋이서 함께 살았단다. 어릴 적부터 스스로 동성애 경향을 깨닫고 그 동네에서는 살기 힘들다고 판단하여 중학교 졸업과 동시에 후쿠오카로 나와서 공장에 취직했다. 그 뒤로 다양한 직업을 전전하였으나, 이십대 후반에 결국 이 세계로 들어왔다. 그로부터 일상적으로 여장을 하는 생활이 시작되었고 성

전환수술도 받았다. 완전히 변해버린 남동생을 알아차린 형은 이렇게 말했다고 한다.

"어머니가 크게 상심하실 거다. 절대로 어머니 앞에는 나타나지 마라."

어쩔 수 없이 약속을 하고 마담은 어머니 보고 싶은 마음을 가슴속에 묻어버린 채, 순전히 거짓말로 꾸며진 아들다운 편지, 어머니를 안심시키기 위한 편지를 매달 돈과 함께 부쳤다.

그렇게 몇 년이 지나고 아무래도 꼭 한 번 어머니를 보고 싶은 마음을 억누를 수 없어 형과의 약속을 깨고 고향집에 돌아갔다. 도착하니 한낮이었다.

어느새 고향집은 추레하게 낡아버리고 주위의 풍경마저 변해 있었다. 현관 차임벨을 누를 수 없어 뒷문으로 돌아가 거실 창문 틈새로 완전히 늙어버린 어머니 모습을 훔쳐보았다고 한다.

"그새 몸집까지 자그마해져서 텔레비전을 보고 있더라. 나는 뭐, 그 뒷모습을 보자마자 당장 눈물이 철철철 쏟아져서, 어머니! 하고 품에 안기고 싶었지만, 내 처지에 그럴 수도 없잖아……. 몸뚱이가 이 꼴이니……. 그래서 창문 틈새로 돈 봉투만 던져놓고 막 뛰어서 도망쳐 나왔어. 한심하기도 하고 슬프기도 하고……. 엄마, 미안해, 미안해, 하면서.

그리고 일주일쯤 지나서 우리 집에 어머니 편지가 왔더

라고……. 그 편지에 이렇게 써있는 거야. 지난번에 집에 찾아오고 돈까지 넣어주어서 고맙다. 네가 그렇게 되었다는 건 오래전부터 알고 있었다. 네가 말을 안 하니 나도 말을 못했다. 하지만 이제부터는 언제라도 너 좋을 때 집에 오너라. 네가 어떤 몸뚱이가 되었어도 너는 내 자식이다……."

거기까지 말하고 트랜스젠더 마담은 가짜 속눈썹을 깜빡거려가며 흐느껴 울었다. 나도 따라 울었다. 아부지는 웃고 있었다.

"얘! 모리 신이치의 〈어머님〉이라는 노래 할 줄 아니?"

"아, 예……. 아마."

"불러봐!"

가라오케가 〈어머님〉의 전주곡을 연주하자 가게 안의 조명이 컴컴해지면서 자동적으로 천장의 미러볼이 돌기 시작했다. 노래하는 내내, 마담은 카운터에 기대어 하염없이 울었다. 어떤 사람에게든 어머니는 있는 거구나. 나는 노래를 하면서 옆 눈으로 마담을 바라보며 당연한 일을 새삼스럽게 생각했다.

마담은 노래를 잘한다고 한바탕 칭찬을 해준 다음에 카세트로 가게 안의 음악을 틀었다.

"얘, 함께 춤춰 줄래?"

마담이 카운터에서 나오더니 내게 말했다.

"엣? 춤이요?"

내가 일순 주저하자 아부지가 말했다.

"너, 춤 출 줄은 아냐? 아버지는 어떤 놀이건 대충 다 해봤는데, 춤만은 못 해봤고만. 근데 춤도 출 줄 아는 게 좋아. 너는 일찌감치 연습해둬."

트랜스젠더 마담과 나는 반짝이는 미러볼 아래서 끌어안고 춤을 추었다. 눈물 때문에 화장이 질퍽해진, 몸매가 끝내주는 마담의 허리에 팔을 두르면서 나는 약간은 가슴이 두근거렸다.

"너희 아버지는 정말 좋은 사람이야……."

마담이 내 볼에 대고 속삭였다.

가게 안에 〈문 리버〉 음악이 흐르고 있었다.

돌아오는 택시에서, 내가 재미있었다고 하자 아부지는 담배를 피우며 창문을 조금 열고 바깥 경치에 시선을 던지며 말했다.

"다양한 사람들이 있쟎? 다양한 나라 사람도 있어. 다양한 사고방식이라는 것도 있고. 도쿄로 나가. 도쿄에 가면 훨씬 더 다양한 사람이 있으니께. 그걸 보고 와."

대학입시는 두 달 뒤로 바짝 다가와 있었다. 딱 한 번만 대학시험을 치러보기로 했다. 재수할 마음은 없었다. 시험 공부를 하면 할수록 그 학교에 합격하겠다는 마음이 강해져 갔지만, 기실 그 내용을 따져보면 어서 빨리 도쿄에 가고 싶은 것뿐이었다.

중학교 때, 어떻든 이곳이 아닌 어딘가로 나가야 한다는 마음으로 치쿠호를 떠났듯이 어서 빨리 다른 세계로, 지금보다 더 큰 곳으로 가겠다는 마음뿐이었다.

그날, 나는 얼간이와 하숙집 식당에서 저녁을 먹고 있었다. 텔레비전에서는 아나운서 다와라 고타로俵孝太郎가 독특한 목소리로 뉴스를 읽고 있었다.

"야, 얼간아. 내년에 졸업하면 어떻게 할 거여?"

"대학에는 안 가."

"그럼 규슈에 남을겨?"

"아직 결정한 게 없는데……."

편식이 심한 얼간이가 안 먹는 반찬을 접시 귀퉁이에 밀쳐내고 있었다.

그 순간, 다와라 고타로가 발표한 한 마디에 내 등줄기는 얼어붙어 버렸다.

"옛 비틀스 멤버 존 레논 씨가 자택 아파트 앞에서 괴한의 총격을 받고 사망하였습니다……."

1980년 12월 8일이었다.

믿을 수가 없었다. 너무 놀라 배 속까지 울렁거렸다. 그 며칠 전에 5년 동안의 휴식기간을 끝내고 막 새 앨범을 출간한 참이 아닌가. 그날도 카세트 테이프에 녹음한 그 〈더

블 판타지〉를 들었는데!

그 앨범의 첫 번째 타이틀은 〈스타팅 오버〉. 5년 동안 나는 존 레논이 음악활동을 재개하기를 간절히 염원해왔다. 그리고 기다렸다. 왜냐하면 우리를 그토록 기다리게 하며 휴식에 들어간 이유에 대해 존 레논은 아이를 키우기 위해서라고 발표했기 때문이었다. 나는 존 레논이 부러웠다. 멋있다고 생각했다. 그가 보여준 아버지의 존재방식에 동경을 품었기 때문이다.

스타팅 오버. '재출발'이라는 그 곡과 함께 돌아와 새롭게 일어서려는 순간, 흉탄에 스러져간 존 레논.

범인은 그 '재출발'을 진심으로 기뻐했던, 나와 똑같은 팬이었다. 방아쇠를 당기기 몇 시간 전에 〈더블 판타지〉 재킷에 존 레논의 사인을 받았던 사내.

영문을 알 수 없는 돌연한 죽음. 알려진 것이라고는 존 레논이 그날 죽었다는 사실뿐이었다.

이런 일이, 이런 식의 죽음이 이 세상에 있다는 것을 나는 잊고 있었다. 모든 죽음은 시간의 경과 속에서 늙어가고 낡아가고 해어지고 무너지고 스러져가는 것이라고만 생각했었다.

돌연 아무런 맥락도 없이 찾아오는 죽음도 있었다. 그 죽음을 의식하면 살아있는 것조차 두려워진다. 어떤 그리움도 미래도 그 앞에서는 아무 의미도 없다.

존 레논의 죽음이 온 세상 사람들에게 무언가를 몰고 왔듯이 내 마음에도 크나큰 그림자를 남겼다.

빨리 하지 않으면 죽어버린다. 빨리 가지 않으면 죽어버린다. 사람은 반드시 언젠가는 죽고 만다…….

붐비는 사람들 틈을 헤치며 공중전화를 찾았다. 공중전화 앞에는 사람들이 장사진을 치고 있었지만, 거기 말고는 또 다른 전화를 찾을 수가 없었다.

체육관 앞에 설치된 큼직한 게시판 앞에서는 수험생들이 우왕좌왕하고 있었다.

친구들의 헹가래로 축하를 받는 사람, 두 팔을 높이 치켜든 사람, 어깨를 떨구고 총총걸음으로 자리를 뜨는 사람, 눈물을 글썽거리며 이를 악무는 사람. 1년 동안의 노력이 무기질적인 숫자의 나열로 평가를 받았다. 무사시노武藏野에 들이치는 2월의 바람은 기뻐하는 사람에게는 상쾌하고 아쉬워하는 자에게는 잔인하도록 차갑다.

그 전날, 엄니가 건네준 시험비용 중에 남은 돈으로 쇼핑을 했었다. 하라주쿠에 나가 내 가방과 엄니 스웨터를 샀었다. 그때 내 가방 안에는 그림 재료와 갈아입을 옷, 그리고 그 선물이 들어 있었다.

꽃 자수가 들어간 연지색 스웨터. 빨리 돌아가 엄니에게 이 스웨터를 입혀주고 싶었다.

이윽고 내 차례가 돌아왔다. 백 엔짜리 동전을 넣고 엄니에게 전화를 걸자 벨이 울릴 틈도 없이 엄니가 받았다. 내내 전화기 앞에서 기다린 모양이었다.

"여보세요? 나여."

"그려, 어떻게 됐댜?"

"엄니, 나 합격했더라?"

"그렇지! 거봐, 잘 됐다야, 참말로 잘됐어. 그렇고만, 합격했고만……."

엄니는 수없이 잘 됐다, 축하한다고 되풀이했다. 이렇게 기뻐하는 엄니 목소리는 처음이었다. 잘 됐다, 축하한다는 엄니의 말을 들을 때마다 나도 자꾸자꾸 흐뭇해졌다.

"선물로 엄니 스웨터 샀어."

"그려, 어서 오너라이? 맛있는 거 많이 만들어야겠고만. 뭐 먹고 싶댜? 먹고 싶은 거 말해봐."

"주먹밥이 좋아."

"그런 거 아녀도 괜찮어. 고기 먹을래?"

"주먹밥 하고 엄니 장아찌 먹고 싶어."

"그래, 그래, 알겠네. 조심해서 얼른 와. 기다리고 있을 테니께."

"응."

비행기를 타고 휘잉 날아서 갔다. 기차를 갈아타고 치쿠호 집에 도착한 건 밤늦은 시각이었다. 앞치마를 입은 엄니

가 집 앞에 마중을 나와 있었다. 나를 보자마자 "야, 축하한
다, 축하해!"라고 말했다.

"배고프지? 많이 먹어."

고타쓰 위에는 큼직한 나무통이 있었다. 그 안에 영양밥,
김밥, 후리카케, 시소 마부시(주먹밥에 차조기 잎을 골고루 묻힌
것), 온갖 주먹밥이 한 통 가득 수십 여 개가 둥그렇게 채워
졌다. 튀김에 구이에 조림에, 식탁에 다 올리지 못할 만큼
의 반찬. 장아찌 항아리에서 순무와 가지 장아찌를 꺼내 접
시에 곱게 차려냈고, 대접에는 돼지고기 찜을 담았다.

"자, 어서 먹어라이?"

엄니와 둘이서 가득한 요리, 가득한 주먹밥에 에워싸여
합격 축하 파티를 했다. 합격증서를 건네자 엄니는 앉음새
를 바로잡고 내내 그것을 들여다 보았다. 가제 손수건으로
눈두덩을 찍어내고 있었다.

"애썼다, 고맙고만."

왜 그런지 내가 도리어 감사 인사를 받았다. 그리고 아
부지에게서 전화가 걸려왔다.

"오우, 합격했다면서?"

"응."

"너는 어릴 때부터 운이 좋았다니께."

"그런가봐."

"잘 됐고만. 도쿄 갈 때까지 어머니한테 실컷 효도해 둬."

"응, 알았어."

졸업식도 끝나고 오이타 하숙집도 정리했다. 봄이 올 때까지 치쿠호 동네에서 보냈다. 마에노 군은 자위대에 입대하기로 했다. 그 누님은 간호사가 되었다.

구청에 취직한 친구, 재수하기로 한 친구, 시내 스낵바에서 일하는 친구, 야쿠자가 된 친구, 벌써 엄마가 된 친구, 부모님의 상점을 이어받은 친구……. 저마다 각자의 길을 걷기 시작하고 있었다.

"너도 도쿄 가서 일자리를 찾으면 좋을 텐데."

나는 마에노 군에게 말했다.

"뭐, 한동안 자위대에 들어가서 자동차 면허부터 따고, 그다음 일은 그때 가서 생각해 볼란다."

이 동네 젊은이들은 자위대를 자동차 학원으로 혼동하는 경향이 있었다.

나뿐만 아니라 친구들 모두가 이 동네를 떠날 시기를 맞이하고 있었다.

도쿄 서부의 무사시노武藏野에 자리 잡은 미술대학. '무사시노의 아름다움, 그 옛날에 못지 않으니'라고 구니키다 돗보國木田獨步가 묘사했던 그 무사시노는 어디쯤일까.

역에서 학교까지 가는 길은 다마가와 죠스이玉川上水(수도

권의 음용수 공급을 위해 1654년에 완성된 용수로) 물길을 따라 이어
졌다. 옛날에는 다마가와 죠스이에 맑은 물이 넘실거렸다
지만, 이제는 수량이 감소해서 더 이상 이 물에 뛰어들어
정사情死하기는 불가능할 터였다.

그래도 봄이면 용수로 연변의 벚꽃 가로수 길이 정말로
아름다웠다. 고개 들어 벚꽃 천장을 올려다 보며 꽃잎 카펫
위를 걷노라면 마음이 따스해지고 동시에 무언가 궁리해
보려는 기운이 솟구친다.

무사시노 미술대학을 선택한 것은 무사시노라는 이름의
아름다운 여운과 다른 미술대학보다 비교적 학비가 저렴하
다는 것 말고는 별다른 이유가 없었지만, 그 작은 길을 걸
으면서는 이곳에 오기를 정말 잘했다고 자주 생각했다.

그곳에는 시골의 자연과는 또 다른 멋이 있었다. 자연의
은혜가 듬뿍 담긴 다마가와 죠스이를 산책하면서도 나는
거기서 도회적인 풍취를 느꼈다.

학생과의 주선으로 하숙집을 정했다. 학교에서 다마가와
죠스이를 지나 다치카와立川 쪽으로 잠시 걸어가면 보이는
목조 이층건물.

목욕탕과 화장실은 공용이고, 2만 2천 엔. 벳푸 시절의
하숙방과 비슷한 분위기의 건물이었다. 입주자는 전원이
학생이었다. 사춘기 절정의 청년들이 운동을 마치고 몰려
드는 공동 목욕탕의 물큰한 땀 냄새와 물때는 벳푸의 칸나

와 온천보다 진했다.

입학식을 기다리는 동안, 하숙집 근처를 산책하는 것 외에는 딱히 할 일도 없었지만, 도쿄로 떠나오기 전날에 엄니가 내게 했던 말을 벚나무 가로수 아래서 내내 생각했다.

"마사야, 아부지 하고 이혼해도 괜찮겠냐?"

어떻게 하든 나는 괜찮아. 아부지와 엄니가 합의해서 결정했다면, 나야, 뭐.

나는 그렇게 대답했다. 이미 내가 세 살 되던 때부터 함께 살지 않은 부부였다. 지금 호적을 정리한다고 해서 부모와 나의 관계가 새삼스럽게 달라질 일도 없을 터였다. 아니, 그보다 사실상의 생활은 이혼한 거나 마찬가지였고, 내 친구들도 다 그렇게 생각하고 있었다. 사실은 15년이나 별거생활을 하면서 아직껏 호적 정리를 하지 않은 것 자체가 오히려 이상한 일이었다.

그리고 이혼 이야기를 꺼낸 게 처음이 아니었다.

중학교를 졸업하고 고등학교에 들어가던 해의 봄에도 엄니는 이번과 똑같이 "아부지 하고 이혼해도 괜찮겠냐?"라고 물어왔었다.

그때도 나는 "어느 쪽이라도 괜찮아. 엄니가 좋으면 나도 좋아"라고 대답했던 것인데, 그때만 해도 아직 어렸던 터라 "그럼, 나는 어느 쪽 성을 쓰게 된댜? 이름이 바뀌는 건 싫은데"라고 쓸데없는 소리를 하고 말았다.

나는 그 문제가 나올 때마다, 엄니가 왜 갑자기 그런 말을 꺼내는가, 하고 생각했다. 지금 이대로도 딱히 문제는 없는 것 같고, 어쩌다 한 번씩 만나는 것뿐이지만 아부지와 엄니가 특별히 서로 으르렁거리는 것 같지도 않았기 때문이다.

하지만 엄니로 봐서는 그게 갑작스러운 소리가 아니었던 것이다. 내가 중학교를 졸업할 때, 고등학교를 졸업할 때, 중요한 대목마다 내게 상의를 해왔었다. 즉 엄니는 노상 염두에 두고 있던 문제였던 것이다.

이번에는 "네가 고등학교 졸업할 때까지는 기다릴 생각이었고만"이라고도 했다.

엄니가 한 번도 별거 이유나 아부지 험담을 입에 올린 적이 없었기 때문에 나는 나름대로 기묘한 관계 속에서나마 그럭저럭 죽이 잘 맞는 부부라고 내 멋대로 희망적인 관측을 했던 것인데, 역시 엄니는 항상 아부지와의 문제로 혼자 고민했던 것이리라.

솔직히 말해, 나는 정말 어떻게 되건 상관없었다. 그것은 자포자기에서 나온 의견이 아니었다. 이미 우리 세 사람의 관계는 호적이라는 종이쪽으로는 설명할 수 없는 특별한 것이었다. 적어도 내게는 그랬다.

내가 정말 엄니의 아이일까 하는 의문으로 어렸을 때부터 내내 마음이 무겁고 그 두려움 때문에 불안해하기도 했지만, 이미 그것도 어느 쪽이건 상관이 없었다.

고등학교 입시 때, 호적등본이라는 것을 처음으로 보았다. 하지만 아무리 들여다 봐도 뭐라고 적혀 있으면 내가 진짜 엄마 아들이고 뭐라고 적혀 있으면 진짜 엄마 아들이 아닌지 판단이 서지 않아, 그 뒤로는 그 문제로 신경 쓰는 일도 없어져버렸다.

"낳아준 부모보다 키워준 부모라고 하더니만……."

어릴 때의 그날, 고쿠라 할머니가 했던 그 한 마디는 틀림없이 환청은 아니었지만, 그 말은 이미 내 안에서는 작게 줄어들어 있었다.

가령 엄니가 친어머니가 아니고 어딘가에 진짜 어머니가 있다 해도, 내게 어머니는 우리 엄니 하나뿐이었으므로.

그것은 아부지에 대해서도 마찬가지였다. 바보같이 항상 엄니를 슬프게 하는, 도무지 못 말리게 한심한 인물이지만 그 사람 말고는 내게 아버지는 없었다.

호적상으로 두 사람이 헤어진다 해도, 만일 내가 호적상 다른 사람에게서 태어난 아이라 해도, 중요한 것은 호적상의 '사실'이 아니었다. 종이쪽에 적힌 것 따위 그리 대단한 게 아니었다.

혹시 나와 엄니의 피가 다르다 해도 어떤 '진짜 어머니와 아들'보다 우리가 더 참된 엄마와 아들이라고 생각했다.

그와는 반대로 엄니는 실상 진짜 부부가 아니면서 호적

191

상으로만 진짜 부부처럼 되어 있는 게 싫었는지도 모른다.

두 사람이 이혼하고 앞으로 평생 서로 만나는 일이 없더라도 나는 어느 쪽이나 다 만날 것이다. 그리고 계속 엄니 곁에 있을 것이다. 어느 쪽인가를 선택하라는 따분한 질문을 받는다면 나는 주저 없이 엄니를 선택할 것이다.

나를 키워준 것은 엄니 한 사람이므로. 아부지는 이따금 돌봐주기는 했지만 존 레논처럼 자식을 키워주지는 않았다. 그러기 위한 시간을 주지 않았다. 말과 돈으로는 안 되는 크나큰 것이 있다. 시간을 들이고 수고를 기울이지 않으면 전할 수 없는 소중한 것이 있다.

아부지의 인생은 큼직하게 보였지만, 엄니의 인생은 열여덟 살의 내가 보아도 어쩔 수 없이 아주 작게 보였다. 그건 자신의 인생을 뚝 잘라 내게 나눠주었기 때문인 것이다.

5

봄이 되면 도쿄에는 청소기 모터가 먼지를 술술 빨아들이듯이 일본 각지에서 젊은이들이 술술 빨려 들어온다.

암흑의 가느다란 호스는 꿈과 미래로 이어지는 터널. 넘어지고 구르면서도 가슴은 두근두근, 불안 따위는 기대감이 밀어낸다. 별다른 근거도 없는 가능성에 마음이 쏠리고만다. 그곳에 가기만 하면 뭔가 새로운 내가 될 것 같은.

하지만 터널을 빠져나가면 그곳은 쓰레기 하치장이다.

먼지는 휘날리고 숨조차 쉴 수 없다. 어스레 좁은 그곳에는 그저 모터소리만 울려 퍼지고 서로 맞부딪치며 마구휘저어진다.

빙글빙글 빙글빙글, 빙글빙글 빙글빙글.

우둔하게 보이는 옆의 먼지도 무능하게 보이는 뒤쪽 쓰레기도, 당연히 반짝거려야 했을 터인 나도 똑같다. 먼지, 쓰레기, 잡동사니는 똑같은 방향으로 계속 돌고 돌 뿐이다.

빙글빙글 빙글빙글, 똑같은 쓰레기다.

저거 봐, 또 몰려온다. 1초 전, 한 시간 전, 1년 전의 나와 마찬가지로 눈이 반짝거리던 먼지, 쓰레기, 잡동사니가 터널 출구에서 이쪽으로.

이곳은 청소기의 배 속, 도쿄라는 이름의 쓰레기장.

모두 그러모아 쥐어짜고 뭉치고, 그다음은 함께 뭉뚱그려 내버려진다.

'인간의 목적은 태어난 본인이 스스로 만들어내는 것이 아니면 안 된다.'

메이지 시대의 문호는 그렇게 말했다. 하지만 이런 시대를 살아가는 젊은이들에게 속에서부터 뜨겁게 일렁이는 영혼의 수도꼭지에서 콸콸 쏟아져 나온 목적 따위가 있을 리 없다. 가령 그것을 '꿈'이라는 말로 바꾸어 입에 올리는 자가 있다 해도, 그 '꿈'을 만들어낸 방법은 대략 저기 저 텔레비전이나 잡지 책에 자신의 너절한 욕망을 대충 갖다 붙인 것뿐.

바람에 날려 와 발치에 휘감기는 라이브 공연 광고지에 그저 잠깐 착각을 한 것뿐.

더구나 일본 각지에서 터덜터덜 찾아온 사람이라면 목적

이라고 할 만한 것이라고는 오로지 도쿄에 올라가겠다는 소망뿐이다. 실제로 그것 외에는 아무것도 없다.

도쿄에 올라가면 뭔가 달라질 거라고, 내 미래가 활짝 열릴 거라고, 그러면서 기실은 도망쳐온 것뿐이다.

5월에 어느 사람은 물었다.

"도쿄가 그렇게 즐거운 곳입니까?"

도쿄에 올라와 한참 뒤까지 전차를 탈 때마다 이질감을 느꼈다. 지금까지 표준어라는 건 텔레비전에서밖에는 들어본 적이 없었기 때문에 전차 안의 못생긴 아줌마, 뻔뻔스런 아저씨들까지 텔레비전 속과 똑같은 말을 쓴다는 게 좀체 익숙해지지 않았다.

고등학교를 졸업하고 한 달밖에 안 되었는데 대학 내에서 담배를 피우건 술을 마시건 나무라는 사람이 없었다.

어떤 옷을 입어도 수업을 빼져도 아무 일도 일어나지 않았다. 기묘한 이질감과 축축 늘어지는 게으른 자유.

거의 대부분의 과 친구들이 나보다 그림을 잘 그렸다. 나는 알지 못하는 영화며 음악이 너무 많았다. 아름다운 여자들이 많았다. 깜짝 놀랄 만큼 기타를 잘 치는 친구도 있었다. 부잣집 영양令孃 같은 여자, 미국 인디언 같은 여자. 간장 맛 라면. 새까만 우동. 스물네 시간 영업하는 게임센터. 올나이트 영화관. 거지가 아니라 홈 리스. 그 곁을 달리

195

는 외제차. 만화방 세이린도靑林堂. 쇠고기 덮밥. 디스코. 당구장. MTV. 펑크록 라이브 공연. 아이돌의 콘서트. 더러운 바다. 서퍼. 그저 넓기만 한 공원. 고층빌딩. 건들건들 경박스러운 어른들. 영감 같은 아이. 사람. 사람. 사람. 사람. 사람. 사람. 사람. 물건. 물건. 물건. 물건. 물건. 빌딩. 빌딩. 빌딩. 빌딩화재.

만난 적도 없는 사람들. 본 적도 없는 것들. 들은 적도 없는 음악. 맡은 적도 없는 향기. 느낀 적이 없었던 열등감.

매일 뭔가 긴장해서 손에 닿는 대로 열중했다가 녹초가 된 채로 하루가 지나갔다.

엄니에게서는 다달이 월말이면 돈이 들어왔고 그때마다 열심히 하라는 말을 들었지만, 무엇을 열심히 해야 좋을지 알지 못하는 나날 속에서 엄니의 그런 정성이 답답하게만 느껴졌다.

수업을 열심히 들어 무엇을 할 것인가? 그림을 그려서 어쩔 것인가? 성실하지 못한 학생인 내가 이런 말을 하는 건 좀 그렇지만, 착실하게 공부하는 학생의 미래에 무언가 좋은 일이 있을 거라는 생각은 들지 않았다.

게다가 미술대학이라는 곳은 특수한 가치관 속에서 학생들이 차가운 우월감을 품고 있다. 이곳에 입학한 것만으로 자신이 예술가라도 된 것처럼 착각하는 것이다.

나는 그런 환경이 우스웠고, 개성이라는 말을 탐욕스럽

196

게 선호하는 몰개성의 집단에 최대한의 경멸을 품고 있었지만, 그런 자들과 나 사이에서 어떤 차이도 찾아낼 수 없어 자기혐오와 열등감이 사라지는 일은 없었다.

대학 1학년 가을. 아부지가 일 때문에 도쿄에 올라온다는 전화가 왔다.

"너, 학교에서 뭘 전공하냐?"

"응, 무대미술……."

"그래? 그랬었지, 참. 그건 뭣이냐, 어떤 곳에 취직이 정해지면 좋다든가 하는 게 있냐?"

"취직이라면 텔레비전 방송국 미술부 같은 데가 좋은 모양이던데, 원래 무대미술이라는 게 일거리는 별로……."

무대미술의 세계는 마흔이 될 때까지는 빵 귀퉁이만 뜯어먹을 각오를 해야 할 정도로 '밥벌이가 안 되는 업계'라고 했다. 교수에게 그런 말을 들으면서도 취직에 대해 별다른 실감이 없었던 나는 뭐, 그것도 괜찮다고 생각했다. 오히려 디스플레이 디자인처럼 취직으로 곧바로 이어지는 쪽은 선택하기가 싫었다. 그런 선택으로 마침내 뭔가가 시작되어버릴 것 같아 두려웠는지도 모른다.

"흠, 그래? 텔레비전 방송국이면 좋은 거고만. 거, 마침 잘됐다. 다음 주에 누구를 좀 만나러 도쿄에 갈 거여. 너한테도 소개해줄 테니께 신주쿠로 나와라."

신주쿠 부도심에 있는 게이오 플라자 호텔 라운지에서 만났다. 그 전날에도 전화가 와서, 절대로 지각하지 말라고 다짐을 했지만, 50분이나 늦어서 라운지에 도착하자 아부지의 동료인 A씨가 큼직한 몸을 잽싸게 일으키며 땀이 흥건한 표정으로 "여기, 여기여!"라고 손짓을 했다.

라운지 의자에는 한 노신사가 앉아 있었다. 그 앞에서는 아부지가 담배를 피우고 있었다.

"오우, 늦었고만."

50분이 아니라 5분의 지각을 나무라는 듯한 말투로 아부지가 말했다. 나는 그 노신사에게 죄송하다고 인사했고, 아부지는 곧바로 자리에서 일어나 "제 아들입니다"라고 노신사에게 소개했다.

"흥, 훌륭한 아드님이시군······."

아무래도 노신사는 내 지각 때문에 완전히 기분이 상한 모양이었다. 노골적으로 가시가 돋친 말투였다. 아부지는 그런 분위기에 별반 신경 쓰는 것도 없이 "그럼, 가실까요?"라고 노신사를 재촉하여 입구 쪽으로 걸어갔다.

그 뒤를 따르는 내게 A씨는 작은 소리로 "야, 이게 뭐여, 제발 좀······"이라며 땀을 뻘뻘 흘렸다.

택시를 타고 나간 곳은 아카사카의 요정이었다. 일본 정원이 내다보이는 큼직한 방. 노신사는 상석에 앉아 의자 팔걸이에 손을 얹었다. 나와 아부지는 마주보고 앉았고, A씨

는 내 곁에 앉았지만 몇 번이나 자리에서 일어나 노신사의
잔을 채웠다.

"지난번 그 얘기 말인데요……."

아부지가 노신사에게 업무적인 이야기를 하고 있었다.
그날의 만남이 두 번째인 모양이었다. 앙증맞은 접시의 음
식을 집어먹으며 이야기 내용을 들어보니, 이 노신사는 규
슈 지역의 명사인 모양이었다. 항상 하던 대로 아부지가 그
지역 주민들이 반대하는 건물을 지으려는 속셈인 모양인
데, 이번에는 주민 및 지자체의 반발이 유난히 맹렬해서 착
공이 난항을 겪고 있는 것 같았다.

그래서 도쿄에 거주하는 그 지역 명사에게 힘을 좀 써달
라고 부탁하려고 아니, 억지로 돈 봉투를 쥐어주려는, 아직
세상 물정 모르는 내 눈에도 그 불순함이 다 보이는 내용
의 상담商談이었다.

그런 점에서는 그 노신사도 역시 너구리였다. 가타부타
말도 없이 내심 액수를 저울질하고 있는 눈치였다.

오랜만에 값비싼 생선회를 만났지만 그런 대화가 오가는
속에서는 맛도 없었다. 어째서 아부지는 이런 지저분한 자
리에 나를 데리고 온 것일까.

"선생, 우리 아들이 올해 여기 미술대학에 입학했는데 무
대미술을 전공한다는고만요."

상담이 슬슬 마무리되자 아부지가 화제를 내 쪽으로 돌

렸다.

"아, 그래? 원하는 취직 자리라도 있나?"

"아뇨, 아직 생각해보지 못했습니다."

"그렇겠군, 아직 1학년이니. 하지만 진로는 일찌감치 정하는 게 좋아."

"그렇고말고요."

아부지가 노신사에게 술을 따르며 말했다.

"야는 텔레비전 방송국에 들어가면 괜찮겠다고 생각하는 모양인데……."

그런 이야기는 한 적도 없는데 아부지는 마음대로 그렇게 말했다.

"아, 그래, 텔레비전 방송국이라……."

분위기가 시들해지는 기미를 알아차리고 A씨가 선생, 선생 해가며 노신사가 입에 문 담배에 불을 붙이러 무릎걸음으로 급히 다가갔다.

찰칵, 하는 듀퐁 라이터 특유의 소리가 났다. 아부지도, 아부지 주변의 아저씨들도 모두 라이터라면 듀퐁이었다. 어릴 때부터 그 듀퐁 라이터 소리를 들을 때마다 나는 고개를 돌려 아부지의 담배 피우는 모습을 바라보곤 했다.

라이터가 아주 좋군, 이라고 노신사가 말했다. 그러자 A씨는 서슴없이 그 듀퐁 라이터를 내밀며, 부디 받아주십쇼, 라고 나왔다.

"아니, 그런 뜻이 아니고"라며 노신사의 얼굴에 난처한 표정이 떠올랐지만, A씨는 고집스럽게 제발 받아달라고 했다. 받아주지 않으면 자신의 체면이 완전히 구겨진다는 기세였다. 결국 A씨의 듀퐁 금장 라이터는 노신사의 손에 넘어갔다.

"허어, 역시 소리가 참 좋아."

술도 얼근히 올랐던지 노신사는 기분이 좋아져서 간간이 나오는 상담에 흔쾌히 고개를 끄덕이게 되었다.

일을 이런 식으로 처리하는구나. 어린 마음에도 내심 감탄하고 있으려니, 노신사가 문득 생각난 듯 내게 말했다.

"어느 방송국이 좋지?"

"예? 아뇨, 제가 아직 아는 데가 없어서……."

"그럼 2학년 올라가면 텔레비전 방송국에서 아르바이트를 해봐. 내가 소개해줄 테니까. 일단 일을 해보고 괜찮겠다 싶으면 나한테 연락을 하라고."

그리고 품에서 명함을 꺼내 건네주었다. 거기에는 이런 정도의 연줄이면 어떤 바보라도 텔레비전 방송국에 취직될 듯한 막강한 권력의 직함이 적혀 있었다.

"취직 시즌이 될 때까지 어디가 좋을지 정해두는 게 좋아. 어디든 자네 마음에 드는 방송국으로 넣어줄 테니."

"아, 예……."

"잘됐다, 꼬맹아. 텔레비전 방송국이라면 망하는 일이 없으니 좋을 거여."

아부지는 잘 부탁하겠노라고 노신사에게 머리를 숙였다.

"졸업은 꼭 하도록 해."

"그렇고말고요. 번듯하게 졸업해야죠."

아부지와 노신사는 역사극의 악역처럼 껄껄 웃었다. 그
때, 아부지가 흘끔 A씨의 손 밑을 쳐다보더니 내게 말했다.

"어이, 꼬맹아. 불 좀 빌리자."

그날, 아부지는 라이터를 잊고 왔는지 내내 A씨의 라이
터를 빌려 썼는데, 그 라이터가 이미 노신사의 손에 넘어갔
다는 게 생각나서 내게 불을 빌린 것이었다.

나는 내 백 엔짜리 라이터로 한 손을 쳐들고 상 건너 맞
은편의 아부지에게 불을 붙여주었다.

상담은 그럭저럭 잘 풀렸는지, 완전히 술에 취한 노신사
는 신이 나서 말수가 많아졌다. 이제부터 게이샤도 나올 모
양이었다.

나는 슬슬 자리를 떠야겠다 싶어서 노신사에게 인사를
하고 정원을 빙 둘러싼 복도로 나왔다. A씨가 나를 가게 앞
까지 바래다 준다며 함께 자리에서 일어섰다. 그러고는 복
도 끝에서 씁쓸한 표정으로 내게 이렇게 말하는 것이었다.

"저기, 어른에게 담뱃불을 붙여드릴 때는 한 손이 아니라
두 손으로 해야 혀. 그리고 그 싸구려 라이터, 그런 건 되도
록 쓰지 않는 것이 좋은겨."

"예……. 죄송합니다……."

어릴 때부터 아부지가 어떤 일을 하는 사람인지 엄니도 말을 하지 않았고 나도 묻지 않았었다. 초등학교 저학년 때쯤에는 아부지가 그림을 그리던 기억이 남아있어서 화가라고 생각했지만, 서서히 그렇지 않다는 것도 알았고, 뭐, 아무튼 평범한 사람이 아니라는 것쯤은 알고 있었지만, 그때서야 나는 생각했다.

'아, 이 사람이 야쿠자였나…….'

하는 일이 합법적인 것인지 비합법적인 것인지는 모르겠지만, 그날 그곳에 감돌던 센스로는 틀림없는 야쿠자, 라고 비로소 깨달았던 것이다.

하숙집 옆방에는 히토츠바시―橋 대학에 다니는 학생이 살았는데, 그는 대학 내 문예 동아리에 소속되어 있었다. 이 동아리에서 발행하는 동인지에 소설이니 평론을 발표하기도 하고 같은 동아리 친구들이 모이면 미대생과는 달리 문학 이야기로 뜨거운 열기가 감도는지라, 나로서는 퍽 특별하게 보였다.

그러다가 나는 그 동인지의 삽화를 그려달라는 의뢰를 받았다. '주문에 의한 일러스트'라는 것을 그때 처음으로 그렸던 셈이다. 그리고 그 동아리가 당시의 작가와 문화인에 대해 이래저래 비평을 하는, 지금 생각하면 심히 건방진

단행본을 출판해서, 거기에 거론된 인물들의 초상화 30컷을 한 점에 3천 엔씩 그렸던 게 내가 맨 처음 받아본 개런티였다.

"엄니, 굉장해. 초상화 한 장 그리면 3천 엔이나 준다니께. 여덟 장을 그리면 집세도 낼 수 있어. 완전 거저먹기야."

"굉장하다야. 그런 일거리가 날마다 있으면 얼마든지 먹고 살겠고만. 책이 나오면 보내줘. 할머니한테도 보여 드려야겠다."

엄니는 편지 쓰기를 좋아해서 한 달에 몇 통씩 편지가 왔다. 내용은 항상 내 건강에 대한 당부와 학교 공부에 대한 염려였지만, 글쓰기에 게으른 나는 엄니에게 답장하는 일도 없이 좋은 소식이 있을 때만 전화로 보고하곤 했다.

그 무렵에 엄니는 고쿠라의 부우부 이모네 가게 일을 거들고 있었다. 병원 집은 그대로 두고 일주일 대부분을 이모네 맨션에서 두 자매가 함께 살면서 가게를 꾸려나갔다.

오십대에 접어든 엄니는 만날 때마다 늙어가는 것 같았다. 반년에 한 번씩 얼굴을 볼 때마다 몸이 자꾸 작아져갔다. 그 모습을 볼 때마다 안타까움이 가슴을 스쳤다.

내내 일하느라 작아져버린 지우개 같은 엄니, 도쿄에서 바보처럼 놀아대는 나. 아르바이트를 해도 어느 것 하나 길게 하지 못했다. 기타와 옷을 할부로 사들이고 지불을 하지 못해 결국 엄니에게 연락이 가서 대신 돈을 넣어주는 일도 적지 않았다.

하지만 그런 미안함과 안타까움을 음악과 유흥으로 대충 지워버리고 별로 심각하게 느끼지 않는 진부한 기술도 어느새 몸에 배었다. 도쿄에 있는 동안에는 지금껏 나 혼자 그럭저럭 잘 살아온 듯한 얼굴로 지내는 뻔뻔스러움도 가지게 되었다.

전화하는 횟수도 줄어들고, 긴 방학 때도 돌아가지 않았다. 친구는 점점 많아지고 여자 친구도 생겼다. 도쿄에 있는 게 점점 당연한 일이 되고 사투리도 차츰 줄었다.

그 무렵에 도쿄 디즈니랜드가 개장되어 굳이 내가 고향에 돌아가지 않아도 마에노 군과 규슈 친구들, 사촌누이들이 방학을 이용해 며칠씩 내 하숙방에 와 머물게 되었다. 고등학교 후배 얼간이는 졸업 후에 오토바이 도장공으로 일하고 있었는데, 영화 〈플래시 댄스〉를 보고 무슨 감흥을 받았는지 이 녀석이 댄서로 성공해 보겠노라며 상경하여 내 방에서 식객 노릇을 하고 있었다.

이미 도쿄에서 외로움을 느끼는 일은 없었다. 엄니에 대해 생각하는 시간도 적어졌다. 엄니에게 마음을 쓰는 시간이 점점 줄어갔다.

엄니가 교통사고를 당했을 때도 나는 돌아가지 않았다. 그 소식을 전하면서 다행히 그리 큰 부상은 아니니 걱정

말라고 했지만, 사고 자체는 상당히 큰 것이었다. 한밤중에 이모네 가게의 문을 닫고 종업원들과 함께 자동차를 타고 돌아오는 길이었다고 한다. 반대 차선에서 졸음운전을 하던 밴이 뛰어들었다. 이모와 종업원들은 얼굴과 온몸에 큰 부상을 입었다고 했다. 엄니는 다행히 큰 부상은 아니었지만 앞니가 몇 개나 부러졌다고 했다.

병원에서 사고 진단서를 받았을 때, 신이치 외삼촌이 엄니의 진단서를 보고 병원으로 달려가 고함을 내질렀다고 한다.

보험금 지급에는 이가 몇 개 나가면 얼마, 앞니의 어느 부분은 얼마, 하는 상세한 피해 등급이 있는 모양이었다. 신이치 외삼촌은 키가 크고 클린트 이스트우드 같은 생김새에, 늘 배에 두르고 다니는 복대 속에는 경정競艇에서 따온 만 엔짜리 지폐를 넣고 다니는 사람이었다.

외삼촌은 진단서를 들이대며 의사에게 따졌다.

"이보쇼! 우리 누님이 이렇게 크게 다쳐서 고생을 허는데, 이게 뭣이여? 제일로 좋은 등급으로 안 써줄 텨?"

덕분에 이를 가장 비싼 걸로 넣었다고 엄니가 말했었다.

그 얼마 뒤에, 불효의 벌이 떨어졌던지 나는 풍진에 걸렸다. 병에 걸릴 만도 했던 것이, 우선 식객인 얼간이가 나이도 지긋한 주제에 풍진에 걸렸던 것이다. 주변 친구들은 풍진은 전염된다면서 얼간이를 악귀 보듯이 멀리했지만,

한 방에 동거하는 터에 나는 그럴 수도 없었다. 게다가 "나는 괜찮아, 어릴 때 볼거리를 했으니까"라고 완전히 잘못된 지식을 바탕으로 태연히 얼간이의 간병을 해주었다. 그런데 얼간이가 다 나은 며칠 뒤, 체육수업을 받고 있는데 주위 친구들이 문득 웅성웅성 하는 것이었다.

다들 내 얼굴을 가리키며 어서 가서 거울을 보라고 하는지라 변소에 뛰어들어 바라보니 온 얼굴에 붉은 반점이 무수히 떠올라 있었다.

이 반점, 바로 며칠 전까지 얼굴에 더덕더덕 달고 있던 놈이 내 방에 있었지. 대충 짐작은 갔으나, 만에 하나, 아닐 수도 있다. 아니, 절대로 풍진은 아니라고 해주었으면 하는 심정으로 의무실로 직행했더니 의무실 선생은 즉각 이렇게 말했다.

"풍진!"

집에 돌아오자 열이 펄펄 끓었다. 얼간이에게서 전염되었다는 감염 경로를 잘 알고 있는지라 친구들은 아무도 내곁에 오지 않았다. 뭔가 좀 먹어야지 이러다 내가 정말 죽겠구나. 아아, 과일 한 조각이라도, 하고서 맞은편 방 친구에게 전화를 했더니, 병을 옮기려고 작정을 했나, 하는 떨떠름한 표정으로 몇 분 뒤에 문만 살짝 열고는 침대에 누워있는 내게 "여기, 두고 갈게~"라면서 문 앞에 먹을 것을 내려놓고 냉큼 가버리는 것이었다.

그때, 생각했다. 친구라는 건 있으면 있는 만큼 허망한 것이구나 하고. 그리고 그날 밤, 더 이상 견딜 수 없어 엄니에게 전화를 했다. 엄니는 몹시 냉정한 목소리로 이렇게 말했다.

"괜찮여. 내일 아침 첫차로 갈 테니께, 기다리고 있거라이?"

의식이 몽롱한 가운데 잠이 들었다가 다음 날 오전에 눈을 뜨자, 머리에 물수건이 얹혀 있고 엄니가 내 침대 옆에 와있었다. 여섯 살 때, 적리에 걸려 함께 격리되었던 그때와 똑같이, 당연한 일처럼 엄니는 내 곁에 있었다.

"언제 왔어……?"

"아침 첫 기차로 왔고만."

엄니가 부엌에서 사과를 가는 소리가 났다. 그 소리를 듣자 온몸에 안도감이 스르륵 퍼져서 나는 다시 푹 잘 수 있었다.

다음 날에는 열이 많이 떨어졌지만 여전히 자리에서 일어나지 못했다. 끄덕끄덕 졸아가며 점심 지난 시간에 눈을 뜨자, 찰싹찰싹 하는 귀에 익은 소리가 났다.

고개를 돌려 바라보니 엄니가 요코하마에 사는 사나에 아줌마와 화투를 치고 있는 것이었다. 사나에 아줌마는 원래 규슈 사람이고 엄니의 오랜 친구인데 지금은 요코하마의 딸네 집에서 살고 있었다. 자칭 '화투대학 수석 졸업자'라는 아줌마였다. 엄니가 도쿄에 와있다는 소식을 듣고 당

208

장 화투수업을 하러 달려온 모양이었다. 도박과 음담패설에 대해서라면 나도 이 사나에 아줌마에게 어릴 때부터 톡톡히 수업을 받은 바 있었다.

"마사야, 열이 40도까지 올라갔었다면서? 불알이 녹아버렸는지, 한번 만져봐라."

그리고 나는 어릴 적 자장가처럼 들었던 화투 패 내리치는 소리를 들으며 다시 편안하게 긴 잠을 잤다.

내가 자는 사이에 친구들과 여자 친구가 병문안을 위해 찾아왔다는데, 방문을 열자마자 침대 옆에서 아주머니 둘이 화투를 찰싹찰싹 내리치고 있는지라 다들 깜짝 놀라 금세 돌아갔다고 했다. 그 다음 날에 찾아온 친구는 엄니와 사나에 아줌마에게 붙들려 함께 화투수업을 했다. 덕분에 그 뒤로 한참동안 대학 내에 화투가 유행했던 것이다.

댄서가 되겠노라며 상경했던 얼간이는 한 번도 댄스를 해보지 못한 채 규슈로 돌아갔다. 뭔가 큰 뜻을 품고 상경했다가 아무것도 이루지 못한 채 돌아가는 친구를 몇 명이나 보았던가. 하지만 그건 그들이 게을렀기 때문이 아니다. 단지 아주 작은 계기가 문제였다. 제아무리 노력해도 시작되지 않는 일이 있었다. 시작하려나 싶다가 금세 끝나버리는 일도 있었다. 제아무리 재능이 있어도 빛이 비치지 않는 일도 있었다.

그런 가운데서 나는 여전히 아무런 목표도, 구체적인 진로도 생각하지 않은 채 4학년이 되었고, 게다가 유급留級이 결정되어 있었다. 예의 노신사의 연줄은 쓸 마음도 의욕도 없었다. 그때 건네받은 명함은 어디다 두었는지도 잊어버렸다.

그 시기에는 취직에도 거품이 잔뜩 끼어있어서 아무리 맹꽁이 같은 학생이라도 두세 군데 취직자리가 척척 걸려들었다. 동창들이 차례차례 취직해서 나갔다. 그런 속에서 나는, 유급을 할 것인가 아니면 학교를 그만둘 것인가 하는 따분한 선택을 하지 않으면 안 되었다.

더 이상 엄니에게 부담을 끼칠 수는 없었다. 굳이 대학에 남아야 할 의미도 나 스스로는 찾을 수 없었다. 4년 동안 그림도 제대로 그려본 적 없이 그저 놀기만 하다가 이 꼴이 난 것이다. 하지만 이대로 자퇴한다 해도 무엇을 해야 좋을지 알 수 없었다.

"어쩌다 그랬다냐……."

전화기 너머에서 엄니는 말이 막혔다.

"벌써 4년씩이나 다녔고, 유급할 거 없이 중퇴해도 돼."

"졸업을 못 하는겨……?"

"응……. 이제 됐어. 어쩔 수도 없고……."

"어쩌다 그랬다냐……."

유급이라는 소식에 엄니는 여느 때 없이 어두운 목소리

였다. 엄니는 마음속으로 졸업까지 4년을 목표로 삼고 열심히 일을 해왔으리라. 몹시도 슬픈 목소리였다.

"생각을 좀 해보자……."

엄니는 힘없이 전화를 끊은 뒤, 이삼 일 연락이 없었다. 뭔가 정말 몹쓸 짓을 했구나, 하고 남의 일처럼 엄니의 기운 빠진 말소리를 되새기고 있었다.

그리고 며칠 뒤, 엄니는 마음을 다져먹은 듯 힘찬 목소리로 전화를 해왔다.

"엄니도 앞으로 1년만 더 애를 써볼 테니께, 너도 다시 한 번 기합을 넣어서 앞으로 1년, 졸업 때까지 착실하게 혀봐. 어뗘, 할 수 있겄냐?"

"아, 응……. 할 수 있을 거야……."

"어쩔 수 없고만. 유급해라."

결국 4학년 여름이 지난 시점에 아무리 발버둥 쳐도 학점이 부족해서 나는 5학년이 되고 말았다. 죄송하다는 마음에 시달리면서도 일단 게으른 근성이 배어버린 나는 그 반성도 한순간, 자, 내년 봄까지는 상당히 시간이 남아돌겠구나, 라는 식으로 날마다 파친코에 들락거리는 타락의 나날을 계속했다.

아무 긴장감도 없이 늘어질 대로 늘어진 고무줄 같은 5학년 봄이 왔다. 앞으로 1년 동안 학점 몇 개를 따는 것뿐, 그밖에는 아무 할 일이 없었다. 그사이에 진로를 분명하게 정해두라고 했지만, 치쿠호 시절의 친구 도키에다時枝 군이 파친코 기계 공략법을 입수해서 도쿄까지 여행 도박을 하러 올라와 있었다. 그게 또 재미있을 만큼 7이 맞아 떨어지는지라 내 게으름은 개선되기는커녕 갈수록 심해졌다. 파친코로 이만큼 돈을 벌 수 있다면 파친코 프로가 되는 것도 괜찮지 않을까, 진지하게 고려해 보기도 했다. 그 공략법이란 게 코드는 아니었지만 우선 돈을 잃는 일이 없었다. 파친코 출입을 "돈 먹으러 간다"라고 할 만큼 우쭐해 있었다. 무엇 때문에 유급을 했는지, 전혀 의미가 없었다. 그렇지만 애초에 대학생이란 게 정말로 할 일이 없는 존재였다.

그 무렵, 엄니는 치쿠호 시내에 작은 식당을 열었다. 아는 사람이 경영하던 가게를 그대로 양도받은 모양이었다. 요리를 무엇보다 좋아하는 사람이니 언젠가는 꼭 내 가게를 갖고 싶었을 것이다. 식당 개업을 알리는 편지에는 흥분한 기색이 몇 장이나 줄줄이 이어졌다.

치쿠호 시내 외곽에 온가가와遠賀川라는 강이 있다. 강둑에 소를 방목할 만큼 한적한 곳이었는데, 엄니의 편지에 의하면 '온가가와에 갓파(일본의 전설 속 상상의 동물로, 어린 아이의 모습이며 머리 윗부분이 접시 모양의 대머리라는 게 특징. 강이나 연못에서 나타난다)가 산다는 전설이 있다'고 했다.

그 전설을 바탕으로 엄니의 식당 이름은 '갓파'가 되었다. 일본 전국에 퍼져있는 '갓파'라는 이름의 식당이며 술집들이 어쩌다 '갓파'가 되었는지, 그때 알 듯한 감이 들었다. 시골 사람들은 모두 자신이 사는 동네의 강에는 갓파가 산다고 생각하는 것이다.

그리고 엄니에게서 식당 주렴에 염색할 '갓파' 글자를 디자인해 달라는 주문이 들어왔다. 가게 안에 붙이는 메뉴 글씨는 아부지에게 부탁한 모양이었다. 말하자면 부자 간의 경쟁이었다. 나는 대학 학생식당 테이블에서 몇 장이고 '갓파'라는 문자를 썼다.

"그거 뭐하는 거야? 과제?"

"아냐."

"그럼, 밴드?"

"아니, 우리 엄마가 식당을 한대."

"근데 왜 갓파야?"

"그 근처에 갓파가 있다나봐."

"헤에, 굉장하네."

도쿄 친구들은 갓파의 존재를 믿지 않았다. 여름방학에 귀향하여 막 개점한 '갓파'에 역에서 직접 찾아갔다. 낡은 건물이지만 깨끗이 수리를 했다. 입구의 주렴에는 내가 쓴 글자가 남색 천에 하얗게 찍혀 있었다.

꽤 괜찮은데? 나 스스로 만족했다. 카운터에 기모노를

입은 엄니가 부끄러운 듯, 흐뭇한 듯 웃으며 서있었다.

테이블에는 대학 5학년인 아들이 오랜만에 돌아왔다는 얘기를 듣고 아부지도 고쿠라에서 일부러 와있었다.

"엄니, 아주 좋은데, 이 가게?"

엄니는 고맙다고 했다.

아부지가 담배를 피우고 있는 테이블에 마주앉아 오랜만이라고 인사를 건네자 아부지의 첫말은 이것이었다.

"틀렸어, 너는."

느닷없이 무슨 말인가 싶었지만, 속으로 뜨끔한 일들이 하나둘이 아니었다.

"아직도 한참 멀었고만. 너, 무슨 공부를 허냐? 뭐여, 저 글씨가?"

취직 이야기도 유급 이야기도 아니고, 주렴의 글자 디자인 얘기였다.

"안 좋아? 왜?"

"너무 곧이곧대로 라서 보기가 답답하잖여. 손님이 안 와, 저래서는."

그 말을 듣고도 이해가 되지 않아 가게 벽에 눈길을 던지자 아부지가 쓴 메뉴가 몇 장이나 붙어 있었다.

하지만 어느 것도 거의 읽을 수가 없었다. 저게 '치쿠젠筑前 찌개'라는 글씨인가? 저건 '죽순竹筍'이라는 것 같고……. 죄다 그런 식이었다. 메뉴 하나에도 예술적인 개성을 폭발

시키지 않으면 속이 시원하지 않은 사람인 것이다.

"뭐라고 써있는지 알아먹을 수가 없잖아."

"꼭 알아야 할 필요가 어딨냐?"

아니, 필요가 있었다. 왜냐하면 주문 메뉴를 읽어내는 손님이 없는지라 결국 엄니가 직접 쓴 작은 메뉴를 테이블과 카운터에 올려놓은 것이다.

하지만 지금이라면 나도 안다. 아부지가 말했던 대로 내 주렴 글자가 틀려먹었다는 그 말의 의미도, 아부지의 아무도 읽어내지 못했던 메뉴 글자의 아름다움도.

식당 문을 닫고 셋이서 병원 집으로 돌아왔다. 가족만의 오붓한 시간이라는 게 얼마만인가. 아부지도 그랬는지 모르지만 나와 엄니는 어쩐지 안절부절 못하고 불편했다.

아부지는 우리를 만나러 올 때는 정해 놓고 고쿠라 할아버지가 갔던 전통 과자점 과자를 사왔다.

셋이서 화과자和菓子를 먹었다. 방충망 창문으로 들어오는 바람이 모기향 냄새를 실어왔다.

엄니와 아부지가 호적을 정리했다는 이야기는 아직 듣지 못했다. 이러니저러니 하면서도 이 두 사람은 결국에는 함께 사는 게 아닐까 하고 나는 두 사람을 바라보며 생각했다. 그렇게 되었으면 싶었다.

겨우겨우 대학은 졸업할 것 같았다. 주위는 다시 취직준비를 하는 동창들로 바쁘게 돌아갔다. 이 회사는 가능성이 있다, 꽤 재미있는 일을 하더라……. 그때까지 속속들이 멍텅구리 대학생이던 친구도 이 시기가 되면 갑작스레 따분한 어른의 대열에 들어선다. 친구끼리 말하는 것과 면접관과 이야기하는 것이 구분이 되지 않는 시기였다.

나는 여전히 취직준비를 할 마음이 없었다. 무엇을 하고 싶은 건지, 희미하게 그 윤곽이 잡히기는 했지만, 그게 정확히 무엇인지는 여전히 알 수 없었다.

"우선 졸업은 하겠지만, 그다음 일은 졸업한 뒤에 생각할 거야."

엄니에게 그렇게 말했지만, 엄니는 기왕 졸업도 했으니 한 군데라도 시험을 쳐보는 게 어떠냐고 했다. 학생과에 들러 구인자료를 들여다 보았지만 어느 쪽도 전혀 내키지 않았다.

"새로 졸업했는데, 아깝잖여."

엄니에게 유급 뒷바라지까지 하게 해놓고 죄송하다는 마음이 강했다. 어디건 엄니를 위해 시험을 쳐보는 것도 괜찮았지만, 그 어딘가라는 것도 냉큼 짚이지 않았다.

그러다가 대기업 음악제작 프로덕션 한 군데에 시험을 쳐보기로 했다.

"뭐든지 좋으니께 한번 쳐봐."

어떤 곳이건 부모는 우선 갈 곳이 정해지면 마음이 놓이는 모양이었다.

나는 베이지색 양복밖에 없어서 그것을 입고 갔는데, 필기시험 회장은 리쿠르트 정장(recruit suit. 구직 활동 중인 학생이 회사방문이나 취직시험 때 입는 수수하고 획일적인 정장. 남자는 감색, 여자는 감색이나 회색이 일반적이다) 차림의 학생밖에 없었다.

음악 일을 하는 건데 왜 이렇게 어려운 필기시험을 치러야 하는가. 심히 의아한 마음에 젖어있던 휴식 시간, 다른 지원자들과 이야기를 해봤더니 유난히 도쿄 대학 학생이 많았다. 그 높은 도쿄 대학을 졸업해서 왜 이런 회사에 시험을 치는가, 하고 다시금 의아한 마음에 빠져 있었더니만, 면접 첫 질문으로 면접관에게서 들은 말은 "미대에서 시험을 치르러 온 건 우리 회사 시작한 이래로 처음이로군"이었다.

세 명의 면접관 중에 딱 한 사람 넥타이를 매지 않은 이가 내가 써넣은 시험지를 보며 질문을 해왔다. 요란한 옷차림에 붉은 안경은 쓴 기분 나쁜 인간이었다.

"이런 말을 써놓고 창피하지도 않나?"

빨간 안경은 '좋아하는 말'이라는 란에 내가 써넣은 한 행에 대해 뭔가 불만이 있는 모양이었다. 좋아하는 말이라고 해봐야 얼른 머리에 떠오르는 게 없어서, 마침 음악 제작회사이기도 하니 뭔가 명곡으로 써넣자고 생각했다. 〈버진 킬러〉도 〈아첨 장단〉도 괜찮았지만, 취직시험이기도 한지라 내가 써낸 곡명은 이거였다.

〈All you need is love(사랑이야말로 모든 것)〉

"너무 촌스러워, 자네 센스는! 내가 분명히 말하겠는데, 안 돼, 이런 촌스러운 센스로는. 너무 낡아빠졌잖아?"

"비틀스가 촌스러운가요?"

"으흠, 비틀스 노래였어? 그래도 이건 좀 창피스런 센스라고."

나는 시간을 죽여 가며 이런 곳에 찾아왔다는 게 어처구니가 없었다. 이런 위인들이 뭔가를 만들고 낸다고? 작작 웃겨라. 나는 그 프로덕션 작품 중에 그 당시 한창 유행하던 가요 제목을 예로 들었다. 3년만 지나면 풍화되어 쓰레기통에 내버리기도 창피스러울 곡명이었다.

"나는 그쪽 센스가 더 창피한데요?"

"뭐? 그게 어때서? 뭘 모르는군, 자네!"

"〈All you need is love〉, 한번 들어보는 게 어떠세요? 좋은 곡이죠. 엄청 유명한 곡인데요."

이 회사 시험을 치러본 덕분에 나는 분명하게 취직하지 않겠다는 결심을 할 수 있었다. 엄니에게 그런 내 마음을 밝혔더니 아부지에게 말하라고 하는지라 사무실에 전화를 걸었다.

"오우, 네 어머니한테 들었고만. 취직은 안 한다고 했담서?"

"응, 안 해요."

"어쩔 생각이랴?"

"아르바이트는 하겠지만, 우선은 아직 아무것도 하고 싶지 않아."

"그래? 그렇게 정했으면 됐잖여? 네가 정한 대로 해. 그렇기는 한데, 그림을 그리건 아무것도 안 하건, 어떤 일에나 최소 5년은 걸리는 거여. 일단 시작하면 5년은 계속해. 아무것도 안 할 거라면 최소 5년은 아무것도 안 하도록 해봐. 그 사이에 다양하게 생각을 굴려. 그것도 힘든 일이여. 도중에 역시 그때 취직했더라면 좋았다느니 어쩌느니 했다가는 너는 백수건달로서의 재능도 없는 거여."

대학 졸업식. 엄니와 고쿠라 할머니가 도쿄에 올라오셨다. 대학 졸업장을 부모와 친척들이 찾아오는 놈이란 일단 없다.

하지만 나는 창피하다고는 생각하지 않았다. 엄니와 할머니는 빳빳이 긴장해서 교수에게나 학생에게나, 그 주변에서 움직이는 모든 것에 머리를 숙였다.

나보다 엄니가 더 이 졸업에 크나큰 성취감을 느꼈을 것이다. 졸업증서를 건네주자 할머니하고 둘이서 그것을 들여다보고 눈물까지 흘려가며 기뻐했다. 신주쿠의 호텔에 숙소를 정한 엄니와 할머니를 모시고 신주쿠로 나갔다. 호텔은 아부지가 잡아준 모양이었다.

졸업을 축하할 겸 뭔가 맛있는 거라도 먹자고 엄니가 말했지만, 엄니는 물론 나도 신주쿠에서 맛있는 건 먹어본 일이 없었다. 알지도 못하는 가게에 들어가느니 내가 노상 먹는 것을 대접하자 싶어서 오모이데 요코초(추억의 골목길)의 츠루카메 식당으로 엄니와 할머니를 데리고 갔다.

톳 조림에 고등어 소금구이와 이런저런 나물이 나오는 좁은 대중식당이었다. 나는 신주쿠에서 이곳 말고는 맛있는 가게를 알지 못했다. 도쿄에 올라온 엄니를 어머니 맛의 식당으로 데려가는 것도 좀 그렇기는 했으나 다른 가게를 모르니 어쩔 수 없었다.

나물 몇 가지를 주문하고 맥주로 건배를 했다.

"졸업 축하한다. 애 많이 썼고만."

"고마워."

그날은 나도 신주쿠의 호텔에서 자고, 그다음 날은 모두 함께 하토버스(도쿄의 시티투어 버스)를 탔다. 할머니는 "마사야 덕분에 도쿄 관광을 아주 잘했고만"이라고 몇 번이나 치사를 했다.

도쿄에서는 어딘가에 소속되는 게 특히 중요하다. 학교든 회사든, 아무리 어중간하게 발을 걸치더라도 일단 소속된 곳이 있는 사람에게라면 도쿄는 대략 너그러운 편이다.

하지만 나 같은 백수건달에게는 그 비난의 바람이 여간

거센 게 아니다. 그중에서도 부동산은 유난히 빡빡하다. 이를테면 아르바이트로 한 달에 꼬박꼬박 15만 엔을 번다고 해도 3만 엔짜리 싸구려 아파트 한 칸 빌리기가 어렵다.

그간 다치카와 하숙방에서 고쿠분지國分寺로, 그리고 졸업과 동시에 고쿠분지의 아파트도 기간이 끝났다. 이 기회에 도심 쪽으로 이사하고 싶었지만 어떤 부동산 중개소를 찾아가도 무직이라는 것 때문에 빌려주지 않았다.

게다가 함께 살 예정이던 얼간이는 모히칸 머리였다. 댄서의 꿈이 깨어져 일단 규슈로 돌아갔던 얼간이였지만, 시골에서 죽치고 있던 어느 날, 영화 〈비기너스〉의 다음과 같은 대사를 듣고 다시 도쿄로 날아와 있었다.

'지금 이곳에서 한 걸음 내밀지 않으면 아무것도 시작되지 않는다.'

이 범용하기 짝이 없는 대사의 어떤 점에 찍혔다는 것인지, 무엇을 한 걸음 내밀겠다는 것인지는 백 퍼센트 수수께끼였지만, 얼간이는 이번에야말로 자신에게 최상의 기합을 넣기 위해 머리를 모히칸으로 했던 것인데, 그 기합도 완전히 예상이 빗나가고 있었다.

"네가 모히칸 머리로 돌아다니니까……."

"선배가 백수라서 그런 거라니께……."

"너는 모히칸에다가 백수잖아!"

이대로는 고쿠분지의 아파트를 재계약해야 할 판이었다.

재계약 보증금을 내느니 차라리 그 돈을 이사 비용에 쓰고 싶었다.

신주쿠의 다카다노바바高田馬場에 할머니가 혼자 경영하는 부동산 중개소가 있었다. 거기에 마침 쓸만한 방이 있는 물건이 나왔다. 내장공사도 다 되어 있었다. 나카노의 작은 주상복합 빌딩으로 4평짜리 거실에 3평을 칸막이로 나눠놓은 방이 두 개. 욕실과 화장실도 따로 있었다. 지은 지 30년이 넘은 빌딩인지라 임대료는 8만 5천 엔으로 굉장히 쌌다. 둘이 살면 한 사람당 4만 2천 엔씩이라 그야말로 안성맞춤이었다.

부동산 할머니는 차와 과자를 대접하며 정중히 응대해주었다. 하지만 여기서 무직이라고 했다가는 분명 집을 빌려주지 않을 터였다. 역시나 직업에 대한 질문이 날아왔다.

"어디서 일하시는지?"

"출판사예요."

내가 딱 잘라 대답해 버리자 얼간이가 깜짝 놀란 얼굴로 나를 돌아보았다.

"아하, 거참 대단하시네. 어느 출판사이신가?"

"네, 뭐, 쪼그만 회사예요. 고단샤講談社입니다."

"그 출판사라면 나 같은 문외한이라도 다 알지. 정말 훌륭한 직장에 다니시네."

그 뒤부터는, 여기 이 모히칸도 실은 친척인데 잠깐 동안 함께 살겠지만 이제 곧 유학을 떠난다…… 라는 둥의 온갖 거짓말이 물 흐르듯 술술 나왔다. 그 할머니는 완전히 감복한 기색이었다. 당장 그 자리에서 집주인에게 연락을 취했고, 그래, 잘 되겠는데? 라고 이야기가 마무리되었다.

신청서류를 받았을 때는 얼간이가 둘둘 말아 쥐고 있던 고단샤의 〈소년 매거진〉 만화잡지를 뺏어다 책 등판의 판권을 흘끔거리며 회사 주소와 대표 전화번호 등을 써넣었고, 그것으로 내 사기 행위는 종료되었다.

"괜찮아. 집세만 꼬박꼬박 잘 내면 들킬 일도 없어."

기세 좋게 얼간이에게 선언한 것도 잠시, 당장 첫 달부터 집세를 내지 못했다.

나는 아사쿠사바시浅草橋의 광고회사, 얼간이는 나카노의 비디오방에서 아르바이트를 시작했지만, 임대료라는 게 마음을 모질게 먹고 꿍쳐두지 않는 한 금세 써버리기 십상이었다.

게다가 둘이서 공동으로 비용을 대는 경우에는 한 사람이 돈을 준비했더라도 다른 한 사람이 돈이 없으면 그걸로 지불을 못하게 된다. 물론 8만 5천 엔을 한쪽에서 다 감당할 여유는 없었다.

결국 첫 달부터 연속 세 달치의 임대료를 연체하고, 부동산 중개소에서 오는 연락도 전면적으로 무시하고 있었더니, 돌연 그 할머니가 집으로 찾아왔다.

"어떻게 된 거야? 집에 전화해도 받지 않고 회사에 전화해도 어떤 나카가와를 찾느냐고 해서, 내가 아주 난처했다고."

어쩔 수 없었다. 딱 잘라 고백하는 게 나았다. 할머니를 집 안으로 모셔 들이고 차를 대접하며 호흡을 가다듬고 발표를 했다.

"실은 회사를…… 그만뒀거든요."

"저런, 그랬구나! 어쩐지 연락이 안 된다 했어. 그래서 다음 일자리는 어떻게, 잡히겠어?"

할머니는 우리를 어지간히 걱정해준 끝에 핸드백에서 모나카最中 두 개를 꺼내 이거라도 먹으라고 했다.

"어서 일자리를 찾아야지."

얼간이와 함께 모나카를 받아먹으며 숙연해질 수밖에 없었다.

우선 얼마라도 집세를 내기 위해 나카노 역 앞 소비자금융에서 20만 엔을 대출받았다. 보증인과 연락을 취할 수 있도록 엄니에게는 사전에 전화를 해두었다.

"걱정 안 해도 돼, 금세 갚을 거니까."

취직한 친구들과는 거의 만나지 못하게 되었다. 생활과 환경이 바뀌면 만나는 사람도 바뀐다. 어쩌다 만나면 매번 밥을 사줘야 하는지라 점점 아무도 내 곁에는 오지 않았다.

아르바이트와 어쩌다 들어오는 일러스트 일거리. 불어나는 건 대출금뿐이었다. 엄니의 식당 '갓파'도 별로 형편이 좋지 않은 모양이었다. 첫째로 그 동네에는 사람이 없었다. 단지 맛있는 음식을 낸다는 것만으로는 장사가 되지 않는 듯했다.

취직한 여자 친구에게 도시락을 사달라고 하고 그 참에 돈도 빌렸다. 직장에서의 이야기를 재미있게 해주어도 왠지 점점 우울해질 뿐이었다.

그런 주제에 커피 한 잔 못 사주고, 분위기는 점점 나빠질 뿐이었다.

무엇을 하고 싶었는가? 무엇을 하려고 했는가? 이미 그런 생각을 하기 이전에 하루하루를 살아나가는 게 더 큰 문제로 다가왔다.

얼간이의 시골집에서 보내준 택배 상자에서 잊어버린 채 방치해두었던 햄을 발견했다.

벌써 한참 전에 보내온 것이고 게다가 한여름이었다. 햄 껍데기는 강의 물고기처럼 번들번들, 결코 먹어서는 안 될 광택을 내뿜고 있었다.

"겉만 벗겨내면 먹을 수 있을지도……."

배고픔으로 영혼이 깃들지 않은 표정의 얼간이가 사과 깎듯이 햄을 깎아냈다.

"아녀, 그거 아무리 봐도 상한 거 같은데……. 그리고 깎아내도 어디까지 안전한지 애매하잖아⋯⋯."

하지만 배고픈 인간은 햄도 깎아먹는다. 그리고 그날 밤, 당연히 우리는 식중독에 걸렸다. 수도가 끊긴 지는 몇 달째, 그래도 억지로 밸브를 돌려서 사용했더니 며칠 전에 수도국에서 밸브째 들고 가버렸다.

화장실은 나카노 선 플라자 및 주변 공원에서 봤지만, 위에서는 게액, 아래에서는 설사를 죽죽. 몸이 쇠약해져서 바깥출입도 힘들었다. 결국 얼간이가 물이 나오지 않는 화장실에 배변을 했다. 그리고 그 위에 나도 했다.

그 이상 이 화장실에서 배변을 했다가는 인간이 아니게 된다. 결국 친구에게 이끌려 가까운 병원에 실려 갔다.

그 정신적인 손상이 심했던지 얼간이는 다시 규슈로 돌아가겠다는 결단을 내렸다. 나 역시 무엇 때문에 도쿄에 있는지 알 수 없는 처지, 너도 조금만 더 참고 노력해 보자고 내가 말려보기는 했지만, 얼간이는 이렇게 되물었다.

"무슨 노력을 하라는겨?"

맞는 말씀이었다. 우리의 이 비참한 꼴을 초래한 문제의 근간은 그것이었다. 무엇을 해야 할지 모르는 것.

얼간이는 떠나고 새 룸메이트를 찾아 나섰지만, 그 전에 체납한 임대료를 한 번이라도 정산하기 위해 다시금 대출 창구로.

그때 규슈의 사촌 누이가 시모기타자와下北澤의 아파트에

살고 있었는데, 마침 옆방이 비었다면서 집주인에게 말을 해주어 보증금 없이 이사할 수 있었다. 그렇다고 내 생활이나 수입이 바뀌는 것도 아니었다.

변함없이 하루하루 시간은 흘러갔다.

여자 친구는 도망쳐버리고 일거리는 들어오지 않았다. 그렇건만 이런 생활을 하고 있으면 똑같이 이런 생활을 하는 동료라는 게 생기니, 참으로 이상한 일이다. 돈도 없는 주제에 날마다 시모기타자와 술집에 나가 새벽까지 술을 마셨다.

머리까지 이상해지는 것을 스스로 인식할 만큼 완전히 이 세상 보통 사람의 영역에서 벗어났다. 노력을 해보는 건 마작하러 갈 때 정도고, 그다음은 아무 생각도 하지 않기 위해 무조건 타락한 생활을 밀어붙이는 수밖에 없었다. 기타도 전당포에, 카메라도 전당포에 들어갔다. 그뿐인가, 텔레비전도 비디오도 죄다 전당포 신세였다.

기타를 치고 싶어도, 사진을 찍고 싶어도 이미 도구를 잃었다. 아니, 그런 걸 하고 싶은 마음도 나지 않는 것이다. 나보다 나이 어린 사촌 누이의 월급날을 노려서 술을 마셨다. 나도 모르는 사이에 내 동료들까지 사촌 누이의 월급날을 학수고대하고 있었다. 한심한 백수건달이 일상이 되었고, 이미 한심하다는 말의 의미조차 알지 못했다.

엄니에게 전화를 해도 늘 하는 말이라고는 "만 엔만 보내"라는 말뿐. 기차 삯이 들어있는 보통우편 편지가 엄니에게서 왔다.

'여름에 꼭 한 번 오너라'라는 편지였다.

오래간만에 치쿠호 병원 집에 돌아가도 엄니는 내 직장이나 어떻게 사는지에 대해 아무것도 묻지 않았다.

치쿠호 외할머니는 벌써 오래도록 심장병을 앓고 있어서 산 중턱의 병원에 입원했다. 엄니가 외할머니에게 한번 가보라고 했다.

친구인 도키에다 군이 놀러왔다. 고향 친구가 벌써 자기 승용차를 굴리고 있었다.

"외할머니 병원까지 태워다 주라."

대학 졸업식 이후로 한 번도 외할머니를 보지 못했었다. 침대에 누워있는 외할머니의 얼굴은 미라처럼 뺨이 홀쭉하고 틀니를 넣지 않은 입은 생선처럼 뻐끔 열려 있었다.

한여름 쨍쨍한 햇볕 속에서도 한겨울 썰렁한 찬바람 속에서도 무거운 생선 리어카를 끌고 다니던 그 외할머니의 모습은 자취도 없었다.

혼자서 그 어슴푸레한 병실에서 조용히 숨을 쉬고 있었다.

"외할매……"

내가 인사를 건네자 외할머니는 조금 웃으며 몇 번이나 똑같은 말을 했다.

"마사야가 왔고만……. 어뗘, 열심히 잘 살지……?"

"웅……. 잘 살어……."

"그렇지……. 너한테 줄려고 저기, 저기에 백만 엔이 있을 것이고만. 그 백만 엔으로 냄비를 사. 알겠지? 냄비를 사야 혀."

저기, 저기에 백만 엔이라는 건 어디에도 없었다. 벌써 정신이 깜빡깜빡해서, 몇 번씩이나 백만 엔을 줄 테니 냄비를 사라, 너를 위해 저금을 해뒀다는 말만 거듭했다.

나는 그때마다 "외할매, 고마워……. 도쿄 가서 꼭 냄비를 살 테니께 걱정 말어"라고 대답했다.

눈물을 참으며 병실에서 나왔다. 계단 층계참에서 엉엉 울었다. 한심했다. 허탈했다. 그토록 슬펐던 것은 그게 외할머니와의 마지막 만남이라는 것을 직감적으로 깨달았기 때문이었다.

6

도쿄에는 길거리를 돌아다니면 발에 밟힐 만큼 자유가 굴러다닌다.

떨어진 잎사귀처럼 빈 깡통처럼 어디에나 굴러다닌다.

고향이 귀찮아져서, 부모의 감시의 눈이 싫어서, 그 멋진 자유라는 것을 원하며 허위허위 찾아오는 것이지만, 너무도 쉽사리 눈에 들어오는 자유에 김이 빠져서 차츰 그것을 갖고 놀아대게 된다.

스스로를 훈계할 능력이 없는 자가 소유한 질 낮은 자유는 사고와 감정을 마비시키고 그 인간의 몸뚱이를 길가 진흙구덩이로 끌고 들어간다.

탁하고 미적지근하게 느릿느릿 떠내려가고 서서히 가라

앉으며, 그러나 분명하게 하수 처리장 가까이로 실려 간다.

예전에 자신이 무엇을 목표로 살았는지, 무엇에 눈물을 흘렸는지도 잊어버린 채, 소중했을 터인 그것들은 그 방종한 자유 속에서 헛헛한 웃음과 함께 용해되어 버린다. 진흙탕 속의 자유에는 도덕도 법률도 이미 자제력을 잃고, 오히려 그것을 범하는 것밖에는 남겨진 자유가 없다.

막연한 자유만큼 부자유한 것은 없다. 그것을 깨달은 것은 온갖 자유에 꽁꽁 묶여 꼼짝달싹할 수 없게 된 뒤였다.

넓은 하늘로 날아오르기를 원하고 가령 그것이 이루어졌다 해도 과연 참으로 행복한 것인지 즐거운 것인지는 알 수 없다.

결국 새장 안에서 하늘을 날기를 꿈꾸며 지금 이곳의 자유를, 이 한정된 자유를 최대한 살려내는 때가 최상의 자유이고 의미 있는 자유인 것이다.

취직, 결혼, 법률, 도덕. 귀찮고 번거로운 약속들. 금을 그어 갈라놓은 룰. 자유는 그런 범속한 곳에서 찾아냈을 때 비로소 가치가 있다.

자유의 냄새를 풍풍 풍기는 곳에는 기실 자유 따위는 없다. 자유 비슷한 환상이 있을 뿐이다.

고향에서 저 건너 먼 곳에 있다는 자유를 꿈꾸었다. 도쿄에 있는 자유는 멋진 것이라고 믿어 의심치 않았다.

하지만 누구나 똑같은 길을 더듬어 똑같은 장소로 돌아

231

간다.

자유를 추구하며 먼 길을 떠났다가 부자유를 발견하고 다시 돌아가는 것이다.

5월에 어느 사람은 말했다.

네가 좋아하는 일을 해라. 하지만 그때부터가 힘들다, 라고 말했다.

식당 '갓파'를 막 개업했을 무렵의 엄니는 전화 목소리도, 매달 보내오는 편지 내용도 발랄한 분위기가 느껴졌다. 유난히 자신에 찬 목소리가 인상적이었다. 식당, 스낵바, 드라이브인, 지금까지 나를 키우기 위해 온갖 곳에 일하러 다녀야 했던 엄니에게 자신의 가게가 생겼다는 것 자체가 기쁜 일이었을 것이고, 날마다 자신이 만들고 싶은, 남에게 대접하고 싶은 요리를 만들 수 있는 것이 또한 즐거웠을 것이다.

쉰 다섯 살이 되어 처음으로 마련한 내 가게. 아들이 써준 주렴과 남편이 써준 메뉴에 둘러싸여 홀로 열심히 맛있는 요리를 준비했을 터였다.

하지만 상점가의 가게들이 하나둘 문을 닫고 임대 빌딩이 차례차례 철거에 들어가는 치쿠호 시내에서는 엄니의 그런 노력도 헛되이, 채 2년이 못 되어 '갓파'는 문을 닫기에 이르렀다. 애초에 원가 300엔이 들어가는 요리를 250엔에 내놓는 엄니 같은 사람은 요리의 맛은 둘째 치고 경영에 소질이 없었는지도 모른다.

그래도 엄니는 포기하지 않았다. '갓파'를 접은 뒤에도 아는 사람이 이전에 음식점을 하다가 망해먹고 내버려두었던 작은 가게를 빌려 다시 가정요리 식당을 시작했다.

인구가 자꾸만 줄어드는 치쿠호 한 귀퉁이에서 날마다 500엔짜리 정식을 만들어 손님들에게 대접했다.

엄니 동창생들은 벌써 손자나 돌보며 노년의 나날을 평온하게 보낼 나이였다. 그런 속에서 엄니는 혼자 허리에 살론 파스를 붙여가며 계속 일하고 있었다.

그리고 도쿄의 자유 지옥에 꽁꽁 묶여 하루하루를 도박과 밤놀이로 지새우던 나는 그런 엄니에게서 거의 매달 돈을 타냈다.

대출금 카드는 여덟 장에 달했다. 4월에 한 번씩 찾아오는 납기일에 이자조차 갚지 못하고 집세도 연체되어 시모기타자와의 아파트에서도 쫓겨나게 되었다. 일거리도 거의 없었다. 한 달에 한두 차례 들어오는 일러스트나 원고로 받아드는 돈은 겨우 사흘을 지탱할 정도의 벌이밖에 되지 않고, 그런 일거리 전화조차 마작을 하면서 받을 만큼 나는 도박으로 도피하는 나날을 보냈다.

엄니에게는 도저히 발설할 수 없는 아르바이트로 일당과 마작의 종잣돈을 벌고, 그게 미안해서 엄니에게 연락하는 횟수는 점점 줄어갔다.

동창생이 사무실로 쓰던 지유가오카自由が丘의 방을 어렵사리 재임대해서 들어가 살게 되었다. 사무실 책상 세 개뿐인 살풍경한 방 한쪽 구석에 이불을 깔고 지냈다.

전기도 가스도 수도도 없고, 화장실은 구혼부츠九品佛 절의 공중변소로 다녔다. 친구에게 공중전화로 연락해서 지유가오카까지 불러내 밥을 사달라고 하고, 떠나간 여자 친구에게 할 말이 있다며 불러내 돈을 빌렸다.

그리고 정말 아무도 나를 찾지 않게 되었다. 학생 시절에 나는 친구가 많은 편이라고 자부했었으나 간단한 이유로 그런 착각도 산산조각이 나버렸다.

더 이상 내게는 제대로 된 생활이라는 게 없을 것 같았다. 진심으로 그렇게 생각했다. 집세를 꼬박꼬박 내고 세끼 밥을 내 돈으로 사먹고 자동차를 굴리고 여자와 레스토랑에서 술잔을 기울이는 동창생들이 할리우드의 유명 스타처럼 눈부시게 보였다.

가슴속에 똬리를 튼 초조감과 무력감은, 이미 당연한 일처럼 수돗물이 나오지 않는 부엌 앞에 데굴데굴 굴러다니고, 그 당연한 풍경이 아무리 한심한 나 자신을 고스란히 비춰내도 내 몸뚱이를 움직일 힘은 어딘가에 가라앉아 버린 채 생겨나지 않았다.

질펀질펀 질펀질펀, 하루하루가 진흙처럼 질펀하게 흘러

갔다.

그런 생활이 영원히 계속될 것 같은 느낌에 휩싸여 있던 무렵에 롤링 스톤스가 첫 일본공연을 위해 비행기를 타고 날아왔다.

취직한 친구는 도쿄 돔에서 거행되는 열흘간의 공연을 전부 관람하기 위해 한 회에 1만 엔짜리 티켓을 모조리 구입했노라고 했다. 그 당시의 공연은 마치 만국박람회 때처럼 분위기가 고조되어, 롤링 스톤스 팬뿐만 아니라 롤링 스톤스와 이안 미첼 & 로제타 스톤도 제대로 구별하지 못하는 사람들까지 도쿄 돔으로 꾸역꾸역 밀려들었다.

절의 공중변소까지 똥을 싸러 다니는 생활을 하던 나도 그 콘서트만은 꼭 보고 싶었다. 겨우겨우 돈을 빌려 음악잡지 편집자에게 티켓 구입을 부탁해놓고 그날을 손꼽아 기다렸다. 몹쓸 나 자신을 내 멋대로 롤링 스톤스에 겹쳐보며 나야말로 그 콘서트를 볼 자격이 있다고 생각했다.

록 분위기라고는 털끝만큼도 없는 지유가오카 거리도 공연 첫날이 되자 역 앞에 어울리지도 않는 롤링 스톤스 투어 티셔츠를 입은 사람들이 넘쳐났다.

내가 티켓을 구입한 공연 날.

그날 아침, 나는 아무것도 없는 썰렁한 방에서 담요를 둘둘 말고 자고 있었다. 철문을 두드리는 소리가 차가운 방 안에 울려 퍼졌다. 집세 아니면 대출금을 독촉하러 온 사람일 거라는 생각에 숨을 죽이고 담요를 뒤집어썼다.

문 너머에서 부르는 소리가 들려왔다. 전보였다. 파란색의 얇은 전보. 엄니에게서 온 것이었다.

치쿠호 외할머니가, 죽었다.

그날 새벽에 병원에서 숨을 거두었단다.

마지막으로 병원에서 허옇게 여위어버린 외할머니를 보았을 때, 이런 소식이 오리라는 것을 예감하기는 했었지만, 나로서는 맨 처음 들이닥친 가족의 죽음이라는 현실에 온몸이 무거운 슬픔의 모래더미에 가라앉았다.

병원 침대에서 의식이 혼탁한 가운데서도 "100만 엔을 모아 뒀으니께 꼭 냄비를 사거라이?"라고 나를 걱정해 주던 외할머니.

지글지글 끓는 여름에도 땅이 얼어붙는 겨울에도 생선을 실은 파란 리어카를 끌고 다니던 외할머니. 손바닥이 온통 거칠거칠하고 딱딱했다.

생선을 팔아 아홉 명의 자식을 키워내고 노후에는 누렇게 변색된 밥을 혼자 떠먹고 있던 외할머니.

시대극과 프로야구 중계가 겹치면 늘 나와 채널을 놓고 다투었다. 무뚝뚝한 성품이어서 어린애에게조차 달콤한 말을 하지 못하는 사람이었지만, 내가 말을 붙이면 겸연쩍은 듯 다정한 웃음을 지어주었다.

어릴 때는 그런 할머니를 무섭다고 생각해서, 고쿠라 할

머니가 누구를 가장 좋아하느냐고 물었을 때도 외할머니만
은 상위급으로는 꼽지 않은 일도 있었다.

토끼가 죽었을 때는 외할머니가 함께 밭에 나가 괭이로
구덩이를 파주었다.

학교에서 돌아오는 길에 외할머니를 발견하면 나는 리어
카 뒤에 냉큼 올라앉아 함께 집에 왔다.

비탈길에서 리어카를 밀어주면 10엔을 주었다.

장화와 고무호스. 파란 리어카. 에코 담배와 셀룰로이드
담배쌈지. 죽순 조림. 해삼 초. 뱀밥 나물을 넣은 달걀 국.
벤젠 손 난로. 소매 달린 긴 앞치마. 심장 약. 살론 파스와
생선 냄새.

외할매가 죽었다.

롤링 스톤스 공연에는 가지 않았다. 전화국에 가서 조전
을 보냈다. 고향 갈 돈이 없었다. 엄니에게는 일이 있다고
거짓말을 했다. 조전을 어디로 보내는 건지도 몰라 상주喪主
인 외삼촌이 아니라 외할머니 앞으로 보내고 말았다.

아무 보답도 하지 못했는데 외할머니는 세상을 떠나버렸
다. 슬픔보다 그 분함 때문에 울었다. 인간은 정말 죽어버
린다는 것이 놀랍고 두려웠다.

잘 가시라는 것도, 고마웠다는 것도 아니었다. 뭔가 느낀
적이 없는 복잡한 심경이 도무지 말로 표현되지 않았다.

외할머니가 돌아가신 뒤로 엄니는 대부분 기타규슈北九州의 와카마쓰若松에 사는 부우부 막내 이모네 맨션에서 보냈다. 부우부 이모는 독신이고 자식도 없었다. 독신생활을 하는 여동생에게 엄니는 몸을 의탁하고 있었다.

와카마쓰에는 노부에 큰 이모, 엄니의 남동생인 교이치 외삼촌, 신이치 외삼촌도 살고 있었다. 모두가 걸어서 오고 갈 수 있는 거리에서 살았고 형제간의 우애가 놀랄 만큼 좋았다. 새로 시작한 식당도 문을 닫은 엄니는 부우부 이모네 집에 기거하면서 와카마쓰의 임대 의상실에 일자리를 얻어 일하러 다녔다.

언젠가 지유가오카의 내 집에 엄니가 큼지막한 종이상자를 소포로 보내왔다. 엄니가 다니던 임대 의상실에서 대부분의 의상을 처분하게 되어 엄니와 부우부 이모에게 물건을 넘겨주었다는 것이었다.

우치카케(위에 걸쳐 입는 두루마기 풍의 일본 여자 옷. 옛날에는 무사 부인의 예복이었으며 요즘은 결혼식 등에서 입는다)나 도메소데(축하용 여성 예복으로, 보통 길이의 소매에 문양과 문장이 있다), 드레스 종류는 친척들에게 나눠주고, 남은 것은 알뜰시장에 내다 팔았다고 한다.

'그렇게 내다판 게 얼마간 돈이 되었으니, 너도 재주껏 팔아서 용돈이라도 쓰도록 해라.'

그런 편지가 함께 들어있었다.

대형 상자로 네 개. 첫 번째 상자를 열자 혼례용 하얀 턱시도가 들어있었다. 다음 상자에도 하얀 턱시도, 그리고 그 다음 상자에도 당연한 듯 하얀 턱시도가 들어있었다.

편지에는 '네가 입어도 괜찮을 것이고……'라고 적혀 있었지만, 센다 미츠오(1947년생의 탤런트이자 코미디언)라도 이런 화사한 턱시도는 못 입을 터였다.

결국 도합 30벌이나 되는 하얀 턱시도가 내 손에 들어왔다. 턱시도 상하 한 벌에 조끼, 드레스 셔츠와 커머번드 cummerbund까지 풀세트였다. 검은 광택실로 가장자리를 두른 것이며 크림색이 살짝 들어간 것도 있었지만, 어떻든 모조리 흰색이었다. 검정색이라면 또 모르지만 하얀 턱시도는 결혼식장에 들어가는 신랑 이외에는 입고 있는 사람을 본 적이 없었다.

그렇다고 내 방에 이 턱시도를 그냥 두었다가는 2년이 넘도록 옷 한 벌 못 사본 나였으니, 이러다 입을 것이 떨어지면 싸구려 덮밥 집에 가면서도 이 옷을 차려입고 나설지 모른다.

일찌감치 처분하는 게 낫겠다 싶어서 친구와 상의를 해봤더니, 마침 이번에 그 녀석이 일본 청년관 옆 공원의 프리마켓에 참가하기로 했단다. 그가 구입한 자리의 귀퉁이를 조금만 빌려달라고 사정사정을 해서 내가 직접 팔아보기로 했다.

당일, 한여름의 무더운 날씨였지만 나는 마네킹 대신 하얀 턱시도를 풀세트로 차려입고 한 세트에 8천 엔으로 판매에 나섰다. 예상했던 대로 전혀 팔리지 않았다.

아무리 생각해도, 누가 이런 옷을 살 것인가. 사 봤자 쓸일이 없는 물건인 것이다. 젊은이들은 아예 거들떠 보지도 않았지만, 그래도 중년을 넘긴 아저씨들 중에는 이따금 관심을 보이는 사람이 있었다. 일단 집어 드는 아저씨들마다 한번 입어보시라고 친절하게 말을 붙였다. "훌리오 이글레시아스 같은데요?"라고 대충 둘러대며 아저씨들을 슬슬 부추기자 "그럼, 하나 사볼까?"하고 지갑을 꺼내는지라 나는 깜짝 놀라 아저씨에게 물었다.

"어디다 쓰시려고요?"

그랬더니 그 아저씨, 취미로 가라오케 교실에 다니는데 머지않아 발표회가 있을 예정이어서 그때 입을 의상을 찾고 있었다는 것이었다.

아하, 그렇구나, 그런 쪽에서 써먹을 길이 있었군, 하고서 중년남성을 중심으로 영업에 매진한 결과, 슬슬 팔리기 시작했다. 잘 먹히는 아저씨의 경우에는 두 벌을 살 테니만 5천 엔에 깎아달라고 해서 "아휴, 무슨 말씀을. 세 벌에만 엔만 내세요"라는 식으로 열심히 재고처분에 나섰다.

막판에는 돌아가는 짐을 최대한 줄여야 한다는 마음 하나로 한 벌에 3천 엔, 천 엔으로 거의 내버리다시피 해서 결국 20벌이 넘게 팔렸고 현금으로 7, 8만 엔이 수중에 들어왔다.

"엄니, 돈이 쏠쏠하게 들어왔어."

매상을 보고했더니 엄니는 깜짝 놀라며 말했다.

"엣, 칠팔 만 엔이나? 역시 나이든 사람들은 결혼식 때도 그런 옷은 입어보지 못 했으니께 꼭 한번 입어보고 싶었을 것이고만."

엄니는 자매간에 스스럼없이 마음을 열었지만, 아무리 친한 사이라도 예의는 갖춰야 한다는 사고방식이 강했다. 여동생 집에 함께 기거하며 밤마다 화투를 치는 건 좋지만 언제까지고 그렇게 폐를 끼칠 수는 없다고 생각했을 터였다.

부우부 이모네 맨션에서 1분 거리인 노부에 이모 집 바로 옆에 단층집을 빌려 살게 되었다. 넓지도 않고 낡기는 했지만 마당이 딸린 아담하고 기품 있는 전통가옥이었다.

더군다나 그 집이, 이게 웬일인가, 와카마쓰 출신의 작가 히노 아시헤이火野葦平 씨의 형님 집이라는 것이었다. 가재도구를 대충 남겨둔 채 세를 놓아서 그 집 책장에 오래된 문학전집이 잔뜩 꽂혀 있노라고 했다.

"너, 〈꽃과 용龍〉이라는 소설, 알겠지?"

"응."

"참말로 훌륭한 작가 선생이시래. 형님 되시는 집주인도 아주 점잖은 분이고, 이런 집을 빌릴 수 있어서 다행이고만."

히노 아시헤이 씨는 생전에 누구보다 갓파를 좋아한 것으로 알려져 있다. 〈분뇨담糞尿譚〉으로 아쿠타카와 상을 수상한 뒤에 〈보리와 군대〉 등의 군인소설, 그리고 부친 다마이. 긴고로玉井金五郎와 모친 다마이 만의 파란만장한 삶을 묘사한 〈꽃과 용〉 등, 수많은 작품을 남겼지만 갓파를 소재로 한 소설과 시도 다수 발표하였다.

와카마쓰의 다카토야마高塔山 사당에는 등에 굵은 못이 박힌 지장보살이 있다. 그 못은 히노 아시헤이가 자신의 소설에 빗대어 갓파가 못된 장난을 치지 못하도록 액땜으로 직접 지장보살의 등에 박은 것이었다.

지금도 그 사당에는 액땜을 위해 그 지장보살의 못을 만져보려고 수많은 사람들이 찾는다고 한다.

갓파 전설을 철석같이 믿었던 엄니는 똑같이 갓파의 존재를 누구보다 신봉하던 히노 아시헤이 씨의 부름을 받았는지도 모른다.

지유가오카의 집세도 밀려서 집주인에게 이중임대라는 게 발각되는 바람에 그곳에서도 쫓겨나게 되었다.

이전보다 조금쯤 착실하게 일을 했지만, 착실하건 말건 프리랜서의 일거리는 없을 때는 없다.

대출은 이미 어디서도 받을 수 없었다. 위법적인 고리

대출업자까지도 도와줄 수 없다며 도리질을 쳤다. 그래도 어찌어찌 반을 마련하고 나머지 반은 다시 엄니에게 손을 벌려 15만 엔을 준비했다. 그 15만 엔을 들고 부동산 중개소를 찾아가, 뭐, 어떤 집이든 괜찮다, 이 돈으로 하루 이틀 안에 이사할 수 있는 곳이면 다 좋다고 솔직히 털어놓았더니, 도립대학 옆에 두 평짜리 방, 목욕탕은 없고 화장실은 공동이라는 물건을 소개해 주는지라 가서 둘러보고 자시고 할 것도 없이 그 자리에서 계약을 해버렸다.

대부분의 가구는 한밤중에 불법투기했다. 하긴 텔레비전, 비디오, 컴포넌트처럼 돈이 될 만한 것은 모조리 전당포에 보내버렸는지라 애초부터 가전제품 같은 건 없었다. 나와 마찬가지로 백수인 친구 둘이 찾아와 이사를 도와주었다.

도립대학까지는 지유가오카에서 전차 역 하나. 렌터카를 빌릴 정도의 이삿짐도, 돈도 없었다. 가까운 목재상에서 리어카를 빌려 당장 그날로 도망치듯 짐을 옮겼다.

고급주택가 한가운데 덜렁 남겨진 낡은 이층 단독주택. 그것을 방 한 칸씩 나누어 세를 놓고 있었다. 1층에 두 칸, 2층에도 두 칸, 똑같은 방이 나란히 늘어섰다. 드나드는 현관이 한 군데여서 거기에 네 칸의 입주자들이 신발을 벗어놓는 것인데, 그렇게 치안도 위생도 불량한 허름한 아파트이건만 나 이외의 입주자 세 명이 모두 젊은 독신여성들이었다.

고학을 하는 여대생, 혹은 부모에게 돈을 부쳐주는 효심 깊은 직장 여성들인가 했더니, 현관에는 찰스 주르당 같은 뾰족한 고급 구두가 어지럽게 널려 있었다.

게다가 이 세 여성이 한결같이 집에 돌아오는 일이 없었다. 아마 부모에게는 비밀로 하고 따로 누군가와 동거라도 하면서 이 방은 그저 '주소'로만 얻어둔 모양이었다.

그런지라 단독주택에 거의 나 혼자 사는 거나 마찬가지였다. 그러나 이따금 우송되어오는 그녀들의 소포는 온종일 집에 있는 내가 대신 맡아두는 일이 많았다.

통신판매의 소포 등등, 뭔가 수상쩍은 물건들이 속속 도착해서 일단 맡아두기는 했지만, 그녀들은 2주일에 한 번쯤밖에 돌아오지 않는지라 그때를 노려 어렵사리 전해 주어도 고맙다는 인사는커녕 문을 눈곱만큼만 열고서 낚아채듯이 소포를 빼앗아가고 완전히 변태를 보는 듯한 눈빛으로 나를 쳐다보았다.

같은 집에 사는 처지인데도 '이런 너절한 집에 사는 인간이라면 분명 변태야. 통신판매로 사들인 내 팬티가 그 남자 방에 있었다니, 생각만 해도 불쾌해서 견딜 수가 없어. 아, 싫다, 싫어. 나이도 먹을 만큼 먹은 남자가 욕실도 화장실도 없는 이런 집에서 변변히 일도 안하고 온종일 방구석에 처박혀 있다니, 예비 범죄자, 쓰레기 같은 인간! 아우,

정말, 진짜, 기분 나빠!'라는 태도인 것이다.

인간은 올려다보는 일보다 내려다볼 때 훨씬 더 강력한 집중력을 사용한다.

그러나 내 방은 그녀들이 그렇게 생각한대도 딱히 대거리할 말이 없는 상태였다. 그도 그럴 것이 그 3만 엔짜리 방에 에노모토라는 또 다른 백수 제자까지 데려와 주인의 허락도 없이 내 마음대로 동거를 시작했기 때문이다.

에노모토는 예전에 내가 아르바이트로 강의를 나갔던 초상화 교실의 학생 중에서도 가장 그림이 엉망이던 학생이었다. 내가 그 아르바이트를 그만둔 이래로 한 번도 만난 적이 없었는데, 그 얼마 전에 오모테산도表參道 길가에 쭈그리고 앉아 있는 녀석을 발견했던 것이다.

오랜만이다, 이런 데서 웬일이냐? 라고 말을 붙인 것이 불행의 시작. 에노모토는 고개를 숙인 채 이렇게 대답했다.

"배가 고파서요……."

그 자리의 분위기 상, 질의와 응답이라는 전개 상, "아, 그래? 그럼 우리 집으로 갈래?"라고 말한 게 또한 불행의 시작, 그때부터 함께 살게 되어버렸다. 에노모토는 며칠 뒤에 미타카三鷹 쪽의 그 또한 3만 엔짜리 아파트에서 짐 보따리와 함께 찾아왔다. 아무리 둘 다 가재도구가 없는 처지라지만, 두 평짜리 방에 두 사람 분의 짐이 들어왔으니 잠을 잘 때는 책상 위와 아래에서 입체로 교차하는, 영락없는 베드하우스였다.

그런데다가 이 녀석의 짐 상자는 모조리 'Radish Boya' 라고 인쇄되어 있었다.

대체 '래디시 보야'가 뭐냐고 물어보니 이 녀석이 가난뱅이 주제에 농약 뿌린 야채는 몸에 좋지 않으므로 무농약에 유기농 택배 야채만 먹는다는, 참으로 까다로운 놈이었다.

그래도 걸어서 15분 걸리는 대중탕에 갈 때도, 자동판매기 동전 출구를 뒤적여 잔돈푼을 긁어낼 때도 에노모토가 곁에 있어준 덕분에 눈물 없이 견뎌낸 면도 없잖아 있었다.

"나는 꼭 일러스트레이터가 될 거예요."

에노모토는 그런 낯 뜨거운 대사를 전혀 부끄러운 기색도 없이 술술 내뱉곤 했다.

"야, 관둬."

내가 아무리 타일러도 에노모토의 눈동자는 반짝반짝 맑았다.

한 달에 몇 차례밖에 안 들어오는 내 일거리, 혼자 해도 30분이면 끝날 흑백 컷이라도 바탕만 남겨놓고 "에노모토, 바탕 칠 좀 해다오" "네, 알겠습니다"라고, 일러스트레이터 놀이를 했다.

그 무렵에 우리가 보았던 것은 어떤 풍경이었을까? 먹고 살기조차 힘겨운 그런 생활을 하면서도 장래나 미래에 불안을 느끼거나 침울해졌던 일은 없었다.

그보다 우선 당장 눈앞의 일에 허덕거렸기 때문인지도 모르지만, 우리는 아무런 근거도 없이 분명 앞으로는 지금보다 나아질 거라고 믿어 의심치 않았다.

아무것도 시작한 게 없는 동안에는 아무것도 두려울 게 없다.

무엇 하나 확실한 전망이 보이지 않는 생활이었지만, 하루하루를 따분하게 느낀 적은 없었다.

무언가를 손에 넣은 사람에게나 두려움과 따분함은 어깨를 나란히 하고 다가오는 것이다.

"엄니, 다음 주에 거래처 사람하고 규슈에 갈 거야. 거기서 하루 자고 오려고."

거래처 사람과는 친구 관계가 되는 일이 거의 없었지만, 출판사에 근무하던 W와는 서로가 제자리걸음을 하던 때에 만나서 그랬는지 곧바로 의기투합했다.

만나서 2주일도 안된 참에 W가 함께 여행을 떠나자는 제안을 해왔다.

여자 친구와 해외여행을 떠날 예정으로 일주일 휴가를 받았는데 그 여자 친구와 며칠 전에 헤어져버려 그냥 휴가만 남았다는 것이었다. 그렇다고 나와 해외여행까지 가기는 좀 그렇다고 생각했는지, 이참에 자동차로 규슈나 한 바퀴 돌자는, 자포자기적이며 또한 사나이다운 계획이었다.

W는 요코하마 출신이지만 은행원이던 부친이 예전에 고쿠라 은행에 근무했던 경험이 있어서 고쿠라 시내에 한번 가보고 싶었노라고, 반은 억지로 규슈 여행에 의미를 부여하고 있는 듯했다.

나는 꽤 오래도록 후쿠오카에 가지 못했었고, 이런 쓸모없는 여행도 나름대로 재미있을 것 같아 함께 떠나기로 했다. W와는 해외여행 잡지 일을 함께 하고 있었는데, 거기서 칼럼을 맡은 나는 해외여행은 커녕 여권도 없었다.

도쿄를 출발하여 W의 승용차는 도메이東明 고속도로를 달렸다. 나는 자동차 면허가 없는지라 오로지 선곡과 잠자기, 그럭저럭 흥이 오를 때면 조수석에서 연주를 곁들여 노래 부르기를 맡았다. 그러나 논스톱으로 히로시마 가까이에 접어든 참에 고속도로가 전면 통행금지가 되었다. 그 주위는 도로가 산속을 통과하기 때문에 기온이 급격히 떨어지면서 노면이 결빙되었던 것이다. 체인을 장착하거나 스파이크 타이어가 아니면 달릴 수 없었다.

장거리 운전의 피로로 완전히 흥분상태였던 W는 이 자동차는 미끄럼 방지용 타이어라 괜찮다고 요금소 아저씨를 물고 늘어졌지만, 결국 그곳 주차장에서 몇 시간이나 발이 묶이고 말았다.

"규슈가 바로 옆인데 이런 데서 눈이 내릴 줄은 몰랐네. 이 근방에 오면 요금소 아저씨도 알로하 셔츠 같은 거 입고 나올 줄 알았는데."

규슈를 무슨 남국쯤으로 착각하는 W는 포기한 듯 시트를 납작 넘어뜨렸다.

간몬關門 해협을 건너 규슈에 상륙한 것은 새벽녘이었다. 곧바로 와카마쓰의 엄니 집으로 향했다. 와카마쓰에는 와카토若戶 대교라는 붉은 철교가 있다. 공업지대를 빠져나와 도바타 구戶畑區와 와카마쓰 구를 잇는 총길이 2킬로미터 남짓한 다리다.

푸른 도카이 만洞海灣 위에 새빨갛게 칠해진 그 다리는 마치 도쿄 타워를 옆으로 눕혀놓은 것 같다고 어릴 때부터 생각했었다.

다리를 내려가자 곧바로 엄니의 집이 있었다. 히노 아시헤이와 인연 깊은 그 집에 가보는 건 나도 처음이었다.

집 앞에 당도하자 엄니는 앞치마를 입은 채 뛰어나와 W에게 깊숙이 머리를 숙였다.

"아휴, 참말로 먼 곳에서 이렇게 일부러 찾아오시다니, 얼마나 피곤하시까. 목욕물을 준비해 뒀으니께 어서 들어가서 편히 쉬어요. 애가 운전을 못 하니 혼자서 아주 힘드셨겠네."

엄니는 아들의 거래처 사람을 처음 보고 크게 긴장한 기색이었다. 염치고 체면이고 없이 돈만 졸라대고, 대체 도쿄에서 뭘 하는지 알 수 없던 아들이 거래처 사람을 데리고 온 것이다. 어떻든 아들이 뭔가 일을 한다는 것을 알고 그 야말로 반색을 하며 자상하게 손님접대에 나섰다.

W가 욕실에 들어간 사이에 아침식사가 테이블 가득 차려졌다.

"도회지 분이라 입에 맞으실지 모르겠네"라고 엄니는 말했지만, W가 "아뇨, 정말 맛있습니다, 어머님"이라고 하자 몇 번이고 손을 내밀어 어서 더 많이 먹으라고 권했다.

내 이불과 W의 이불이 나란히 깔려 있었다. 이불 건조기를 틀어 덥혀놓은 모양이었다. 푹신푹신하고 따스했다.

엄니는 항상 겨울 추운 날이면 내가 이불 속에 들어가기 직전에 건조기를 틀어 이불 속을 따스하게 덥혀주곤 했다.

W는 이불 속에 들자마자 농담 같은 스피드로 코고는 소리를 냈다.

"에구, 저런. 참말로 피곤했던 모양이고만"이라며 엄니는 W의 옷을 개키고 있었다.

W의 코고는 소리를 들으며 엄니와 한참 이야기를 나누던 나도 피곤이 밀려와 편안한 이불 속으로 들어갔다.

이토록 따스하고 다정한 이불에서 자보는 건 정말 오랜만이었다.

우리가 눈을 뜬 것은 벌써 해도 저물 무렵, 식탁에는 이미 저녁식사가 준비되어 있었다.

그리고 텔레비전 앞에는 어느새 아부지도 와서 담배를 피우고 있었다.

W가 황급히 아부지에게 인사를 하자 "아, 그래……"라고 한 마디 할 뿐, 딱히 대화를 나누는 것도 없었다. 모양새나 태도나 내가 객관적으로 보기에도 으스스했다. W는 내 귓가에 대고 슬그머니 "너희 아버지, 엄청 무섭다"라고 속삭였다.

W가 잠에서 깨어났다는 정보가 들어갔는지, 이모들이 W에게 인사를 하러 속속 찾아왔다.

"저런, 저런, 마사야와 함께 일하시는 분이라고? 잘 부탁허겠고만요."

저녁 준비가 되어 W는 엄니와 이모들이 뚫어져라 쳐다보는 가운데 젓가락을 들었고, W가 뭔가 한 마디 할 때마다 이모들은 세 배의 리액션으로 대꾸했다.

식사를 마친 뒤, 내내 벌렁 누워 텔레비전을 보던 아부지가 우리가 차를 마시는 것을 옆 눈으로 바라보며 부스스 몸을 일으켰다.

"슬슬 가볼까?"

"응? 어딜?"

"잠깐 나가자고."

그러면서 아무런 상의도 없이 벌써 재킷을 걸친다. 아무래도 나와 W를 고쿠라에 데리고 나가려는 모양이었다. 아부지 나름대로 그것이 W에 대한 접대라고 생각한 모양이었다.

"어디 가시는데……?"

W가 불안한 듯 물어왔다.

"아마 고쿠라 클럽일걸?"

엄니가 우리의 웃옷을 내주며 말했다.

"기왕 왔으니 고쿠라 시내에서 놀다 가면 좋을 것이고만."

1차로 들른 클럽에는 아부지의 파트너인 스킨헤드 A씨가 기다리고 있었다. 아부지는 나를 데리고 술을 마시러 갈 때도 반드시 친구를 불러내곤 했다. 내 이야기며 도쿄 이야기를 친구가 대신 나서서 물어보게 하고 자신은 그 옆에서 말없이 듣고 있는 것이다.

2차, 3차로 가게가 바뀔 때마다 "이쪽은 우리 아들의 직장 친구"라며 일일이 W를 마담에게 소개했다. W도 뭐가 뭔지 영문도 모른 채, 아부지와 아무튼 이야기를 나누었다.

이 가게에서 저 가게로 걸어가는 중에, 번화가의 밴드 연습장에서 나오던 펑크족의 기타 케이스가 A씨의 어깨를 쳤다. 그 학생은 그런 줄도 모르고 그대로 지나가려고 했지만, A씨는 천천히 그들을 뒤쫓아 갔다.

"야, 이놈들! 눈을 어따 두고 다니냐!"

스프레이로 바짝 치켜 올린 학생의 머리끝보다 훨씬 더 키가 크고 우람한 체격에다 스킨헤드인 A씨를 보자마자 학생들은 얼어붙은 듯 수없이 고개를 숙였다. 기타가 부딪친 일 이외에도 한참이나 이런저런 설교를 한 뒤에 마지막에는 밴드활동 열심히 하라는 말을 학생들에게 남기고 A씨는 아무 일도 없었던 듯 다시 다음 가게로 걸음을 옮겼다.

아부지는 아무 관심도 없는 표정으로 그것을 지켜보다 걸음을 뗐다.

W는 그 소년들과 똑같이 잔뜩 긴장한 기색으로 일부시종을 지켜보고 있었는데, 결국 앞에 가는 아부지의 등을 가리키며 내게 이렇게 물었다.

"너희 아버님, 로큰롤 가수시냐?"

다음 가게에서는 A씨가 W의 성씨를 물었고, 그렇다면 고쿠라에도 그 똑같은 성씨의 유명한 삼형제가 있다는 것으로 이야기가 흘러갔다.

"큰형, 둘째, 막내가 죄다 아주 막돼먹기는 했는데, 그래도 막내 동생이 형무소에 들어갔을 적에는 헬리콥터를 몰고 형무소 상공을 날면서 말이지, 그 형들이 형무소의 동생을 향해서, 막내야, 기다려라아! 꼭 구해줄 테니께! 하고 메가폰으로 소리소리 지르고 말이지, 참말로 재미있는 삼형제가 있었고만. 그치들하고 당신이 같은 성씨네."

A씨의 무시무시한 모습에도 익숙해져 한결 편안한 기색으로 W가 A씨와 그런 이야기를 나누며 한창 재미있는 참에, 아부지가 내게 물었다.

"저이는 어떤 회사냐?"

"응, 출판사."

"너는 거기서 뭘 허는 거?"

"일러스트도 그리고 원고도 쓰고."

"그래서 먹고 살겄냐?"

"뭐, 이전보다는 낫지."

"그래, 그렇다면 꾹 참고 잘 해봐."

"음, 그래야지."

아부지는 클럽 마담에게 전화기를 빌려오더니 엄니에게 전화하라고 했다.

"지금 집에 갈 거니께 오차츠케(밥에 잘게 다진 장아찌 등을 넣고 뜨거운 녹차를 부어 먹는 음식) 준비해 놓으라고 해."

새벽 2시. 우리가 엄니 집에 돌아왔을 때는 오차츠케와 가지 장아찌가 테이블에 차려져 있었다.

"술, 많이 마셨냐?"

엄니는 W와 내게 웃으며 말했다.

자기 일로 정신없이 돌아가다 보면 뛰건 구르건 그 시간은 정지한 것처럼 느껴진다. 자신밖에 보이지 않고 자신의 체내 시계만 보고 있으면 세상의 시간은 움직이지 않은 거나 매한가지다.

하지만 문득 발을 멈추고 잠시 주위를 둘러보는 여유를

가지게 되면, 많은 시간이 흘러가 버렸다는 것을 깨닫는다.

나 자신이 아니라 대상을 향해 오랜만에 시선이 옮겨갔을 때, 시간이 완전히 정지된 것처럼 보냈던 때에도 분명하게 일력은 넘어가고 또 넘어갔었다는 것을 깨닫는다.

그리고 그때는 이미 늦었다는 것을 다시 깨닫는다.

깨달았을 때는 이미 돌이킬 수 없는 시간이 흘러버렸다는 것을 알게 된다.

문득 깨닫고 보니 엄니 나이가 환갑이었다. 내가 스물여덟 살이 된 것보다 어머니가 환갑을 맞이했다는 것을 깨달았을 때, 나는 시간의 경과를 더욱 강력하게 실감했다.

"엄니, 이제 할머니네……."

"그래. 언제 죽을지 모르느만?"

아무렇지도 않은 대화가 아무렇지도 않게 끝나주는 시간이 자꾸자꾸 흘러갔다.

김 회사 창고에서 했던 하적작업을 끝으로, 나는 막노동 아르바이트를 하지 않아도 그럭저럭 먹고살 수 있게 되었다.

아부지 말대로 5년 동안 놀아볼 만큼 놀아본 끝에 그런 행위 자체에 그만 싫증이 났던지 다양한 일들에 흥미를 느꼈고 일한다는 것에 대한 저항감도 사라졌다.

여전히 빚은 남아있었지만, 다달이 에노모토에게 카드와 돈을 내주어 은행 대출금을 반납해 나갔다.

도쿄 타워가 정면으로 보이는 미타三田의 원룸 맨션에 W
가 방을 빌렸고, 그곳을 기지처럼 활용하여 작업장으로 썼
다. 점차 모여드는 사람이 많아져 오모테산도表参道 쪽으로
다시 작업장을 옮겼다.

미타에서도, 오모테산도 작업장에서도 거의 매일 살다시
피 했다. 여자와 노는 것도 아니고 술을 마시는 것도 아니
었다. 오래도록 게으름을 피워온 반동인지 일거리가 없어
도 작업장에 남아 그림을 그리고 글자를 디자인했다.

곧바로 기지 삼아 빌렸던 작업장을 해산하고, 나와 에노
모토는 도립대학 주택에서 이사하기로 했다.

호난초方南町에 기간이 한정된 단독주택을 빌렸다. 정해
진 날짜까지만 사용할 수 있는 물건이어서 보증금이 저렴
했던 것이다. 1층은 나와 에노모토의 작업실과 거실, 2층
방은 각각 하나씩 쓰며 살았다. 이제는 입체교차로 잠을 자
지 않아도 되었다.

전기가 켜지고 가스가 나오고 전화가 울리고 변기의 똥
을 흘려보낼 수 있었다. 이런 집에서 살아보는 것도 오랜만
이었다. 제대로 자리가 잡혀간다는 감이 서서히 잡혀왔다.

엄니는 자매간에 자주 여행을 하곤 했다. 1년에 한 번씩
은 자매들끼리 멀리 떠나보는 게 엄니와 이모들의 삶의 즐
거움인 모양이었다.

엄니가 목 언저리에 뭔가 굴러다니는 것 같다는 말을 꺼낸 건 그렇게 자매간에 벳푸 여행을 떠났을 때였다.

집에 돌아와 병원에 가보자는 이모들의 말에 따라 동네 의사에게 진찰을 받으러 갔더니 즉각 규슈 대학병원으로 소개장을 써주었다.

엄니에게서 나한테로 전화가 온 것은 규슈 대학병원에 다닌 지 한참 지났을 즈음이었다.

"엄니가 말이지, 암에 걸려 버렸고만."

너무나 태연한 말투였다.

"엉? 어디가 안 좋은데?"

"갑상선 암이라느만."

"그거, 나을 수 있는 거야?"

"걱정할 거 없어. 생명에 별 지장은 없댜."

엄니가 암에 걸렸다는 말에 한순간 가슴을 움켜쥐인 듯한 기분이었지만, 엄니의 아무 일도 아니라는 듯한 말투에 나는 그리 심각한 것은 아니라는 기대감을 품어버렸다.

"수술해?"

"수술이야 하지. 갑상선하고 성대 쪽에도 조금 생긴 모양이여. 수술은 갑상선 쪽만 하고 성대 쪽은 안 떼어낼 거고만. 그걸 떼어내면 목소리가 안 나올 테니께."

엄니는 의사와 상의한 끝에 수술을 받는 조건으로, 성대 쪽의 암은 다른 치료방법을 썼으면 좋겠다고 말한 모양이었다.

성대까지 적출수술을 받으면 목소리가 나오지 않게 된다. 하지만 그쪽을 남겨두면 완치를 위한 수술이라고는 할 수 없었다. 엄니는 그래도 고집스럽게 목소리만은 남겨두려고 했다.

그건 당연한 일이었다. 그간 당연한 일처럼 말하고 웃고 노래해온 사람이 앞으로 평생 목소리 없이 살아야 한다는 말을 듣고, 예, 어쩔 수 없지요, 하며 순순히 고개를 끄덕일 수는 없을 것이다.

엄니는 규슈 대학병원에 입원하여 수술을 받기로 했다. 하지만 같은 시기에 와카마쓰 쪽 병원에서 입원 치료를 받던 교이치 외삼촌을 자기 일보다 더 걱정하고 있었다.

"나이 먹으면 다들 병이 들어버리니 참말로 싫다……."

엄니는 수술로 갑상선을 모조리 들어냈다. 성대에 남아 있는 암은 수술 후에 요오드 치료로 그 진행을 억제하기로 했다.

엄니의 수술 후에 나는 곧바로 후쿠오카에 돌아가 규슈 대학 부속병원으로 뛰어갔다. 목에 붕대를 감은 엄니가 침대에 앉아 있었다. 부우부 이모와 화투대학 친구인 사나에 아줌마도 곁에 있었다.

"엄니, 괜찮아?"

"음, 걱정할 거 없다니께."

"아직 다 나은 거 아니지?"

"이제부터가 힘들겠지만, 수술은 어떻든 끝났으니께. 아휴, 이제 수술은 참말로 싫어."

엄니가 말했던 이어폰 달린 포켓 라디오를 사들고 갔는지라 그 사용법을 찬찬히 알려주었다.

사나에 아줌마가 웃으며 내게 물었다.

"마사야, 엄니가 암에 걸렸다는 소식 듣고 깜짝 놀랐지?"

"응. 그래도 생명에 지장은 없어서 다행이다 했지."

"너희 엄니는 웬만한 일로는 안 죽을겨. 걱정 안 해도 된다."

엄니와 사나에 아줌마가 마주보며 웃었다. 나도 그런 엄니의 얼굴을 보니 우선은 마음이 놓였다.

그때 부우부 이모가 나를 병실 밖으로 슬쩍 불러냈다. 복도 구석으로 데려가 목소리를 낮춘다.

"저기, 마사야. 엄니는 아직 모르는데, 교이치 외삼촌이 말이지……, 돌아가셨고만."

"엣? 왜?"

"엄니 수술 받기 바로 전날, 1월 30일에 병원에서 돌아가셨어. 그때는 엄니가 수술 받기 직전이었고, 지금도 아직 몸이 저런 상태라 조금 괜찮아지면 말하려고 아직 다들 암말 안 했고만. 그러니께 마사야도 엄니한테 이런 말은 하지 마라이?"

교이치 외삼촌은 사내다운 기백이 넘치는 사람이었다.

259

와카마쓰에서 자수성가하여 회사를 세웠다. 머리를 올백으로 빗어 넘기고 엷게 색깔이 들어간 안경을 쓰고 다녔다. 어린애처럼 엄니를 "누나! 누나!" 하고 불러대곤 하던 외삼촌이었다.

"교이치하고 신이치는 고등학생 때 학교에 체인을 갖고 다니면서 싸움을 했다니께."

엄니는 동생들 이야기를 자주 했었다.

교이치 외삼촌의 딸인 교코京子와 사유리小百合는 나와 나이가 비슷하기도 해서 가장 사이좋은 사촌이었다. 집이 가까웠던 어릴 때는 여름이면 비닐 풀에 바람을 넣어 셋이서 물놀이를 했다. 어른이 되어서도 후쿠오카에 돌아오면 친구들을 만나는 것 이상으로 교코와 만나 여러 가지 이야기를 나누었다. 도쿄에 나와 직장생활을 하던 사유리에게는 시모기타자와의 아파트를 소개받아 바로 옆방에서 살았고, 나뿐이라면 또 모르지만 친구들의 술값까지 내게 했었다.

나한테는 형제자매가 없지만 만일 내게 형제가 있다면 이렇게 지낼 것이라고, 교코나 사유리를 친여동생처럼 생각했었다.

교코 결혼식 때, 순백의 교코에게 신부 아버지로서 지우산을 받쳐주며 입장하던 교이치 외삼촌은 그렇잖아도 눈물 많은 사람이 눈두덩을 가리고 눈물을 뚝뚝 흘리며 터벅터벅 걸어 나왔다. 그 모습에 나까지 눈물이 났던 것이다.

교이치 외삼촌도 암이었다. 마지막에는 몸의 곳곳에 전이되어 어떤 암인지도 모를 정도였다고 한다. 암성 복막염으로 배가 개구리처럼 부풀어 오를 만큼 복수가 차서 3리터나 뽑아냈다고 했다. 거기다 간 경변까지 함께 와서 몹시 고통스러워하며 돌아가셨다. 그 고통과 싸우는 외삼촌의 모습이 너무 가엾어서 차마 볼 수가 없었노라고 이모들은 눈물을 흘리며 중얼거렸다.

"어이, 마사야! 주사위 가져오너라!"

추석이나 설날에 친척들이 모이면 어른이건 아이건 함께 뒤엉켜 주사위를 던졌다. 무릎을 세우고 서서 주사위를 내던지던 교이치 외삼촌의 모습이 어린 마음에도 멋지게 보였다. 허리에 두른 복대에서 지폐를 꺼내 나를 만날 때마다 용돈을 주었다.

엄니가 그 돈을 보고 "얘, 그거 너무 많아, 반은 돌려드려"라고 나무라도 "됐어, 됐어, 받아둬. 그 대신 엄니 속은 썩이지 말어라이?"라는 게 정해진 대사였다.

그런 교이치 외삼촌이 죽었다.

갑상선을 들어낸 엄니는 그 뒤로 평생 호르몬제를 복용해야 했다. 갑상선을 적출해버려 자력으로는 호르몬을 만들어내지 못하기 때문이다.

요오드 치료에 들어가기 전의 준비기간에는 호르몬제 복

용이 금지되었다. 하지만 호르몬제를 먹지 않으면 몸이 나른하다고 엄니는 말했다. 그밖에도 다시마, 김 같은 해조류는 제한되었다. 다시마로 국물을 낸 요리도 안 되었다.

실제로 요오드 치료가 시작되자 3주일 동안 격리된 병실에서 나올 수가 없었다.

내가 여섯 살에 적리에 걸려 격리병동에 들어갔을 때, 감염도 되지 않은 멀쩡한 몸으로 나와 함께 격리병동에 들어와 주었던 엄니.

그로부터 20여 년 뒤에 이번에는 요오드 치료를 위해 엄니는 홀로 격리되어 있었다.

이 치료를 1년에 한 차례씩 받으면서 성대 부근의 암세포를 없애 나가지 않으면 안 되었다. 의사는 체질적으로 엄니에게 이 치료법이 맞는다고 했다.

몹시 힘들 테지만 완치되기만 한다면 엄니에게 꾹 참아 달라고 하는 수밖에 없었다.

첫 번째 요오드 치료도 끝나고 조금 힘을 추스른 엄니. 나이가 들면 병이 완치된다기보다 얼마나 병과 공존할 것인가를 생각해야 된다고는 하지만, 아직도 암세포를 안은 채 살아가는 엄니를 생각하면 안타깝고 마음이 무거웠다.

내 혈육이 죽는다, 어머니가 병에 걸린다. 그것은 누구에게나 일어나는 당연하고도 흔한 일일 테지만, 실제로 그 현실이 내 눈앞에 나타나기까지는 실감하지 못했었다.

이미 내 일만 생각하며 살아서는 안 되었다. 어떤 상황에서나 그건 당연한 일이겠지만, 현실적으로 물질적으로 그것을 실감하게 되면 뭔가 무겁고 답답한 기분에 휩싸이는 것도 솔직한 심정이었다.

무언가를 잃어버린 것도 아닌데 늘 그런 것만 같았다. 무엇을 요구하는 것도 아닌데 발에 무거운 족쇄가 채워진 듯한 기분이었다. 엄니에 대한 걱정과, 이런 현실을 해결해 나가야 하는 나 자신 사이의 균형을 잡는 일에 당황하고 고민했다.

가까스로 세끼 식사를 먹을 만하게 되면 벌써 다음 과제가 기다리고 있었다. 지금까지와는 달리 새로운 과제는 거대하고 힘겨웠다.

아니, 무엇보다 고통스러웠다.

"엄니의 저승길 선물로 모두 함께 하와이 여행을 할 생각이고만. 그러니께 너도 함께 가자."

이모에게서 전화가 왔다.

"죽기 전에 하와이라도 한번 가봐야 할 거 아녀?"

엄니도 꼭 가고 싶은 모양이었다. 완전히 건강을 되살린 엄니나 이모들은 암을 개그 재료로 활용하곤 했다.

내 첫 해외여행이 '엄니, 이모들과 함께 떠나는 하와이 4박 6일의 여정'일 줄은 꿈에도 생각하지 못했다.

그렇게도 좋은가, 하와이가? 아니, 이미 그런 문제가 아니었다. 어쨌건 그쪽에서는 '저승길 선물'이라는 죽이는 문구를 내민 것이다. 거절할 도리가 없었다.

서둘러 여권을 신청했다. 엄니도 벌써 이모들과 함께 구청에 나가 발급을 받았단다.

자매간에 몇 차례나 국내 여행을 했었지만 물론 해외는 처음이어서, 이모들은 저마다 "처음이자 마지막이네"라고 했다.

가장 큰딸인 노부에 이모, 둘째 에미코 이모와 이모부, 셋째 부우부 이모, 에미코 이모의 아들인 오사무 형.

오사무 형은 나로서는 외사촌이지만 나이 차가 커서 함께 놀았던 기억은 별로 없었다. 이 하와이 여행은 안내원으로 일하는 오사무 형이 주선해서 현지 안내까지 맡아준다는 모양이었다. 형이 그렇게 나서주지 않았다면 우리는 제대로 출국조차 하지 못했을 것이다.

기왕 가는 것이니, 라는 생각에다가 노인네들의 마지막 여행이니, 라는 항목이 겹쳐서 이 하와이 여행은 최상의 사치를 누린다는 호화 플랜으로 짜여졌다.

빚은 줄었지만 은행잔고는 한 번도 여유가 있었던 적이 없었다. 은행에 있는 돈을 닥닥 긁어 인출하고, 그러고도 모자란 액수는 다시 어디선가 대출을 받아서 엄니와 나의 여행 대금을 마련했다.

1993년 가을. 엄니가 갑상선 암 수술을 받은 해였고, 엄니 나이 62세, 내 나이 서른이 되기 직전이었다.

우리 모자는 태어나 처음으로 해외여행에 나섰다.

모자간에 가보는 처음이자 마지막 해외 여행길이었다.

"규슈 대학병원의 의사 선생이, 목에 난 주름 선에 딱 맞춰서 잘랐으니께 상처 자국은 눈에 안 띌 거라더라."

엄니는 그렇게 말하며 웃었지만, 수술 흔적이 역시 마음에 걸렸는지 남국에 간다는데도 목에 스카프를 두르고 있었다.

"프랑켄슈타인이다!"

나는 그러면서 엄니를 놀려 먹었다. 그 뒤로는 내내 엄니의 초상화에는 프랑켄슈타인처럼 목에 꿰맨 자국을 그려 넣었다.

함께 비행기를 타는 것도 처음이었다. 엄니는 그때 말고 비행기를 타본 일이 있었을까?

이륙과 동시에 엄니의 얼굴이 긴장과 공포로 잔뜩 굳어버렸다. 물론 나도 엄니 옆자리에서 똑같은 얼굴을 하고 있었다.

객실 승무원이 음료수며 사탕을 내밀 때마다 마치 큰 선물이라도 받은 것처럼 깊숙이 고개를 숙이곤 했다.

"엄니, 비행기 무섭지? 나도 무서워. 이거, 이렇게 흔들리는 게 영 기분 나쁘다니까."

"뭐여? 멀쩡한 사내 대장부가 뭔 소리랴!"

하와이는 마침 우기여서 상상했던 것만큼 덥지도 않고 가랑비가 내리는 날도 있었다.

현지 안내를 위해 하와이에는 수없이 들락거렸지만 이런 최고급 호텔에서는 한 번도 자본 적이 없노라고 오사무 형이 흥분한 기색으로 말하던 '하레쿠라니'라는 호텔에 우리는 체크인했다.

나와 엄니는 트윈의 같은 방이었다. 방에 들어서자마자 환영 과일 바구니를 발견하고 엄니와 나는 감동하는 한편 잔뜩 긴장했다.

해양 쪽 전망이 기막힌 베란다에서 내다본, 한 번도 본적이 없는 빛깔의 바다. 엄니는 베란다 난간에 두 손을 짚고 물끄러미 바다를 바라보며 한참이나 바람을 맞았다.

그 모습이 영락없는 초등학교 여학생이었다.

엄니 일행은 곧바로 쇼핑을 하러 나가서 자매가 단체로 하와이 전통의상인 '무무'를 구입했고, 당장 똑같이 갈아입었다. 하와이에 머무는 동안 내내 그 옷차림으로 지낸다는 모양이었다.

"어뗘? 괜찮냐?"

"……어떻다기보다, 뭐, 시원해서 좋겠네."

엄니는 방 안에 장식된 꽃병에서 남국의 꽃 한 송이를

뽑아 귓가에 꽂고 훌라댄스 비슷한 춤을 내 앞에서 펼쳐
보였다.

"어떠, 어떠? 후하하하!"

아마도 내가 상상하는 것보다 훨씬 더 기뻤던 것이리라.

그러고 보니 이제껏 머리를 길게 기른 엄니를 본 적이
없었다. 옛날 사진을 봐도, 처녀 때의 흑백 사진에도, 어깨
아래까지 머리를 기른 건 한 장도 없었다. 엄니의 머릿결은
유난히 가늘고 부들부들해서 자칫하면 찰싹 가라앉기 때문
에 짧게 하지 않으면 머리 모양이 나지 않는지도 모른다.

그리고 나도 엄니와 머릿결이 똑같다.

"원래 무무는 속에 아무것도 안 입는 거야."

"그래서, 아무것도 안 입었어?"

"그려."

"누구한테 그런 소리를 들었어? 에구, 얼른 입어, 엄니."

어디선가 무무 입는 법을 엉터리로 듣고 온 모양이었다.
아니, 원래 무무를 그렇게 입는 거라고 해도, 나를 비롯한
모든 하와이 사람들이 그런 건 전혀 원하지 않을 터였다.

식사는 디너 크루즈로 최고급 레스토랑. 하와이에서도
재킷을 입지 않으면 들어갈 수 없는 곳으로만 다녔다.

나는 문득 패스트푸드 햄버거가 먹고 싶었지만, 엄니는
처음 보는 랍스터가 너무 크다면서 이모들과 와우와우 신
바람이 나있었다.

낮에 엄니는 이모들과 함께 쇼핑센터에 나가고, 나는 호텔에 남아 주변을 산책하거나 다이아몬드 헤드(하와이 오아후섬의 화산. 호놀룰루의 상징적인 산으로, 와이키키 해변에 인접해 있다)를 바라보며 워크맨으로 〈다이아몬드 헤드〉를 듣기도 했다. 엄니와 함께 떠나온 여행이라서인지 비키니 차림의 여자들을 봐도, 작열하는 태양빛을 쏘여도 마음이 통통 튀는 일은 없었다.

호텔에 돌아오니, 엄니 일행은 일단 방에 돌아왔다가 곧장 유턴해서 호텔 풀장에 나간 모양이었다.

어떻게 알았는가, 내 방 베란다까지 풀에서 떠들고 장난치는 엄니 일행의 목소리가 들려왔기 때문이다.

베란다에서 고개를 숙여 찾아보니 역시 거기에 있었다. 풀장 바닥에 큼직하게 하레쿠라니라는 마크가 새겨진 풀장에 온통 치쿠호 사투리가 메아리치고 있었다.

나도 풀장으로 나가보니 엄니와 이모들이 머리가 젖을까 봐 그랬는지 하와이 곳곳에서 눈에 띄는 'ABC 스토어' 편의점의 비닐 봉투를 머리에 뒤집어쓰고 수영을 하는 것이었다.

까아까아 소리를 지르며 풀장에서 철벅거리는 엄니와 이모들. 물 위로 떠오른 ABC 스토어 마크가 온 수영장을 돌아다니고 있었다.

풀사이드의 데키 체어에서 선글라스를 쓰고 트로피컬 칵

테일을 마시던 백인 투숙객들이 씁쓸한 표정으로 엄니 일행을 쳐다보고 있었다. 그런 눈빛이라는 건 말이 통하지 않아도 분명하게 그 의도가 전달되기 마련이다.

오사무 형의 말에 따르면 이 호텔에서 바캉스를 보내며 하레쿠라니 마크가 그려진 풀장에서 수영을 한다는 건 미국인들 사이에서는 상류층의 증표로 통한다고 했다.

웬일인지 똑같은 경기용 수영복에 머리에는 편의점 봉투를 둘러쓰고 치쿠호 사투리로 떠들어대는 엄니 일행이 미국 상류층들 사이에서 물장구를 치고 있었다.

미국 상류층들이 안됐다는 생각도 들었지만, 그보다 더 컸던 것은 "흥, 꼴 좋게 됐구나~"였다.

엄니 일행은 그러거나 말거나 아랑곳할 것도 없이 아이들이 시영 풀장에서 물장구를 치는 것처럼 그 시간을 마음껏 즐기고 있었다.

나도 수영이 서툴지만, 엄니는 아예 헤엄을 못 치는 모양이었다. 나는 풀에 들어가 엄니의 두 손을 잡아주며 평영 연습을 했다. 엄니의 발차기에서 날아오른 물방울이 ABC 스토어의 비닐 봉투에 투둑투둑 시원하게 떨어졌다.

나머지 일정은 대형 콘도로 숙소를 이동했다. 엄니 일행은 부엌 딸린 곳이 훨씬 편한 모양이었다. 최고급 호텔보다 이쪽을 더 좋아했다.

오사무 형이 조용하고 경치 좋은 해변으로 우리를 안내해 주었다. 인적도 드문 아름다운 바닷가였다. 와이키키에서 자동차로 한참 들어간 곳이었던 것 같다.

아담한 그 바닷가에 엄니와 이모들이 들어서자 그곳은 하와이가 아니라 후쿠오카의 해수욕장처럼 보여서 나까지 속 편하게 쉴 수 있었다.

점심은 콘도 부엌에서 엄니와 이모들이 차려낸 도시락을 펼쳐놓고 모두 함께 먹었다. 어떤 디너 크루즈에서 먹는 것보다 역시 이쪽이 더 맛있었다.

바다에서 불어오는 바람이 기분 좋았다. 저녁의 잔잔한 바다 표정이 온화했다. 식사도 마치고 슬슬 귀국할 준비를 시작했을 때였다. 오사무 형이 에미코 이모를 나무라는 소리가 들려왔다.

"기왕 이렇게 하와이까지 왔는데 그런 궁상맞은 짓은 하지 말라고요! 보기 싫잖아요!"

이모가 나무 젓가락을 물에 씻어 다시 싸려고 한 것이었다. 그 젓가락은 이모가 일본에서 들고 온 것이었을 터였다. 그밖에도 이모는 갖가지 장아찌 반찬들도 챙겨 왔었다.

젓가락을 사용하지 않는 나라라 막상 쓸 일이 생기면 곤란하겠다는 생각에 챙겨 놓으려고 했던 것이리라.

"호텔에 돌아가서 혹시 쓸까 싶어서 그랬는데…… 아무

튼 내가 미안허다……."

그렇게 사과하며 이모는 울었다. 수영복 차림의 환갑 넘은 이모가 하와이 바닷가에서 나무 젓가락을 움켜쥔 채 울고 있었다.

모두들 그 대화를 잠시 지켜보기만 했지만, 가장 큰 어른인 노부에 이모가 다른 자매들을 대표하듯 입을 열었다.

"오사무, 그런 식으로 말할 건 없잖여. 너희 엄니는 젊어서부터 고생고생해가며 너희를 키웠어. 이렇게 매사에 절약을 하고, 제 물건은 하나도 사본 적 없이 너를 키우고 학교에 보내고 그런 거 아니냐. 근데 그런 식으로 말하면 못쓰지."

에미코 이모는 아녀, 내가 잘못했고만, 미안해. 어쩌다 이렇게 됐댜, 미안해, 라고 모두에게 사과를 하며 서둘러 짐을 챙겼다.

도쿄에서 내가 이래저래 신세를 많이 졌던 한 여자 선배는 젊은 시절에 남편을 먼저 보낸 분이었다. 두 사람 사이에 세 명의 자녀가 있었고 막내딸은 그때 막 한 살이 된 참이었다고 한다. 그때부터 그 선배는 여자 손 하나로 세 아이들을 키워냈다.

"자식이 귀여운 건 어렸을 때 아주 잠깐뿐이야. 그다음에는 자랄수록 툭툭 건방진 소리는 하지, 말은 안 듣지, 귀찮은 일은 자꾸 터뜨리지, 정말 너무 힘들어. 귀엽고 사랑스럽다는 마음보다 몇 배나 힘든 일들이 차례차례 생긴다니까. 이제 정말 지겹다, 차라리 없었으면 좋겠다는 생각을 할 때도 있다구. 하지만 자식이란 게 이따금, 아아, 낳기를 정말 잘했다, 그런 생각이 드는 짓을 해주더라. 그런 마음이 새록새록 드는 일이 이따금 있더라니까. 자식을 키운다는 건 그런 기쁨과 힘든 일의 반복이야."

일본에 도착해 도쿄로 들어왔다. 엄니는 무무 이외에는 자기 물건은 하나도 사지 않았다. 다른 사람들에게 줄 선물만으로 가방이 불룩했다. 엄니와 부우부 이모는 이 기회에 우리 집에 들러 잠시 머물다 가기로 했다. 지금까지 내가 살았던 집들이라면 애초에 안 될 일이었지만, 호난초에 새로 얻은 집에는 엄니와 이모들을 데려 올 수 있었다.

리무진 버스 안에서 엄니가 초밥을 먹고 싶다고 해서 집에 들어가기 전에 호난초 상점가의 초밥집부터 찾았다.

"하와이 참말로 재밌었다, 그쟈?"

햇볕에 살짝 그을린 엄니는 만족스러운 얼굴로 말했다.

"언니가 혹시 죽을지도 모른다고 다 함께 하와이에 갔더니만, 죽기는 무슨? 언니가 제일로 펄펄 날더만."

나 역시 엄니가 병을 앓고 있다는 것을 깜빡 잊어버릴 정도였다.

"여기 생선회는 참말로 크다. 아휴, 한 마리를 통째로 내놨네."

엄니는 뭐든 큼직한 것에 감동하는 경향이 있다.

"엄니, 여기가 요즘 내가 먹고 자고 하는 곳이여."

좁은 대문을 열고 현관으로 향했다. 에노모토가 문을 열고 뛰어나와 어서 오시라며 맞이했고 엄니 일행이, 아유, 실례하겠고만요, 라며 집안에 들어서려는 때였다.

"아이쿠, 아야!"

돌아보니 부우부 이모가 돌맹이에 접질려 벌렁 뒤집어져 있었다.

"에엣, 이모, 괜찮아?"

"에구구, 하와이에서 피곤했던 게 이제사 나왔나봐."

이모는 부끄러운 듯 웃었다.

"뭐여, 어째 네가 나보다 부실하냐?"라고 엄니도 웃었다.

이모는 발을 좀 삔 것 같다고 했지만, 다음 날 아침에 보니 발목이 퉁퉁 부어올랐다. 내가 자전거 짐칸에 앉히고 가까운 병원에 갔더니 발목뼈가 제대로 부러졌다는 게 드러났다.

발목을 깁스와 붕대로 둘둘 감고 돌아온 이모를 보고 엄니는 배를 잡고 웃었다. 그 덕분에 엄니와 이모는 예정보다 훨씬 오래 도쿄 우리 집에 머물 수 있었다.

규슈 대학병원에서 수술을 받기 전부터 엄니는 치쿠호 외할머니가 살던 집에 돌아와 있었다. 와카마쓰에 빌렸던 집은 주인이 헐고 새로 짓기로 해서 엄니는 결국 자신이 태어난 집으로 다시 돌아온 것이었다.

내가 초등학생 때 외할머니와 엄니와 셋이서 살았던 집. 아홉 형제가 태어난 집. 할아버지가 돌아가시고 아홉 명의 자식들도 모두 떠나고 혼자 남았던 외할머니도 돌아가시면서 빈 집이 되었던 곳.

그 집에 엄니는 혼자 돌아왔다. 식당에서 일하며 거기서 살고 있었다.

한참이나 혼자 그런 생활을 계속했던 것인데, 가마쿠라에 사는 엄니의 바로 밑의 남동생, 내가 가마쿠라 외삼촌이라고 불렀던 작은 외삼촌이 그 집에 돌아오기로 이야기가 된 모양이었다. 외삼촌은 가마쿠라에서 오래도록 은행에 근무했는데 정년퇴직과 함께 고향에서 노후를 보내기 위해 외숙모와 함께 치쿠호 집에 돌아오게 되었다. 두 아들은 제각각 가나가와에서 가정을 꾸리고 있었다.

그렇지만 엄니도 거기밖에는 갈 곳이 없었고 식당 일도 계속 나가야 했다.

어떻게 이야기가 되었는지는 모르지만, 가마쿠라 외삼촌이 돌아온 뒤에도 엄니는 외삼촌 부부와 그곳에서 내내 함께 살았다.

내 쪽은 어땠는가 하면, 호난초의 집도 이제 슬슬 주인이 돌아올 모양이었다. 원래 임대인이 타지로 전근을 가면서 기한을 정해놓고 재임대 했던 집이었다. 그래서 보증금도 저렴했던 것이다.

그 임대인이 예정했던 기간을 마치고 다시 돌아온다고 했다. 내 경우는 엄니와는 상황이 달라서 단 하루도 그 임대인과 같이 살 수는 없었고 서로 그럴 마음도 없었다.

에노모토와 나는 또 다른 둥지를 찾아내지 않으면 안 될 처지였다.

호난초는 마루노우치 선丸の内線으로 스기나미 구區에 속하지만 내가 살던 그 집은 역에서도 멀고, 오히려 시부야 구의 게이오 선京王線 사사즈카 역笹塚驛까지 걸어서 10분 정도의 위치였기 때문에 실제로는 호난초가 아니라 사사즈카 역을 주로 이용했고 에노모토는 사사즈카 역에서 가까운 요로노타키養老乃瀧 주점에서 아르바이트를 하고 있었다.

사사즈카 역 근처의 부동산 중개소에 들러 집을 찾았다. 도쿄에 온 뒤로 벌써 몇 번이나 이사를 했는지 모른다. '이사 가난뱅이'라는 말이 있다. 이사를 너무 자주하다 보면 가난해진다는 뜻으로 쓰이는 말이고 사실 그게 올바른 사용법일 것이다. 나도 사람들에게 자주 그런 말을 들었다.

하지만 나처럼 '가난'과 '이사'를 둘 다 현장에서 체험한 사람의 입장에서 말하자면 그게 그렇지가 않다. 이사를 하기 때문에 가난해지는 게 아니라 가난하니까 자꾸 이사를 해야 하는 것이다.

할 수만 있다면 같은 곳에서 오래도록 살고 싶었다. 하지만 돈이 없으면 이사를 하지 않으려고 해도 어떻게 버텨 볼 수가 없다. 한 마디로, 살던 곳에서 쫓겨나는 것이다. 그리고 집을 구할 때도 당장 이사할 수 있는 집을 선택하는 것이다.

세상이란 묘하게 생겨먹은 곳이라 돈이 없는 곳에서는 더 돈이 나가게 짜여 있다.

그런 사정으로 단기간에 그만큼 뻔질나게 이사를 다니다 보면 그때부터는 뭐, 이사하는 일이 별로 특별한 일도 아니게 된다. 정보지를 훑어보거나 부동산 중개소를 돌아다니는 등의 수고는 애초에 하지도 않는다.

그저 맨 처음 찾아간 부동산 중개소에서 보여주는 집으로 단방에 결정해 버린다. 이래저래 구경하고 돌아다니면 공연히 고민만 깊어진다. 눈이 어지러워서 결정하기가 어려워질 뿐이다. 돌아보면 볼수록 더 그렇다. 사실상 집세의 상한선이 이미 정해진 터라 어디를 가봐도 죄다 거기서 거기, 비슷한 모양새의 집이 나설 뿐이다.

집을 선택하는 것보다 맥도날드에 갔을 때 오히려 더 심사숙고할 정도다.

사사즈카 부동산 중개소에서 내가 희망하는 집세를 솔직

히 발표했더니, 몇 개인가의 물건이 나왔다. 그중에서 첫 번째로 눈길을 끈 항목은 이것이었다.

'피아노 가능'

"방음설비가 좋은 모양이죠?"

그렇게 물었더니 부동산 아저씨가 태연하게 대답했다.

"아뇨."

마음에 들었다. 그 대범함이 썩 좋다고 생각했다. 자세히 들어보니 이런 속사정이 있다는 모양이었다. 장소는 사사즈카 역에서 도보로 5초. 그건 뭐, 아예 역 빌딩이라고 해도 좋을 자리였다.

역과 고슈가도甲州街道가 그 빌딩을 사이에 끼고 있는 듯한 위치로, 그 고슈가도 위로는 수도 고속도로가 달렸다. 게다가 이 주상복합빌딩의 3, 4층은 볼링장이란다.

말하자면 역의 플랫폼에서 들려오는 기차소리, 차임벨, 안내방송, 그리고 교통량이 많은 고슈가도에서는 빵빵 뿡뿡, 게다가 그 위의 수도 고속도로에서는 경주하듯 내달리는 자동차, 폭주하는 트럭 엔진 소리가 들려온다. 거기서 끝이 아니다. 방바닥 아래에서는 데굴데굴 데굴데굴 타다닷! 하는 볼링공의 스트라이크 사운드…….

미친 듯이 시끄러운 환경인지라 피아노 소리 따위는 아무리 크게 울려도 무방하다는 것이었다. 실제로 그 빌딩에는 바이올린 교실이며 보컬 스튜디오가 입주했지만 소음에 관한 한 아무런 트러블도 없었단다.

지금까지 이웃들에게 너희는 왜 그리 시끄럽냐고 노상 꾸지람을 들어온 터였는지라 이만큼 우리에게 적합한 집도 없을 터였다. 부동산 아저씨의 설명이 미처 끝나기도 전에 나는 냉큼 말했다.

"계약하십시다!"

일단 용감하게 말을 해놓고 가만히 생각해보니, 보증금 2만, 사례비 2만, 중개 수수료와 이전 집세까지 도합 6개월 분의 현금이 한꺼번에 필요한데, 내 수중에는 그만한 현금 이 없다는 게 문제였다.

12층짜리 주상복합 빌딩의 7층이고 침실 두 개에 거실 과 부엌, 월세는 14만 엔 남짓. 그 집으로 이사를 하자면 우선 백만 엔 가까운 돈을 마련하지 않으면 안 되었다. 다 달이 집세는 그럭저럭 낼 수 있을 것도 같은데, 그놈의 백 만 엔인지 뭔지는 어디서도 염출해낼 도리가 없었다. 다시 한 번 은행잔고를 조회해 봐도 돈 단위가 슬플 정도로 차 이가 났다.

지금까지의 빚은 거의 다 갚았지만 다시 대출을 받으러 갈 자신은 없었다. 그래도 밑져야 본전이다 하고 은행에 대 출을 부탁하러 찾아갔지만 5분도 안 되어 정중히 쫓겨났다.

며칠 동안 머릿속으로 돈 마련의 시뮬레이션을 짜느라 날밤을 샜지만 한 줄기 서광도 비치지 않은 채 수면부족으로 대낮에도 끄덕끄덕 졸고 있으려니, 에노모토가 백만 엔이 든 돈 봉투를 쑥 내밀었다.

"이걸로 막아 보세요."

"어, 어떻게 된 거야, 이 돈?"

"시골 아버지에게 부탁해서 빌렸어요. 다달이 조금씩 갚는다는 약속으로."

"하, 하지만⋯⋯."

"나도 함께 살 거니까, 쓰세요."

송구스런 마음은 이루 말로 다할 수 없었지만, 코앞에 닥친 일이라 어쩔 수가 없었다. 미안하다, 에노모토. 다달이 에노모토에게 돈을 갚기로 하고 가까스로 그 집을 계약할 수 있었다. 이런 식으로 제자를 거느리는 못난 스승은 이 세상에 나 말고는 없을 터였다.

이사한 첫날. 단 하룻밤 자본 끝에 나도 모르게 새어나온 감상은 이거였다.

"진짜 시끄럽네, 이 집⋯⋯."

아침에 일어나고 밤에는 잠을 자는 생활이라면 또 모르지만, 노상 불규칙한 생활을 하고 사는 나로서는 가장 시끄러운 시간에 잠을 자는 셈이었다. 게다가 이 볼링장이 아침 7시부터 조조영업까지 하고 있어서 서너 층 떨어진 7층의 우리 방에서도 이불 밑으로 데굴데굴 데굴데굴, 까창까창,

하는 요란한 소리가 울렸다. 7층이 이러니 5층에 사는 사람은 어느 정도의 볼륨으로 그 소리가 울릴까.

그나저나 인간의 순응력이란 대단한 것이어서 2주일도 안 되어 익숙해졌다. 볼링장 소리도, 플랫폼 소리도, 수도고속도로의 맹 스피드 소리도, 고슈가도의 클랙슨도. 도심의 온갖 소음이 이윽고 생활의 배경음악이 되었다.

엄니도 그즈음에 나와 똑같이, 내 한 몸 의지할 장소 때문에 무척 고민한 모양이었다.

역시 정년 후의 노후생활을 부부끼리 단출하게 지내려고 후쿠오카에 돌아온 외삼촌 내외의 눈치가 보이지 않을 리 없다. 외삼촌 부부는 점잖고 다정한 사람이었지만, 그것과 엄니의 감정은 다른 문제였다.

내게 우울한 모습을 보이는 일이라고는 단 한 번도 없었던 엄니였는데, 그때 전화기를 통해 들려오는 엄니의 목소리에서는 불안한 정신상태가 고스란히 짚이는 것 같았다.

"부우부 이모네 집은?"

"그렇게 자꾸 신세를 지기는 좀 그렇지……."

"어떻게 해?"

"어째야 할지 모르겠다……."

나는 그때 처음, 엄니의 한숨 소리를 들은 것 같았다.

환갑이 넘어 암에 걸린 몸으로 지금도 치료를 계속하고 있었다. 다른 친구들은 당연한 일처럼 가족끼리 오순도순 살고 있고 손자를 본 사람도 많았다. 아니, 그 이전에, 그 나이가 되도록 일하러 나다니는 사람이라고는 별로 없을 터였다.

친구들의 그런 단란한 모습을 엄니는 날마다 일을 다니면서 어떤 심정으로 바라보았을까?

병든 몸에 불안한 심정까지 가득한 엄니에게 앞으로의 인생이 어떤 색깔로 비쳤을까?

그런 생활 속에서 한 인간이 최소한 마음 놓고 살 수 있는 방, 내 한 몸 눕힐 곳조차 엄니는 가지고 있지 않았다.

엄니가 어릴 때, 치쿠호 동네는 탄광이 번창하고 사람과 활기와 희망이 넘쳤다. 엄니는 그 속에서 아홉 형제의 대가족으로 남부러울 것 없이 자라면서 자신의 아름다운 미래를 꿈꾸었으리라.

그 시절로부터 50년의 세월이 흘러가고, 엄니는 다시 그때와 똑같은 자리에 와있었다. 탄광은 문을 닫아버리고 뭉클뭉클 연기를 피워 올리던 수갱의 굴뚝도 우렁찬 발파 소리도 사라졌다.

사람들은 하나둘 동네를 떠나가고, 이미 예전의 광채는 어디에서도 찾아볼 수 없었다.

하지만 세월에 따른 그런 변화는 엄니에게는 아무려나 상관없는 일이었는지도 모른다. 무엇보다 엄니가 상상하지 못했던 일, 눈동자가 반짝이던 어린 시절에는 상상조차 하지 못했던 일이 코앞에 닥친 것이다.

50년 후에, 늙어버린 자신이 이 동네에서 병마의 습격을 받은 몸으로 홀로 허리를 굽혀가며 일하고 내 한 몸 뉠 곳이 없는 처량한 심정으로 살고 있다니.

다른 누구도 아닌 엄니가 그러고 있었다…….

한숨을 내쉬고 있었다…….

엄니는 여느 때처럼, 일은 잘 되느냐, 몸조심하고 열심히 해라, 라면서 수화기를 내려놓으려고 했다. 나는 무의식중에 다급하게 엄니를 불렀다.

"엄니!"

"왜 그랴……."

"도쿄로 올래?"

"에?"

"도쿄에서 나랑 함께 살까?"

반사적으로 나온 말이었지만, 지금까지 몇 번이나 생각은 했던 일이었다. 이미 그것은 내가 초등학생 때부터 의식해온 일이었다.

나는 엄니와 항상 둘이었고, 나 말고는 다른 형제도 없었다. 언젠가는 엄니를 돌봐 주어야 한다고, 내내 머릿속에 담아두고 있었다.

하지만 좀체 결단을 내리지 못하고 지내왔다. 내 생활도 변변히 감당하지 못하는 터에 엄니에게 괜한 고생만 시킬까봐 불안하기도 했고, 어딘가에서 아직은 좀 더 자유롭게 살고 싶다는 마음도 있었다.

그리고 무엇보다 내가 원했던 것은 또 다른 방향이었다. 엄니가 언젠가는 아부지와 함께 살지도 모른다, 아직은 어딘가 타이밍이 맞지 않는 면도 있지만, 그건 서로가 자존심을 내세우는 점도 있을 것이고, 이제 슬슬 상의를 해봐도 좋을 때가 아닐까. 서로 이미 젊은 나이도 아니고 노후에는 그렇게 합쳐 사는 게 엄니와 아부지에게 가장 좋은 일이 아닐까…….

중요한 전환기마다 엄니는 아부지와 이혼해도 좋으냐고 내게 물었지만, 결국 여전히 호적은 정리하지 않고 있었다.

그 사실이 언젠가는 두 사람이 함께 살지 모른다고 기대하게 하는 부분이었다.

"도쿄에서 나랑 함께 살까?"

내가 그렇게 물었을 때, 엄니는 진지하게 되물었다.

"내가 가도 괜찮겠냐?"

"응, 괜찮아."

"고맙고만. 그럼, 좀 생각을 해보마."

그러면서 전화를 끊었지만, 아마 엄니는 오지 않을 거라고 생각했다.

자기 일은 늘 뒷전이고 남에게는 지나칠 만큼 마음을 써주는 엄니의 성품을 감안하면, 아무리 모자지간이라도 전적으로 내 도움을 받아야 하는 터에 순순히 도쿄행을 결심할 것 같지 않았다.

"엄니 일은 걱정하지 마라. 네 마음만은 고맙게 받으마. 참말로 고맙고만."

다음 전화에서는 필시 그런 대답이 돌아올 거라고 생각했다. 만일 엄니가 그런 대답을 해온다면 이제부터는 어떻게든 다달이 돈이라도 부쳐서 엄니를 좀 편하게 해주자고 마음먹고 있었다.

일주일쯤 지났을까, 엄니에게서 전화가 왔다.

"참말로 내가 가도 괜찮겠냐?"

"응, 괜찮아……."

"그러면 도쿄로 가볼까 싶은데……."

"응……. 오면 좋지."

의외의 대답이었다. 하지만 저 엄니가 그런 결정을 내린 걸 보면 정신적으로 어지간히 절박한 상황이구나, 하는 생각이 들었다.

이모들은 반대한 모양이었다. 그 나이에 주위에 아는 사람 하나 없는 도쿄에 가다니, 병까지 든 몸으로. 시골에서밖에는 살아본 적도 없는데 나이 들어서 도쿄 살이를 시작한다는 것도 걱정이다. 마사야도 이제 겨우 자리가 잡히는 참인데, 어쨌건 부담이 될 게 아니냐. 여기서 그럭저럭 지

284

내면서 앞으로의 일을 생각해 보는 게 좋지 않겠느냐…….

언니들이 하는 말이라면 대개는 따라주던 엄니였지만, 그때만은 완강히 도쿄에 가겠다는 뜻을 굽히지 않았다고 한다.

이모들에게서 내게로 전화가 왔다.

"마사야, 엄니가 도쿄에 간다는데, 너는 괜찮어?"

"응, 상하지 않게 쿨 택배 편으로 보내줘요."

"병까지 든 몸인데……."

이모는 내내 엄니를 걱정했지만, 마지막에는 이렇게 말했다.

"허지만 엄니도 네 곁에 있는 게 제일로 좋을 것이고만. 잘 부탁헌다."

엄니의 상경이 일단 결정되자 준비에 관한 이야기는 급피치로 진척되어 그로부터 한 달 뒤에는 엄니가 도쿄에 올라오게 되었다.

나는 에노모토에게 엄니가 함께 살아도 괜찮겠느냐고 물었다.

"물론이죠, 나는 괜찮으니 어머님과 함께 사시면 좋지요. 기왕 여기까지 올라오시는데 어머니하고 둘이서 지내세요."

"하지만 너는 어쩌고?"

"근처에 작은 집을 찾아보죠, 뭐. 항상 드나들 수 있는 곳으로."

그가 빚을 낸 돈으로 빌린 집이었지만 그런 일은 전혀 없었던 것처럼 에노모토는 그렇게 말해주었다.

엄니가 아프다는 것을 감안해서 마음을 써준 것이었다. 에노모토는 그런 좋은 놈이었다.

"돈, 얼른얼른 갚을 테니까, 그럼, 미안하지만 그렇게 해줄래……? 밥은 여기서 함께 먹으면 되고 욕실도……."

"예, 내 걱정은 마세요."

상경할 때까지 엄니와 빈번하게 연락을 취했다.

"가구 같은 건 가져와도 둘 데가 없어."

"그래. 아무것도 안 가져갈 거여. 입을 옷가지만 가져갈 테니께."

일이 돌아가는 형편상 무심코 튀어나온 말에서부터 시작된 엄니의 상경이 차츰 구체적인 일이 되어갔지만, 나는 그 때까지도 엄니가 내 집에 들어와 산다는 게 실감이 나지 않았다.

조만간 온다는 걸 잘 알면서도, 내가 대학생이던 때 엄니가 이따금 찾아왔던 것처럼 잠시 머물다 다시 규슈로 돌아갈 것 같은 느낌이었다.

역시 아부지 일이 마음에 걸려 있었기 때문이다. 엄니로서도 아부지와 함께 사는 게 더 나을 거라고 생각했던 나는 언젠가 이루어질 그날을 위한 이음새 정도로만 생각하고 있었던 것이다.

상경할 날이 며칠 남지 않은 어느 날이었다.

아무렇지도 않은 척 나는 엄니에게 그 이야기를 건네 보았다. 나와 엄니 사이에 부부간의 이야기, 아부지 이야기는 지금껏 한 번도 해본 적이 없었다. 알지 못하는 사이에 그것이 서로에게 일종의 룰처럼 되어버렸다. 엄니가 아부지와의 일에 대해서는 내게 전혀 한 마디도 하지 않았던 게 원인이었다.

"도쿄에 오는 건 괜찮은데, 아부지는 어떻게 하지? 아부지나 엄니나 이제 나이도 있고, 적당히 합쳐서 사는 게 좋지 않을까? 나는 언젠가는 꼭 그렇게 되었으면 좋겠는데."

전화를 통해 어른처럼 넌지시 타이르는 말투로, 나는 엄니에게 좋은 얘기를 해준다는 마음에 그렇게 말했었다.

얼굴이 보이지 않는 엄니의 목소리가 일순 대답을 못하고 머뭇거렸다. 그리고 잠시 뜸을 들인 뒤에 약간 뾰족한 어조로 이렇게 대꾸했던 것이다.

"……네 아부지는 다른 여자하고 살어. 벌써 오래됐는데, 뭐."

그런 단순한 것을 나는 왜 생각도 못했을까. 엄니의 입에서 그 말을 들은 순간, 나는 참으로 멍청한 짓을 한 나자신을 깨닫고 가슴이 미어졌다.

엄니에게 어떤 일이 있었는지 나는 정말 하나도 몰랐구

나…….

하지만 그 말을 듣고, 한 번도 듣지 못했던 그 뼈아픈 말을 듣고, 그때까지 허공에 붕 떠있던 엄니와의 동거생활에 대해 내 마음은 굳건히 각오를 다졌다.

어렵사리 그 말만 하고 전화 너머에서 입을 꾹 다물어버린 엄니에게 나는 힘차게 말을 건넸다.

"그렇다면 죽을 때까지 도쿄에서 살면 되니까, 엄니, 걱정 말어!"

7

고독은 사람을 기분 좋은 감상感傷에 취하게 하고 막연한 불안은 꿈을 말하는 데 꼭 필요한 안주가 된다.

홀로 고독에 시달리며 불안을 달고 살아가는 때는 사실은 아무것도 두려워하지 않는 때이며 오히려 다부진 마음으로 살아가는 때인 것이다.

쉼표도 없이 자꾸자꾸 넘어가는 나날, 보기도 지겨운 사계절의 방문. 그것들이 쉬는 일도 없이 반복적으로 찾아오겠지, 하고 짜증난 눈으로 바라본다. 하루하루가 그저 천천히, 영원히 동그라미를 그리며 돌아갈 뿐이라고 생각한다.

그렇다면 아직 아무것도 시작되지 않았다. 자신의 인생에서 시작되어야 할 무언가. 그 무언가가 시작되지 않는데 대한 답답함. 첫발을 떼지 못하는 데 대한 초조감.

하지만 그런 괴로움도 일단 무언가가 시작된 다음에 뒤돌아 보면 그토록 낭만적인 것도 없다.

참된 고독은 그저 흔해 빠진 생활 속에 존재한다. 진짜 불안은 평범하기만 한 일상의 한 귀퉁이에 존재한다. 술집에서 아무리 떠들어봐도 한낱 푸념에 불과한 답답하고 특징 없는 것.

어디를 향해 날아올라야 할지 몰라 활주로를 빙글빙글 돌기만 하는 비행기보다 착륙해야 할 곳을 알지 못해 허공에서 헤매는 비행기가 훨씬 더 아슬아슬하고 불안하다.

이 세계와 나 자신, 그 애매한 간격에서 흘러가는 시간은 한없이 느릿느릿 이어지지만 누구에게나 어느 순간부터는 시간의 저승사자가 찾아온다.

광대처럼 진한 화장을 한 검은 옷의 저승사자가 무표정하게 나타나 어딘가의 스위치를 누른다. 그 순간부터 시간은 발소리를 내며 마라톤 주자처럼 달려간다.

그때까지 아직 알지 못하는 미래에 마음을 기울이며 천천히 지나갔던 시간은 문득 역회전을 시작한다. 지금에서 어디론가 가는 것이 아니다. 종말로부터 지금을 향해 시간을 새기며 저벅저벅 다가온다.

나 자신의 죽음, 다른 누군가의 죽음. 거기서부터 거꾸로 헤아려 올라오는 인생의 카운트다운. 지금까지 해왔던 대로 현실을 회피할 수도 도피할 수도 없다. 그런 때가 반드시, 누구에게나, 찾아온다. 누군가에게서 태어나고 누군가와 관계를 맺어가는 이상, 나 자신의 손목시계만으로는 운명이 허락해 주지 않는 시간이 반드시 찾아온다.

5월에 어느 사람은 말했다.

도쿄든 시골이든 어디서든 마찬가지야. 결국 누구와 함께 있느냐, 그게 중요한 일이라고.

열다섯 살 때 엄니 슬하를 떠난 지 15년. 나와 엄니는 도쿄의 한 주상복합 빌딩에서 다시 함께 살기 시작했다.

방 두 개, 거실 겸 부엌의 좁은 집 안에서 어렸을 때처럼 엄니와 나, 둘이서 살게 되었다. 지금까지 엄니와 나는 식당 구석방, 폐원한 병동, 친척집 등 참으로 다양한 곳을 전전하며 살았지만, 늘 왠지 눈치가 보여서 엄니나 나나 그곳을 우리 집이라고 느껴본 적은 없었던 것 같다.

이제는 소음으로 뒤범벅된 볼링장 위층이라는 기묘한 장소에서 살게 되었지만, 이미 내가 사는 곳이 부끄럽지도 않고 왠지 불편하지도 않았다. 친척집에 신세를 지는 것도 아니고 누군가의 집에 더부살이를 하는 것도 아니었다.

빚을 떠안고 얻은 집이지만 부동산 중개소에 계약금을 지불하고 다달이 내 손으로 집세를 내며 살았다. 누구에게 고개 숙이는 일 없이 살 수 있는 집이었다. 그런 안도감은 나보다 엄니 쪽이 훨씬 더 강했으리라.

나이가 들어서도 내 집 한 칸 없이 친척들의 호의 속을 전전하며 살아온 엄니에게 이 사사즈카의 집이 지금까지의 어떤 집보다 마음 편한 집이라는 건 틀림이 없었다.

엄니와 내가 진심으로 우리 집이라고 생각할 수 있는 곳에 드디어 허위허위 와 닿은 것이다.

"내내 촌사람이었는데 나이 육십이 넘어서 갑작시리 도쿄 시부야 구민이 되었고만."

주민등록을 옮기고 내게 딸린 부양가족이 되면서 보험증의 이름 순서가 15년 전과는 반대로 바뀌었다.

그리고 내게는 고향집이라고 할 곳이 없어졌다. 후쿠오카에 돌아가도 이제는 돌아갈 집이 없었다. 그것은 엄니도 마찬가지였다. 우리에게는 이미 돌아갈 곳이 없었다. 이 볼링장 위에 붕 뜬 집 한 칸이 우리의 본가였다.

"가구 같은 건 가져와도 둘 데가 없어."

이사 오기 전에 몇 번 다짐을 받기는 했지만, 막상 부쳐 온 것을 보니 달랑 상자 몇 개, 내가 예상했던 것보다 훨씬 적었다. 아들 말을 잘 들으려고 대부분의 물건을 처분하고 온 모양이었다. 게다가 몇 년 전 병원 집에 살 때 도둑이 들어서 그간 애지중지 아껴온 옛날 옷까지 죄다 도둑맞은 터라 특별히 값나갈 만한 물건이 있을 리 없었다.

그나저나 아무리 시골에서의 일이라지만 요즘 세상에 옷 가지를 훔치는 도둑이 있다는 것도 참으로 딱한 이야기다.

안쪽 3평짜리 방에 내 침대를 들여 엄니 방으로 꾸며주 었다. 또 하나의 방에는 텔레비전과 책상, 책장을 넣고 내 잠자리를 위해 소파베드를 샀다. 싸구려 파이프 침대라서 드 러누우면 접히는 부분의 금속이 등에 닿아 괴로웠지만, 매 트리스가 딸린 정식 침대를 들여놓을 만한 공간은 없었다.

엄니가 도쿄에 올라온 날. 나는 도쿄 역 플랫폼에서 엄 니를 싣고 달려오는 신칸센 기차를 기다리고 있었다. 눈에 익은 플랫폼. 벌써 이 도시에서 12년을 살고 있었다. 어느 새 다른 어떤 곳보다 오래 이곳에서 살아온 셈이었다.

그때까지 수많은 역 플랫폼에서 나는 엄니의 배웅을 받 으며 기차에 올라타곤 했다. 하지만 이번에는 내가 엄니를 마중하기 위해 도쿄 역에 서있었다. 춘하추동 똑같은 경치 인 이 플랫폼에 기차가 미끄러져 들어오자 양복 차림의 승 객들 틈으로, 목에 스카프를 감고 가슴에 브로치를 단 키 작은 엄니가 작은 보스톤 백을 들고 내려섰다.

내 모습을 알아보자마자 부끄러운 듯 웃으며 손을 흔들 었다. 역 이름도, 전차 타는 법도 모르고 아는 사람 하나 없 는 이 도시에 엄니는 나이 육십이 넘어 홀로 찾아왔다. 마 치 열 여덟 살 때의 나처럼 작은 가방 하나를 들고 도쿄 역 플랫폼에 내려섰다.

기댈 곳 없는 어린애처럼 불안한 얼굴로 서있었다. 하지만 옛날의 나와 지금의 엄니에게는 다른 점이 있었다. 엄니는 이 도시에 아무런 목적도 아무런 감정도 품고 있지 않았다. 단지 내가 있다는 것 말고는 도쿄까지 나올 아무런 이유도 없었으므로.

그런 생각을 하자 안타까움과 무거움이 뒤섞여 내 가슴을 뭉클하게 했다.

도쿄 역에서 JR 쥬오 선中央線을 타고 신주쿠에서 게이오 선京王線으로 갈아타 마침내 사사즈카의 우리 집에 도착하자, 엄니는 집안을 돌아보더니 "넓지는 않고만"이라며 좁은 집 안을 이리저리 돌아다녔다. 좁은 베란다에 나갔을 때는 눈앞에 우뚝 선 거대한 오브제를 가리키며 말했다.

"저, 저건 뭣이다냐?"

"볼링 핀이야. 아래층이 볼링장이거든……."

"북적북적해서 좋다야. 역도 가깝고, 1층은 슈퍼라서 편리하겠고만."

그날 밤은 외식을 하자고 했는데, 엄니는 그 슈퍼마켓을 둘러보고 싶다며 쇼핑을 다녀오더니 결국 탕수육을 만들기 시작했다.

작은 형광등이 깜빡거리는 좁은 부엌에서 야채를 썰면서 "도쿄는 야채가 비싸네, 깜짝 놀랬다야"라고 중얼거렸다.

어색하게 맥주로 건배를 나누었다. 엄니의 요리는 정말

오랜만이었다.

"내가 여기 계속 있어도 정말 괜찮겠냐……?"

첫머리에 분명하게 이야기를 해두고 싶었던 것이리라.
엄니는 조용한 어투로 말문을 열었다.

"괜찮고 말고가 어딨어, 벌써 와버렸는데. 여기서 병원에
다니면서 병도 고치고, 좋잖아. 걱정할 거 없어, 엄니."

"만약 엄니가 죽걸랑……."

"재수 없는 소리는 하지도 마. 죽기는 왜 죽어? 엄니는
내내 여기서 살면 된다니까."

"내가 죽걸랑……."

엄니는 마치 남을 대하듯 예의 바르게 앉음새를 고치더
니 내게 고개를 숙이며 말했다.

"……잘 부탁헌다……."

규슈 대학병원에서 소개장을 받아온 엄니는 오모테산도
의 갑상선 전문병원에서 통원치료를 받게 되었다.

갑상선 치료로 유명한 이 병원에는 연일 일본 전국에서
환자들이 밀려들었다.

나는 그 무렵부터 갑자기 일거리도 불어나고, 어찌된 일
인지 날마다 바쁘게 뛰어다니게 되었다. 수입이 안정적일
정도는 아니어도 모자간에 먹고 살기 곤란한 일도 없었고
내 특기인 임대료 체납도 없어졌다. 자동차 운전학원까지

다니기 시작하자 마치 중학교 시절로 되돌아간 듯한 아침 풍경이 이어졌다.

"어서 안 일어날텨? 학교 가야지, 지각허겄다!"

엄니의 고함소리에 잠을 깨면 바로 옆의 부엌에서 된장국 냄새와 장아찌 향기가 났다. 엄니의 몇 개 안되는 짐 상자 속에는 엄니의 유일한 보물인 장아찌 항아리가 당연한 일처럼 들어 있었고, 이 집에 도착한 그 순간부터 매일 뒤적여주고 그날그날의 야채를 넣었다.

타락한 생활이 몸에 배었던 나는 아무리 중요한 볼일이 있어도 제대로 일어나지 못해 번번이 지각하거나 바람을 맞히기 일쑤였지만, 엄니가 차려주는 아침식사와 내가 일어날 시간에 맞춰 재워둔 그 장아찌의 위력에만은 이상하게도 눈이 번쩍 뜨이곤 했다.

집에 돌아오면 따스한 목욕물이 나를 기다렸다. 빨래가 개켜져 있었다. 방 안이 말끔히 청소되었다. 부엌에서는 언제나 맛있는 음식 냄새가 피어올랐다.

온기와 환한 빛이 있는 생활. 지금까지와는 정반대의 하루하루. 그 무렵에 그토록 많은 일을 집중적으로 해냈던 것은 그런 생활이 받쳐 주었기 때문이었다.

그저 평범한 일상이 성실하게 이어졌을 때 비로소 인간의 에너지는 풍성하게 생성되는 것이리라.

"잘 먹었습니다. 다녀오겠습니다."

작업도구와 운전학원 교재, 오토바이 헬멧을 안고 집을 나선다.

"오늘은 늦냐?"

나갈 때는 늘 엄니가 저녁식사를 어떻게 할 지 물었다.

동거를 시작하고 한참 동안은 서로 겸연쩍어 하면서도 우리는 이런 풍경을 즐겼다. 나이든 어머니와 서른을 넘긴 독신 아들이 낡아빠진 주상복합 빌딩의 조그만 집 안에서 서먹서먹하게 살고 있는 그 모습은 곁에서 보자면 어딘지 괴상한 꼴이었는지도 모른다.

그래도 우리는 그것으로 내내 잊고 지냈던 무언가를, 마음에 미적지근하게 남아있던 무언가를 하나씩 메워나갔다.

엄니는 통원치료를 받으면서도 적극적으로 도쿄생활에 익숙해지려고 애썼다. 핸드백 속에 전차 노선도를 넣고 다니며 신주쿠에도 시부야에도 혼자 나갈 수 있게 길을 외웠다. 버스번호를 기억하고 구민신문을 구석구석까지 읽어 도서관이며 이 동네의 바자회도 이용하는 모양이었다.

바깥 출입을 하지 못하는 노인네들의 방문 봉사활동을 하고 싶다고 하는지라 그 방법에 대해 둘이서 이래저래 조사도 하고 다녔다.

"엄니도 벌써 노인인데 그런 힘든 일을 할 수 있겠어?"

"어쨌거나 이야기를 들어봐야지. 나 같은 사람도 시켜줄지 어쩔지 모르겠다만, 아직 몸을 움직일 수 있는 동안에 한 가지라도 남의 도움이 되면 좋잖여……."

"다른 자원봉사도 이것저것 많잖아?"

"나이 들어 혼자 사는 이들, 바깥 출입 못하는 이들한테 도시락 갖다 주는 일을 허고 싶은데……."

그런 말을 할 때 엄니의 얼굴 표정을 보면 치쿠호 외할머니를 마음속에 떠올리는 것 같았다.

엄니와 나. 부모와 자식. 그 관계와 위치도가 조금씩 변해가는 가운데 이따금 엄니를 한 인간으로 바라보게 되는 순간이 생기곤 했다. 어머니라는 절대적인 베일을 벗어냈을 때 드러나는 한 인간으로서의 표정. 그간 엄니 홀로 좌절을 맛보았던 것, 마음속에 걸려있던 것들. 결코 완전하지 않은 한 인간의 탄식을 문득 깨닫는 일이 있었다.

열다섯 살 때 집을 떠나 다시 엄니와 살기까지의 15년. 나의 사춘기와 이십대의 전 기간이었다. 아들의 가장 복잡한 시절을 엄니는 바로 곁에서 지켜본 일이 없었고, 나도 그걸 보이지 않은 채 지나올 수 있었다. 모자간에 좋건 싫건 가장 대화를 많이 나눌 터인 그 시기가 완전히 빠져버린 만큼, 우리에게는 아직 나눌 이야기가 너무 많았고 위치 관계가 변하면서 친구에게 이야기하듯 엄니의 그간의 이야기도 들을 수 있었다.

에노모토나 여자 친구와 함께 근처 술집에 들러 엄니에게 술을 권하며 다양한 이야기를 시시콜콜 들어냈다. 엄니

어렸을 때, 학생 때 이야기. 아부지를 처음 만났을 때의 일들. 친구에게 하듯이 자꾸자꾸 술을 권하며 온갖 일들을 죄다 실토하게 했다.

"옛날에는 댄스홀이라는 데가 있었거던. 거기로 춤을 추러 갔었다니께, 춤을 배우려고."

"요즘 말하는 클럽 같은 거지?"

"호스티스는 없었고만."

"요즘 클럽은 그런 클럽이 아니야."

"그랬더니만, 언제였는지 모르겠다. 그냥 척 보기에도 아주 불량해 보이는 남자가 있었는데, 그 사람이 잠깐 이리 좀 오라면서 그냥 팔을 붙들고 세면장으로 데려가는 거여……."

"어라, 얘기가 점점 재미있는데?"

"구석진 데로 끌고 가더니 팔뚝을 내놓으래. 그러고는 호주머니에서 주사기를 꺼내더라니께. 그이가 히로뽕을 하는 사람이었던겨……."

"히, 히로뽕?"

"이거만 맞으면 기분이 좋아서 춤을 더 잘 추게 된다고, 자꾸 그러더라니께."

"그래서? 맞았어? 히로뽕을?"

"그전에는 히로뽕을 허는 사람들이 꽤 많았거든. 하지만 나야 뭐, 무서워서 그냥 입이 딱 얼어붙어서……."

"그래서, 맞았냐고!"

"그러는데 세면소에 다른 남자가 들어와서는, 야, 이놈아, 뭐하는 거야! 그러면서 주사기를 타악 쳐버렸어. 그 사람이 아니었으면 참말 위험할 판이었다니께. 참말로 무서웠다, 그때는."

"뭐야, 결말이 무슨 비디오영화 같잖아? 엄니, 실은 맞았지, 히로뽕?"

"안 맞았다니께 그러네. 하지만 그때 만약 맞았더라면 어떻게 됐을지 몰라. 정말 끔찍하다야."

"하지만 그런 불량배가 오란다고 졸래졸래 따라갔어? 야, 에노모토, 아무래도 우리 엄니가 뽕 중독이었다야."

"안 맞았다고 허잖여."

"엄니는 뽕 중독이여. 드라마로 만들어야겠고만."

"어라, 야가 왜 이려? 남들한테는 말 허지 마."

"원고로 쓸 거야."

"그러지 말라니께."

에노모토는 웃으며 엄니의 잔에 술을 따르고는 말했다.

"아녜요. 농담이에요, 어머니. 술이나 드세요."

엄니라도, 물론 아부지도, 모두가, 모든 부모가, 태어났을 때부터 아버지 어머니였던 게 아니다. 당연한 일이지만, 우리와 똑같이 얼치기 짓을 하고 다닌 나날과 달콤새콤한 연애시절을 경험한 끝에 누군가의 아버지 어머니가 된 것이다. 그런 생각을 하면 뭔가 낯 뜨겁기도 하고 또한 귀엽기도 한 마음이 들었다.

영화 〈백 투 더 퓨처〉처럼 과거로 타임슬립해서 젊은 시절의 엄니를 만난다면, 내가 과연 이 여인을 좋아했을까? 엄니의 옛이야기를 들으며 이따금 그런 상상을 했다.

내 주위 사람들, 친구와 후배와 어시스턴트, 여자 친구, 거래처 사람들……. 엄니는 그들 모두와 차례차례 친해졌다. 모두가 엄니의 밥을 먹으러 모여들었다. 어느새, 둘이서 살아가는 우리 집은 날마다 다섯 공기씩 밥을 해댔다. 누군가 갑자기 찾아왔을 때 밥이 모자라면 안 된다면서 엄니는 항상 그렇게 밥을 많이 했다.

차츰 내가 집에 없어도 친구들이며 같이 일하는 이들이 엄니와 함께 저녁을 먹게 되었다.

집에 오는 사람이 뮤지션이건 연예인이건, 돈 많은 사람이건 출판사 아르바이트 학생이건, 엄니에게는 아무 차이가 없었다. 오로지 "젊은 사람들은 항상 배가 고픈 법이여"라는 굳건한 믿음으로, 찾아오는 사람마다 반드시 뭔가를 챙겨 먹였다.

대부분은 엄니의 그런 호의를 기쁘게 받아들였지만 이따금 그렇지 않은 사람도 있었다. 조림을 했네, 초밥을 했네 하면서 옆집에 나눠주러 가도 떨떠름하게 돌려보내는 사람이 간혹 있었다.

"도쿄는 시골처럼 이웃 간에 서로 친하지 않으니까 낯선 할망한테 먹을 걸 받았다가 행여 독이라도 들어 있을까봐 안 받는 거야."

"아, 글쎄, 누가 음식에 독을 넣는다냐……."

"물론 그렇지. 하지만 그렇게 의심하는 사람도 있는 거라고."

귀한 영양令孃 대학에 다니며 스터디 모임 선배의 소개로 출판사 아르바이트를 하던 여대생이 이따금 일러스트를 받으러 오는 때가 있었다. 일러스트레이터라는 사람은 과연 어떤 곳에서 일하는가, 하고서 오기 전부터 교양이 철철 넘치는 상상을 잔뜩 하면서 찾아오는 것인데, 어슴푸레한 주상복합 빌딩의 좁디좁은 집안에서 어머니와 함께 살고, 젓가락 통이며 식용유가 줄줄이 늘어선 두 평짜리 키친의 테이블에서 일러스트를 그리고 있는 모습을 목격하게 된다. 그림이 완성되기를 기다리는 동안, 테이블 맞은편에 의자를 권하고 그 틈새를 자리가 좁아라 돌아다니는 엄니가 '젊은 사람은 죄다 배가 고프다'라는 신념 아래 그 여대생에게 밥을 차려 내준다.

차에도 식사에도 전혀 손을 대지 않는 그 여대생을 보고 엄니는 몇 번이나 "사양할 거 없다니께"라고 했지만, 그 모습을 말없이 지켜보는 내 시선에는 그게 결코 사양이 아니라는 게 느껴졌다. 그녀에게는 요상하고 촌스러운, 오지랖

302

도 넓은 할머니인 것이다. 돌아가는 참에 "들고 갈 만하면 내가 담아줄 테니께 가져가"라며 매달리는 엄니에게 "아뇨, 정말 괜찮아요"라고 차갑게 대답하는 여대생. "그렇게 어려워할 거 없는데……"라고 엄니는 식어버린 요리를 쓸쓸히 바라보고 있었다.

나는 따뜻한 요리가 젓가락도 대지 않은 채 식어가는 꼴을 보면 심한 분노와 서글픔을 느낀다. 공연한 호의인지도 모르고 입에 맞지 않는 음식인지도 모른다. 하지만 단 한 젓가락이라도 먹어보고 그런 다음에 남기는 게 예의가 아닌가. 음식을 만든 사람의 마음을 헤아리지 못하고 마치 무슨 더러운 것인 양 못 본 척 무시하는 데는 강한 분노를 느낀다.

이런 때는 늘 시모기타자와에 사는 어시스턴트 호세에게 전화를 했다. 배고프기 챔피언인 호세는 십 분도 안 되어 오토바이를 타고 잽싸게 달려온다. 우리 집 요리는 만든 것이고 남은 것이고 모두 다 호세가 먹어주는 게 관례였다.

"헤헤, 안녕하세요? 항상, 죄송합니다."

"호세, 그새 식어버렸지만 그거 먹어. 매스컴 지망생이라는 어느 여성이 남긴 것이네만."

"야, 왜 그런 쓸데없는 소리를 하고 그런다?"

"뭐, 아무렴 어떻습니까? 우와, 정말 맛있겠네. 잘 먹겠습니다아!"

운전을 할 줄 알게 되면서 자꾸자꾸 도쿄의 경치가 마음에 들었다. 수도 고속도로에서 바라보는 빌딩의 물결. 니시신주쿠에서 도청까지의 근미래적인 풍경. 다마가와多摩川 강변. 황궁에 서린 안개. 나는 평생 자동차 운전 같은 건 못해 볼 거라고 낙담하던 때로부터 겨우 몇 년.

도쿄 거리를 내가 운전하는 자동차로 달리는 것에 신기함을 느끼며 차창으로 새삼스럽게 다시 바라보는 도쿄 풍경은 정말 신선했다.

면허를 따자 자동차 운전을 하고 싶어 등이 근질거려서 걸핏하면 엄니를 태우고 여기저기 돌아다녔다.

긴자, 롯폰기, 아오야마, 하라주쿠, 신주쿠……. 도쿄 환상선環狀線을 빙글빙글 빙글빙글 돌며 엄니에게 도쿄를 안내해 주었다. 초밥 먹으러, 중화요리 먹으러, 불고기 먹으러. 비싸 보이는 식당에 들어가면 엄니는 자꾸 얼마냐고 물어보았고, 그래서 값을 일러주면 먹은 게 소화불량이 될 듯한 한숨을 내쉬는지라 그 뒤부터는 일절 알려주지 않기로 했다.

밤의 시바 공원芝公園을 자동차로 지나갔을 때.

진초록 숲에 감싸인 저 끝에 진홍빛 도쿄 타워가 오렌지색 조명으로 주위를 온통 눈부시게 비추고 있었다. 언덕길을 빠져나가 그 바로 밑을 지나며 도쿄 타워를 올려다보니 대담한 원근법의 거대한 사다리가 하늘의 달까지 걸려 있는 것 같았다.

나는 엄니에게 물었다.

"내가 도쿄 온 지 벌써 십 년이 넘었는데 도쿄 타워 전망대에 올라가본 적이 없네. 엄니도 안 가봤지?"

"응, 전망이 좋아서 참말로 속이 시원허겄다."

"오늘은 벌써 닫아버렸으니까 이담에 함께 가자."

"그려. 기대하고 있으마."

엄니가 도쿄에 올라온 지 1년이 지나 동거생활에도 익숙해졌을 즈음, 나는 만사가 대충 잘 풀린다는 흡족한 마음에 젖어 있었다.

요오드 치료를 위해 몇 주일씩 입원을 하기도 했지만, 엄니의 건강상태는 그리 나쁘지 않았다. 아니, 다른 육십대 아주머니와 비교해도 건강한 축에 들 정도였다. 병은 완치되지 않았다지만, 성대 부근에 전이된 암이 그 뒤로 더 커졌다는 이야기는 듣지 못했다.

구민신문에서 찾아낸 '백화회白樺會'라는 노인 대상 서클에 참가한 엄니는 한 달에 한두 번씩 그 모임에 참석했다. 모두 함께 어울려 사교댄스를 배우고 노래방에도 간다고 했다. 한 번에 2천 엔 남짓한 참가비로 노래하고 춤추고 간식까지 나눠준다면서 푸딩이며 콩과자며 바나나 같은 걸 집에 들고 오기도 했다. 완전히 어린이회 같았다.

"높은 학교에 진학해서 영어공부도 해보고 싶었는데……"라면서 자신의 학생시절을 아쉽게 돌아보곤 하던 엄니는 그 모임에서 캠퍼스 라이프 비슷한 것을 맛보는 모양인지, 백화회에 나갈 때는 평소보다 화장도 짙게 하고 옷깃이 늘어질 만큼 큼직한 브로치도 달았다.

오늘은 밴드의 생 연주를 들었다, 일흔다섯 살의 할아버지에게 목걸이 선물을 받았다는 둥, 집에 돌아와서는 신이 나서 모임에서 있었던 이야기를 해주었다. 집 안에 여대생이 있는 것 같았다.

하지만 그건 엄니뿐만이 아니라 그 모임의 노인들 모두가 이런저런 사정으로 미뤄왔던 캠퍼스 라이프를 그곳에서 즐겼던 거라고 생각한다.

또한 노인네는 역시 노인네다운 행동을 하게 마련인지, 아니면 엄니가 유난히 스테레오 타입이었던지, 우리 엄니도 예외 없이 '할머니들의 하라주쿠'라는 스가모巢鴨에 뻔질나게 드나들었다. 그곳에서 친구들과 미츠마메(삶은 완두콩에 깍뚝 썰기 한 무를 넣고 꿀을 바른 음식)를 먹거나 뭔지 모를 동물 프린트의 스웨터를 사오기도 했다. 한번은 밥풀이 안 붙는다는 주걱을 열 개나 사오더니 "신세진 사람들에게 나눠줘라이?"라고 하는지라, 어쩔 수 없이 그간 신세진 사람들에게 나눠주었다. 느닷없이 주걱 선물을 받은 친구들은 영문을 몰라 어리둥절한 표정으로 나를 바라보는 것이었다.

마치다町田에 사는 미짱 부부, 오사무 형, 요코하마의 딸네 집에서 사는 화투대학 교수님 사나에 아줌마처럼 도쿄 가까이에 사는 친척과 친구들이 엄니를 걱정하여 자주 찾아와 주었다. 규슈에 있는 노부에 큰 이모는 철철이 온갖 야채며 과일, 엄니를 위한 스웨터 등을 마치 상경한 자식에게 보내듯 소포 택배로 부쳐 주었다. 에미코 이모는 엄니에게 자주 편지를 보내 주었다. 그 편지에 '요즘 그림편지라는 게 유행이더라' 라고 적혀 있었던지 엄니도 당장 따라 해보기도 했다. 부우부 이모는 간간이 엄니에게 전화를 걸어 긴 이야기를 나누어 주었다.

뭔가 모든 일이 순순히 잘 풀려나가는 듯한 마음이었다. 엄니는 시골에 있는 것보다 도쿄 쪽이 더 잘 맞는 것 같다는 생각마저 들었다. 사람들과의 관계도 도쿄에 올라온 덕분에 오히려 이전보다 균형잡힌 관계로 발전하는 듯했다.

병도 악화되지 않았다. 이름난 병원에도 다녔다. 시골에는 없는 오락과 취미도 있있다.

나도 일이 바빠졌다. 에노모토의 빚도 다 갚았다. 엄니가 잠을 자는 시간에도 자택을 겸한 작업장에 시종 사람들이 들락거렸다. 소음에 민감한 엄니는 잠옷차림으로도 꼭꼭 나와서 차 대접을 하곤 했다. 결국 작업장이 비좁은 점도 고려하여 같은 빌딩의 11층에 또 한 칸을 빌리기로 했다.

이번에는 거대한 볼링 핀의 위쪽이었다. 창문으로는 신

주쿠로 향하는 수도 고속도로 4호선이 똑바로 뻗어나갔다. 밤에는 오고 가는 차량의 빨강과 흰색의 라이트가 무수히 흘러가는 게 아름다웠다.

　작업용 책상과 책, 침대 등을 11층으로 옮기고, 엄니 전용 텔레비전도 샀다. 식사와 목욕은 7층을 이용하고 작업과 내 잠자리는 11층에서 하기로 했다. 아이 방 하나를 증축한 듯한 모양새였지만, 나로서는 퍽 쾌적한 환경이 갖추어졌다.

　열다섯 살 때부터 혼자 살기 시작해서 어느 누구의 간섭도 없이 그저 내 하고 싶은 대로, 매번 쫓겨나기만 하는 생활을 오랜 세월 해왔지만, 막상 나이 서른이 넘어서 엄니와 장지문 하나 거리로 동거를 시작하고 보니, 텔레비전 소리가 너무 크다고 혼이 나고, 에로 비디오도 가슴을 두근거려가며 이어폰으로 시청해야 하는 긴장감, 한밤중까지 일을 하면 어서 자라고 꾸지람이 날아올 때, 문득 기운이 쭉 빠지는 그 느낌…… 자유를 만끽하는 15년 끝에 서른을 넘긴 내가 설마하니 자위를 하는데도 닌자처럼 발끝을 세우고 목욕탕에 달려가 샤워로 싹싹 씻어내 증거를 인멸해야 하는 틴에이저의 나날을 보내야 할 줄은 상상도 못했던 터라 나로서는 그런 일들이 적잖이 답답하게 느껴지던 참의 일이었다.

　이제 엄니도 조용히 잠들 수 있을 터였다.

조금씩 정신이 깨어갔다. 조금쯤은 제대로 살게 되었다는 자부심도 들었다.

확정신고라는 것도 했다. 내가 세금을 내는 일 따위는 영원히 있을 리 없다고 자신했었는데, 그런 날이 왔다.

2년 전까지 거슬러 신고를 했다. 장부는 엄니가 돋보기를 썼다 벗었다 해가며 꼼꼼하게 정리해 주었다.

수년 분의 구민세와 보험료가 한 뭉치가 되어 돌아왔다. 액수를 보고는 담배를 피워 물었다.

그쪽은 일단 무시했다. 아직 그렇게까지 정신이 깨인 건 아니었다. 하지만 엄니가 나서서 구청과 분할납부 수속에 들어간 모양이었다.

내가 11층으로 잠자리를 옮기고 한참 지났을 무렵에 하루는 점심을 먹는데 엄니가 말했다.

"네 침대 하나 샀고만."

"에? 왜?"

"그 접이식 침대는 등허리가 아프잖어. 그런 데서 자면 피곤도 안 풀려. 사사즈카 상점가에 가구점 있지? 거기 가서 내가 주문하고 왔고만. 여러 가지가 있더라만, 날마다 쓰는 것이니께 큰맘 먹고 좋은 것으로 샀어. 앞으로는 거기서 자."

"얼마였는데……?"

"14만 엔 정도더만."

"엄니, 그런 돈이 있었어?"

"있었지. 근데 그거 샀더니 싸악 다 없어졌고만."

언제나 집세는 월말마다 엄니에게 건네주어 빌딩 관리 사무소에 내도록 해왔고 식비나 자잘한 지출은 돈이 떨어질 때마다 엄니가 떨어졌다고 신고를 해오는지라 그때마다 3만 엔, 2만 엔을 시시때때로 내주었다.

그날, 마침 이때다 하는 식으로 엄니에게 전부터 궁금하던 것을 물어보았다.

"엄니는 저금 같은 거 없어?"

"응, 이제 전부 없어졌고만……."

"저기, 연금 같은 건 어떻게 했는데?"

"연금도 마찬가지여. 한참 내기는 했는데, 중간에 힘이 들어서 낼 수가 없더라고. 아깝기는 하지만 그러고는 통 못 내고 말았다야……."

그건 엄니가 아니라 연금제도가 나빴다. 엄니처럼 육십까지 파트타임으로 조금씩 일을 해서 하루하루 살아가기도 바쁜 저임금 노동자가 다달이 연금을 어떻게 꼬박꼬박 낼 수 있단 말인가.

국민연금을 내지 않는 게 나쁘다는 사람도 있겠지만, 다달이 1만 엔도 하루하루를 메우기에는 큰돈인 사람에게, 있을지 없을지 알 수 없는 미래를 위해 미리 돈을 납부한다는 건 물리적으로 가능할 리가 없다.

없는 돈은 없는 것이다. 애초에 짧은 소매는 아무리 잡아당겨도 긴소매가 되지는 않는다. 사람살이도 여러 가지, 하는 일도 각양각색이라는 것을 알고 있다면 고독한 노인이나 병자, 저임금 노동자에 대한 뭔가 다른 형태의 제도를 좀 만들어 달라고! 좀 늘려 달라고! 가차 없이 연금을 거둬다가 대형 홀을 건설해서 록 콘서트 같은 거 아무리 해봤자 신도 안 나니까 그런 건 다 없애고 싹싹 좀 나눠주란 말이야!

엄니에게 돈이 있을 리 없다고 생각하기는 했지만, 마음속 어딘가에서 그래도 어른이니 조금쯤은 저축이 있지 않을까 하는 기대가 있었던 건 부정할 수 없다. 혹시 있었다 해도 그 돈을 달라고 할 마음은 없었지만, 안타깝게도 나역시 저금이라고 할 만한 게 없었다. 엄니의 병원 치료도 고려하여, 있었으면 좋겠다 하는 정도였지만 역시 없었다.

"그래, 하긴 그렇지⋯⋯."

떫은 차를 마시며 풀이 죽어있는 나를 보고 엄니는 방에들어가 서랍에서 증서를 넣어두는 종이봉투를 꺼내 오더니다시 내 앞에 앉았다. 그 봉투 안에는 내가 5년 동안 다녔던 대학의 졸업장이 들어 있었다.

엄니는 그것을 펼치며 말했다.

"이것으로 연금이고 뭐고 전부 다 써버렸고만. 이게 내전 재산이여."

게이오 선 사사즈카 역은 급행을 타면 신주쿠에서 역 하나 거리, 일반 전차를 타도 하츠다이初台, 하타가야幡ヶ谷, 그리고 그 다음 역이 사사즈카여서 시부야 구에 살면서도 신주쿠에 나가는 게 더 편리했다. 나카노 구와 세다야 구의 경계선과도 가까워서 시모기타자와에 가는 데도, 요요기우에하라에 가는 데도 웬만하면 걸어 다닐 거리였다.

동서남북 십자형으로 상점들이 처마를 맞대고 늘어섰고, 생활하기에는 몹시 편리한 동네였다. 우에하라 쪽으로 큰길을 빠져나가면 하타가야幡ヶ谷 방면에서 차자와茶澤 대로를 향해 이어지는 조그만 벚나무 가로수 길이 있다. 특별히 사람들의 눈길을 끌만한 길은 아니지만, 엄니는 벚꽃 철이 되면 날마다 그 아담한 길을 산책하는 것을 무엇보다 좋아했다.

도쿄에 살면서 내가 늘 신기하다고 생각했던 것은 어른들이 공원에 나와 있다는 것이었다. 놀이기구도 없이 그저 나무만 무성한 공원에서 어른들이 그 나무들을 바라보고 있었다. 이 사람들은 평소에는 무엇을 하는 걸까. 거기 그러고 앉아있는 게 뭐가 재미있다는 것일까. 나는 늘 의아하게 쳐다보곤 했다.

시골 공원에는 어른이라고는 없었다. 체인에 녹이 슬고 앉는 자리가 썩어가는 그네. 구멍 뚫린 미끄럼틀. 페인트칠이 벗겨진 쇠 냄새 물큰한 정글짐. 그 조잡한 놀이기구에 아이들은 떼로 몰리고 잡균이 번식하는 모래밭에서 흙장난을 했다.

공원에 찾아오는 어른이라면 술 취한 사람이거나 어딘가 머리가 이상해진 사람뿐이어서 우리는 공원에 오는 어른들이 무서웠다.

하지만 도쿄의 아무것도 없는 공원에는 항상 어른들뿐이었다. 저마다 먼눈으로 녹음을 지켜보며 무언가를 생각하는 듯, 혹은 무언가를 잊어버리려는 듯한 시선으로 조용히 그곳에 있었다.

도쿄에 사는 사람들의 대부분은 그 옛날, 색채가 빈약한 자연 속에서 성장했고 그 색상이 지겨워서 극채색의 도회지로 몰려나왔을 것이다.

하지만 수천 가지 색깔의 도회지를 숨을 헐떡이며 뛰어다니는 사이에 그 선명하게 아름다웠을 터인 만화경이 차츰 탁한 색깔로 보이기 시작한다. 회색에 빨강, 회색에 오렌지, 회색에 하늘색. 모든 색깔에 회색이 섞여서 눈에 보이는 건 모조리 둔탁하게 그 채도가 흐려져 있다.

치쿠호의 밤하늘은 한없이 검은 색에 가까운 프러시안 블루였다. 달빛, 별빛의 광채 주변에만 빛이 가닿아서 그 부분을 깊고도 아름다운 블루로 띄워냈다.

도쿄의 밤하늘은 미처 검은색이 되지 못한 회색이고, 네온사인의 삼원색은 붓을 빨아낸 그림물통 속의 물처럼 이미 어떤 색깔을 섞어도 어떤 빛을 들이대도 도무지 바꿀 수 없는 회색의 농도만 점점 짙어져 간다.

도쿄 거리에는 원색이 넘친다고 하지만, 사실은 모든 색이 탁하게 흐려져 있다. 튜브에서 나온 선명한 그림물감으로 그릴 수 있는 부분은 이미 어디에도 없다. 풍경도 사고방식도 모조리 팔레트 위에서 기름과 회색에 뒤섞여 어떤 색이라고도 할 수 없는 애매한 색깔을 하고 있는 것이다.

유럽의 영화감독이 근미래의 스토리를 촬영하면서 일본이나 아시아의 네온사인 가득한 거리를 로케지로 선택하는 일이 적지 않은데, 그건 아무래도 극채색과 인간의 에너지로 넘치는 거리에 호기심과 자극을 느꼈기 때문인 것 같지는 않다. 머지않아 찾아올 미래는 이토록 색채와 상업주의가 넘치는 속에서도 이런 식으로 거리도 사람도 탁해져 있다는 것을 보여주고 싶은 것이리라.

색채를 원하고 무한의 색깔을 허덕허덕 쫓으며 그 모든 물상을 팔레트에서 뒤섞었던 사람은 언젠가 그림물통 속의 탁한 물에 가라앉는다. 내 손에 움켜쥐었을 터인 금빛도, 눈부신 장밋빛도 이제는 어디에 어떻게 녹아들었는지조차 알 수 없다. 그저 온통 회색뿐. 회색의 바다를 그저 빙글빙글 빙글빙글 돌 뿐이다.

그런 끝에 인간은 참된 원색을 원한다. 초등학생 때 누군가 사주었던 12색 그림물감에서 나오는 단순한 색깔과 단순한 마음을 떠올리며 공원 벤치에 멍하니 앉아있다. 한 가지 색깔의 빌리디언이 수많은 종류의 초록빛으로 보이던 그때를 그리워하며 어디서든 그것을 찾아보려고 애쓰지만, 이미 그것은 이 도회지에서는 눈에 띄지 않는다.

역 앞 애완동물 가게에서 토끼 두 마리를 샀다. 문구를 사려고 샌들을 꿰고 나갔다오는 길에 느닷없이 동물을 기르고 싶었던 것이다.

"너, 또, 그런 거 사오고 그런다!"

느닷없이 토끼를 안고 돌아오는 내게, 바로 얼마 전에도 사왔다는 투로 엄니가 나무랐던 게 나는 너무 우스웠다.

엄니가 말한 그 '또'라는 건 내가 초등학생 때쯤의 일이었다.

하얀 토끼는 '빵', 검은 토끼는 '포도'라는 이름으로 7층 베란다에 풀어놓고 길렀다.

결국 먹이 주는 일도 토끼집 청소도 엄니가 모두 도맡았다. 엄니는 날마다 토끼집을 청소하고 머리와 귀를 두루두루 쓸어주며, 어떻게 하면 그런 작은 동물과 그토록 장시간 수다를 떨 수 있을까 싶을 만큼 토끼와의 대화를 즐겼다.

빨래가 펄럭이는 베란다에서 작은 의자에 앉아 토끼와 이야기하는 엄니.

느긋하고 편안한 평화의 시간이 흘렀다. 어느새인가 집

안의 모든 손잡이와 티슈 상자에는 커버가 씌워졌다. 냉장고에는 슈퍼마켓 특별 세일 광고지가 마그넷 자석으로 붙여져 있었다.

평화롭다는 것밖에 별다른 특징이 없는 풍경. 이미 엄니가 암이라는 것조차 깜빡깜빡 잊어버리곤 했다.

하지만 암세포는 엄니의 몸에 둥지를 틀었다는 것을 전혀 잊지 않은 모양이었다. "가끔 숨쉬기가 힘들어"라고 하기 시작하더니 몇 차례 한밤중에 엄니는 잠을 깨웠다. 숨이 쉬어지지 않아 괴로워하다가 눈이 뜨인 것이다. 엄니 방에서 두꺼비 소리 같은 게 들려서 급히 문을 열어보면 침대 위에 엎드린 엄니가 호흡곤란에 빠져 버둥거리고 있었다.

"엄니, 왜 그래? 숨이 안 쉬어져?"

말을 붙여도 대답을 못하고 목구멍만 그르렁거렸다. 목 언저리에 얼음주머니를 대주고 등을 쓰다듬다 보면 식은땀으로 잠옷이 축축하게 젖어 있었다.

그런 발작이 단속적으로 일어나고 그 간격도 점차 짧아져 갔다. 집에서 자다가도, 마치다의 미짱네 집에 놀러갔을 때도 발작이 일어났다.

"죽는 줄 알았다야……."

그때마다 엄니는 똑같은 말을 했다. 병원에서는 전에 받은 수술의 후유증인 모양이라고 했지만, 정밀검사를 받아보니 역시 전이된 암세포가 성대와 식도 일부에서 크게 자라나 그 덩어리가 호흡기관을 막고 있다는 것이었다.

규슈 대학병원에서 갑상선 적출 수술을 받은 지 2년, 거듭되는 힘겨운 요오드 치료에도 불구하고 엄니의 암에는 효과가 없었던 모양이었다.

병원의 설명을 들으러 엄니와 함께 오모테산도로 나갔다. 수술밖에 다른 방법은 없다는 말이었다. 한 차례 프랑켄슈타인이 되었던 목의 상처를 다시 열어서 성대를 모두 들어낸다. 90퍼센트 이상의 확률로 목소리를 잃을 각오를 해야 한다고 했다. 그만큼 암이 넓게 퍼져 있었던 것이다.

이대로 두면 목숨이 위험한 병으로 발전할 가능성이 높았다. 집에 돌아와 엄니와 상의하면서 나는 이러고 저러고 할 것도 없다, 수술을 해야 한다고 권했다. 그것밖에 방법이 없는 것이다. 권하고 말고 할 것도 없었다.

"수술해. 목소리는 안 나오겠지만 어쩔 수 없잖아. 이대로 두면 죽는다고. 요즘 계속해서 숨쉬기도 힘들잖아."

하지만 엄니는 말을 못한다는 게 엄청난 충격이었던 듯 수술에 대해 좀체 결단을 내리지 못하는 기색이었다.

"말도 못하고 남한테 폐만 끼치면서까지 살고 싶지 않어. ……수술은 안할 거여."

당신은 목소리를 잃을 것입니다. 그런 선고를 받는다면 비단 엄니뿐만이 아니라 누구라도 수술을 포기하고픈 마음이 들 것이다. 특히 엄니는 말하기 좋아하고 노래하고 웃고, 언제 어느 때나 밝고 긍정적으로 살아온 사람이었다. 지금까지의 인생을 돌아봐도 힘겨운 장면장면마다 울렸던 엄니 자신의 목소리, 그 목소리에 의지하여 살아온 나날이 적지 않았을 것이다.

아무리 목숨과 바꾸는 것이라지만, 앞으로 평생 목소리 없이 살아야 한다는 현실은 쉽사리 받아들일 수 없는 것이었다.

하지만 나는 그런 엄니의 당연한 낙담에 동조할 수는 없었다.

"무슨 소리야? 이 세상에 말 못하고 못 듣고 못 보고 못 걷고, 온갖 장애를 가진 사람이 얼마나 많은데? 그런 사람들도 열심히 살아가잖아. 엄니가 도쿄에 왔을 때, 어려운 사람들을 위해 자원봉사를 하고 싶다고 했었지? 내 스스로 장애를 가지면 그런 때 더 좋을 수도 있어. 막상 그런 처지가 되지 않으면 알 수 없는 일이 있을 거야. 훨씬 더 힘겹게 살아가는 사람이 우리 말고도 너무너무 많아. 수술은 꼭 해야 돼. 그건 이미 정해진 거야. 엄니가 정할 일이 아냐."

예전에 엄니는 독거노인 자원봉사를 하고 싶다고 했었지만, 엄니가 감당할 만한 마땅한 일을 찾아내기가 힘들었고, 게다가 갑상선을 들어낸 이후로는 쉽게 피곤해져서 다른 자원봉사 활동도 하지 못한 채였다. 그런 사정을 나 또한 잘 알고 있었지만, 수술을 받게 하기 위해 나는 엉뚱한 말로라도 엄니를 설득하려고 마구 주워섬겼다.

"수화를 배우면 돼. 나도 함께 배울 거야."

"……남의 일이라고 생각허니께 그런 말이 나오는겨."

"그야 남의 일이지. 하지만 아직은 엄니가 죽으면 내가 무지 곤란하단 말이야."

성대를 적출해야 한다는 소식을 듣고 와카마쓰에서 부우부 이모가 달려왔다. 요코하마에서 사나에 아줌마도 온다고 했다.

하지만 누가 오든 수술하라는 말밖에 다른 어떤 말도 해줄 수 없는 상황이었다. 그 무거운 분위기를 견딜 수 없어 나는 집을 나섰다. 할 말을 찾을 수가 없었다. 뒷일은 이모들에게 맡기는 수밖에.

근처에서 파친코를 하며 엄니가 벙어리가 된 뒤의 생활을 촤르르 떨어지는 파친코 구슬을 바라보며 시뮬레이션해 보고 있었다.

돈을 따건 말건 아무 관심도 없었다. 그날은 파친코 구슬이 유리에 부딪치는 소리가 유난히 크게 들렸다.

그렇게 별로 할 마음이 없는 때일수록 숫자가 척척 맞아 떨어지는 법이라 밤도 느지막해진 뒤에 파친코를 접고 집에 돌아와보니 엄니와 부우부 이모, 사나에 아줌마, 셋이서 텔레비전 방의 한가운데 흰 방석을 펼쳐놓고 한창 화투판을 벌이고 있었다.

"마사야, 너희 엄니 수술 허신단다."

사나에 아줌마가 패를 뒤집으며 내게 말했다.

"잘 생각해 보니께 화투는 말을 안 해도 얼마든지 할 수 있더라니께."

셋이서 와하하 웃고 있었다.

엄니의 정신력도 늠름하고 장했지만, 이런 때는 자매나 친구의 관심이 그 무엇과도 바꿀 수 없는 힘을 발휘하는 것이었다.

아무리 힘든 일도 우스갯거리를 만들어버렸다. 엄니도 나도 되도록 그렇게 하려고 애쓰며 살아왔다.

"파친코도 아무 말 안 해도 할 수 있어."

"야, 그건 애초부터 암말 않고 허는 거여."

엄니가 자리에서 빠져나와 내 저녁밥을 챙기기 시작했다. 부우부 이모가 독자적인 수화를 개발했는지 몇 가지 손짓을 내게 보여주며 말했다.

"이게 '밥 먹어라', 이건 '목욕해라', 그리고 이렇게 하면 '돈 줘!'."

"키햐, 금세 알아듣겠네."

"그거만 알아들으면 충분허고만."

엄니도 웃으며 밥을 푸고 있었다.

아마도 이모들은 엄니에게 아들 속 썩이지 말라고 타일

렸으리라. 그날 밤은 오랜만에 엄니와 이모들이 새벽녘까지 신나게 화투를 쳤다.

엄니가 이제 노래를 못하게 된다는 것으로, 에노모토와 호세, 츠요시, 그밖에 수많은 친구들과 함께 엄니의 마지막 노래를 듣는 모임을 사사즈카에 새로 생긴 노래방에서 개최했다.

"배가 터지게 노래를 불러보자고!"

노래책을 엄니 앞에 쌓아놓고 모두 함께 노래했다. 엄니는 긴장된 표정으로 트로트를 몇 가지 부르고는 술을 홀짝홀짝 마셨다.

나도 마이크를 잡고 사이조 시로齊條史朗의 〈밤의 은빛 여우〉를 불렀다. 이건 내가 노래방에 갈 때마다 부르는 곡이었다. 그런데 내 노래를 듣던 엄니가 모니터에 흘러가는 가사를 눈으로 쫓으며 중얼거렸다.

"이 노래는 네 아부지가 참말로 좋아하던 곡인데……."

"엇, 그래? 나는 몰랐네."

아부지와는 노래방 같은 데 가본 적이 없었다. 물론 이 곡을 노래하는 장면도 본 적이 없었다. 함께 살았던 일이라고는 거의 없는데, DNA는 노래방 취미까지 유전시키는 것일까.

그나저나 아부지는 무엇을 하고 있는가. 엄니가 막 도쿄로 옮겨왔을 즈음에 한 차례 집에 전화가 와서 이야기해 본 뒤로는 벌써 한참이나 제대로 말을 나눠본 적도 없었다.

"오우, 어뗘, 살 만 허냐?"

"뭐, 그럭저럭."

"그래, 그러면 좋은 거여. 도쿄 쪽은 어떻든 일거리가 있으니께. 여기 고쿠라 쪽은 경기가 안 좋아서 어떻게 해볼 수가 없고만."

여기까지의 대화는 언제 말하건 똑같은 소리였다.

"엄니, 잘 부탁헌다."

"응."

"그럼."

완전히 남의 일인 것이다.

그래도 엄니는 이따금 연락을 하는 모양이었지만, 내 쪽에서 아부지에게 전화하는 일은 없었다. 왜냐하면 나는 아부지의 전화번호를 모르기 때문이었다.

엄니가 성대수술을 결심하고 그 며칠 뒤였던가, 한 가지 좋은 소식이 집으로 날아왔다.

무엇인가 하면, 최근에 프랑스 유학에서 막 돌아온 갑상선 전문의를 찾았다는 소식이었다. 엄니와 똑같은 케이스를 몇 차례나 수술해 준 솜씨 좋은 의사라고 했다. 담당의사가 그 선생에게 진찰을 받아보는 게 어떠냐면서 소개장을 써주었다. 원래 엄니가 다니던 병원은 외과수술 쪽은 전문이 아니었기 때문에 우연히 딱 맞는 시기에 귀국한 T선생을 소개해 주었던 것이다.

도쿄 타워 중턱에 자리 잡은 종합병원. 정면 현관에서 내다보면 도쿄 타워가 그림엽서처럼 똑바로 보였다.

T선생은 상상했던 것과는 달리 아직 마흔 전으로 보이는 젊은 분이었지만, 턱수염을 기르고 표정에는 자신감이 넘쳤다.

뢴트겐 사진이 몇 장이나 늘어선 라이트 박스 곁에서 차트를 들여다보며, 나란히 앉은 엄니와 내게 T선생은 심히 담백한 어조로 말했다.

"괜찮습니다, 떼어냅시다."

"역시 성대는 전부 들어내는 건가요……?"

"아뇨, 그대로 둘 거예요. 성대는 떼어내지 않고 암세포만 절제하는 겁니다."

"저어, 목소리는……?"

"괜찮을 거예요."

"아, 다행이다……."

만화라면 이런 장면에서 "야호! 살았다!"라고 부르짖은 끝에 어머니와 아들이 손을 마주잡고 눈물을 흘리고, 좀 더 하면 주먹을 움켜쥐고 나란히 점프라도 할 판이었지만, 실제로는 순식간에 뒤집혀버린 진단에 일시에 김이 빠지는 느낌뿐이었다.

설명을 들어보니 성대 부근과 식도 쪽의 암은 모두 떼어내지만 성대는 최대한 그대로 둘 것이고 불가피하게 절제한 부분에는 엄니의 다른 부분에서 피부인지 연골인지를 떼어다 이식한다고 했다. 한동안은 인후에 구멍을 뚫어 기관공氣管孔을 만들 것이고…….

전문적인 설명은 난해하기 짝이 없었지만, 아무튼 목소리는 그대로 둔 채 암만 떼어낸다는 이야기였다. 참으로 일석이조란 게 바로 이런 것이구나 하고 마냥 좋아서 설명도 제대로 귀에 들어오지 않았다.

하지만 이렇게까지 의사의 진단과 기량에 차이가 나다니, 그것도 좀 문제였다. 그때는 담당의사가 다른 전문의에게 소개장을 써주는 도량을 가진 분이었고, 마침 T선생이 귀국했던 것이 겹쳐서 엄니는 완전히 '행운'을 손에 넣은 셈이었다. 결국 인생이라는 것도 도박과 마찬가지로 기량과 운에 좌우되는 것일까.

당장 수술 일정이 잡혔고 시술 2주일 전부터 입원하기로 결정되었다. 어찌되었든 노인네의 대수술이었다. 기력은 둘째 치고 체력적인 면을 생각하면 마냥 안심할 만한 상황은 아니었다.

수술한다는 소식을 들은 아부지가 입원 이틀 전에 도쿄로 찾아왔다. 그때 아부지를 만난 게 5년만이었던가. 도쿄에서 얼굴을 마주한 것은 내가 열여덟 살 때, 아카사카의 요정에서 오고 갔던 수상쩍은 담합에 동석했던 때 이후로 처음이었다.

아부지가 일부러 찾아올 정도이니 이 수술이 역시 대단한 일인 모양이라고 새삼 절감했었다.

엄니는 그날 여느 때보다 꼼꼼하게 화장을 하고 아침부터 안절부절 못하고 서성거렸다. 도쿄 역까지 아부지를 마중 나가 내가 운전하는 자동차로 사사즈카 집으로 달렸다. 차 안에서도 엄니의 병상에 대해 조곤조곤 물어보면 좋으련만, 여전히 그런 마음 씀씀이는 없이 늘 하던 대로 고쿠라 쪽은 경기가 얼마나 꽝인지에 대한 화제뿐이었다. 그리고는 너는 좀 어떠냐는 귀에 익은 대목으로 넘어갔고, 도쿄는 그래도 일거리가 있어서 괜찮다는 정해놓은 대사로 결론을 냈지만, 그날만은 운전을 하고 있는 아들을 선글라스 너머로 흘끔 쳐다보더니 한 박자 쉬었다가 느릿느릿 질문을 해왔다.

"너는 대관절 무슨 일을 허냐?"

"오우, 어뗘?"

엄니를 만나자마자 아부지는 말했다. 어떻고 말고 할 것도 없다 싶었다. 며칠 뒤에 목을 싹둑 잘라야 하는 것이다.

그렇게 말을 해줬더니 성큼성큼 방 안으로 들어가 바지를 벗고 점퍼를 걸고 담배에 불을 붙이는가 싶더니, 다음에 내놓은 말은 이거였다.

"차 한 잔 다오."

완전 마이페이스. 여전하셨다. 여전하시다는 점에 아무런 배신도 때리는 일 없이, 완벽하게 여전하셨다.

반찬거리를 사봤자 내일이면 입원해 버릴 테니 오늘 저녁은 외식을 하자고 합의가 되었지만, 몇 년 만에 셋이서 함께하는 자리가 영 서먹할 것이고 그건 아무래도 내가 견딜 수 없을 것 같아 늘 하던 대로 가까운 젊은 친구들에게 연락을 해서 여럿이 우르르 시모기타자와의 산뜻한 어묵집으로 나갔다.

"아버님, 처음 뵙겠습니다!"

아부지에게 첫 인사를 하던 젊은 친구들이 꼿꼿이 얼어붙어 버렸다.

무뚝뚝한 한편으로 그런 수속은 귀찮아 죽겠다는 표정으로 아부지는 인사를 거의 무시해 버렸다. 올백으로 빗어 넘긴 머리에 바비 브라운(Bobby Brown, 1969년생. 80년대에 인기 R&B 그룹 뉴 에디션 출신의 가수) 같은 선글라스를 쓰고 하얀 샤넬 실크 점퍼를 입고 있었다. 오른쪽 새끼 손가락 손톱만 길게 길렀다. 가늘고 긴 미스터 슬림 담배를 매분마다 피워 물고 자기가 좋아하는 요리는 자기 앞으로 당겨놓고 누구한테 권해보는 법도 없이 모조리 싹싹 비워버렸다.

회를 한 입 집어먹고는 "도쿄 생선은 먹을 만한 게 없어"

라고 느낀 그대로를 발표하고, 아직 다들 한창 먹는 중인데
도 불구하고 "커피 마시러 갈까?"라며 자리에서 일어서는지
라 호세가 당황하여 어묵 국물 속의 달걀을 한 번에 꿀꺽
삼켜버렸다.

정말 못 말리겠다, 우리 아부지.

나는 11층으로 올라가고 아부지와 엄니는 7층에서 내렸다.

한참 뒤에 빌딩 한 귀퉁이의 편의점에 나갔다가 나는 재
미있는 광경을 목격했다. 늘 하던 대로 잡지 코너 앞에 서
서 성인잡지를 읽고 있는데, 아부지와 엄니가 나란히 나타
났던 것이다.

나는 왜 그랬는지, 성인잡지로 얼른 얼굴을 가리고 슬그
머니 두 사람의 행방을 눈으로 좇았다.

아부지가 바구니를 들었고 엄니가 그 곁을 따라가며 과
자 진열대로 향하고 있었다. 물건을 손에 들고 뭔가 이야기
를 하던 끝에 전병을 바구니에 넣고 페트병 보리차를 사들
였다.

거의 본 적이 없는 부부다운 모습이었다. 아부지와 엄니
가 진짜 부부인 것처럼 보이는, 내 기억에 별로 없는 정다
운 모습이었다.

그때 엄니의 얼굴은 잊어버리려 해도 잊혀지지 않는다.

암에 걸린 주제에 엄니는 정말 몹시도 즐거워 보였던 것
이다.

엄니의 수술이 있기 몇 달 전이었다.

밤늦은 시각에 식탁에서 혼자 저녁을 먹고 있는데 한 통의 전화가 걸려왔다. 텔레비전을 보고 있던 엄니가 전화를 받았다. 아무래도 이모가 늘 걸어주던 그런 전화인 것 같아 나는 그다지 신경을 쓰지 않고 있었는데, 돌연 엄니가 전화통에 대고 큰소리로 울음을 터뜨렸다.

어린애처럼 오열하면서 몇 번이고 똑같은 말을 부르짖었다.

"왜 그런 짓을 했다냐……. 왜, 어쩌자고 그런 짓을 했다냐……."

젓가락을 멈추고 엄니가 수화기를 내려놓기를 기다렸다.

30분쯤 그 상태가 이어졌고, 엄니가 전화를 끊자마자 "왜 그래?"라고 말을 붙여보았지만, 엄니는 자리에 엎드려 더욱 큰소리로 울었다.

가마쿠라 외삼촌이 돌아가셨다고 했다. 자살이었다고 한다.

사람의 죽음은 연공서열이 아니었다. 누나인 엄니가 병이 들어서도 한 목숨을 건져보려고 필사적으로 몸부림치는 때에 멀쩡하던 남동생의 목숨이 돌연히 사라지는 일도 있었던 것이다.

혈육들만 모인 장례식이 치러졌다. 하지만 그 장례식에 엄니는 가지 않겠다면서 울었다.

"제 손으로 제 목숨 끊는 그런 짓거리를 한 애한테 나는 못 간다……."

거동이 침착하고 선량한 외삼촌이었다. 고향을 찾을 때마다 사브레를 선물로 사다주었다. 만년에는 치쿠호 외할머니 집에 들어와 살았고, 엄니도 바로 몇 년 전까지 그 외삼촌 부부에게 신세를 지며 함께 살았던 것이다.

나는 그 자세한 원인은 알지 못한다. 건강이 그리 좋지 않았다는 말도 있었지만, 특별히 중병이 있었던 것도 아닌 모양이었다.

"엄니, 가봐. 마지막으로 얼굴을 봐야지."

"……싫어. 안 갈란다."

"외삼촌은 성실하게 일했고 자식들도 잘 키워냈고, 평생 힘껏 살았어. 그런 외삼촌이 스스로 결정한 일이잖아. 젊은 사람이 하는 그런 짓거리 하고는 달라. 내일 아침 첫 기차 타고 가봐. 그만큼 성실하게 살아낸 어른이 나이 들어서 돌아가셨을 때는, 그게 어떤 식의 죽음이건 그때가 주어진 수명이야. 엄니가 참석해주면 외삼촌도 기뻐하실 거야. 수고 많았다고 한 마디 해주는 게 좋잖아?"

엄니는 하룻밤 내내 울었다. 다음 날 아침, 내가 건네준 여비와 부의금을 들고 아침 첫 신칸센으로 치쿠호에 돌아갔다.

엄니의 수술 날.

아침 9시에 맞추어 병원에 갔더니 엄니는 벌써 침대차 위에 실려 있었다. 2주일의 사전 입원 기간 동안에 같은 병실의 아주머니들과 완전히 커뮤니케이션을 취해 두었는지, 침대차 주변에는 병원복 차림의 아줌마들이 엄니를 격려하며 눈물짓고 있었다. 환자들끼리의 우정은 이해득실이 없어서 심플하기는 하지만 하는 행동은 영 불길하다.

양쪽 귓불에 셀 수 없을 만큼 피어스를 꽂아 넣은 염색 머리의 간호사가 무시무시하게 기다란 바늘의 예비 마취주사를 엄니의 어깨에 찔러 넣었다.

이봐요, 당신이 평소에 줄리아나 도쿄(도쿄 미나토 구의 유명한 디스코 클럽)에서 부채를 흔들며 팬티를 다 내보이는 사람이라도 그 주사만은 부디 정확하게 놔줘, 라고 마음속으로 간절히 빌었다.

일단 규슈에 돌아갔다가 수술 전날 다시 돌아온 아부지와 함께 침대차의 뒤를 따랐다. 병실 바깥까지 아주머니들이 울면서 손을 흔들었다.

"힘을 내!"

환자들 사이의 연대감은 뜨거웠다.

마취 기운이 돌기 시작한 엄니의 입가로 흘러나온 침을 가제 수건으로 닦아주었다.

수술실의 큼직한 자동문이 열리고 엄니는 침대차 그대로

드라마의 한 장면처럼 빨려 들어갔다.

멍한 눈으로 나를 바라보는 엄니에게 뭔가 한 마디 해줄 말이 생각나지 않아서 나는 그저 잠긴 수술실의 자동문 너머를 뚫어져라 바라보며 가제 수건을 꾸욱 움켜쥐는 수밖에 없었다.

불안하게 우두커니 서있는 내게 아부지가 뒤쪽에서 야 야, 하고 말을 붙였다.

"담배 좀 피워야겠고만."

정말로 좋아하는구나, 우리 아부지, 담배를.

수술이 끝난 것은 그로부터 열다섯 시간 뒤인 새벽녘이었다.

텔레비전 드라마에서라면 이런 때 가족들이 대합실 긴 의자에 나란히 앉아 생침을 삼켜가며 추이를 지켜보다 수술 중이라는 램프가 꺼짐과 동시에 의사에게 달려들어 "선생님, 우리 어머니는요?"라고 좨쳐 물을 대목이었지만, "수술이 장시간이 될 테니 일단 집에 돌아갔다가 다시 오세요"라는 간호사의 말에 아부지와 나는 아카바네바시赤羽橋의 그 병원에서 사사즈카 집까지 일단 돌아와서 아무 하릴없는 시간을 보내고 있던 중에 둘 다 깜빡 깊은 잠에 빠져서 나와 아부지가 다시 병원에 갔을 때는 완전히 수술이 종료된 뒤였다.

"수술은 어떻게 됐다냐……."

인적 없는 병원 복도에서 누구에겐지 모를 이야기를 둘이서 수군수군 뇌까려봤지만, T선생은 진즉에 귀가하신 뒤인 모양이었다.

간호사센터에서 엄니의 행방을 물어보니 의료기기가 첩첩이 쌓인 개인병실에서 엄니는 마리오네트가 되어 있었다.

온몸 여기저기에서 관이 뻗어나와 있었다. 하지만 의식은 돌아왔는지 "너희들, 참말로……"라는 시선으로 이쪽을 바라보았다.

"엄니, 살았어?"

엄니를 부르자 기묘하게 응, 이라며 고개를 끄덕였다. 센터의 간호사에게서 아부지가 얻어온 정보에 의하면 수술은 성공적으로 끝났다는 모양이었다.

다행이다……. 완전히 끔찍한 모양새가 되기는 했지만 정말로 다행이다…….

"잠깐, 보여줘……."

엄니의 목에 둘둘 감긴 붕대를 들추며 상처를 들여다보려고 하자 손 맡에 놓인 작은 화이트보드에 "아파, 하지 마"라는 메시지를 써서 보여주었다.

베갯머리에 큼직한 창문이 있고 곁의 선반에는 내가 재활 회복용으로 쓰라고 사준 핑크빛 운동화가 놓여 있었다.

엄니는 손거울을 들고 목 언저리와 코와 팔뚝, 여기저기에 달린 호스를 들여다보았다. 목에 뚫린 구멍에는 자전거에 바람을 넣을 때 손으로 누르는 T자 마개처럼 큼직한 것이 튀어나와 있었다.

그 언저리는 보는 이의 심장에 그다지 바람직하다고 할수 없는 비주얼이었다. 나는 그 부분을 못 보게 하려고 거울을 빼앗았다.

"거기는 안 봐도 돼."

하지만 엄니는 거울을 놓지 않고 도리어 자꾸 손끝으로 가리키며 나한테도 거울을 들여다보라는 시늉을 했다. 마지못해 엄니가 들고 있는 손거울을 들여다보니, 그곳에는 한껏 조명으로 치장을 한 도쿄 타워가 아름답게 비춰져 있었다.

"응, 도쿄 타워?"

엄니는 거울에 비친 도쿄 타워를 손끝으로 따라 그려보며 "참말로 아름답다야"라는 미소를 지었다.

도쿄 타워는 거울에 떠올랐을 때도 똑같이 아름다웠다. 아부지도 창문 너머로 그것을 바라보고 있었다.

모래주머니로 머리를 고정시킨 엄니가 바라볼 수 있는 것은 천장과 거울에 비친 도쿄 타워뿐이었다.

거울에 비친 도쿄 타워를 보며 미소 짓는 엄니. 창문 너머로 직접 그것을 바라보는 아부지. 그리고 그 두 사람과 두 개의 도쿄 타워를 함께 바라보는 나.

웬일인지 우리는 그때 그곳에 함께 있었다. 따로따로 떨어져 살던 세 사람이 마치 도쿄 타워에 끌려들기라도 한 것처럼 그곳에 함께 있었다.

두 달 뒤에 엄니는 퇴원했다.

목의 중심에 직경 2센티미터 남짓한 플라스틱 통이 삐죽 나와 있었다. 한동안 그 공기구멍으로 숨을 쉬었다.

그 구멍을 들여다 보면 목구멍 안쪽이 보였다. 나는 날마다 수차에 걸쳐 펜 라이트로 그 속을 들여다 보았다.

그곳에 찬 담과 핏덩어리를 핀셋이나 면봉으로 빼내주는 게 내 역할이었다.

"엄니, 빼줄까?"

그렇게 말하면 목구멍 피리를 피유피유 울려가며 드러누웠다. 자주 빼내 주지 않으면 그게 또 호흡곤란의 원인이 되는 것이다.

처음에는 나도 속이 울렁거렸지만 점차 익숙해지자 담의 양이 적으면 뭔가 개운하지 않은 느낌이었다.

통 부분을 거쳐 약간 목소리도 낼 수 있었다. 선풍기에 대고 말을 하는 듯한 소리가 공기가 새는 속에서도 희미하게 잡혔다.

긴 대화를 할 때는 메모장을 썼지만 짧은 말이라면 충분히 전달이 되었다.

"다스베이더 목소리 같네."

엄니는 아마 스타워즈의 다스베이더는 알지 못할 것이다. 하지만 엄니가 무엇이 되건 좋았다. 어떻게든 살아있다는 게 무엇보다 중요한 것이다.

목구멍을 통해 잡균이 들어가지 않도록 특히 조심하라는 말을 병원에서 듣고 온 터였다. 엄니는 되도록 바깥 출입을 하지 않게 되었다.

쇼핑을 하러 나갈 때는 스카프를 목에 두르고 균이 들어가지 않도록, 그리고 남들에게 보이지 않도록 각별히 주의했다. 우선은 감기에 걸려서는 안 되었다.

T선생은 무슨 일이 생기면 즉각, 이라며 휴대전화 번호를 알려주었지만 수술이 끝난 뒤로는 순조롭게 회복되어서 몇 달 뒤에는 통 모양의 뚜껑도 떼어냈다.

이제는 보통으로 목소리도 낼 수 있었다. 목소리의 감이 약간 바뀌기는 했지만 벌써 옛날 목소리는 기억도 나지 않을 만큼 그것이 그대로 엄니의 목소리가 되었다.

수다도 떨고 웃음소리도 낼 수 있었다. 원래 그리 잘하지 못하던 노래까지 목소리가 허스키해지면서 오히려 감칠맛이 나는 것 같았다.

암도 엄니의 몸에서 사라졌다. 아직 식도 부분에 극소의 비말 같은 암세포가 보이기는 하지만, 그건 우선 그리 크게 신경 쓰지 않아도 괜찮다고 선생은 말해주었다.

엄니의 병이 나은 것이다.

다시 수많은 사람들이 엄니의 밥을 먹으러 우리 집을 찾는 날들이 재개되었다. 내가 없어도 누군가 항상 우리 집 식탁에 앉아있었다.

이웃으로 이사 온 사촌 누이 사나에ㅿ苗. 병원에서 사귄 사람. 백화회 사람들. 내 친구들. 다시 그 친구들이 데려온 친구들. 호세와 츠요시는 식사 때마다 거의 매번 나타나는 존재들이었다. 에노모토는 왜 그런지 엄니에게서 일러스트에 대한 평가를 받곤 했다.

"에노모토는 그림은 서툴지만 사람이 아주 착혀."

대충 그런 평가였다. 여자들은 모두들 엄니에게서 요리를 배웠다. 엄니는 오래도록 딸을 원했다는 모양이었다.

크리스마스나 생일, 정식으로 하자면 여자 친구와 둘이만 보내야 할 때도 항상 엄니가 있었다. 물론 엄니는 사양했지만 여자 친구가 나서서 어머님하고 함께 지내자고 말해 주었다. 사귀는 여자가 바뀌어도 늘 똑같이 그런 말을 해주는 것이다.

친구네 집에서 벌어진 파티에도 십여 명의 젊은이 속에 딱 한 명, 할머니가 있었다. 그게 바로 엄니였다. 내가 데리고 간 게 아니었다. 파티를 주선한 친구 부부가 직접 엄니에게 연락을 했던 것이다.

언젠가 엄니와 술을 마시며 이야기를 나누다 이런 말을 들었다.

"너한테 실은 형제가 있었다니께."

"엣? 그게 대체 뭔 소리래?"

"네가 세 살쯤 되었을 때였던가, 엄니가 애를 가졌었고만."

"근데 어떻게 됐어, 그 애기는?"

"나야 참말로 낳고 싶었지……. 그런데 고쿠라 네 할머니가 병오생丙午生은 안 된다고 자꾸 그러는겨. 와카마쓰 이모들은 그런 거 아무 상관없다고 하느님이 점지해 주신 아기니까 꼭 낳으라고 하는데, 고쿠라 네 할머니가 병오생은 절대로 안 된다, 여자애가 태어났다가는 큰일이라면서 영 말을 안 듣는 통에……. 나는 참말로 낳고 싶었는데……."

엄니의 눈은 그 당시의 일을 선명한 점 하나로 다시 떠올리는 듯한 모양새가 되었다.

60년에 한 번씩 찾아온다는 병오년. 그 해에 태어난 여자아이는 남자를 잡아먹는다는 속설이 그때만 해도 있었다고 한다. 물론 그것은 비과학적인 속설이었다. 옛날에 야채 장사 딸인 오시치お七라는 흉악한 여자가 병오생이어서 그랬다나, 혹은 너무 드센 생명력을 가진 해라서 그랬다나, 아무튼 여러 가지 설이 있는 모양인데 요즘 시대라면 아무도 믿지 않을 그런 이야기들이었다.

내가 태어나고 3년 뒤인 1966년은 60년에 한 번씩 돌아오는 그 병오년이었다.

딱히 고쿠라의 할머니만 맹신했던 이야기가 아니라 실제

337

로 그 해에는 전국적으로 출생률이 뚝 떨어졌었다.

"그래? 나도 여동생이 있었으면 좋았을 텐데."

"참말로 누가 아니라냐……."

"아니, 근데, 그때라면 아부지하고 엄니가 벌써 별거에 들어갔을 때잖아? 어째서 일이 그렇게 됐지? 어라, 이상하네?"

"야가 참말로, 별거는 했어도 할 일은 했었다니께."

"뭐야, 그게……?"

내가 어렸을 때, 고쿠라의 절에 가면 엄니와 할머니가 애기 지장보살 앞에서 합장하던 이유를 그제야 알았다.

돈을 엄청 벌어들인 건 아니지만 작업실을 사사즈카 주상복합 빌딩 11층에서 다이칸야마代官山의 맨션으로 이전하기로 했다. 마침 여배우 마츠다 미유키 씨가 새로 사무실을 열기로 해서 그 장소를 물색하던 참이었다. 그쪽에서 결정한 맨션을 나와 반반씩 나눠서 쓰지 않겠느냐는 제안이 들어왔다.

반반씩이라면 집세도 사사즈카와 그리 큰 차이가 나지 않고 작업 환경에도 적잖이 싫증이 나던 때여서 작업장을 옮겨보기로 했다. 그 참에 유한회사로 등록을 하고 엄니를 대표로 내세우게 되었다.

11층 집은 미유키 씨의 회사에서 일하기로 한 BJ부부에게 재임대하기로 해서, 다시 내 잠자리는 7층의 엄니 방으로 돌아왔다. 사무실에서 자는 것도 가능했다.

그 이사 문제로 한창 바쁘게 돌아가는 와중에 토끼 '포도'가 죽었다.

이것도 속설이지만, 토끼는 외로우면 죽고 만다는 말이 그럴싸하게 떠돈다. 나도 그 속설이 머릿속 어딘가에 남아 있어서 한 마리보다 두 마리가 더 좋다고 생각했다.

하지만 정확히 말하자면, 서로 성이 다르면 두 마리가 사이좋게 지내지만 동성끼리는 영역 다툼 때문에 치열한 죽고 죽이기의 경쟁이 벌어진다.

잡지 《플레이보이》의 마스코트가 하필 토끼인 것은, 토끼의 뛰어난 번식 능력에 빗대어 '뛰어난 정력'을 이미지화한 것이라고 한다.

암컷과 수컷이면 그런 본능을 살려 사이좋게 살지만 수컷끼리인 경우는 또 하나의 무시무시한 본능을 고스란히 드러낸다.

동성과 함께 사느니 홀로 사는 것이 토끼에게는 몇 배나 편한 삶인 것이다.

그러므로 토끼는 외로워서 죽지는 않는다.

'포도'와 '빵'은 불행히도 둘 다 수컷이었다. 집도 좁은데 토끼가 왕성하게 번식을 했다가는 힘들겠다는 생각에, 애완동물 가게에서 한 쌍이 아니냐고 성별을 문의했지만 막 태어난 토끼는 판단하기가 어려워 그 시점에서는 알 수 없

339

다고 했다.

태생부터 몸집이 작았던 포도는 점점 빵에게 쫓겨 다니
고 목덜미를 물려 비명을 지르는 일이 많았다.

그대로 둘 수 없어서 빵은 7층, 포도는 11층으로 나누어
베란다에서 길렀던 것인데, 엄니의 손길을 받지 못한 11층
의 포도는 우리가 이사할 준비로 이래저래 바쁘게 돌아가
는 사이에 죽어 있었다.

그것을 발견한 것도 11층에 있던 내가 아니라 엄니였다.
나와 호세가 짐을 싸고 있으려니 엄니가 포도의 집을 청소
하러 올라왔다.

"에구, 이게 뭔일이라냐!"

베란다에서 큰소리가 나서 돌아보니, 차가워진 포도를
품에 안고 엄니가 울고 있었다.

그 자리에 주저앉아 엉엉 울면서 눈을 뜬 채 죽은 포도
를 끌어안고 있었다. 그날은, 아니, 그 전날에도 베란다에
있는 포도를 내다보지 못했다. 피가 섞인 묽은 똥이 어지럽
게 널려 있었다. 그것을 미처 알아봐주지 못했던 것이다.

엄니는 울면서 나를 나무랐다.

"불쌍하게 이게 뭐여! 왜 똑똑허게 봐주지 않았어. 동물
은 말을 못허니께, 잘 봐주지 않을 거면 기르지를 말어!"

그날 밤. 운동화 상자로 만든 관에 포도를 담고 묻어주
기 위해 후지산 쪽으로 고속도로를 타고 차를 몰았다. 엄니

가 "이런 좁은 베란다가 아닌 널찍한 곳에 묻어 줘라이?"라고 했지만, 도쿄에서는 그런 곳이 얼른 떠오르지 않았다.

삼부 능선 근처의 도로 옆, 흙이 보이는 곳에 자동차 헤드라이트를 대고 부슬부슬 내리는 빗속에 삽으로 땅을 파고 묻어주었다.

그 한밤중에 엉엉 울며 삽으로 땅을 파는 자를 누군가 발견했다면 분명코 사람을 매장한다고 생각했을 터였다. 몇 대인가 지나가던 자동차 드라이버가 모두 흠칫 놀라는 얼굴로 이쪽을 바라보았다.

포도가, 죽었다.

엄니가 건강해졌다. 이보다 더 기쁜 일은 없었다. 무엇보다 바라고 원하던 일이었다. 하지만 그런 마음과는 모순되게 앞으로 오래오래 이어질 공동생활을 생각하면 어딘가에서 마음이 무거웠다는 것은 부정할 수 없다.

나만의 자유가 어딘지 퇴색되는 것 같았다. 자유가 무엇인지도 알지 못하는 주제에, 여러 일을 상상할 때마다 보이지 않는 족쇄가 채워진 듯한 기분이었다.

추상적인 압력, 구체적인 압력이 묵직하게 덮쳐들었다. 바라던 일이 이루어지자마자 생각지도 않던 고민이 오래 품어왔던 일처럼 부각되었다.

보험료, 집세, 생활비, 전기세, 기타 등등. 엄니가 손을 벌릴 때마다 어딘가가 지끈지끈 아파왔다.

이 달걀은 몇 엔이네, 오늘은 양배추가 비싸서 사지 못했네……. 밥을 먹는 곁에서 그런 이야기를 들으면 귓속이 지잉지잉 울렸다.

식사 때 엄니와 되도록 말을 하지 않게 되었다. 엄니가 다른 누군가와 이야기할 때도 나는 혼자 입을 꾹 다물고 있는 일이 많아졌다.

함께 일하는 이들에게 폐를 끼치지 마라, 저금을 해라, 결혼을 좀 생각해봐라, 건강진단을 받아라……. 그런 엄니의 말을 들으면 가슴속이 울울해지는 시기가 이어졌다.

"요즘 어머님께 좀 차갑게 대하시는 거 아녜요? 전혀 이야기도 들어주지 않고."

BJ에게 그런 지적을 들었다. 그건 나도 잘 알고 있었다. 뭔가 자꾸만 신경질이 나는 것이다.

"내가 아무래도 이제야 반항기인가 봐……."

"헤에, 반항기……?"

원래 거쳤어야 할 그 나이 때 엄니와 함께 있지 못해서 내 반항기는 20년 늦게 찾아온 모양이었다.

11층으로 이사해온 BJ의 아내 요시에는 내가 집에 들어와 보면 항상 엄니의 요리를 안주 삼아 부엌에서 함께 맥주를 마시고 있었다.

"여어, 멍텅구리 사장. 여전히 머엉하신가?"

하는 짓거리가 영화 〈남자는 괴로워〉 시리즈 중에 늘 옆집 공장에서 찾아오는 멍텅구리 사장처럼 태평하기 짝이 없어서 그대로 멍텅구리 사장이라고 불렀다.

"아휴, 안녕하셔? 또 왔네요오."

"당신 남편, 방금 위층으로 올라갔는데?"

"아, 그랬어?"

엄니는 요리를 만들며 요시에에게 말했다.

"아, 그랬어, 가 아니잖어. BJ씨도 밥을 안 먹었을 텐데, 가서 데려와."

그 말이 떨어지자마자, 집에 없는 마누라가 갈 곳은 이곳뿐이라는 것을 뻔히 아는 BJ가 부스스 들어선다.

"안녕하세요……. 어?"

"술 마시고 있어, 멍 사장."

"여보, 어서 와, 건배!"

"참 좋겠네, 멍 사장. 무지 행복해 보인다?"

"BJ씨, 어서 일루와. 밥 먹어."

"죄송합니다. 잘 먹겠습니다."

멍텅구리 사장은 요리라고는 일절 하지 않았다. 할 줄 아는 것이라고는 컵라면 뚜껑을 뜯을 줄 아는가 마는가 하는 정도.

"참말로, BJ씨 마누라는 요시에가 아니라 나라니께?"

아침밥까지 종종 이쪽에 내려와서 먹는 BJ를 가엾어하며 엄니는 멍텅구리 사장에게 부지런히 요리를 배워서 남편에 게 밥 좀 해주라고 기합을 넣었다.

"사내는 결국은 먹을 게 그리워서 집에 돌아오는 거여. 제대로 안했다가는 아예 안 오는 일이 생긴다이?"

"미안해요, 미안해요(영화 속 멍텅구리 사장의 흉내)."

하지만 그런 요시에와 엄니는 왠지 죽이 잘 맞아서 거의 매일 밤마다 술잔을 기울여 가며 뭐가 그리도 재미있는지 도무지 이해할 수 없는, 여자들만의 대화를 나누었다.

처음 암에 걸리면서 끊었던 담배도 멍텅구리 사장의 영 향으로 다시 피웠다. 뭐, 이렇게까지 나오면 마시고 싶은 거 마시고, 피우고 싶은 거 맘껏 피우라지. 즐거운 시간에 마시는 술이나 담배는 독이 되지 않을지도.

멍텅구리 사장 덕분에 엄니는 대학생 기분으로 함께 술 마실 친구가 생겨 날마다 즐거워 보였다. 이웃한 디스카운 트 숍에서 싸구려 술을 사다가 좋아라 하하호호 하고 있었 다. 그러다가 내 애인이니 여자 친구, 내가 알지 못하는 여 자, 심지어 게이까지, 수많은 '자칭 여자들'이 밤마다 우리 집에 모여서 새벽까지 술을 마셨다.

한번은 엄니가 따르는 술병의 라벨을 보고 뭔가 이상하 다고 생각한 일이 있었다. 그 병은 소주에 타서 마시는 탄 산음료 병이었다. 그 자체에는 1퍼센트의 알코올도 들어있

344

지 않은 것이다.

하지만 엄니의 기색을 찬찬히 관찰하자니 아무래도 그걸 술인 줄 알고 마시는 것 같았다.

"엄니, 그거 술 아니야. 알고 있어?"

"뭐? 이거, 술이여, 술."

"그건 술에 타서 마시는 거지. 거기는 알코올이 안 들었어. 여기 봐, 탄산음료라고 써 있잖아."

"진짜여? 그래도 마시면 속이 화아-한데? 술일 텐데?"

"아니라니까. 그냥 주스 같은 거야."

"참말이여? 이상하네, 나는 이걸로 취하는디?"

"푸하하하하! 거, 좋네, 좋아. 아무려면 어때, 취하면 되는 거지! 자, 건배!"

즐거울 때는 탄산음료에도 취하는 모양이다. 좋은 일이었다.

술자리가 한창 고조될 즈음, 이 틈을 노려 흥이 올랐을 때만 특별히 보여주는 엄니의 장기가 있었다.

슬그머니 자기 방으로 돌아가 장난감 코안경과 틀니를 장착한다. 콩알 무늬가 들어간 수건을 머리에 둘러쓰고 턱 밑에서 묶은 다음, 춤을 추며 느닷없이 등장하는 것이다.

뜻밖에도 나는 그 꼴을 볼 때마다 대폭소를 터뜨려버린다. 물론 다른 관객의 반응도 미치도록 데굴데굴 구른다. 내 어머니가 바보 흉내를 낸다는 창피함을 뛰어넘어 마음껏 웃을 수 있었다.

무엇이 그렇게 우스운가 하면, 아무튼 가장 웃어죽는 게 항상 엄니 본인인 것이다. 자신이 하는 바보짓에 처음부터 배를 부여잡고 히익히익 웃으며 나온다. 이건 완전히 비겁하다고 할까 참신하다고 할까, 암튼 놀라운 재주였다. 바라보는 쪽에서도 따라 웃지 않을 수가 없는 것이다.

그 코안경과 틀니는 내가 초등학생 때 과자집에서 사온 것으로, 내 물건이라면 무엇이든 금세 내다버리면서도 그것만은 30년 동안 엄니의 사유물로 보관해왔던 것이다.

그러니까 그 장기자랑은 30년 전부터 자매간에 나간 여행 때나, 바로 이때다 하는 술자리에서 오랜 세월 지속적으로 펼쳐온 엄니만의 재주였다. 완전히 오랜 연륜이 배어있었다.

"내가 이걸 하면 사람들이 틀림없이 웃는다니께."

엄니도 이 장기자랑에만은 자신감과 긍지를 갖고 있는 모양이었다.

즐거운 시간은 방울이 비탈길을 굴러가듯 아름다운 소리를 남기고 빠르게 지나간다. 그저 평화롭기만 하던 시절은 깜빡 마음을 놓고 있는 사이에 특별한 색채를 띠게 된다.

부끄러워하고 어색해하면서, 때로는 삐걱삐걱 기복을 만들면서도 그것은 천천히 무두질되어 부드럽고 평탄한 나날을 만들어가지만, 방추에서 벗어난 눈에 보이지 않는 실은 어딘가에서 조금씩 엉키고 있었던 모양이다.

엄니는 목 수술 이래로 작은 일에도 자주 병원을 찾게 되었다.

주상복합 빌딩 근처에 있는 조그만 내과에 거의 매주 찾아가면서 자신의 건강에 세심한 주의를 기울이는 듯했다.

"거기 의사 선생은 진찰을 꼼꼼하게 해주시고, 얘기도 찬찬히 잘 들어주시느만."

엄니가 굳게 믿어마지 않던 그 의사는 사람 대하는 게 부드러운 인물이었다. 그래서인지 그 작은 진료소 대합실에는 무슨 집회소처럼 날마다 노인들이 줄줄이 앉아있었다.

책장에는 어느새 엄니가 한 권 두 권 사들인 암에 관한 책들이 불어났다.

엄니가 도쿄에 나온 뒤로 벌써 7년이 흘러갔다.

토끼를 곁에 재워 놓고 엄니는 '뿌요뿌요' 게임을 하고 있었다. 어떻게 하는지 알려주었더니, 이 게임만은 꽤 마음에 들었는지 매일같이 혼자 괴성을 지르고 몸도 함께 흔들어가며 홀딱 빠져버렸다.

"게임을 너무 많이 하면 눈 나빠져."

식사를 하며 바라보던 내가 그렇게 주의를 주어도 초등학생처럼 "10분만 하고 끝낼 거여"라는 대답만 되풀이하면서 좀체 게임기에서 눈을 떼지 못했다.

수없이 연쇄방법을 알려주었는데도 도통 이해를 못하고 하나씩 색깔을 이어서 지워나가는 것밖에 하지 못했다.

"그렇게 놀아도 재밌어?"

"재밌지."

"재미있으시다면야 괜찮지만……."

곁에서 절구에 담긴 땅콩을 절굿공이로 찧던 호세가 말했다.

"나, 지난번에 어머니한테 깨졌어요."

"뭐야? 너도 참……. 대단하다……."

엄니가 만드는 돼지고기 샤브샤브의 소스는 땅콩을 대량으로 갈아내는 것부터 시작된다. 그 땅콩도 껍질부터 시작해야 맛있단다. 체력이 필요한 이런 쪽의 사전준비는 엄니의 호출을 받은 호세가 전담했다.

이렇게 길게 한 집에서 살았던 적은 지금까지 한 번도 없었다. 태어나면서부터 엄니와 온갖 곳을 전전하던 끝에 나 혼자 살기 시작했고, 도쿄에 올라온 뒤로는 다시 짧은 주기로 거처를 옮겼었다.

그건 내가 태어난 뒤로 엄니도 마찬가지였다. 하지만 나와 엄니가 주상복합 빌딩에서 함께 사는 것도, 같은 자리에 오래도록 사는 것도 그새 당연한 일이 되었다.

그리 대단하지는 않아도 전보다는 그럭저럭 괜찮은 이 풍경에 익숙해져서 우리는 어딘가 마비되어 있었다.

"요즘 어째 자꾸 체하는 것 같댜."

20세기도 앞으로 겨우 몇 달밖에 남지 않은 가을 초입부터 엄니는 이따금 그런 말을 했다.

"병원에는 잘 다니지?"

"거기 의사 선생이 말도 잘 들어주시고 갈 때마다 약도 타오는데 왜 그런지 모르겠다. 요번에 준 약은 1주일을 먹어봐도 안 나으면 뢴트겐을 찍어 보자더라."

"아무튼 진찰 받으러 잘 다녀."

이렇다 할 통증이 있는 것도 몸무게가 줄어드는 일도 없었다.

"암만해도 입맛은 좀 떨어진 거 같어."

"여름에 피곤했던 게 이제야 나오나? 호르몬 약도 잘 먹고 있지?"

"먹고 있지."

우리 집 부엌에는 하루치씩 작은 약 봉투를 꽂아놓은 달력이 걸려 있었다. 먹어야 할 약을 날짜별로 미리 나누어 넣어두어서 혹시 깜빡 잊고 먹지 않으면 한눈에 알아볼 수 있었다.

"역 앞의 마사지 집, 예약해둘 테니까 갔다 와."

"그려? 한번 가봐야겠고만."

내 업무는 바깥으로 도는 일이 많고 집에 들어오지 못하는 날도 많았다. 돈푼이나 들어오고 술 마시러 다닐 일도 늘어나서 엄니를 만나면 사무적인 이야기를 나눌 뿐, 또 다시 일하러 가고 술 마시러 갔다. 새벽에 돌아와 자고 일어나면 곧바로 외출하는 날이 대부분이었다.

"뢴트겐은 찍었어?"

"다음 주에 다시 오라더만. 뭐, 꼼꼼하게 봐주시니께 걱정하지 마라."

초겨울 찬바람이 불어오고 세탁해둔 코트를 옷장에서 꺼냈다.

"엄니, 어디 온천에라도 다녀올래?"

"아니, 온천은 벌써 이모들 하고 가고시마에도 갔고 여기저기 돌아다녔고만. 이제 웬만한 데는 다 가봤어. 홋카이도도 가고 오키나와까지 갔으니께. 너하고 함께 하와이도 다녀왔잖여. 너, 거기, 아냐? 일본 최고의 여관이라던가, 이시카와의 가가야加賀屋라는 덴데, 거기도 갔고만. 좋더라, 참말로 화려하더라. 정말 자매간에 안 가본 데 없이 다 가봤네."

이모들과의 여행 이야기를 할 때면 엄니는 어린 누이의 얼굴이 되었다.

"뢴트겐은? 의사 선생은 뭐래?"

"확인도 해볼 겸 이번에 초음파 검사도 해두자고 하니께 다음 주에 가볼 거여."

겨울 냄새가 고슈가도에 감돌았다. 내 중고차는 엔진이

잘 걸리지 않았다. 거리는 이제 슬슬 20세기의 마지막 크리스마스를 위해 형형색색의 장식에 들어갔다.

"사사즈카 이세탄伊勢丹 상점에 산타클로스 인형이 노래를 하면서 손이고 허리고 막 흔들며 춤을 추는 장난감을 팔더라. 그게, 아주 보통 잘 만든 게 아녀. 너무 재미있어서 쇼핑 나갈 때마다 한참을 쳐다 본다니께."

그해 크리스마스. 나는 온종일 일이 있어서 엄니와 함께 보내지 못했다. 도쿄에서 함께 보낸 7년 동안 처음 있는 일이었다.

크리스마스 당일에는 내 친구들이 집에 찾아와 엄니와 크리스마스 파티를 한다고 했다. 나는 외출하기 전에 이세탄에 나가 춤추는 산타클로스 인형을 사다 엄니에게 건네주고 집을 나섰다.

저녁에야 치바 교외에서 일이 끝나서 고속도로를 타고 도쿄를 향해 달렸지만, 크리스마스에 맞춰 디즈니랜드로 몰려가는 커플들 때문에 길바닥에 붙들려 있다가 겨우 집에 도착한 건 한밤중이었다.

문을 열자 엄니는 아직 부엌에 앉아있었다. 남은 요리와 빈 와인 병. 그리고 그 곁에 춤추는 산타클로스 두 개가 나란히 서있었다.

"어떻게 된 거야, 이거?"

"에노모토 군도 똑같은 선물을 가져 왔더라니께."

완전히 똑같은 산타클로스 인형이 엄니를 향해 나란히 춤을 추고 있었다. 아무래도 이 인형이 재미있더라는 이야기를 여러 사람에게 한 모양이었다. 포장지 무늬까지 똑같았다.

엄니는 싱글벙글 웃으며 그 산타클로스의 춤을 끈질길 만큼 오래오래 바라보고 있었다.

"어때? 아직도 몸이 안 좋아?"

"덜 좋네……. 먹은 걸 통 삭히지를 못 하는고만. 죄 토해버리고……. 어째 몸이 괴롭다."

그 몇 달 사이에 엄니가 상당히 여윈 것 같았다.

"암인지도 모르겠어……. 역시 전이가 됐나보다……."

"그럴 리가 있어? 수술해서 확실히 떼어냈고 병원에도 착실히 다녔는데, 뭐. 걱정 안 해도 돼. 그리 몇 번이나 암에 걸리지는 않아."

위로하는 말이 아니라 나는 정말 그렇게 생각했었다. 그리고 이미 '암'이라는 말은 듣기도 싫었다.

"…… 자기 몸은 자기가 제일 잘 아는겨……."

그렇게 말하는 엄니의 입에서 약과 위액 냄새가 났다.

"재수 없는 소리는 허덜덜 말어. 연말만 지나면 꼬박꼬박 진찰 받으러 잘 다녀."

연말. 나는 가는 해를 런던에서 보내기 위해 영국으로

떠났다. 정월에 집을 비우는 건 그 7년 동안에 처음이었다.

말린 청어 알, 검은콩 조림, 순무 초무침······. 소매 달린 앞치마를 입고 설 요리를 준비하는 엄니를 바라보며 집을 나섰다. 오래전부터 예정되었던 여행이지만 그날은 왠지 누군가 뒷머리를 잡아당기는 듯한 기분이어서 도통 신이 나지 않았다. 나리타 공항으로 가는 도중에 자꾸 기분이 가라앉아 이제 곧 비행기가 뜰 텐데도 내 마음은 런던이 아니라 사사즈카 집에 가 있었다.

21세기. 2001년. 인간이 우주여행을 떠나는 일도 없고 모놀리스Monolith도 없었지만, 나는 영국에서 맛없다는 것만이 장점인 피시앤칩스를, 엄니는 일본에서 향이 잘 우러난 다시 국물의 설날 떡국을 먹었다.

같은 시각에 21세기를 맞이하지는 못했지만, 일본의 해가 바뀌는 시간에 맞춰 국제전화를 했더니 늘 그렇듯 내 친구들이 모여 한창 분위기가 고조된 참이었다.

"엄니, 새해 복 많이 받으세요. 배 아픈 건 좀 어때?"

"으응, 꽤 좋아졌다야. 올해도 또 떡을 보내줘서 지금 그 거 먹는 참이여."

해마다 도쿄의 각진 떡은 아무래도 이상해서 안 좋다는 엄니에게 규슈 출신의 친구가 고향집에서 보내온 둥근 떡을 나눠주곤 했다.

위장이 떡을 먹을 만한 상태가 아닐 텐데, 엄니는 다들

모인 기쁜 자리인지라 아무렇지도 않은 척하고 있는 모양
이었다.

"거기는 춥쟈? 감기 안 걸리게 조심해라이?"

"음. 엄니, 금방 갈게."

이주일 남짓 못 만난 사이에 엄니의 얼굴이 분명하게 그
전보다 야위어 있었다.

"그래서, 선생님은 뭐라셔?"

"큰 병원에서 정식으로 검사를 받는 게 좋겠다믄. 중앙
병원 T선생에게 상담해보면 어떻겠냐고 허더라."

"그야 그쪽이 좋겠지."

"아무래도 암인 거 같어……."

"아직 모르는 일이잖아, 미리감치 괜히 속 끓이지 마. 위
가 좀 말을 안 들어서 그렇지, 그밖에는 팔팔하잖아. 걱정
하지 마."

엄니는 거듭해서 암 수술을 받은 탓에 완전히 신경질적
이 되어 있다. 어딘가 조금 이상하면 그야 그럴 만도 하지
만, 또 암이 아닌가 하고 생각해 버린다. 그런 쪽의 책을 너
무 많이 읽다 보니 쓸데없이 얻어들은 것만 많아서 이런저
런 증세와 맞춰보고 별로 바람직하지 않은 답을 내린다.

나는 단순히 엄니의 공연한 걱정이라고 생각했다. 병원
에도 그렇게 꼬박꼬박 다녔지 않은가. 만일 또 암이 생겼다

면 진즉에 알았을 거라고 생각했다.

그 무렵 나도 만성 위통이 심해져서 약국에서 간단히 위장약만 사먹곤 했는데 엄니의 끈질긴 권유로 예의 조그만 내과에 함께 가보기로 했다.

나간 김에 엄니의 상태에 대해서도 물어보고 싶었다. 그 내과에 가는 건 처음은 아니었다. 예전에 허리 통증이 있을 때도 엄니의 말에 따라 진찰을 받아본 적이 있었다. 자기 전문이 아닌 환자라도 일단 진찰은 해주는 모양이었다.

엄니 말대로 환자의 이야기를 잘 들어주기는 했지만, 그것 말고는 별다른 의료적인 치료를 하는 것도 아니었다. 약을 줄 테니 일주일 동안 그걸 먹으며 상태를 보고 다시 오라는 것뿐이었다.

"저희 어머니께 항상 친절하게 해주셔서 고맙습니다."

내가 건넨 인사말에 그제야 나와 엄니의 관계를 알아차린 듯, 의사는 생각을 더듬어가며 이렇게 말했다.

"어머님이 암 수술을 받으신 병원에 가져갈 사진 등은 지난번에 어머님께 건네드렸는데요?"

"그래서, 상태가 어떤가요?"

"뭐, 그쪽에서 자세히 설명을 해주겠지만……."

그러면서 책상 위에 있던 메모용지에 위胃를 그려놓고 아랫부분에 동그라미를 치더니 그 안을 빗금으로 칠했다.

"벌써 상당히 커져서요."

마치 자신은 아무 관련도 없는 일이라는 말투였다. "좀 의외지요?"라는 정도의 가벼운 표정이었다.

검사로 확실히 판명이 나자마자 곧바로 소개장을 써주었는지 어떤지는 모르지만, 이렇게 암이 커질 때까지 당신은 뭘 하고 있었느냐는 생각에 나는 분통이 터졌다. 암의 진행을 멈추는 것도 잘라내는 것도 자기 전문이 아니라 해도 좀 더 빨리 그런 상태를 발견해 낼 수는 있었지 않은가 말이다. 이 의사는 노인네들과 차나 마셔주는 친구란 말인가?

그런 분노를 의사에게 들이대는 건 영 잘못 짚은 것인지도 모르지만, 무엇보다 그 아무렇지도 않은 표정과 자신과는 아무 관계도 없다는 듯한 태도에 화가 뻗쳤다. 엄니는 당신만 믿고 있었다고! 좀 더 빨리 발견해 줬어야 할 거 아냐! 대체 언제부터 암이 생겼느냐고!

그리고 언제 그렇게 커졌느냐고!

그리고 당신은 언제 그걸 알았느냐고!

엄니는 평소처럼 부엌의 작은 형광등 불빛을 받으며 야채를 다듬고 있었다. 고구마. 우엉. 당근. 무. 밥 짓는 냄새. 앞치마를 입고 목에는 스카프를 둘렀다. 남은 반찬이며 찬밥에는 랩을 씌워두었다. 엄니는 항상 내가 없는 점심때에 그걸 먹었다.

젓가락 통에는 두 사람 살림이라고는 생각도 못할 만큼

젓가락들이 빽빽이 꽂혀 있었다.

내 젓가락은 엄니가 스가모에서 사온 난텐南天 젓가락이었다. 가게에서 '마사야'라고 내 이름을 새겨왔다.

생선 굽는 냄새. 오늘의 장아찌는 무엇일까.

"오늘은 꽤 춥고만. 그래서 돼지고기 찌개 끓였다. 손 씻고 와서 먹어라이?"

"……엄니도 함께 먹어."

"빵 줄 물이 떨어졌더라. 호세한테 좀 사오라고 혀."

엄니는 수돗물을 끓여 마시면서도 토끼에게는 반드시 미네랄 워터를 사먹였다.

"겨울에는 역시 돼지고기 찌개가 좋아. 정말 맛있네."

"너 중학교 다닐 때는 야구 연습을 하고 돌아오면 대접으로 세 그릇 정도는 먹었다니께."

"이제는 그렇게는 못 먹지……."

밥을 먹고 조금 뒤에 엄니는 어깨에 수건을 두르고 비겐으로 흰머리를 염색하기 시작했다.

"입원하면 허옇게 될 테니께 지금 얼른 염색을 해둬야지."

엄니는 젊을 때부터 새치가 있었다. 나도 일찍부터 새치가 나기 시작했다.

"뒤는 내가 해줄까?"

염료를 솔로 이겨 머리에 발라나갔다. 손이 닿지 않는 뒷머리 안쪽은 어릴 때부터 내가 염색 담당이었다.

며칠 뒤, 엄니는 또 다시 도쿄 타워 기슭의 그 병원에 입원했다.

"친한 간호사도 있고, 괜찮을 거야."

벌써 머리 뿌리께는 하얘졌다.

"너한테 말해 둘 게 있고만."

"뭔데……."

"엄니가 죽거들랑……."

"안 죽어……."

"장례식을 헐 때 말이다."

"그때는 후지산에, 포도하고 같은 자리에 묻어줄게."

"서랍 안에 부조회扶助會 서류가 들었고만. 너한테 신세 안 질라고 내가 다달이 돈을 넣어 뒀으니께 거기에 연락해."

도쿄에 온 뒤에 가입했는지 부조회 서류에는 가장 값싼 장례식으로 한 달에 3천 엔씩, 벌써 수십 개월이 적립되어 있었다.

"그런 걱정은 안 해도 돼……. 아직 안 죽는다니까……."

"엄니는 암이여……."

"어떻게 알아? 아니라니까……."

"병원에서 써준 소개장을 내가 살짝 열어봤어. 벌써부터 짐작은 했었는데, 역시 그거였더만……."

"……하지만 이번에도 나을 거야. 수술은 어쩔 수 없이 해야겠지만, 지난번처럼 또 낫는다니까."

"이제 수술은 하고 싶들 안 혀."

"그래봤자 안 할 수가 있어야지……."

"너도, 몇 번을 말해도 안 듣는데, 병원에 가서 제대로 정밀검사를 받아봐. 노상 위가 껄끄럽다고 허잖여. 불규칙한 생활을 하니께 한번 꼭 진찰을 받아야 해."

"응, 받을게. 지난번에도 갔었잖아."

"거기 선생님은 자상허셔서 좋으니께."

"……그래."

"엄니가 입원해 있는 동안에 삥에게 먹이 잘 줘야 헌다이?"

"알았어."

"동물은 말을 못 허니께 신경 써서 잘 돌봐줘야 하는겨."

"응……."

"우리 청소도 꼭 해줘라이?"

"응."

"그리고 말이지……."

"뭐?"

"엄니한테 무슨 일이 있거든, 책장 위에 상자 하나 있지? 그거 열어봐."

"뭔데?"

"지금 열어보면 안 된다이?"

"뭐야, 이거……."

세밑선물로 받은 이불 커버의 빈 상자. 뚜껑이 열리지

않게 비닐 테이프로 붙여져 있었다.

　아직도 포장지가 그대로 붙어있는 상자. 그 포장지 귀퉁이에 매직으로 이렇게 적혀 있었다.

　'엄니가 죽으면 열어 보아라.'

　대지진. 화성인의 지구 습격. 지구 최후의 날. 어린 시절에 읽었던 책에 세밀화로 그려져 있던 그 무시무시한 공포들. 그 절망적인 운명에 비명을 내지르며 뿔뿔이 달아나는 사람들.

　나는 그런 걸 봐도 무섭다는 느낌이 전혀 들지 않았다.

　일본 침몰. 쏟아지는 운석. 새벽이 오지 않는 기나긴 밤.

　오히려 그런 일이 일어나서 학교도 큰 집도 돈도, 모두 엉망진창으로 무너지면 좋겠다고 생각했었다.

　찾아올지 어떨지도 불분명한 공포. 나는 그런 목적도 없는 공포를 무섭다고 느낀 적은 없었다.

　내가 가장 무서워하는 것. 어릴 때부터 가장 불안에 휩싸였던 것. 상상만 해도 베개에 머리를 파묻고 두 귀를 막아버리고 싶은 일.

　언젠가 반드시 찾아오는 일.

　확실하게 찾아온다는 것을 알고 있는 공포.

　내가 첫 번째로 두려워하는 일.

　그것이 현실감을 띠고 정말 가까이 다가온 듯한 느낌이

들었다. 아무리 지우고 또 지워도, 진심으로 기적을 믿었는데도 거대한 운명의 소용돌이가 지평선 저 너머에서 꾸역꾸역 다가오는 것만 같았다.

빙글빙글 빙글빙글. 빙글빙글 빙글빙글. 빙글빙글 빙글빙글. 빙글빙글 빙글빙글.

그 원심력은 윙윙 굉음을 울리며 주위의 모든 것을, 그곳에 있는 모든 추억을 휘감아 내동댕이치고 파괴하며 착실하게 이쪽을 향해 다가왔다.

나는 그 연장선상에 정면으로 마주한 채, 그 소용돌이의 진로에 우두커니 서있었다. 그곳에서 탈출하려 해도 몸이 납덩이처럼 무거웠다. 팔다리가 모래 가득한 포대자루처럼 바닥에 추를 내리고 있었다.

나도 모르게 기도를 했다.

제발 그 소용돌이 쪽에서 진로를 바꿔주었으면. 자꾸자꾸 다가오는 회색 소용돌이를 애써 외면하며 무력하게 기도를 올리고 있었다.

땅바닥에 팔다리가 파묻힌 내 곁에는 어릴 때부터 꿈속에 나타나던 자가 무표정하게 서있었다.

광대처럼 화장을 한 검은 옷차림의 저승사자. 사내는 손에 든 두툼한 장부 같은 것을 펼치고 무언가 적어 넣으려하고 있었다.

빙글빙글빙글빙글. 위잉위잉위잉위잉. 빙글빙글빙글빙글.

위잉위잉위잉위잉.

거대한 태풍. 운명의 소용돌이. 내가 가장 두려워하는 것
이 자꾸자꾸 세력이 커져서 이쪽을 향해 다가오고 있었다.

혈관 속에 모래가, 땀구멍에서도 모래가 흘러서 무겁게
뚝뚝 떨어지는 듯한 기분에 휩싸였다.

입원 전날.

그날은 미짱 부부와 엄니와 나, 모두 함께 초밥집에 갔다.

한동안 그런 맛있는 건 못 먹을 거라서 엄니가 좋아하는
초밥집으로 나갔다.

"시모기타의 그 초밥집으로 갈까?"

"아니, 거기 아녀도 괜찮여. 사사즈카 상점가 쪽이면 돼.
나는 그쪽이 더 좋더라. 밥도 굵직하게 나오고."

시모기타의 초밥집은 질도 좋지만 가격도 높다는 것을
잘 아는 엄니는 그런 때인데도 서민적인 가격의 가까운 초
밥집에 가겠노라고 고집을 부렸다.

카운터 안쪽의 좁은 방에 들어가 회를 안주 삼아 맥주를
마셨다.

"여기는 회도 초밥도 굵직하다니께. 이렇게 두툼하게 얹
어내면 남는 것도 없을 텐데."

방 한쪽에는 요리사의 사물이며 상자가 쌓여 있었다. 그
곁에서 엄니는 회가 큼직하다며 좋아했지만, 겨우 두세 점

입에 넣었을 뿐이고 맥주는 입술을 적실 정도밖에 마시지 못했다.

그곳에 가기 전에 미짱과 전화로 엄니가 앞으로 받을 치료에 대한 이야기를 나누었다. 엄니가 병과 싸워서 이기겠다는 마음이 부족한 것을 걱정하던 미짱은 초밥집 그 방에서 엄니 앞에 앉아 내내 격려를 해주었다.

미짱의 남편도 농담을 섞어가며 엄니에게 어떻든 살기 위해 힘을 내야 한다고 말해 주었다.

노부에 이모의 딸인 미짱. 엄니는 큰언니인 노부에 이모에게도 큰 사랑을 받았지만, 게다가 그 딸인 미짱 누나와 매형까지 나서서 어쩌면 그렇게 남의 어머니를 위해 애를 써주나 싶을 만큼 진심으로 엄니를 걱정하고 위해주었다.

지금까지 엄니와 몇 번이나 외식을 했을까. 치쿠호에서 살던 초등학생 때는 동네에 단 한 군데 불고기집이 있어서 엄니가 어쩌다 거기 데려가 주는 게 그렇게도 좋았다. 둘이 마주앉아 로스터roaster에서 구워낸 고기를 엄니는 거의 내 접시에만 담아주었다.

고등학교에 들어가 벳푸에서 혼자 살기 시작했을 때도 이따금 엄니는 벳푸에 찾아와 장어구이 집이니 양식 레스토랑이니, "요즘 밥은 잘 먹었냐?"라고 물어가며 여러 식당에 데려가곤 했다. 자신이 먹을 장어를 젓가락으로 항상 반절은 떼어 내 그릇에 얹어주었다.

도쿄에 올라온 뒤로는 내가 엄니를 차로 모시고 다녔다.
둘이서도 가고, 모두 함께 가기도 하고.

라면, 히로시마식 오코노미야키, 내장탕, 중화요리, 튀김,
초밥, 닭 꼬치구이, 어묵, 이자카야, 양식 레스토랑, 스테이
크 하우스…….

엄니가 하지 못할 만한 요리가 나오는 곳을 찾아다니고
그 끝에는 커피를 마시고 돌아오곤 했다.

함께 여러 곳을 돌아다니며 밥을 먹었다.

그리고 방에 상자가 쌓여있는 이 초밥집. 거의 먹지 못
한 채 맥주만 할짝거리고 있는 엄니.

그곳이 엄니와 내가 함께 외식을 나갔던 마지막 식당이
되었다.

8

　사람들이 신봉하면서 두려워 떨던 세기말의 예언은 맞아 떨어지는 일 없이, 아득한 미래로 생각했던 21세기가 그저 단순히 일력 한 장 넘어가는 것으로 우리 앞에 찾아왔다.

　그 옛날에 사람들이 상상했던 21세기의 모습. 그것은 그리 빗나가지 않아서 지금 우리에게 친숙한 것들이 되었다.

　컴퓨터. 화상 전화. 우주여행. 로봇.

　영화로나 보던 그런 것들이 현실이 되었다. 하지만 단한 가지, 옛 사람들이 상상하지 못했던 일, 깨닫지 못했던 일이 있다.

　모든 것은 진화하는 과정에서 작아진다는 것.

　병기 못지않은 엄청난 능력을 가진 컴퓨터를 묘사할 때,

영화 속에도 만화 속에도 그것은 항상 가구처럼 큼직하게 자리를 차지한 모습이었다. 하지만 그런 능력을 가진 컴퓨터라도 요즘은 어린애의 책상 위에 콤팩트하게 놓여있다.

그것은 실제 치수의 문제가 아니라 사람들의 마음속에 위대한 것은 모두 큼직하게 비쳤기 때문일 것이다.

어머니의 손을 잡고 따라가는 어린아이가 그 어머니의 키를 의식하는 일이 없는 것처럼.

'장난삼아 어머니를 업어보고 너무나 가벼워서 눈물을 흘리느라 세 걸음을 못 갔네.'

이시카와 다쿠보쿠石川啄木가 눈물을 흘리며 발을 멈추었듯이, 누구나 예전에는 크게만 보이던 어머니의 존재를 조그맣게 느끼는 순간이 다가온다.

크고 부드럽고 따스했던 것이 작고 꺼칠꺼칠하고 차갑게 느껴지는 때가 온다.

어머니가 나이가 들었기 때문도 아니고 자식이 그만큼 커버렸기 때문도 아니다. 분명 그것은 자식을 위해 애정을 토해내고 또 토해낸 끝에 풍선처럼 쪼그라든 여인의 모습일 것이다.

5월에 어느 사람은 말했다.

아무리 부모에게 효도를 했어도 언젠가는 분명 후회할 것이다. 아, 이것도 해주고 저것도 해줄 것을, 하고.

낯선 속도로 하나하나 변해가기 시작했다. 전화번호부 페이지를 뭉텅 넘기듯이 한꺼번에 넘어가면서도 확실하게 어느 한 지점으로 향하는 것만 같았다.

엄니는 입원할 때마다 늘 그랬듯이 작은 가방에 세면도구와 갈아입을 옷가지, 그리고 몇 권의 책을 준비했다.

한참 동안 뒤적여줄 수 없는 장아찌 항아리에는 소금을 듬뿍 뿌려 상하지 않게 다독다독 눌러두었다.

규슈에 다녀오거나 해서 일주일쯤 집을 비울 때는 11층에 사는 요시에에게 장아찌 항아리를 맡기며 날마다 뒤적이라고 부탁했지만, 그때만은 그렇게 하지 않았다.

더할 수 없이 깨끗하게 닦아놓은, 낡은 부엌의 싱크대에는 냄비도 행주도 걸려 있지 않았다. 여느 때와는 달리 무기질적인 분위기가 감돌만큼 말끔히 정리되어 있었다.

철제문을 잠그는 소리가 주상복합 빌딩 통풍구를 타고 상하좌우에 울렸다.

나와 엄니는 엘리베이터를 타고 내려가 도로 건너편에 빌려둔 주차장으로 향했다. 가는 길에 차를 타고 들어오는 이웃들에게 깊숙이 고개를 숙이는 엄니. 관리실에서는 초로의 관리인이 "지난번에 참 잘 먹었어요"라며 엄니에게 인사를 건넸다.

고슈가도는 차가 빽빽이 밀려있었다. 그 위쪽을 달리는 수도 고속도로 4호선은 콘크리트 기둥을 뒤흔들며 천둥치는 소리를 울렸다. 1층 슈퍼에서는 요란한 음악이 흘러나왔다. 젊은 단체객이 볼링장 입구에서 떠들어대고 있었다.

평소와 똑같은 풍경. 그 속을 지난 달보다 눈에 띄게 여위어 버린 엄니가 걸어갔다. 초겨울 바람이 엄니의 가늘어진 머리털을 흔들었다.

나는 입원 도구가 든 엄니의 싸구려 가방을 들고 곁에서 그 모습을 바라보았다.

엄니의 모습은 작고 아슬아슬하고 허전했다.

횡단보도를 건널 때, 나도 모르게 엄니의 손을 붙잡았다. 엄니의 손을 붙잡고 걸어간 것은 그때가 처음이었다.

하타가야幡ヶ谷에서 고속도로로 접어들었다.

"자동차 운전은 항상 조심해야 혀."

"너무 피곤할 때는 운전허지 마."

"술 마실 때는 차는 두고 가."

몇 번이고 다짐하는 엄니의 말에 나는 그저 "응, 응"이라고만 대답했고 자동차는 시바 공원 출구로 향했다. 도쿄 타워를 왼편으로 바라보며 고속도로를 타고 나가면 곧바로 병원이었다.

갑상선 암 수술을 했을 때와 마찬가지로 도쿄 타워 기슭에 있는 그 병원이었다.

"도쿄 타워의 라이트가 겨울하고 여름이 색깔이 다르다던데, 너, 알고 있었냐?"

"그래? 난 몰랐네."

"그러면 다음에 날이 따뜻해지면 한번 눈여겨 쳐다봐. 여름 색깔로 바뀌었을 테니께."

"그래. 기억해 둘게."

아카바네바시 사거리도, 병원 외관도, 도쿄 타워의 빨간 빛깔도 그날은 한겨울 구름 낀 하늘 속에서 모조리 엷은 얼음을 두른 듯 허옇게 흐려보였다.

병실은 6인실. 엄니의 침대는 입구를 들어서서 곧바로 오른편에 준비되어 있었다. 그때부터 정밀 검사를 위한 며칠이 시작되었다.

"잘 아는 간호사가 있어서 다행이고만."

"검사 잘 받아. 자주 올 테니까 뭐 필요한 거 있으면 나한테 꼭 말해."

"그렇게 자주 안 와도 괜찮어. 너, 바쁘잖여. 근데 아무리 바빠도 빵 먹이만은 잘 줘라이?"

"응. 알았어."

"그리고……."

"응?"

"아부지한테도 일단 연락을 혀."

"아차차. 알았어. 연락할게."

그 무렵에는 내 볼일도 책상에 앉아있는 것만이 아니라 이래저래 바깥으로 돌아야 하는 일이 많아서 온종일 바쁘게 움직여야 했다.

전에는 경리 일을 엄니가 맡아서 해주었지만 사무실을 다이칸야마로 옮긴 뒤에는 사촌 누이 히로코博子가 와서 대신 해주었다. 그래서 그 뒤부터는 내가 어떤 일을 하는지 엄니는 거의 알지 못했다.

거기다 엄니와 유독 사이가 좋았던 여자 친구가 나와 벌써 헤어졌다는 것도 알지 못했다. 처음 그 여자 친구를 집에 데려와 엄니와 만났던 날, 여자 친구는 가방에서 사과 하나를 꺼내 선물이라며 엄니에게 건넸었다.

남자친구의 어머니가 아니라 마치 친구를 대하듯 하는 그녀의 편안한 성격이 엄니와 잘 맞았던 것 같고, 누구보다 그런 허물없는 성격을 좋아하는 엄니인지라 당장 그날부터 서로 농담을 주고 받으며 깔깔거리고 웃는 사이가 되었다.

두 사람이 만나고 조금 지났을 무렵, 여자 친구가 어머니에게서 반지를 받았다며 내게 보여주었다.

그 반지는 치쿠호 병원 집에서 빈집털이 도둑이 들었을 때도 아주 깊숙이 넣어둔 덕분에 유일하게 남아있었던 반지였다. 그 옛날 아부지에게서 받은 투명한 돌이 달린 반지였다.

"이런 걸 내가 받아도 괜찮을까?"

"괜찮지, 뭐. 엄니가 준다는데."

빛에 비추면 투명한 깊은 속에 무지개 같은 일곱 색깔의

광채가 보이는 돌이었다. 서민적이다 못해 궁상스럽기까지
한 엄니는 평소에는 아까워서 차마 끼지도 못하고 이따금
서랍에서 꺼내 들여다보기만 했다. 그때마다 "이거 도둑맞
지 않아서 얼마나 다행인지 모르겠다"라고 중얼거렸다.

어느 정도나 가치가 있는 것인지는 모르지만 적어도 엄
니에게는 무엇보다 소중한 반지였다. 엄니는 언젠가 나와
그녀가 함께 살 거라고 생각한 모양이었다.

사사즈카 집에 있던 엄니의 전화번호부를 뒤적여 아부지
번호를 찾았다. 사무실 번호를 발견하고 걸어보니 콜 소리
가 어딘가로 전송되었다. 아마도 자택에서 전화를 받는 것
같았다.

"엄니, 입원했어."

"나도 소식 들었고만. 네 일은 어떠?"

"그럭저럭."

"그래. 뭐, 도쿄 쪽은 아직 괜찮을 것이다. 여기 고쿠라는
경기가 영 안 좋아서 어떻게 해볼 수가 없고만."

"위암인 거 같아."

"응, 그 얘기도 들었고만. 그래서, 어떻다?"

"아직. 지금 검사 중이야. 그리 좋지는 않은 모양이야."

"병실은? 여럿이 쓰는 데냐?"

"6인실."

"개인실로 옮겨지면 그때는 틀린 거여."

"무슨 소리야?"

"개인실로 옮겨지면 이제 별로 길지 않다는 뜻이고만."

"……."

이 사람의, 이 담담하달까 지극히 객관적인 태도는 대체 무언가. 나는 지독한 분노를 느꼈다. 차가운 분위기는 아니지만 마치 남의 일처럼 중얼거리고 있었다.

"뭐, 머잖아 내가 그쪽으로 갈 것이다."

요리 냄새가 풍기지 않는 사사즈카 집에서 아침에 눈을 뜨면 다이칸야마의 사무실로 나갔다. 원고를 쓰고 회의를 하고 다시 밖으로 나돌며 몇 가지 일을 처리하고 병원으로 갔다. 일이 늦어질 것 같은 때는 중간에 틈을 내서 얼굴을 내미는 날이 이어졌다.

다이칸야마에 빌렸던 사무실도 재계약 시기가 다가와서 공동으로 쓰던 마츠다 미유키 씨와 상의해 본 바, 서로 현재의 공간이 너무 좁다는 결론이 나와서 재계약 대신 새롭게 이전하기로 했다.

엄니가 퇴원하여 집에서 요양하게 될 경우를 고려하면, 무슨 일이 있을 때는 금세 내 눈에 띄도록 다시 작업장과 주거지를 함께 하는 게 좋겠다고 생각했다.

하지만 미유키 씨는 공동으로 빌리는 쪽이 북적거려서 더 재미도 있고 협력도 할 수 있을 테니 다시 같은 곳에 빌리자고 했다. 넓은 집을 찾아서 엄니 방도 만들고 다 함께 엄니를 돌보면 좋지 않겠느냐고 고마운 말을 해주었지만, 예측하기 힘든 엄니의 병세를 생각하면 그렇게 마냥 신세를 질 수는 없었다.

직접 부동산 중개소를 둘러보고 다닐 시간이 없어서 인터넷으로 물건을 검색했다. 작업장과 주거가 완전히 분리되는 배치가 바람직했다. 엄니가 내내 자리보전을 하게 될 경우를 생각하면 그 방으로는 소음이 울리지 않고 햇빛이 잘 들고 바람이 잘 통하는 곳이었으면 싶었다.

눈에 드는 곳을 발견할 때마다 부동산 중개소에 연락을 취해 저녁 빈 시간에 집 구경을 다녔다.

작업 책상을 마주하고 묵묵히 원고를 썼다. 그 내용은 어떻게 하면 사람들을 웃게 할 것인가 하는 것이었다. 그 틈틈이 집을 보러 나가서 돈 걱정에 시달리고, 분주하고 왁자지껄한 직장에 나가면 나름대로 즐거운 척 해보다가 저녁이면 소독 냄새 짙은 병원 복도를 지나 엄니의 머리맡에 앉았다. 시간에 쫓기면서 감정의 밸런스는 뒤죽박죽, 어딘가가 늘 움찔움찔 결렸다. 허리 언저리에서 목구멍까지 모래가 꽉 찬 듯 늘 답답한 기분이었다.

밤에 혼자서 그런 감정과 대치한다는 게 견딜 수 없어 매일 밤 술을 마셨다. 번거로운 일, 무서운 일에서 도피하기 위해 친구들을 불러 마구잡이로 술을 마셔댔다.

입원해서 한동안은 엄니가 입원 전보다 건강해져 있었다. 내가 병동에 들어가면 침대에 누워있지 않고 늘 휴게실에 나가 공중전화로 어딘가에 긴 전화를 하고 있었다. 나는 그 모습을 발견할 때마다 등 뒤로 살짝 발소리를 죽여 다가가 어깨를 꽉 끌어안았다. 엄니는 번번이 화들짝 놀라며 웃곤 했다.

"엄니, 좋아 보이는데?"

"응, 하도 심심해서 부우부 이모한테 전화를 하고 있었어야."

"밥은 먹을 수 있어?"

"제법 들어가더라. 근데 많이는 못 먹어. 아무래도 위 언저리에서 얹혀. 그래도 되도록 음식으로 영양을 섭취해야지, 안 그러면 체력이 떨어지니께. 아참, 너, 푸딩 챙겨놨다, 먹어라이?"

병원에서 식사 때 따라 나오는 푸딩이며 젤리를 엄니는 늘 남겨놨다가 나한테 먹으라고 했다. 부드러운 음식이 아니면 위에서 받아들이지 않으니 푸딩 같은 것이 더 잘 먹힐 텐데도 그걸 일부러 남겨서 내게 먹이려고 했다.

병원 맛이 나는 푸딩. 아무리 세월이 흘러도 아이는 푸딩을 좋아한다고 생각하고 있었다. 실은 엄니도 푸딩을 좋아하면서.

나는 지갑 속에 들어있던 거래처에서 받아온 전화카드며

자판기에서 샀던 액수가 큰 전화카드 등을 꺼내 엄니에게 건네주었다. 주로 규슈에 거는 모양이었다. 카드가 몇 장이 있어도 금세 떨어질 터였다.

나는 그런 엄니의 모습을 지켜보며 이번에도 지난번처럼 다시 일어설 거라고 생각했다. 검사가 끝나고 치료법이 정해지면 시간이 걸리더라도 분명 괜찮을 거라고 믿었다.

하지만 그렇게 믿는 마음의 한구석이 어딘가 지금까지와는 달랐다. 그 상황에서 나와 엄니가 들이쉬는 무거운 공기, 불어치는 바람의 습도, 초침이 내는 소리 하나하나, 그런 것들이 유난히 마음에 걸렸다. 자꾸만 불길한 생각이 들었다.

혹시, 하고 조그맣게 느끼고 있던 불안이 그 위화감을 매개로 점점 커져갔다.

그해 겨울의 추위는 번갈아가며 찾아왔다. 미지근한 추위와 살이 에일 듯한 차가운 추위.

사사즈카 역 구내에서 CD를 파는 왜건 차를 발견하고 무심코 바라보았다. 클래식이며 비틀스의 해적판이 빼곡한 왜건 한 귀퉁이에 트로트 코너가 있어서 나카조 기요시 베스트 판을 한 장 샀다.

제과점이며 산리오 숍의 쇼윈도는 밸런타인데이 디스플레이. 빨강과 핑크가 가득해서 반짝반짝 눈부셨다.

어릴 적에 나 혼자 학교에서 터덜터덜 돌아가면 엄니는 파라솔 초콜릿이니 하트 초콜릿 같은 걸 사다놓고 기다리곤 했다.

서른이 넘어서 도쿄에서 함께 살게 된 뒤에도 작은 초콜릿을 사주었지만, 이미 건네는 엄니도 받는 나도 왠지 겸연쩍어서 부루퉁하게 주고받곤 했다.

병원에는 날마다 누군가 병문안을 와주었다. 사촌 누이인 사나에, 엄니의 친구들과 지인들, BJ 부부, 다양한 사람들. 특히 외사촌 누나 미짱은 거의 날마다 퇴근길에 들러서 나 대신 병원의 사무적인 일까지 처리해 주었다.

그날, CD를 들고 병원에 갔더니 호세가 그즈음에 사귄 여자 친구를 데리고 병문안을 와있었다. 엄니는 자리에 누워서 금빛 종이에 싸인 토끼 모양의 큼직한 초콜릿을 배 위에 올려놓은 채 이야기를 하고 있었다.

"호세가 이걸 선물해 줬고만. 참말로 예쁘쟈?"

"너무 주물럭거리면 다 녹아."

"호세는 내내 여자 친구가 없어서 내가 이담에 게이오 백화점에서 사다준다고 했었는데, 참말로 잘 되았고만. 이렇게 예쁜 여자 친구가 생겼으니께."

둘이서 오토바이 헬멧을 든 채 수줍게 엄니의 말을 듣고 있었다.

"나카조 기요시 CD 사왔어."

내 친구가 가져다준 접이식 CD 플레이어에 넣어주려고
했더니 엄니는 "나중에 천천히 들을 거여"라며 사양했다.

베갯머리 선반에는 이시하라 유타로石原裕太郎와 고시지
후부키越路吹雪 등, 엄니의 두세 장밖에 없는 CD, 그리고 그
곁에는 내 뮤지션 친구가 엄니를 병문안하러 온 길에 선물
해 준 CD 한 장이 나란히 장식되어 있었다.

'하루 속히 건강해지시기를'이라는 메시지를 직접 써넣
은 새 앨범이었다. 이 밴드의 멤버 대부분이 엄니의 밥을
먹었다. 그 중에서도 특히 자주 놀러와 엄니와 함께 식사를
했던 멤버 T는 모 잡지의 앙케트에서 '좋아하는 음식' 란에
'릴리 프랭키 씨의 어머니가 해주신 밥'이라고 써넣었고,
나중에 그걸 보여주었더니 엄니가 엄청나게 좋아했었다.

"아부지가 한번 오실 거래."

"그려……."

"그때까지 머리손질 좀 해둬."

"외출은 못 허는디."

"내가 여기로 미용사를 데려올게."

내가 늘 머리를 깎으러 다니던 오츠키大槻 씨라는 미용사
에게 상의를 했다. 오츠키 씨는 첫마디에 "물만 나오는 곳
이면 어디라도 갈게요"라고 승낙해주었다.

오츠키 씨가 근무하는 미용실에서는 휴일이면 노인 및
각종 시설 등지로 출장을 나가 바깥 출입을 하지 못하는

사람들을 위해 자원봉사를 해왔던 터라 출장 미용이라면 익숙하다는 것이었다.

간호사에게 미리 말을 해서 넓은 세면실을 빌렸다. 그날은 날씨가 좋아 세면실의 작은 창문으로 타코이즈 블루 turquoise blue의 푸른 하늘과 도쿄 타워가 액자에 넣은 그림처럼 내다보였다.

바닥에 시트를 깔고 그 위에 의자를 놓고서 오츠키 씨가 가져온 도구를 차려놓자 살풍경하던 세면실은 마치 작은 미용실처럼 변했다. 간호사와 다른 환자들이 들여다보고 "와아, 멋진데요?"라며 인사를 건네고 갔다.

식욕이 없어서 링거 주사를 맞아가며 머리손질을 해야 했지만, 여자의 마음이란 이런 일에 힘과 용기가 나는 것인지 그때 엄니는 얼굴이 환해져서 병 따위는 잊어버린 것 같았다.

나는 그 모습을 곁에서 바라보며 몇 장인가 사진을 찍었다. 내 파인더 속에는 건강하던 무렵과 똑같은 표정의 엄니가 남았다.

아부지와 엄니가 별거를 한 뒤로 나는 몇 번이나 아부지를 만났을까. 어린 시절에는 고쿠라 할머니 집에 갈 때마다 얼굴을 보았지만, 그게 과연 며칠이나 되었을까. 졸업 등의 행사 때마다 아부지는 나름대로 아버지다운 발언을 하기 위해 찾아오곤 했었다.

그리고 이제는 엄니가 암으로 입원할 때마다 만나게 되었다. 그 7년 동안, 엄니의 병에 관한 것 외에는 별반 이야기를 나눈 일도 없었다.

별거하고 30년이 넘도록 호적에다가 약간의 플러스 알파가 있는 정도의 부부관계와 친자관계. 그렇게 종이 한 장으로 이어진 가족이라는 것을 가장 강하게 의식했던 것은 어쩌면 아부지였는지도 모른다.

내 진학이며 엄니의 병. 아버지 그리고 남편으로서 최저한의 역할과 의무만은 해야 한다, 하지 않으면 안 된다고 강하게 의식했던 아부지였다고 생각한다.

고쿠라에서 도쿄에 올라오면 적어도 일주일은 머물렀다. 그동안에 아부지의 일은 어떻게 되는 걸까. 사무실 전화가 항상 전송되는 것을 보면 예전처럼 위세가 좋은 건 아닌 것 같았다.

아부지는 늘 무엇을 하는 것일까? 그 의문은 어린 시절부터 내내 품고 있었고, 한 번도 시원하게 해명되는 일이 없었던 수수께끼였다. 아니, 그보다 어디서 누구와 살고 있는지조차 나는 알지 못했다. 전화번호도 최근에야 알았을 정도였다.

그리고 이번에도 상경하기 직전에 연락을 했더니 그 전

화 너머로 들려오는 첫 마디는 엄니의 병세에 대해 묻는
게 아니라 바로 이런 대사였다.

"육모제를 발랐더니 머리가 새로 났다야."

에? 느닷없이 무슨 소리인가, 이 아저씨가? 나 역시 예전
에 비해 머리가 슬슬 빠지기 시작하고는 있었지만, 마치 대
머리 때문에 고민하는 친구에게 희소식이라도 전하는 것처
럼 아부지는 전화에 대고 대뜸 그런 말부터 했다.

"하긴 상당한 기간 바르지 않으면 효과도 없지만, 근데
이게 또 요즘에 그 육모제가 품귀 현상이라서 말이지. 아
부지가 주위 사람들 것까지 닥닥 긁어서 물건을 확보해 뒀
고만."

여느 때 없는 요설로 한 바탕 육모제의 효과에 대해 장
담을 늘어놓더니, 한숨 돌린 참에야 겨우 엄니 이야기, 즉
이번 상경의 목적에 대해 이야기하기 시작했다.

"의사는 뭐라더냐?"

"이제 곧 검사 결과에 대한 설명을 해줄 거야."

"아직 여럿이 함께 쓰는 방에 있냐?"

"응. 6인실."

"개인실로 옮겨지면 그때는 틀린 거여."

"……들었어, 그 얘기는."

정말로 여전히 마이페이스다, 이 사람은. 마이페이스라는
말에 한 조각의 흐림도 없이 절대적으로 마이페이스인 사

람이다.

도쿄 역에 도착한 아부지를 직접 아카바네바시赤羽橋 병원으로 데리고 갔다. 오랜만에 만난 아부지는 퍽 늙어 보였다. 육모제 장광설을 들은 뒤인지라 눈길이 자꾸 머리 쪽으로 갔다. 듣고 보니 전체적으로 머리카락이 줄고 백발도 눈에 띄었다. 하지만 아부지도 이제 예순 여섯이고 그 정도쯤은 빠져도 이상할 게 없었지만 그런 쪽에 상당히 미련이 많은 모양이었다.

전에 만났을 때와 똑같은 점퍼를 입고 있었다. 가느다란 체크무늬 점퍼. 멋 내기 좋아하는 아부지가 똑같은 옷을 입은 모습은 처음으로 본 듯한 감이 들었다.

병실에 도착하자 손거울을 든 엄니가 침대에서 한창 머리를 매만지는 참이었다. 그날 아부지가 온다는 걸 알고 있던 엄니는 환자 나름대로 멋을 부린 모습으로 엷게 화장까지 하고 있었다.

"오우, 몸은 좀 어뗘?"

침대 옆 둥근 의자에 자리를 잡더니 여느 때와 똑같은 대사로 엄니를 바라보며 웃었다.

"위 언저리가 꽉 멕혀서 뭘 먹지를 못해."

"뭐, 수술을 해야 나을 거여."

"이제 수술은 안 했으면 좋을 텐디."

"안하고 싶어도 의사가 짤라야 한다면 안 하고 배길 수가 있나."

"그래. 병만 낫는다면 뭐든 다 해봐야지."

나도 옆에서 거들었다.

"이제 곧 의사 선생이 설명을 해줄 테니께, 말을 들어봐야지……."

그리고 아부지와 엄니는 별반 공통의 화제도 없는지 두서없는 이야기를 툭툭 이어갔다. 나는 늘 그렇듯 푸딩을 먹으며 그 모습을 말없이 지켜보았다.

그때, 나는 엄니의 왼손 약지에서 반지를 발견했다. 분명 노부에 이모가 사주었다는 그 금반지였다. 어제까지는 오른손 약지에 있었던그 반지가 오늘 아부지가 찾아온 날에는 왼손 약지로 옮겨가 있었다.

그것을 보고 나는 엄니가 아부지에 대해 어떤 마음을 품고 있는지, 그걸 죄다 알 듯한 느낌이 들었다.

"뭐 맛있는 거라도 먹고 와라이?"

엄니의 배웅을 받으며 아부지와 나는 병원을 나와 에노모토와 호세 등과 합류한 뒤에 중화요리집으로 향했다.

아부지와 둘만 있으면 자꾸 말이 끊겨서 따분했지만, 아부지와도 그새 많이 친해진 에노모토 일행이 함께 해주면 뭔가 떠들썩하고 재미있었다. 이때쯤부터 깨달은 것이지만 아부지는 내가 생각하는 것보다 말수가 그리 적은 편이 아니었다. 그야 물론 자기가 관심이 있는 화제일 때, 라는 조건이 붙기는 하지만, 엇, 농담 같은 것도 꽤 잘 하는 편이네, 하고 새삼스럽게 발견하곤 했다.

"거, 마작도 말여, 예순을 넘기니께 털리는 일이 없어지더만. 어떻게 해야 이기는지 이제 겨우 깨쳤다니께."

이제 막 마작을 배우기 시작한 호세와 에노모토가 흥미진진하게 귀를 세우고 듣고 있었다.

"내가 사는 고쿠라 쪽은 완전 불경기라서 노래방이니 뭐니 죄다 쾅쾅 쓰러지더라고. 그러더니만 거기 노래방 하던 자리에 마작 판만 들여놓고 마작장들이 하나둘 생겨나더라고. 이제 우리 같은 사람들이야 난장칠 일도 없지만, 그 덕분에 방음이 잘 된 각방에서 다른 사람들 눈치 볼 것 없이 마작을 헐 수 있게 되었다니께."

"히야, 그런 데가 다 있어요? 그래서, 아버님, 어떻게 하면 마작으로 돈을 안 잃지요? 저는 도무지 따본 적이 없어요."

"흠, 그려……?"

아부지는 쓴웃음을 지으며 말했다.

"나는 인자는 야쿠만役滿(마작 용어의 하나로, 마작의 야쿠役 중에서 가장 높은 점수를 받는 족보) 텐파이(목적하는 또 한 장의 패가 들면 승산이 있는 일)가 나와도 그냥 빠져버려. 안 넣는겨, 돈을 딸 생각이면……"

아부지의 지금까지의 삶의 방식은 가능성 있는 천 점보

다 가능성 없는 야쿠만 쪽에 매력을 느끼고 내달리는 것일 터였다. 그러던 게 이제는 딸지 어떨지도 알지 못하는 천 점을 위해 야쿠만을 포기하겠노라고 했다.

인생, 항상 한 탕을 노리며 살아온 사람이 이제야 착실하게 쌓아가는 것에 승리가 있다는 것을 알았다 한들, 그걸 과연 승리라고 할 수 있을까. 야쿠만을 목표로 삼아주었기 때문에 거기에 바치는 희생이라는 것도 존재했던 것이다. 더 먼 곳을 꿈꾸었기 때문에 비로소 그 희생에 존재 의미가 있고 가치가 있는 것이다. 그곳에 내버려두고 온 희생이 결과적으로 이런 평화를 완성하기 위한 것이라는 사실을 알았을 때, 그 이야기의 진부함과 밋밋함에 나는 이질감을 느꼈다.

"술도 요즘은 전혀 못 마셔."

그러면서 차를 마시는 아부지의 술잔에는 거의 입을 대지 않은 쇼코슈紹興酒가 찰랑찰랑 남아 있었다.

"토끼는 아직 살아있나?"

사사즈카 집에 돌아와 베란다를 내다보며 아부지는 말했다. 나한테 차를 끓여내라는 소리를 하는 일도 없이 자기가 직접 물을 끓이고 잔을 챙겼다. 텔레비전을 보며 가방 속에서 육모제 마사지용 브러시를 꺼내 두피를 툭툭 두드렸다.

"이제 그 나이면 조금씩 머리가 빠져도 괜찮잖아?"

꼼꼼하게 마사지를 계속하는 아부지에게 그렇게 말을 던

지자 겸연쩍은 얼굴로 대답했다.

"머리가 헤싱헤싱하면 양복을 입어도 영 태가 안 나."

뭐, 그렇게 생각하신다면 어쩔 수 없지, 라고 더 이상 따질 것 없이 토끼의 먹이를 채워주고 있으려니 아부지는 마사지를 계속하며 내 쪽은 돌아보지도 않고 이렇게 말했다.

"야야."

"응?"

"네 어머니……, 이번만은 틀렸는지도 모르겠다……."

외과 담당의사 K선생이 설명을 해주는 날이 왔다.

"너, 절대로 지각하면 안 된다이?"

오전에 설명이 있을 예정이었기 때문에 그 전날 엄니에게 몇 번이나 다짐을 받았다. 엄니는 자기 검사 결과보다 내가 지각해서 의사에게 폐를 끼칠까봐 그게 더 걱정인 모양이었다.

하지만 실은 그날, 엄니에게 알려준 시각보다 한 시간 빠르게 K의사와 나의 상담시간이 잡혀 있었다.

시간이 가까워오는데도 내가 병실에 나타나지 않아 엄니가 속을 태우고 있을 즈음, 나와 미짱은 K의사의 진찰실에서 사전 설명을 듣고 있었던 것이다.

라이트 테이블에 걸린 뢴트겐 사진 앞에서 K의사는 할 말을 찾으려는 듯 몇 차례나 우리와 사진만 번갈아 바라보았다.

갑상선 암의 수술을 해준 T선생처럼 당당한 타입이 아니라 적잖이 신경질적으로 보이는 그 의사는 말을 꺼내기 전부터 벌써 우리를 불안하게 했다.

"어머님도 이미 짐작하시는 거 같던데, 위암이에요."

그럴 거라고 생각은 했지만 의사 입으로 듣고 보니 새삼 묵직하게 다가왔다.

"……그건 갑상선 때 남아있던 암에서 전이된 건가요?"

"아뇨, 그렇지 않습니다. 갑상선 암 수술 때는 거의 말끔하게 떼어냈거든요. 이번 암은 스키루스 암으로 진행성 위암입니다. 이미 상당히 퍼졌어요……."

불길하던 예감 그대로, 아니, 그 이상으로 실상이 좋지 않다는 것을 알고 나는 더 이상 말이 나오지 않았다. 그런 내 모습을 알아보았던지 미짱이 적극적으로 의사에게 질문을 했다.

"수술은 가능할까요?"

"아뇨, 수술은 어려워요. 어머님의 체력적인 문제도 있고, 아무튼 진행이 몹시 빠른 암이라서요. 위 전체와 그 바깥으로도 퍼지기 시작했어요."

"선생님, 그럼 어떤 치료를 받아야 합니까?"

미짱이 따지듯이 물었다.

"앞으로 항암제 치료에 들어갈 텐데요……."

386

"항암제 효과는 얼마나 있는데요?"

"사람에 따라 다르지만 극적인 효과를 얻을 가능성은 결코 높다고 할 수 없어요. 그리고 항암제 치료를 시작하면 환자의 몸에 상당한 부담이 됩니다. 통증과 구토감, 나른함 등에 시달려서 상당히 쇠약해지실 텐데요……."

의사의 말투를 보면, 더 이상 아무런 방법도 없는 말기 암 환자이므로 무리해가며 고통을 주느니 이대로 조용히 임종을 기다리는 게 어떠냐는 식이었다.

그런 생각도 의사로서 올바른 판단인지 모른다. 말기 암 환자에 대해 어떻게 대처할 것인가 하는 가치관이 의사마다 각각 다르다는 것도 알고 있다. 죽음은 누구에게나 언젠가는 반드시 찾아오는 일이다. 그것을 고통을 겪어가며 맞이하느니 최대한 편히 보내주는 게 좋다고 생각하는 것도 당연한 일일 것이다.

하지만 나는 아무래도 이해할 수가 없었다. 그곳에 전제되어 있는 '어차피 죽을 거라면'이라는 생각에 나는 전혀 고개를 끄덕일 마음이 없었다.

어쩌면 항암제 치료를 받으면 죽음을 더 빠르게 불러들이는 일이 될지도 모른다. 하지만 거기에 0.1퍼센트라도 가능성이 있다면 그 기적을 향해 어떻게든 한 발짝이라도 다가가고 싶었다.

아무리 배패配牌가 제각각이더라도 여기서 야쿠만을 노

려보지 않고 언제 노려볼 것인가. 어딘가에 있을지 모르는 목숨의 패를 어떻게든 집어 올려서 소생해 주었으면 싶었다. 위장된 웃음과 거짓된 온화함 속에서 3등을 건지러 가기보다는 어금니를 악물고 1등을 향해 온힘을 다해 주었으면 싶었다.

'어차피 죽을 거라면'이 아니다. '어떻게든 살아보는 것'이다.

나는 다시 한 번 선생에게 물어보았다.

"수술은 도저히 안 될까요?"

"예, 수술은 안 됩니다."

수술은 안 됩니다. 항암제도 바람직하지 않습니다. 그렇다면 의사인 당신은 뭐하는 사람이야, 라는 분노가 치솟았지만 이미 그런 상황이라면 항암제를 맞는 수밖에 없었다. 엄니의 몸에 고통을 주겠지만 희망이 남아있는데도 그 희망을 외면해버릴 수는 없었다.

"그렇다면 항암제 치료를 부탁합니다."

미짱도 같은 의견이었다.

K의사는 한숨을 내쉬며, 몇 분 후에 가지게 될 엄니와의 설명회에 대한 상의로 넘어갔다.

"환자 본인께 암이라는 것을 고지할 생각이십니까?"

"예, 그건 전부터 어머니와의 약속이니까요."

〈굿바이, 레닌!〉이라는 독일 영화에서, 주인공의 어머니는 베를린 장벽이 붕괴되기 직전에 심장발작으로 혼수상태에 빠진다. 몇 개월 뒤에 기적적으로 어머니의 의식은 완전히 회복되었지만 그사이에 동서의 장벽은 붕괴되었고 구동독은 자유화가 눈에 띄게 진행되어 있었다. 애국심 강한 활동가이기도 했던 어머니에게 아들은 그 사실이 알려지지 않도록 온갖 거짓말을 다 지어낸다.

심장병을 앓는 어머니에게 충격을 주지 않겠다는 선량한 마음을 거짓말로 바꾸어 어머니를 걱정해 주는 아들.

하지만 나는 엄니에게 모든 것을 알려주기로 했다. 처음 암을 앓았을 때부터 그토록 암에 관한 책들을 죄다 섭렵했던 엄니였으니 항암제 치료에 들어간다고 하면 어떤 상황인지 곧바로 눈치챌 터였다.

그리고 엄니는 입원하기 전에도 내게 다시 한 번 당부를 했었다.

"만약 낫지 못할 암이라도 나한테 분명하게 말해줘야 헌다이? 죽을 때 죽더라도 그 전에 꼭 해둬야 할 일들이 있으니께."

엄니와 나는 그런 신뢰관계로 내내 함께 살아왔다. 게다가 이 이야기는 죽음을 선고하는 것이 아니다. 어떻게든 살아날 희망을 가져주었으면 하는 마음에서 알려주려는 것이었다.

K의사는 알려주겠다고 하는 나를 바라보며 "그렇다면 제

가 말하게 해주시죠"라고 했다.

그것이 의사의 역할이라는 것일까. 어찌되었건 바로 뒤에 이어질 엄니에 대한 설명에 나도 자리를 함께할 터였다.

"그러면 선생님이 해주십시오."

마치 노래방에서 순서를 양보하듯 나는 대답했다.

병실에 들어가자 약속 시간이 이미 지나버렸는지 엄니는 침대 옆에 서서 서성거리고 있었다.

"너, 또 지각했지? 의사 선생이 기다리신다니께, 참말로……."

"미안, 미안. 그럼 가볼까?"

나와 미짱은 방금 걸어왔던 복도를 다시 엄니와 함께 돌아갔다.

아까와 똑같은 방. 라이트 테이블에 걸린 그대로인 뢴트겐 사진. 이번에는 엄니를 중심으로 의자에 앉았다. K의사는 가벼운 잡담을 마친 뒤에, 아까의 답답하던 말투와는 완전히 딴판으로 거의 불성실할 만큼 청산유수의 속도로 암이라는 사실을 고지하기 시작했다.

"위암입니다. 그것도 스키루스성 위암이라고 해서……."

의사가 환자와 직접 얼굴을 마주하고 말기 암을 선고하는 케이스는 어느 정도나 될까. 적어도 이 의사는 이런 상황에 익숙하지 않은 것처럼 보였다. 잔뜩 긴장해서 자꾸 말이 빨라졌고, 참혹한 사실을 알리는 상황인데도 무기질적인 어조로 단숨에 모든 것을 줄줄 주워섬겼다.

엄니는 그 사이에 내내 꺼질 듯한 목소리로 "네에……" "그렇고만요……"라고 맞장구를 치고 있었다. 항암제 치료 이야기가 나오자 엄니는 바로 답하지 않고 "좀 생각해보지요……"라고 여운을 남겼다.

암의 선고가 끝나고 병실로 돌아가는 엄니의 모습은 물론 당연한 일이지만, 분명히 낙담에 빠져 있었다. 슬리퍼 소리가 힘없이 철떡철떡 복도를 울렸다.

"스키루스라고 하면 아나운서 이츠미逸見 씨도 똑같이 그 암이었쟈……?"

그것이 어떤 종류의 암인지, 이런저런 정보가 머릿속과 마음속에 빙빙 떠도는 모양이었다. 그것은 나와 마찬가지로 엄니도 그간 예상했던 것 이상으로 안 좋은 병세였다.

그런 선고를 들은 터에 곧바로 항암제 치료에 적극적으로 나서보라는 것도 도무지 무리한 이야기여서, 엄니는 한참이나 말수마저 줄고 표정에도 초췌함이 엿보였다.

만일 내가 똑같은 상황에 처했다면 훨씬 더 거칠게 염세적으로 날뛰며 자포자기에 빠졌을 것이다. 풀이 죽어 조용해져 있던 엄니였지만 그 침묵을 스스로 깨닫자마자 곧바로 웃음을 내보이며 농담 비슷한 소리를 했다.

정말 대단한 사람이다, 라고 생각하며 나는 가슴이 뭉클해졌다.

그 뒤로 나와 미짱과 자형과 엄니, 넷이서 앞으로의 치료법에 대해 상의에 들어갔다.

"엄니, 힘들기는 하겠지만, 해보지 않고서는 뭐라고도 할 수 없으니까 일단 항암제 치료를 받아보자."

나는 내내 그런 논리로 엄니를 설득했다.

"조금이라도 가능성이 있는 건 전부 다 해봐야죠. 마사야도 우리도 함께 애를 써볼 테니까 에이코 이모도 힘들어도 좀 참고 받아보세요. 그리고 백신에 대해 조사를 해봤는데 마루야마 백신도 있고 하스미 백신이라는 것도 있고, 실제로 에이코 이모하고 똑같은 상태인 사람들이 그런 백신을 써서 완치되었다는 사례가 아주 많더라고요. 나라에서나 병원에서 정식으로 인정을 받은 약은 아니지만, 환자 측에서 직접 구입해서 병원 의사에게 주사를 놔달라고 부탁하는 건 가능하대요. 백신 주사약은 내가 가서 상담을 해가지고 처방을 받아올게요. 아사가야阿佐ヶ谷에 하스미 백신 진료소가 있대요."

미짱은 암 백신에 관한 서적이며 팸플릿을 모으고 여기저기 조사하고 다니는 등, 고맙게도 이즈음 내내 엄니를 위해 뛰어주었다. 잠시 직장까지 쉬는 모양이었다.

미짱이 건네준 백신에 관한 책에는 곳곳에 포스트잇이 붙어 있었다. 엄니와 비슷한 사례며 구입 방법, 백신의 효과로 목숨을 건진 사람들의 사진과 그이들의 코멘트도 많이 실려 있었다. 또한 부작용이 없는 백신 치료로 통증 없는 여생을 보낼 수 있다고도 적혀 있었다.

"하지만 백신이라는 게 엄청 비쌀 텐디?"

이런 때에도 돈 걱정을 하고 있는 엄니에게 자형은 평소에 엄니를 명랑하게 대하던 모습을 버리고 힘차게 엄니를 격려해주었다.

"아이 참, 그런 걱정은 하지도 마세요. 그런 정도는 내가 사드릴게요. 에이코 이모님이 돌아가시면 아직은 나도 곤란하다고요. 그런 걱정은 안 해도 돼요. 절대로 돌아가실 리가 없다니까요."

사전에 미짱에게서 전화가 걸려와, 이번 만남에서는 엄니의 치료에 대한 동기부여가 떨어지지 않도록 모두 다 함께 최대한 가능성을 보여주면서 격려해보자고 말했었다.

엄니도 미짱 부부가 그토록 열성을 다해주는데 자기가 소극적인 태도를 보일 수는 없다고 생각했던지 약하디약한 목소리나마 "응, 그래야지, 응, 응"이라고 거듭 고개를 끄덕였다.

외사촌 누이 부부가 엄니를 위해 이렇게 애를 써주는데도 불구하고, 나는 엄니에게 힘을 준다는 말밖에 할 수 없었다. 결국 실제로 해줄 수 있는 게 하나도 없는 나 자신의 무력함에 답답함이 일었다. 아무리 나을 거라고 믿어봐도 마음속에 가라앉은 진흙 같은 불안이 몸과 마음의 회전을 둔하게 가로막았다.

뭔가 할 수 있는 일은 없을까 하고 고민하던 끝에 매일같이 새벽녘이 되도록 마시던 술을 엄니의 회복을 걸고서 끊어보기로 했다.

엄니의 항암 치료가 시작되었다.

병원 치료와 병행하여 하스미 백신 주사도 놓아달라고 부탁했다. 의사는 백신에 대해 직접 말은 하지 않아도 비판적인 쓴웃음을 지으며 마지못해 받아들이는 태도였지만, 사실은 어느 누구도 무엇이 효과적이라고 장담할 수 없을 터였다. 어째서 암 세포가 생기는지조차 규명되지 않은 것이다.

'원래 희망이란 있는 것이라고도 없는 것이라고도 말할 수 없다. 그것은 마치 땅 위의 길과도 같은 것이다. 땅에는 애초에 길이란 건 없었다. 걸어가는 사람이 많으면 그것이 길이 되는 것이다.'

오래전부터 들어온 그런 말도 믿으려는 마음이 있을 때 비로소 광채를 띠고 다가온다.

항암제가 투여되자 당장 엄니의 몸 상태는 곁에서 보기에도 시시각각 악화되었다.

처음에는 몸이 나른하고 속이 메슥거린다고 호소하다가 이윽고 구토에 시달렸다. 온몸에 격통이 달리는 듯 침대에 엎드려 몸부림치며 괴로워하다가 고개를 들었는가 싶으면 또다시 토하기 시작했다.

구토와 통증은 하루하루 갈수록 괴로움이 더해 가는지 이따금 정신을 잃을 만큼 토하는 일도 있었다.

엄니의 체질에 이 치료법이 맞지 않는 것인지 아니면 어떤 환자나 다 마찬가지로 고통스러워하는지는 알 수 없었지만, 아무튼 나는 그 모습을 똑바로 바라볼 수가 없었다.

병문안을 와준 이들도 너무나 고통스러운 그 모습에 일찌감치 물러가곤 했다. 하루 온종일 축 늘어진 엄니는 말수마저 거의 줄어버렸다.

이렇게 큰 고통을 받으면서도 암이 치료될 확률은 극히 낮다는 이 항암제 치료. 실제로 엄니의 상태를 내 눈으로 목격하고 보니 이런 부작용과 고통을 수반하는 항암제 치료를 피해 마지막 그날까지 편안하게 지내는 방법 쪽을 고려하는 사람이 있는 것도 당연하다는 생각이 들었다.

항암제의 부작용은 구토와 통증 외에도 백혈구의 감소라는 게 있었다. 백혈구가 감소되면 외부 세균에 대한 저항력이 현저히 떨어져서 폐렴 등의 합병증을 일으키기 쉽다. 그렇게 되면 그야말로 치명적이었다.

연속해서 항암제 치료를 하기에는 체력적으로도 문제가 있었다. 첫 항암제 치료를 마치고 며칠의 간격을 두고 다시 두 번째의 고통스러운 며칠간이 시작되었다.

"엄니, 힘은 들겠지만 어떻게든 견뎌봐……."

아예 그만두게 하고 싶었으나 이 치료를 그만두게 하는 그 순간부터 병이 나을 길을 닫아버리는 것만 같아 나는 도저히 그렇게는 할 수 없었다.

하지만 엄니는 힘들다, 괴롭다는 말은 하면서도 한 번도 항암제를 그만두겠다고는 하지 않았다. 엄니는 어떻게든 살아보려고 하고 있었다. 어떻게든 이 병을 낫게 하려고 애쓰고 있었다. 육체적인 고통을 겪는 일 없이 그저 곁에서 격려만 하는 내가 생각하는 것보다 엄니는 훨씬 더 강렬하게 그 고통 속에서 몸부림치고 괴로움에 뒹굴면서도 어떻게든 살아보려고 토하고 또 토하는 것이었다.

머리카락도 자꾸 빠졌다. 그게 가장 싫다고 했다. 표정에서도 안색에서도 생기가 사라졌다. 같은 병실을 쓰는 사람들도 한결같이 걱정스러운 얼굴이었다.

"항암제, 또 맞기 시작할 텐데 괜찮아……?"

"응……, 힘이야 들지마는……."

육체도 정신도 그 치료를 거부할 터이건만 엄니는 영혼의 가장 깊은 곳에 있는 기력만으로 어떻게든 맞서보려고 애쓰고 있었다.

겨울은 자꾸자꾸 종말의 향기를 풍겼다. 매화는 벌써 꽃잎이 떨어지려고 했다. 프로 야구는 개막전이 시작되었다.

이번 겨울에는 엄니의 돼지고기 찌개도 얻어먹지 못한 채 지나갈 모양이었다.

두 번째 항암 치료가 시작되었다. 첫 치료로 쇠약해져 있던 엄니의 몸에 두 번째 치료는 더욱더 괴롭게 들이닥쳤다.

하루 온종일 칠전팔도七顚八倒하며 구토를 거듭해도 이미 토해낼 것이 아무것도 없었다. 그래도 몸뚱이는 위와 식도와 혀를 세면기에 내던지기라도 할 듯이 밀어내기를 계속했다.

입술은 찢어져 피가 맺히고 얼마 안 되는 토사물 속에 피가 섞이기 시작했다. 눈동자는 갈탕을 흘려 넣은 것처럼 뿌옇게 흐려지고 온갖 아픔이 격통으로 바뀌었다. 너무나 지독한 고통 때문에 호흡 곤란에 떨어지곤 했다.

엄니는 그래도 애쓰고 있었다. 고통에 몸부림치며 항암제의 부작용과 싸우며, 그 끝에 찾아올지 말지 알 수 없는 기적의 빛을 찾아보려고, 칠흑의 먹물 속에서 먹물을 몇 번이고 들이키고 그것을 다시 토해내고 또 토해내며, 수없이 의식이 끊어질 듯 끊어질 듯 하는 피안의 강가까지, 소용돌이에 눈이 돌 만큼 빙글빙글 빙글빙글 빙글빙글 빙글빙글.

엄니는 정말로 애썼다.

그리고 엄니는 내게 말했던 것이다.

"이제 그만 허고 싶다야……."

이 치료를 더 이상 계속해도 아무 기적도 일어나지 않으리라.

"엄니, 이제 그만할까······?"

나는 말했다. 포기한 게 아니었다. 엄니가 이만큼 애를 쓰고 기적을 찾아 헤맨 것이다. 적어도 이 항암제 치료 속에는 한 장도 맞는 패가 없지 싶었다. 괴로움에 몸부림치면서 모든 가능성, 모든 패를 죄다 뒤집어본 뒤였다. 이미 여기서 더 이상 쓸데없는 고통을 받을 일은 없었다.

항암제 치료를 중지해도 아직 백신 주사도 맞고 있고······. 거기서 뭔가 현대의 우리로서는 상상도 못할 기적이 일어나줄지도 모른다.

최고의 의학이라고 해도 아직 알지 못하는 일이 잔뜩 있지 않은가. 마취약이 인간의 아픔을 덜어준다는 것은 누구나 뻔히 아는 일이지만 어째서 마취약을 맞으면 인간이 아픔을 느끼지 않는가 하는 메커니즘은 아직껏 해명되지 못했다. 잘못된 숫자를 입력해도 올바른 회선에 이어지는 일역시 틀림없이 있을 터였다.

그런 애매한 세계 속에서 의사가 무슨 말을 하건 그것이 반드시 꼭 맞는 말이라고 한정할 수는 없는 것이다.

모두들 뭐든 다 안다고 생각하지만 사실은 아직 알지 못하는 것들이 아주 많아요. 이 세상의 불가사의며 여러 가지 기적들. 우리가 알지 못하는 것들이 아주 많다고요.

그렇건만 담당 의사는 나를 불러 이렇게 말했다.

"앞으로 2, 3개월이라고 생각해 주세요."

항암제 치료를 중지하자 치료 때와 같은 구토나 통증은 사라지는 듯했지만, 엄니는 완전히 야위어버렸다. 결과적으로 항암제가 엄니를 더 쇠약하게 만들고 말았다.

그래도 조금 편안해진 엄니는 사사즈카 집에서 챙겨온 책을 들고 조용히 눈으로 더듬어 내려갔다.

아이다 미츠오相田みつを의 〈당신 덕분에〉, 유미리의 〈생명〉 등 몇 권의 책이 베갯머리 선반에 꽂혀 있었다.

오랜 시간 책을 읽고 있는지라 피곤해서 안 된다며 책을 빼앗으려고 했더니 엄니는 말했다.

"이 사람들 책을 읽고 있으면 마음이 편안해지느만."

거기에 내 책은 없었다. 엄니가 읽어주었으면 하는 내용의 책을 아직껏 쓰지 못했고, 내가 먼저 읽으라고 해본 적도 없었다. 하지만 엄니는 나 몰래 내 책을 읽어보는 모양이었다.

엄니의 아픔을 치유해줄 만한 책을 나는 쓰지 못했지만, 그곳에 줄지어 선 작가들에게는 그때 진심으로 감사했다. 엄니의 마음을 편하게 해주어서 정말 고마워요.

사사즈카의 부엌 선반에는 아이다 미츠오의 시가 붙어있었다. 엄니가 어디선가 사온 바탕지에 인쇄된 시였다. 언제

부턴가 그것을 식탁에서 잘 보이는 자리에 붙여놓고 엄니
는 자주 바라보곤 했다.

그저 있는 것만으로도

당신이 그곳에
그저 있는 것만으로도
그 자리의 분위기가
환하게 밝아집니다
당신이 그저
그 자리에 있는 것만으로도
모두의 마음이
편안히 쉴 수 있는
그런 당신이
나도 되고 싶습니다
                    – 아이다 미츠오

엄니가 좋아했던 아이다 미츠오의 시였다. 엄니가 동경
하는 인물이었을까. 예순아홉 살의 엄니가 스스로 되기를
원했던 바람직한 인간의 모습이었을까.

하지만 내게 엄니는 이 시 그대로, 그저 있는 것만으로
도 내게 환한 빛을 주고 편안함을 주는 사람이었다.

그리고 엄니는 지금도, 어쩌면 며칠 안에 죽어버릴지 모르는 지금도, 아직 무언가가 되기 위해 애쓰고 있었다.

병세는 잠시 소강상태가 이어져서 다시 병문안 손님과 건강하게 이야기를 나누는 날이 불어났다. 액체 상태가 아니면 음식은 거의 먹을 수 없었지만 그전보다는 상태가 나아진 듯했다.

그런 때에 아츠코 고모 부부가 병문안을 와주었다. 그 딸인 히로코는 그즈음 내 사무실에서 일하고 있었다.

엄니가 아부지에게 시집을 갔을 때, 아직 아츠코 고모는 결혼 전이어서 우리와 함께 살았었다. 고쿠라 할머니 집은 2층 방 네 칸에 학생 하숙을 쳤는데, 아츠코 고모는 그중 한 하숙생과 결혼을 했다. 그 하숙생이 바로 히로코의 아버지, 내 고모부였다.

아츠코 고모 부부가 병실을 떠난 뒤, 마침 그 자리에 있던 요시에에게 엄니는 이런 말을 내비쳤다고 한다.

"아츠코 부부에게는 죽기 전에 꼭 사과를 해야 할 일이 있고만. 그 일이 평생 마음에 걸렸었다니께……."

그 당시, 아츠코 고모와 하숙생의 결혼에 대해 고쿠라 할머니와 오빠인 아부지는 크게 반대를 했었다. 무엇 때문에 반대를 했는지는 모르지만 아무튼 아부지 집안에서는 이 결혼은 절대 허락할 수 없다고 완강히 거부했었다는 모양이다.

그런데 결혼에 반대한다는 이야기를 할머니나 아부지가 직접 나서서 말하지 않고 엄니에게 그 말을 전하고 오라고 억지로 등을 떠밀었다.

"서로 그렇게도 좋아하는데 왜 다들 반대를 하는지, 참말로 싫었다니께. 나는 속으로 그 결혼에 찬성했었고만……."

어째서 그런 말을 친 혈육이 아니고 이제 막 시집온 며느리에게 심부름을 시켰는지 지금 와서는 도무지 이해하기 어려운 일이지만, 아무튼 엄니는 마지못해 그 두 사람을 따로 불러내 결혼에 반대한다는 말을 전할 수밖에 없었다.

"그때 두 사람이 참 힘들었을 거여. 딱하게도. 나는 찬성했었는데 그런 말은 입도 뻥긋 못 했다니께. 그래도 아무튼 내가 그때 그런 안 좋은 소리를 했으니께 꼭 한번 사과를 해야 할 텐데 하고 노상 생각했었어……."

그런 이해할 수 없는 심부름에 가타부타 말 한 마디 못하고 따라야 했던 엄니. 대체 그 집안에서 엄니는 어떤 취급을 받았던 것일까.

하지만 어떤 경위로 그 결혼이 성사되었는지는 모르지만 두 사람은 당당히 결혼식을 올렸다. 그리고 결혼 직후에 고모부가 미국으로 전근을 가게 되었고, 엄니도 그 뒤로는 거의 만날 일이 없었다. 히로코도 고모부의 근무지인 미국에서 태어났다.

그리고 엄니에게는 그때의 그 석연치 않은 일에 대한 후회만 남아서 30년이 넘도록 꾸물꾸물 똬리를 틀고 있었던 것이다.

급하게 돌아가는 나날 속에서 문득 깨닫고 보니 어느새 봄이 와있었다. 아스팔트와 콘크리트 범벅인 도쿄에도 어디선가 새싹이 트는 식물들의 냄새가 따스한 바람을 타고 다가왔다.

보통 때 같으면 엄니는 이맘때쯤 사사즈카 소방학교 앞에서 하타가야 방면으로 이어지는 조그만 벚나무 가로수 길을 산책하고 있을 터였다.

그해, 2001년의 벚꽃 개화는 3월 24일. 병원 입구에 서 있던 벚나무도 살짝 꽃봉오리가 부풀어 올랐다.

그리고 마침 그즈음에 후쿠오카에서 노부에 이모, 에미코 이모, 부우부 이모가 셋이서 함께 도쿄를 찾아주었다.

오로지 엄니를 만나기 위해 먼 길을 찾아준 것이었다. 그렇게 네 자매가 항상 여행을 떠나곤 했었다. 전국 각지를 여행했노라고 했다. 자매간에 갔었던 여행 이야기를 할 때면 엄니는 마치 어제 일이라도 되는 것처럼 웃어가며 놀래가며 손짓 발짓을 섞어 되새김질이라도 하듯 한바탕씩 풀어놓곤 했다.

여행 사진에 보이는 엄니는 어디서든 약간 비스듬한 각

도로 자세를 잡았는데, 그것이 엄니의 베스트 앵글인 모양이었다.

큰언니인 노부에 이모와는 어려운 일이 있을 때마다 상의도 많이 했고, 이래저래 병문안 선물이며 용돈도 보내주었다. 둘째인 에미코 이모와는 빈번하게 편지를 주고받으며 다양한 취미생활을 배우곤 했다. 나이 들어서도 "언니, 언니" 해가며 어린애처럼 엄니를 좋아하는 막내 부우부 이모와는 전화통을 붙잡고 수다를 떨거나 화투와 파친코, 내가 가르쳐준 뿌요뿌요 게임으로 새벽까지 놀곤 했다.

이모들은 모두 엄니의 병세가 위중하다는 소식을 듣고 달려온 것일 터였다. 병실에 세 자매가 들어서자 엄니는 초등학생처럼 환하게 웃었고 이모들은 모두 우는 얼굴인 채로 웃었다.

이모들이 내게 물었다.

"네 엄니, 밖에 데리고 나가도 괜찮겠냐?"

이모들이 머무는 도쿄 타워 근처 호텔에서 네 자매가 같이 하룻밤 자고 싶다고 했다.

"그렇게 하세요."

나는 말했다.

겨울 한창 추울 때부터 여태껏 엄니는 바깥에 나가지 못했다. 밖에 나가면 벌써 봄바람이 상쾌하고 벚꽃도 조금씩 피어있었다.

무엇보다 엄니가 그토록 좋아하는 자매들과 병원을 벗어나 따스한 봄볕 속을 거닐고 모두 함께 베개를 나란히 하고 옛 이야기를 나누며 잘 수 있는 것이다. 엄니에게는 꿈에서나 본 듯한 일이었을 것이다.

그즈음 몸 상태도 그리 나쁘지 않았다. 미짱이 의사에게 외박 허가를 받아왔다.

병실에 있어도 특별한 치료를 받는 것도 아니었다. 마음이 즐거우면 그것이 무엇보다 좋은 약이 될 터였다.

엄니는 병원에서 준비해준 휠체어에 앉고 이모들이 나란히 그것을 밀어주었다.

"엄니, 재미있게 놀다 와."

"응, 잠깐 다녀오마."

휠체어에 탄 엄니를 처음으로 보았다. 외출복으로 갈아입은 엄니도 오래간만에 보았다. 이모들에 둘러싸여 휠체어에서나마 한껏 멋을 부린 엄니는 생일을 맞은 어린애처럼 즐거워 보였다.

그 모습을 배웅하고 일하러 나갔다가 틈을 내서 다시 부동산 물건을 둘러보러 다녔다. 다이칸야마의 사무실과 같은 전화번호를 사용할 수 있는 메쿠로 구의 나카메쿠로라면 괜찮다고 생각했다.

3층 건물의 단독주택. 1층은 자동차 두 대 분의 주차장과 창고였다. 2층에는 널찍한 거실과 부엌이 있었다. 사사즈카

의 세 배는 되게 넓은 부엌이고 오븐도 딸려있었다. 3층은
방이 다섯 개, 가장 해가 잘 드는 곳에 안방이 있다는데, 집
구경을 갔던 그날은 한창 내장공사 중이어서 세세한 부분
은 볼 수 없었다. 그러나 햇빛 잘 드는 안방이 있다는 것,
부엌이 넓다는 것, 2층을 작업장으로 하고 3층에서 엄니가
요양을 한다고 해도 층마다 화장실이 있어서 계단을 오르
내리지 않아도 좋은 것 등 생각했던 조건에 대충 들어맞았
다. 집세는 비싸지만 지금이야말로 꼭 돈을 써야 할 때였다.

그 집을 빌리기로 했던 또 다른 이유는 거기서 도보로
얼마 안 되는 곳에서 '노인 간호 스테이션'이라는 간판을
발견했기 때문이었다. 뭔가 그 존재가 몹시 든든하게 느껴
졌던 것이다.

이 집이라면 엄니를 간호하면서도 잘해 나갈 것 같았다.

저녁 무렵, 부우부 이모에게서 휴대전화로 연락이 들어
왔다.

"지금, 다들 함께 호텔 방에서 식사를 배달해다 먹고 있
는 참이고만."

"엄니는 어쩌고 있대?"

"야, 그게 참말로 대단허다. 너희 엄니가 생선회를 먹었
다니께."

"에? 정말 대단하네, 어떻게 그런 걸 먹었지?"

"아, 잠깐만 기다려. 엄니 바꿔줄 테니께."

"여보세요."

"엄니, 회를 먹었단 말이야?"

"맛있는 건 먹을 수 있는 모양이여."

전화 너머에서 이모들의 웃음소리가 들려왔다.

"거, 잘 됐네. 오늘은 거기서 잘 거지?"

"침구를 더 달래서 다들 이 방에서 함께 잘 거고만."

"재밌겠네. 다행이다."

병은 마음이라더니 정말 그런 걸까? 유동식도 제대로 넘기지 못하던 엄니가 날것을 먹을 줄이야. 앞으로도 이런 정신적인 것이 중요할지도 모르겠군.

아무튼 이모들에게 잘 부탁한다고 하고 전화를 끊었다.

그날 밤은 봄날답지 않게 쌀쌀했지만, 이모들이 와주어서 엄니는 외출도 하고 회까지 먹을 만큼 기운을 차렸다. 오래간만에 정말 기분 좋은 밤이었다.

벌써 술을 한참이나 끊고 있었지만 이상하게도 마시고 싶은 마음이 나지 않았다. 아마도 나는 알코올 자체는 별로 좋아하지 않는지도 모른다. 하지만 술이 없는 밤은 시간이 지나가는 게 느리기만 했다. 그날 구경하고 온 집의 내장공사가 끝난 예상도를 멍하니 상상해보며, 부엌이 넓다고 엄니가 기뻐할 모습을 머릿속에 그리고 있던 때였다.

다시 이모에게서 전화가 왔다.

"너희 엄니가 쓰러져서 구급차로 병원에 왔다야."

자동차로 병원에 달려갔을 때는 면회시간도 진즉에 끝난 시간대였지만, 엄니의 병세가 그쯤 되고 보니 나는 그런 건 상관없이 언제라도 병동에 드나들었다. 응급 입구를 지나 엘리베이터를 향해 어두운 복도를 총총걸음으로 엄니의 병실로 향했다.

병실에 들어서자 엄니의 침대가 있던 자리에 짐도 명찰도 사라지고 없었다.

뭔가 안 좋은 예감이 들었다. 어렸을 때, 낯선 아저씨와 함께 건강랜드에 갔다가 엄니를 잃어버렸을 때처럼 빙글빙글 마음이 쏠려드는 듯한 그 느낌.

간호 센터로 달려가 엄니가 있는 곳을 물었다.

"같은 병실의 안쪽, 창가 쪽 침대로 옮겼어요."

소등된 병실의 저 안쪽. 베갯머리의 형광등만 켜놓은 채 엄니는 잠들어 있었다. 링거액이 떨어지는 숫자가 불어나긴 했지만 엄니의 얼굴을 보고서 그나마 안심했다.

격한 위통과 함께 위경련이 일어났다는 모양이었다. 마취주사를 맞고 잠들었다고 했다.

"생선회 같은 걸 먹으니 그렇지……."

너무 흥분했었는지, 아니면 엄니도 나름대로 언니들을 위해 서비스 정신을 발휘했었는지 적잖이 무리를 한 모양이었다. 하지만 이런 무리는 할 만한 일이었다. 이모들도 그런 걸 다 알면서 엄니를 불러냈을 터였다. 덕분에 자매 넷이서 병원 밖에서 밥을 먹고 잠깐 동안이나마 베개를 나란히 할 수 있었으니, 엄니도 그걸로 좋다고 생각할 터였다.

그날은 그대로 엄니 곁에서 자기로 했다. 둥근 의자에 앉아 침대에 기대고 아침까지 지켜보기로 했다. 창가에서 냉기가 들이쳐서 춥기는 했지만 그렇게 하기로 했다.

조금 끄덕끄덕 졸다가 눈이 뜨였다. 잠시 있으려니 엄니는 천천히 눈을 뜨고 내 쪽을 바라보았다.

그리고 싱글벙글 태평한 얼굴로 웃었다.

"언제…… 왔댜……?"

"응? 나? 한참 전에 왔어."

"역시, 집이, 좋고만……."

"응……. 그런가……?"

"야야, 그거……."

엄니는 뭔가 생각난 듯 나를 바라보며 말했다.

"냉장고에 도미 회가 들어있고만. 그거하고 또, 냄비 속에 가지 된장국 있어. 그거 데워서 먹어라이……."

어떻게 된 걸까? 무슨 소리를 하는 걸까? 나는 깜짝 놀라 가슴이 두근거리면서 나도 모르게 말이 튀어나왔다.

"엄니, 왜 그래? 무슨 소리를 하는 거야?"

그러자 엄니는 넘치도록 행복하다는 얼굴로 나를 보며 말했다.

"가지, 가지 된장국이여……."

아무 생각도 나지 않고 그저 눈물이 뚝뚝 떨어졌다. 엄니는 나를 빤히 바라보며 내내 미소 짓고 있었다.

"엄니……, 왜 그래……?"

아마도 엄니는 몽롱한 의식 속에서 이 병실을 사사즈카 집의 부엌이라고 생각한 것이리라. 사사즈카에서 엄니가 항상 앉던 식탁 자리는 바로 등 뒤에 싱크대가 있고 그 싱크대에 달린 조그만 형광등이 있었다. 병실의 침대 머리맡에서 비치는 독서등이 기억과 현실과 소망 속에 뒤섞여 그 침대를 사사즈카의 부엌으로 보이게 했는지도 모른다.

엄니는 내내 싱글벙글 웃고 있건만 나는 눈물이 멈추지 않았다.

자신이 그런 힘든 상황에 빠져있는 때에도 환각 속에서 내 밥 걱정을 하고 있었다.

나는 더 이상 견딜 수 없어 창밖으로 눈을 돌렸다. 그러자 거기에는 믿을 수 없는 풍경이 펼쳐지고 있었다.

한밤중의 새까만 어둠에 벚나무가 나란히 복숭앗빛 꽃을 북실북실 피우고 있었다. 그리고 그 복숭앗빛 꽃잎과 검은 밤 사이를 하얀 눈이 휘잉휘잉 휘날리는 것이었다.

한 번도 경험한 적이 없는 현상이었다. 벚꽃이 눈보라에 흔들리는 경치를 나는 태어나서 처음으로 목격했다.

"엄니……, 눈이 내려……."

그러면서 바깥을 가리켜도 엄니는 나를 달래는 듯한 웃

는 얼굴로 내내 바라보고 있었다.

"가지 된장국, 있지……?"

3월 31일부터 4월 1일에 걸쳐 도쿄에는 봄 벚꽃이 핀 계절임에도 불구하고 눈이 내렸다. 이른 새벽의 기온 마이너스 1.8도. 눈이 내리고 얼음이 얼었다.

무엇이 진짜이고 무엇이 거짓인지 알 수 없는 에이프릴 풀의 사건.

뭔가 모든 것이 이상하게 돌아가기 시작하고 있었다.

그로부터 얼마 지나지 않아 엄니는 같은 층에 있는 개인 실로 옮겼다. 나는 그날부터 간이침대를 받아다 매일 밤마다 그곳에서 간병을 하기로 했다.

"개인실로 옮겨지면 그때는 틀려버리는 거여"라고 불길한 예언을 했던 아부지도 곧바로 달려왔다.

"이곳이라면 다른 환자들 눈치 볼 것도 없고 다들 병문안을 올 수 있을 거야."

"그렇겄다."

"여기는 널찍해서 침대를 하나 더 받아왔어. 날마다 여기서 자려고."

간이 침대라야 말만 침대지, 여름철에 마루에 내놓고 쓰는 비닐 씌운 긴 의자였다. 이런 알량한 것이라도 병원에 하루 수백 엔의 렌탈 요금을 내야 했다. 게다가 개인실로 옮기자마자 간호사가 병실 요금표를 들고 찾아왔다. 보험이 적용되는 6인실과는 달리 이곳은 하루 4만 엔이라고 했다. 한 달이면 120만 엔. 새로 얻을 집의 보증금을 막 지불한 뒤여서 다달이 그 돈을 댈 수 있을지 내심 걱정스러웠다.

엄니는 이미 고형식은 전혀 받아들이지 못해 입으로 먹는 것은 수분뿐이고, 대부분의 영양을 링거액으로 주입하는 상태였다.

어느새 아침형 인간으로 바뀌었는지 아부지는 매일 아침 일찍 사사즈카 집에서 병원으로 나왔다. 아부지가 오면 병실을 내주고 나는 그때부터 일하러 나갔다. 병실에서 쓰는 원고는 최대한 그 자리에서 곧바로 정리를 했다.

미짱은 변함없이 매일 찾아와주었다. 날마다 누군가는 병문안을 왔다. 엄니 혼자 덩그러니 남아있는 시간은 거의 없었다.

처음 얼마동안은 몸을 일으켜 앉기도 하고 분명하게 대화도 할 수 있었다.

하지만 벚꽃이 피어날 때마다 엄니의 몸은 하나둘 자유를 잃어가고 어느새 화장실 출입도 하지 못했다. 하나씩 하나씩 엄니의 몸속으로 들어가는 관이 늘어났다.

나는 그 과정을 그저 옆에서 바라보기만 할 뿐, 무엇 하나 해주지도 못하고 기적을 일으키지도 못한 채 그냥 그곳에 있었다.

미열이 계속되었다. 제빙기의 얼음을 가져다 세면기에서 수건을 차갑게 식혀 엄니의 손과 발, 잠옷 밖으로 나온 부분을 하루에 몇 번이고 닦아내 열을 내려주었다.

"엄니, 틀림없이 나을 거야. 살려고 애쓰기만 하면 돼. 걱정할 거 하나도 없어."

엄니는 내 쪽을 바라보며 그저 고개를 끄덕이고 있었다.

"아프지? 배 안 아파?"

서서히 복수가 차기 시작했다.

"배에…… 물이 차기 시작허면 이제 틀렸고만……. 교이치도 그랬다니께……."

"괜찮아. 그렇게 걱정할 만큼 물이 찬 건 아니야……."

에노모토, 호세, 츠요시, BJ가 우연히 같은 시간에 찾아왔다. 근처 반찬집에서 도시락이며 반찬들을 사다가 엄니 침대 주위를 둘러싸듯이 앉아서 밥들을 먹었다.

"엄니, 사사즈카 집에서 밥 먹는 것 같네."

엄니는 웃으며 그것을 바라보았다. 분명 엄니가 손수 지은 밥을 먹여주고 싶었으리라.

아부지도 아무 말 없이 날마다 아침부터 내가 교대해 주러 오는 저녁 시간까지 병실을 지켰다. 텔레비전의 〈개운開運! 무엇이든 감정단鑑定團〉 방송을 할 때만은 매주 빠짐없이 봐야 한다는 이유로 일찌감치 돌아갔지만, 그 이외의 날은 내내 병실에 있었다.

아픔을 심하게 호소하는 날에는 링거 안에 모르핀을 넣어주었다. 그리고 날이 갈수록 그 횟수가 불어갔다.

그날 밤, 엄니는 여느 때 없이 말을 많이 했다. 나는 환자용 컵에 담긴 차를 엄니 입에 대주면서 함께 수다를 떨었다.

"엄니, 새 집은 부엌도 넓어서 어떤 요리든 엄니 하고 싶은 대로 해도 돼. 엄니 방은 3층에 있는 큰 방이야. 1층 현관에 울타리를 해놓으면 빵도 제법 운동이 될 만큼 뜀박질도 할 수 있을 거야."

"그래, 참말로 좋겄고만……."

"얼른 나아서 사사즈카 집에 돌아가 함께 이사 갈 준비하자. 새 집은 조용한 곳이라 편안히 잘 수 있어. 가구도 엄니가 마음에 드는 걸로 얼마든지 사. 방이 다섯 개나 된다니까. 집안이 넓어서 청소하기는 힘들겠지만, 이제는 누가 찾아와도 부끄러울 거 없어. 누구 눈치 볼 것도 없고. 엄니 집이니까."

"그려……. 고맙다야……."

얼음을 가지러 세면실에 나갔더니 작은 창으로 오렌지 빛깔로 반짝이는 도쿄 타워가 보였다. 수건을 물에 적시며 바라보는 그 빛이 평소보다 가까이 보였다.

"엄니, 도쿄 타워 전망대에 가보자고 약속했었지? 이번에는 꼭 가자. 나도 아직 위에 올라가본 적이 없어. 엄니도 안 가봤지?"

"나는 가봤어야……."

"설마. 언제 갔는데?"

"도쿄 타워는…… 벌써 몇 번이나 가봤고만……. 다섯 번, 여섯 번이나 위에 가봤어야……."

실제로는 가본 적이 없을 터였다. 그때도 환각에 휘둘리고 있었던 것일까?

아니, 그게 실제 이야기가 아니어도 엄니는 의식 속에서 도쿄 타워 전망대를, 그 위의 상공을 정말로 몇 번이나 올라갔었는지도 모른다. 사실이 아닐 텐데도 내 귀에는 엄니의 그 말이 진짜처럼 들렸다.

엄니는 엄니의 세계에서, 엄니의 의식의 우주에서 그곳에 몇 번이나 올라갔었는지도 모른다. 나와 함께 가기로 약속한 그곳에.

코, 입, 요도, 호흡기, 이미 헤아릴 수 없을 만큼 수많은 관들이 엄니의 몸에서 뻗어 나와 있었다. 고인 위액을 밖으로 빨아내기 위한 튜브는 간호사가 하는 걸 자주 옆에서 지켜보았더니 나도 그럭저럭 할 수 있었다.

복수가 차오르는 속도가 빨라서 개구리 배가 되어 있었다. 그때마다 의사에게 바늘을 넣어달라고 해서 물을 뽑아냈다.

심전도는 베개 곁에서 또박또박 움직이고 있었다.

미짱이 병원과 협상을 해준 덕분에 개인실 요금이 6인실과 같은 가격으로 책정되었다.

한번은 촬영 일 때문에 스튜디오에 나가 있을 때 프로듀서가 달려와 얼른 병원에 가보라고 했다. 병원에 연락을 했더니 주스가 기도에 걸려 호흡곤란에 빠졌다는 것이었다.

급히 병원으로 달렸다. 가까스로 기도를 확보했는지 약을 넣고 깊이 잠들어 있었다. 그로부터 엄니는 액체도 마실 수 없어 얼음을 입에 대주거나 물에 적신 가제로 입을 닦는 식으로 겨우겨우 수분을 보급했다.

엄니의 통증은 단속적으로 이어졌다. 이미 상당한 양의 모르핀에도 효과가 없었다. 몸뚱이는 거의 움직이지도 않건만 온몸에서 고통의 모습이 손에 잡힐 듯이 느껴졌다.

"화끈거려……" "얼음……" "아프다……"

새겨내는 듯한 목소리로 엄니는 말했다. 나는 그때마다 얼음을 입술에 대주고 팔다리를 물수건으로 닦아내고 몸을 주물렀다. 무슨 의미가 있는지도 알 수 없는 그 행위만 아둔하도록 거듭했다.

4월 12일 목요일.

그날 밤에는 지금까지 없었을 만큼 엄니는 내내 괴로워했다. 그렇게 몸이 움직여질 수 있을까 놀랄 만큼 온몸을 뒤틀며 몸부림쳤다.

몇 번이나 너스 콜nurse call을 눌러 도움을 청했다. 지나칠 만큼 투여한 모르핀조차 이미 듣지 않는 것일까, 고통이 가라앉을 기미를 보이지 않았다.

"엄니, 아프지? 에구, 불쌍해서 어째. 엄니, 괜찮아? 엄니, 힘내, 엄니……."

어떻게도 구해 줄 수 없었다. 건네는 말조차 무력하게 느껴졌다.

귀 뒤며 목 언저리가 뜨거웠다. 각 부위의 관에서 부글거리는 소리가 역류하고 있었다. 산소 흡입 마스크를 씌워도 괴로운지 손으로 밀쳐냈다.

가슴의 맥박이 거칠었다. 통증은 진정되기는커녕 점점 더 심해지는 것 같았다. 몸을 꿈틀거리며 미처 소리가 되지 않는 비명을 올렸다.

이대로 기절해버리는 게 아닐까 생각한 순간이었다. 엄니는 스스로 팔뚝에 꽂혀있던 링거 바늘을 뽑아냈다. 그것은 사고가 아니었다. 분명하게 고의로, 엄니가 직접 자신의 팔에서 뽑아낸 것이었다.

"엄니, 뭐하는 거야! 그런 짓 하면 안 되잖아! 엄니, 정신 차려!"

바늘이 빠지고 테이프가 뒤집혀진 부분으로 보이는 피부는 피가 뭉칠 대로 뭉쳐서 포도처럼 부풀어 보랏빛으로 물들어 있었다.

나는 엄니의 손을 세게 움켜쥐고 그 눈을 응시했다. 엄니도 크게 뜬 눈으로 안광이 형형하게 마주 바라보았다.

그러고는 우는 얼굴이 되지 않는, 일그러져 버린 우는 얼굴로 눈물을 떨구며, 엄니는 짓이겨내는 듯한 목소리로 말했다.

"죽는 게 나아……."

"무슨 소리를 하는 거야? 그런 소리 하면 못써……."

"이제 고만 죽는 게 낫고만……."

"그런 소리 하지 마! 엄니!"

나는 세게 움켜쥔 엄니의 손을 몇 번이고 침대에 내리치며 말했다.

"그런 소리 하지 마!"

엄니가 처음으로 내뱉은 약한 소리였다. 지금까지 아무리 괴롭고 아파도 내내 긍정적으로 이를 악물고 손끝에 힘을 넣으며 버텼는데 엄니는 멀어져 가는 의식 속에서 그렇게 말했다.

4월 13일 금요일.

아부지가 아침에 나왔을 때, 엄니는 통증이 진정되고 푹 잠이 든 참이었다. 간밤에 어떤 일이 있었는지 알지 못하는 아부지는 엄니의 곤히 잠든 얼굴을 들여다보더니 "아주 잘 자고 있고만"이라고 말했다.

"네 어머니, 한참은 이 상태가 이어지겠다."

무슨 근거로 그런 말을 하는지는 모르겠지만, 아부지는 그 다음 날에 일단 고쿠라에 돌아갔다가 다시 올라오겠노라고 했다.

"아직 한참은 괜찮을 것이다. 일단 내려가서 볼일을 보고 금세 다시 올 거여."

그 말을 듣고 보니 벌써 2주일이나 도쿄에 머물렀다. 일거리를 안고 있었다면 이래저래 귀찮게 되었을 터였다.

나도 그즈음 며칠 동안 거의 잠을 자지 못했다. 피곤해서 정신력이 끊기기 일보 직전이었다. 엄니의 팔다리를 닦아주고 일하러 나섰다.

그리고 다시 밤. 병원으로 향하면서 자동차 안에서 프로야구 중계를 들었다. 평소 같으면 매 시합마다 결과에 신경을 썼겠지만, 이번에는 개막전부터 밤에 거의 대부분 병원에 있었기 때문에 거인 팀이 어떻게 되었는지 도통 알지 못했다.

어렸을 적에 나는 엄니가 사준 거인 팀의 스타디움 점퍼를 좋아해서 곧잘 그것을 입고 사진을 찍었다.

"너는 나가시마를 좋아했었쟈?"

서른 살을 넘기고도 아직껏 나가시마를 좋아하는 나는 거인 팀과 똑같은 유니폼으로 동네 야구팀을 만들어 시합에 나갔다가 번번이 지기만 했다.

멤버를 데리고 돌아오면 따끈한 목욕물을 준비해 놓고 엄니는 매번 이렇게 말했다.

"또 졌다냐?"

그리고 큼직한 통 가득히 주먹밥을 만들어 모두 함께 먹게 해주었다.

라디오 중계는 연장 10회말. 상대 투수인 요코하마의 모리나카에게서 4번 마츠이가 맞은편 간판을 내리치는 굿바이 홈런을 치면서 승부가 결정되었다.

굿바이 홈런! 굿바이 홈런입니다! 마츠이가 굿바이 홈런을 쳤습니다!

병원 주차장에 차를 세운 채 중계방송을 듣던 내 귀에 굿바이라는 아나운서의 목소리가 몇 번이고 울렸다.

"엄니, 마츠이가 굿바이 홈런을 쳤대."

얼음을 입술에 대주며 엄니에게도 알려주었다. 그 전날에 비하면 상당히 안정된 모습이었다. 몹시도 착한 얼굴이었다.

물수건으로 팔다리를 닦아주고 손바닥을 마사지하고 있으려니 엄니가 무슨 할 말이 있는 듯 입을 뻐끔뻐끔 움직였다. 이미 목소리는 거의 나오지 않았다.

"……."

"응? 뭐라고?"

"……."

엄니의 입가를 찬찬히 바라보며 말을 찾았다.

"고맙다……? 고맙다고?"

엄니는 조그맣게 고개를 끄덕였다.

4월 14일 토요일.

새벽녘이 되어 엄니의 용태가 급격히 변했다. 심박수와 맥박이 흐트러지고 열이 39도 이상으로 올라갔다. 혈압은 자꾸자꾸 떨어졌다. 의사와 간호사의 움직임이 이른 아침부터 다급하게 돌아갔다.

"엄니, 엄니……. 나, 알겠어?"

가늘게 열린 눈으로 희미하게 나를 따라오는 듯한 감이 들었지만, 의식은 가물가물 사라져 가고 있었다.

점심 전에 아부지가 고쿠라에 돌아가려고 짐을 들고 병원에 나타났을 때는 상황이 더욱 악화되었다.

"어떻게 된겨?"

"갑자기 안 좋아졌어……."

담당 의사는 작은 소리로 고했다.

"오늘 밤이 고비가 될 것 같아요."

온몸의 땀구멍이 오그라드는 것 같았다. 하지만 나는 생각했다.

엄니는 분명 아부지가 고쿠라에 돌아가는 것을 원하지 않았던 거다.

결국 아부지는 고쿠라로 돌아가려던 발길을 멈췄다.

저녁이 되자 많은 사람들이 병실에 모여들었다. 블라인드 너머로 봄날의 저녁 햇살이 비쳐드는 병실에서 모두가 엄니를 지켜보았다.

"엄니, 다들 왔어……."

엄니의 공허한 눈동자는 어느 쪽도 바라보지 않는 것 같았지만, 마음속으로는 모두를 둘러보며 "잘 왔고만"이라고 했을 것이다.

엄니는 몹시 조용했다. 이미 아프지 않았는지도 모른다.

미짱이 오늘만은 가족끼리 있게 해주자고 해서, 한 사람씩 엄니에게 인사말을 건네고 병실을 나갔다.

어두워진 병실. 나와 아부지는 침대 양옆에 앉아 엄니의 손을 쥐었다.

그 무렵, 거인전은 9회 말. 투 아웃 1, 3루로 타자는 기요하라. 5대 5 동점에서 시작된 기요하라의 방망이는 왼편

스탠드를 치고 들어가는 굿바이 쓰리런 홈런.

굿바이 홈런! 굿바이 홈런! 기요하라의 끝내기 굿바이 홈런입니다!

어제는 마츠이, 오늘은 기요하라. 엄니는 이틀 연속으로 그 두 선수로부터 굿바이라는 작별인사를 받았다.

엄니는 쌔액쌔액 아기가 자듯이 조용했다.

'엄니, 이제 갈 거야?'

'나, 아직 엄니한테 아무것도 못해줬는데?'

나와 아부지와 엄니.

우리 가족 셋이 같은 방 안에서 함께 자다니, 이건 몇 년 만일까.

엄니의 마지막 소원은 우리가 이렇게 같은 방에서 자는 것이었으리라.

9

그날 밤의 일은 도무지 생각이 나지 않는다.

기억의 길을 더듬어 들어가 떨어져 나간 부분의 앞뒤에서 뭔가를 끌어내보려 해도 도무지 생각해 낼 수가 없다.

엄니의 침대 베갯머리에 있던 조그만 하얀 조명과 간격이 온화해진 심전도 소리, 초록색 전등.

오직 그 빛만 깜빡거리는 병실에서 나는 엄니의 오른손을, 아부지는 엄니의 왼손을 쥔 채, 내내 잠든 엄니의 얼굴을 들여다보고 있었다.

무섭도록 뜨겁고 퉁퉁 부어오른 손. 나와 아부지는 아무 말도 하지 않았다. 담배를 피우러 나가지도 않았다.

그 자세 그대로 그냥 가만히 엄니의 꺼져버릴 듯한 숨소리를 듣고 있었다.

그게 밤 몇 시쯤이었을까. 여느 때보다 훨씬 더 조용하고 여느 때보다 훨씬 깊은 향기가 나는 밤이었지만, 우리 셋이 함께 있어서 외롭지도 불안하지도 않은 밤이었다. 이제 곧 어딘가로 가버릴지 모르는 엄니의 옆얼굴을 바라보며 슬픔 바로 옆에서 조금쯤 따스한 무언가가 촉촉하게 온기를 품고 있었다.

그리고 그 이후로 나와 아부지가 언제 어떻게 잠에 빠져버렸는지 아무리 생각해도 기억이 나지 않는다.

단지 그때 들었던 잠은 철야로 며칠을 새웠던 그즈음, 아니 그 몇 달 사이에, 아니, 어쩌면 그때까지 한 번도 경험한 적이 없을 만큼 깊고도 편안한 잠이었다고 생각한다.

마치 어딘가 이 세상이 아닌 다른 곳으로 빠져나가 잔잔한 물결 소리를 먼 귀로 들으며 요람 속에서 잔 것 같다. 한없는 바다에 잠겨드는 것처럼 부드럽고도 기분 좋은 잠이었다.

다시 한 번 엄니의 배 속으로 돌아가 양수 속을 떠돌며 마음 놓고 자버린 것처럼 아무런 기억도 없이 그저 한없이 깊고도 순한 잠이었다.

"이제 그만하고 어서 자야지."

지금까지 엄니에게 몇 첫 번이나 들었던 말.

"이제 그만하고 어서 자라니께."

그날 밤 엄니는 피곤에 지친 우리를 위해 이 병실이 아 닌 어딘가에 데려가 편히 잠을 자게 해주었는지도 모른다.

"이제 아무 걱정 안 해도 돼. 편안하게 푹 자."

어릴 때, 내가 울고 있으면 엄니는 늘 말했었다.

"아무 걱정 안 해도 된다야. 이제 그만하고 어서 자."

그때, 우리 세 사람은 모두 함께 어딘가에 다녀왔던 거 라고 생각한다.

그 잠에서 깨어났을 때, 나는 간이침대에 누워 있었고 어느 새 담요가 덮여 있었다. 멀거니 눈을 뜨자, 의사와 간 호사가 엄니의 침대 옆을 다급히 뛰어다니고 있었다. 내 시 야 저 건너편에서는 소파에 드러누운 아부지가 아직도 코 를 골고 있었다.

나는 수십 초 동안 그대로 누운 채 멍하니 그 모습을 바 라보고 있었다. 아침 해가 병실에 비쳐 들어 링거액 주머니 가 반짝거렸다.

그때, 당직이던 베테랑 간호사가 노골적으로 비웃는 표 정과 음색으로 말했다.

"가족들을 깨워야 하나요?"

제 식구가 죽어 가는데 잠에 빠져 있는 우리를 우습게 생각한 것이리라. 의사를 향해 농담이라도 하는 듯한 말투 였다.

엄니가 눈을 뜨고 있는데, 그렇게 말했다.

우리에게는 세상 그 누구와도 바꿀 수 없는 소중한 사람이어도 그들에게는 날이면 날마다 일어나는 일 중의 하나일 것이다. 어딘가의 누군가가 죽고, 다시 또 다른 누군가가 죽어나갈 것이다.

사람의 목숨이나 죽음에 대해 완전히 마비된 인간의 말투였다.

그 말을 듣고 내가 벌떡 일어서자 베테랑 간호사는 아차 하는 표정으로 냉큼 병실을 나갔다.

나는 아부지를 흔들어 깨우고 침대 옆에 다가앉아 엄니의 얼굴을 들여다보았다.

그러자 담당 의사가 말했다.

"위독하세요."

엄니는 열심히 떠보려는 눈이 고통으로 한껏 치켜 올려진 채 몸부림치고 있었다.

"엄니, 아파?"

신음하듯 웅얼거리는 목소리가 말로 맺히지 않았다. 왼손을 꼭 쥐어주며 이마의 땀을 닦아냈다. 심전도에 비치는 심박수며 혈압 수치가 자꾸 떨어졌다.

내 뒤에서 우두커니 서있던 아부지가 쥐어짜는 듯한 목소리를 올렸다.

"에이코!"

아부지는 엄니의 머리를 쓰다듬었다. 엄니의 마르고 갈

라진 입술이 뻐끔뻐끔 무언가 말을 하려고 하고 있었다.

"왜 그래, 엄니? 더워?"

물에 적신 수건으로 이마며 손바닥을 식혀주었다. 환자복이 땀으로 축축이 젖어 있었다.

"뭐하고 싶어? 목말라?"

그 물음에 엄니는 목구멍의 조금 더 안쪽에서 띄엄띄엄 대답했다.

"……무……울……"

"알았어. 잠깐만! 내가 금방 얼음 가져올게."

나는 머그컵을 들고 제빙기로 달렸다. 딸랑딸랑 무기질의 소리를 내는 제빙기 출구에 손을 집어넣어 들어가는 대로 얼음을 수북이 담아 병실로 돌아왔다.

의사도 간호사도 딱히 하는 일도 없이 그저 계기판에 눈을 주고 있을 뿐, 저마다 우두커니 서있었다.

나는 얼음을 하나 집어 들어 루주를 칠하듯 엄니의 입술에 가만히 미끄러뜨렸다.

그것을 엄니는 필사적으로 빨아들이려 하고 있었다. 어느 때보다 가장 강렬하게 빨아들이려 하고 있었다.

"그랬구나. 목이 말랐어? 힘들지? 걱정할 거 없어. 나도 있고 아부지도 와있으니까."

엄니는 지그시 나를 바라보았다. 열심히 뭔가 말을 하려고 했다. 얼굴을 찡그리고 고통과 통증과 싸워가며 입술을 움직여 무언가를 전하려고 했다.

목소리를 내려고 해도 소리가 되지 않았다. 나는 엄니의 손을 움켜쥐고 또 한쪽 손으로는 엄니의 배를 쓰다듬었다.

"뭐라고 하는 거야? 왜 그래?"

호흡이 경직되었다. 말하고 싶은 것을 말하지 못해 답답한 것인지, 숨이 가쁜 것인지, 엄니는 미간에 깊은 주름이 패인 채 뚫어져라 나를 바라보며 필사적으로 입을 움직였다.

"엄니! 뭐라고 하는 거야!"

나는 좀 더 세게 엄니의 손을 움켜쥐고 얼굴을 가까이 댔다.

호소하는 듯한 눈빛으로 마지막 힘을 쥐어짜 엄니는 내게 무언가 말을 하려고 했다. 아주 조금밖에는 움직여지지 않는 입술. 소리가 되어주지 않는 말. 엄니 마음속으로는 더 이상 내지를 수 없을 만큼 큼지막한 소리로 엄니는 내게 마지막으로 뭔가 말하려 하고 있었다.

하지만 그게 무슨 말을 하려는 것인지, 나는 알아내지 못했다. 임종의 마지막 순간에 엄니가 내게 전하고 싶었던 말. 나는 그것을 알아들어줄 수가 없었다. 그런 내 모습을 보고 엄니는 숨이 곧 끊길 듯한 속에서 눈동자와 표정으로, 이제 곧 움직임을 멈추려는 입술로 포기하지 않고, 뭔가 내게 남기려고 했다.

미안, 엄니. 뭐라고 하는지 모르겠어. 하지만 알아. 안다니까. 엄니가 하고 싶은 말, 잘 알아. 걱정하지 마. 이제 내일은 걱정 안 해도 돼. 이렇게, 지금은, 자기가 죽어가는 때잖아, 평생 남 걱정만 해왔잖아. 이런 때쯤은 자기 걱정도 허소. 안다니까. 다 알아. 이제 그만 힘드니까 아무 말 안 해도 돼, 엄니…….

"알았어. 그래……. 알았다니까. 걱정 안 해도 돼. 엄니……."

나는 엄니에게 말했다.

엄니는 그 말을 듣자 입술을 들썩이던 것을 멈추었다.

그리고 나를 골똘히 보았다. 맑디맑은 눈으로 바라보았다. 나는 조금 마음이 놓여서 엄니에게 웃는 얼굴을 보여주었다. 아부지도 엄니에게 얼굴을 대고 이름을 부르며 웃어 보였다.

괜찮아, 엄니. 걱정하지 말아요. 나는 마음속으로 엄니에게 말을 걸었다.

그때.

엄니의 입술이 일순 무언가를 말하려고 열린 것과 동시에, 움켜쥔 내 손이 아플 만큼 맞잡아왔다.

그러고는 눈을 크게 뜨고 강한 힘으로 윗몸을 벌떡 일으켰다. 어디에 그런 힘이 남았었을까 하고 놀랄 만큼 배를 이용하여 강한 활을 당기듯 어깨를 불끈 들어올렸다.

내 손을 으깨지도록 움켜쥐고서 몸을 일으키려고 했다.

엄니의 크게 뜨인 눈이 내게 가까이 다가와 안타까운 입

모양을 지었다.

"엄니!"

"에이코!"

엄니는 해안의 모래 산이 썰물에 서서히 무너져가듯 스러지면서 꼭 움켜쥐었던 내 손에서도 힘이 빠져나갔다.

"엄니……? 왜 그래?"

심전도 그래프가 기다란 신호음으로 변하면서 텔레비전 드라마처럼 직선을 그렸다.

"엄니……? 엄니? 거짓말이지?"

의사가 펜 라이트를 엄니의 눈동자에 댔다. 청진기를 대고 맥박을 짚고 자신의 손목시계를 보더니 고개를 숙였다.

"오전 7시 30분. 임종입니다……."

틀에 박힌 말과 함께 간호사도 머리를 숙였다.

"……엄니. 엄니……."

불러도 흔들어도 엄니는 움직이지 않았다.

의사 일행이 떠나간 병실에서 나는 내내 엄니를 불렀다.

"……엄니? 응, 엄니……. 힘들었지? 힘들었지? 정말로 애 많이 썼네……."

아부지가 조용히 병실에서 나갔다. 나는 엄니의 머리를 쓰다듬고 땀을 닦아주고 입술에 키스를 하고 끌어안고 울었다. 아직 이렇게 따스한데, 그런데 죽었다니, 뭐가 뭔지 잘 모르겠지만, 아무튼 엄니는 전혀 움직이지 않게 되었다.

하지만 이제 그렇게 괴로워하지 않아도 된다면 그건, 그렇지만……, 엄니의 얼굴은 그때 정말로 온화하고 열심히 살려고 했던 사람이니까, 이런 얼굴로 잠들 수 있었을 거고, 엄니는 정말로 애 많이 썼다고 생각했다. 정말로 수고한 사람의 아름다운 얼굴이었다.

2001년 4월 15일.

21세기 들어 처음 맞는 봄. 예순아홉 살이던 엄니. 그 다음 달 18일에 칠순을 맞이했을 엄니.

"엄니, 올해 칠순 아녀?"

"어쩐다냐. 인자 언제 죽을지 모른다니께."

"엄니는 안 죽어. 백 살까지 살 거야."

내 가장 소중한 사람. 단 한 사람의 가족. 나를 위해 자신의 인생을 살아준 사람.

내 엄니.

엄니가, 죽었다.

그날, 도쿄는 하늘이 뚫린 듯 쾌청한 날씨였다. 푸른 하늘이 한없이 펼쳐진 가운데 아카바네바시 네거리에서 빨간 도쿄 타워가 하늘에 사다리를 걸고 있었다.

내가 어린 시절부터 가장 두려워했던 일. 우주인의 습격보다, 지구 최후의 날보다 더 두려워했던 이 날.

두툼한 장부를 든 검은 옷의 저승사자가 나와 병원에 등을 돌리고 어딘가로 걸어가는 것을 언뜻 본 것만 같았다.

슬픔의 시작과 공포의 끝.

사후 처치를 하겠다며 병실 밖으로 나가라고 했다. 엄니가 갈아입을 옷을 한 벌 가져오라고 했다.

자동차를 타고 사사즈카 집에 돌아가 엄니 방에 들어서자 말끔히 정리된 한 가지 한 가지에서 엄니 냄새가 났다. 그 하나하나 속에서 엄니가 웃고 있었다. 엄니의 잔상이 어른거렸다.

엄니가 몹시 마음에 들어하던 원피스. 벌써 몇 년 전에 고쿠라 다마야 상점에서 샀던 갈색 체크 원피스. 소매 끝에만 베이지색 천이 둘려 있고 무슨 일이 있을 때마다 늘 이 옷을 입었다.

도쿄 사람들의 눈에는 촌티가 나는 옷인지도 모르지만, 엄니가 마음에 들어하던 원피스였다. 엄니가 그 옷을 차려입고 수줍은 듯이 웃는 얼굴을 바라보는 게 나는 무엇보다 좋았다.

그 원피스에 맞추어 핸드백과 구두도 찾았다.

엄니는 핸드백을 좋아해서 용돈을 주면 이따금 가까운 상점가에서 핸드백을 사들고 와 내게 보여주었다.

"만 8천 엔짜리가 6천 엔이 되었더라."

그러면서 노상 싼 물건만 사고 자기 것은 정가로 사본 적이 없는 엄니.

베란다에서 토끼 빵이 이쪽을 쳐다보고 있었다. 원피스와 함께, 빵도 이동장에 넣어서 병원으로 데리고 갔다.

엄니가 좋아하던 원피스가 입혀지고 눈을 감은 채 영안실에 실려 나왔다. 의사와 간호사, 나와 아부지와 빵이 엄니를 둘러싸고 간단한 의식을 치렀다.

어느새 장례업체에서 사람이 달려 나와 우리의 감정과는 상관없이 장례 절차가 착착 진행되었다. 영안실 바로 옆문에 왜건 차가 붙어 있어서 엄니의 유체는 거기에 실렸다. 장의사가 운전을 하고 조수석에는 나, 뒷좌석에는 아부지가 탔다.

나카메쿠로의 새집으로 함께 돌아가기로 했다. 인적 없는 병원 뒷문으로 자동차가 출발했고 그것을 배웅하며 이제는 두 번 다시 만날 일도 없을 터인 베테랑 간호사는 하품을 하고 기지개를 켰다.

"좀 돌아서 가게 되겠지만, 사사즈카를 거쳐서 나카메쿠로에 갈 수 있을까요?"

장의사는 알았습니다, 라며 진로를 바꾸었다.

"내내 집에 가고 싶다고 했지? 사사즈카에 들려서 갈 테니까, 엄니, 보고 가소."

하타가야에서 고속도로를 내려와 고슈가도를 따라 주상복합 빌딩 앞에 도착했다. 엄니와 나의 집이었다.

"엄니, 집에 왔네."

그리고 뒷골목 쪽으로 자동차를 인도해서 엄니가 좋아하던 길을 천천히 달렸다. 벚나무는 아직도 꽃이 조금 남아있고, 떨어진 꽃잎이 엷은 복숭아 빛 카펫처럼 깔려있는 그 길에서는 바람이 불 때마다 파도의 물거품처럼 꽃잎이 휘날렸다.

"날씨가 아주 좋고만. 네 어머니도 좋아허겠다……."

아부지가 중얼거렸다.

어제까지 아무렇지도 않던 그 풍경이 이제는 둘도 없는 추억의 장소로 눈에 들었다. 엄니가 좋아하던 벚나무 가로수 길을 슬로모션으로 자동차가 지나갔다.

"엄니, 여기가 새집이야……."

엄니와 함께 살 마음으로 빌린 집. 엄니가 좋아하겠다 싶어서 빌린 그 집.

엄니는 그 집 현관문을 불과 몇 시간 전에 처음 만난 장의사의 손에 떠메어져 들어갔다.

엄니의 방. 3층 큰방에 이불을 깔고 엄니를 눕히자, 몸에 드라이아이스를 넣어야 하니 자리를 비켜달라고 했다.

숨을 거둔 지 얼마 지나지도 않아서 모든 일이 남의 주도로 이루어지는 것에 뭔지 모를 분노를 느끼면서도, 그렇다고 내가 나서서 무엇을 해야 좋을지 알 수가 없었다.

중년의 장의사는 예의는 충분히 갖추었지만 그 밖의 감

정은 일절 겉으로 드러내지 않고 그저 바쁘게 움직이며 일을 처리했다. 그렇게 하는 것이 유족들의 감정과의 균형을 잡기 위한 매뉴얼적인 행동일까.

슬픔에 젖을 틈도 없이 유영遺影으로 쓸 사진을 준비하고 밤샘으로 빈소를 지키고 장례 당일의 준비와 거기에 관련된 요금도 상의해야 했다.

"고인께서 부조회에 매달 적립하셨던 게 있는데요……."

엄니가 들어둔 것은 가장 가격이 저렴한 장례 플랜으로 한 달에 3천 엔씩 90회를 적립했다. 27만 엔이었다.

"어떤 식으로 하시겠습니까?"

"기왕 어머니가 다달이 힘들게 적립한 거니까 이 요금의 장례로 부탁합니다."

"그러시면 그 밖에는 꽃값과 공양물 등이 별도로 들어가겠고요. 그리고 제단의 분위기를 위해서 약간의 옵션 요금도 있습니다만."

"그건 괜찮은데요, 꽃은……."

"예."

"제단 주변을 모두 흰 백합으로 둘러싸주세요."

"알겠습니다."

장례식만은 이 집에서 하고 싶었다. 더 이상 엄니를 다른 곳으로 데려가고 싶지 않았다. 계약을 마치고 열쇠도 이미 받아두었지만 이불이나 책상 이외에는 아무것도 없는 집이었다. 그렇게 아무것도 없는 것이 장례를 치르기에는 도리어 편리하게 쓰였다는 것도 정말 어처구니 없는 일이었다.

"어머님께서 몹시 온화한 얼굴로 잠드셨군요."

장의사로 온 중년 남자는 그런 말을 남기고 그날은 돌아갔다.

아부지는 담배를 피우며 집 안을 둘러보다가 부엌에서 발을 멈췄다.

"이만큼 넓은 부엌이면 어떤 요리고 다 하겠고만. 네 어머니가 참말로 좋아했을 텐데……."

아무것도 없는 안방에 엄니가 잠들어 있었다. 옷 안쪽에 드라이아이스를 넣고 콧구멍에는 탈지면이 채워졌다. 하지만 그 표정은 장의사가 말했던 대로 어딘지 침착하게 웃고 있는 것처럼 보였다.

미짱과 BJ 부부, 에노모토와 호세 등이 달려와 엄니의 얼굴을 보자마자 울음을 터뜨렸다. 미짱은 곁에서 "이모, 힘들었지? 가엾어서 어째……"라고 수없이 중얼거리며 흐느껴 울었다.

밤이 되어 모두가 아래층에서 술을 마시기 시작했지만 나는 엄니 곁에서 내내 그 얼굴을 바라보고 있었다.

"엄니……. 어때, 이 집? 여기라면 서랍장을 하나 더 사도 되는데……. 그러면 엄니 물건도 말끔히 정리가 되잖아. 작업장도 아래층이라 노상 사람들이 찾아올 거야. 왁자지 껄 부산한 거 좋아하지? 다들 엄니가 해주는 밥을 먹고 싶어 한다고…….”

차가워진 엄니의 뺨을 쓰다듬노라면 부서진 빗물 통처럼 눈물이 그칠 새 없이 뚝뚝 떨어져 방바닥에서 투둑투둑 소리를 냈다.

문 건너편에서 BJ가 작은 소리로 나를 불렀다. 편집자에게서 원고를 독촉하는 전화가 왔다고 했다. 나는 전화를 받아들었다.

“예…….”

“저어, 어머님께서 돌아가셨다면서요? 언제였습니까?”

“오늘 아침이에요…….”

“정말 상심이 크시겠어요……. 근데요, 이런 때에 죄송합니다만 원고 마감이 오늘인데…… 어떠신지요?”

“오늘 아니면 안 되겠습니까?”

“그게 좀, 곤란해서요.”

전부터 잘 아는 여성 편집자였다. 그 원고의 내용이라는 것도 아이돌 탤런트에 관한 평문 같은 것으로 어지간히 태평한 심경이 아니고서는 쓸 수 있는 글이 아니었다.

“내일 보내면 안 되겠습니까?”

“그게요, 오늘 중으로 그쪽 사무실에 원고 체크를 보내기로 약속했거든요."

편집자는 당연한 일이라는 듯 사무적인 말투였다.

"이건 꼭 오늘뿐만이 아니라 나는 한 번 쓴 원고는 다시 고쳐 쓰지 않아요. 특히 이번처럼 상대에 대해 전면적인 호의를 가진 원고라면 더 그렇지요. 대필 원고를 쓰는 것도 아니니까요. 내가 느낀 것을 내 말로 씁니다. 댁도 그렇고 그쪽에서도 그렇고, 내가 무슨 헐뜯는 얘기를 쓰자는 것도 아니고, 다 알면서 뭘 체크한답니까?"

"아뇨, 그건 잘 아는데요. 우리 회사와 그 탤런트 사무실과의 관계도 있고 해서요. 오늘 중으로 꼭 체크를 할 수 있게 해주세요."

그러면 나와 당신네의 관계는 뭐냐고! 분노로 파르르 떨렸다. 엄니가 죽은 날에 엄니의 베개 맡에서 이렇게 수준 낮은 대화를 하지 않으면 안 되는 일을 하고 있는 나 자신에게 화가 나고 정말 한심한 마음이 들었다.

이런 얄팍한 인간관계 속에서 일하는 나 때문에 공연히 엄니까지 봉변을 당하는 것 같아 죄송하기 짝이 없었다. 엄니, 미안해.

"나중에 전화하지요."

그렇게 말하고 일방적으로 전화를 끊었다.

"쓰고 싶지 않아."

BJ에게 그렇게 말했다.

무릎을 안고 부글부글 속을 끓이고 있으려니 엄니가 곁에서 내게 말을 걸어왔다. 꿈쩍도 하지 않고 숨도 쉬지 않는데도 그런 나를 보고서 엄니는 내게 말을 건네 왔다.

'야야, 어서 써. 일하는 데서 남에게 폐를 끼치면 안 되잖여. 어서 써.'

'꼭 오늘이 아니어도 된다고!'

'그래도 약속은 오늘이었잖어? 네 쪽에서 늦은겨. 꼭 써야지.'

엄니가 눈을 감은 채 내게 그렇게 말하는 것 같아 가슴이 먹먹해졌다.

'그래도 엄니, 그 사람들은 만약 내가 대단한 사람이었으면 그런 말은 차마 못했을 거라고. 이것 참, 그런 사정이시라면 저희가 어떻게든 처리하지요, 그러면서 꽃을 안고 알랑거리러 쫓아왔을 거란 말이야.'

'그런 생각 하면 못써. 너는 너잖여. 지금 꼭 해야 할 일을 똑똑히 해야지. 여기서 기다리고 있을 테니께, 어서 써라이?'

보통 때는 성공에 대한 의욕이라는 것을 남들 이하로밖에는 가지고 있지 않은 나였지만, 그때처럼 억울하다고 생각한 일은 없었다. 남에게 업신여김을 당하지 않는 일을 하는 사람이 되고 싶었다. 곁에서 죽어있는 엄니까지 업신여김을 당한 듯한 기분이 들어 심한 자기혐오에 빠졌다.

쓰고 싶지 않았다. 하지만 쓰지 않으면 안 되었다. 그것은 일이기 때문도, 약속이기 때문도 아니었다. 이대로 쓰지 않고 버티면 엄니가 걱정할 것이기 때문이었다.

원고용지를 꺼냈다.

너희들이 와하하 웃어댈 그런 원고를 써주리라. 역시 그 작자에게 원고를 쓰게 했더니 잘 먹히더라는 말을 하게 해주리라. 어느 누구도 쓸 수 없는 그런 글을 써주리라. 너희 같은 아마추어들은 감히 체크 따위 할 수도 없는 완벽하게 아름다운 문장을 써주리라.

원고가 다 되어갈 무렵, 다시 다른 편집자가 일러스트를 가지러 왔다. 나는 아무 말도 하지 않고 그 일러스트도 열심히 그렸다.

모두 끝냈을 때쯤에는 완전히 날이 부옇게 밝아왔다. 잉크가 묻은 손 그대로 엄니 이불 속으로 기어들었다.

"엄니, 오늘은 완전 녹초가 됐네……."

이불 속도 엄니의 몸도 아이스크림 냉동고처럼 차가웠지만, 지칠 대로 지친 내게는 마침 좋았다.

'참말로 애썼고만. 이제 그만하고 폭 자.'

엄니도 나도 그 집에서 자는 것은 처음이었다. 아래층에서 멍텅구리 사장 일행의 목소리가 들렸다. 몇 명이나 모였는지 모르지만 아직도 술을 마시는 모양이었다. 사사즈카의 떠들썩한 부엌 방 같았다.

갈라선 여자 친구가 계단 밑에서 나를 불렀다. 내려오라는 모양이었다. 나는 이불 속에 든 채 대답을 하지 않았다.

대답을 하지 않으니 부르는 소리가 더 커졌다. 하지만 나는 대답할 마음이 나지 않았다.

오늘쯤은 조용히 엄니와 있게 해줘. 차갑지만 뭔가 따스해서 기분이 좋다니까.

그리고 나는 그대로 다음 날 아침까지 엄니의 이불 속에서 푸욱 잘 잤다. 지금까지 죽은 사람을 만져본 적은 없지만, 전혀 무서운 거 하나도 없네…… 그런 생각을 하면서 품에 안겨 잠을 잤다.

장례식은 집안 식구들끼리만 하고 싶다고 BJ에게 미리 말해 두었지만, 그 소식을 들은 이웃의 후쿠다 사장이, 무슨 소리야? 이런 일은 관계자 여러분께 당연히 연락을 하는 게 도리야. 애초에 관혼상제라는 것은 말이지…… 어쩌고 저쩌고 일갈을 하는 바람에 그러면, 뭐 그렇게 하시죠…… 라는 식으로 돌아갔다.

어떻든 경험이 없는 일이어서 여러 선배들과 장의사 쪽의 이야기에 고개를 끄덕이는 수밖에 다른 도리가 없었다.

그렇다고는 해도 내 나름대로 뭔가 엄니에게 어울릴 만한 것을 해주고 싶었다.

장례식의 안내장은 내가 손으로 직접 쓰고 삽화도 넣어서 복사하기로 했다. 도쿄 타워와 백합 그림을 그려 넣었다. 큼직한 종이에 복사해서 에노모토와 호세 등이 나서서 한 장씩 커터로 잘라냈다.

요리도 배달요리뿐만 아니라 직접 만든 가정요리를 대접하고 싶었다.

디자이너 후지카와의 아내 에이리 씨는 요리를 아주 잘 했다. 언젠가 사사즈카 집에 놀러왔을 때 엄니와 함께 요리를 했었는데 "에이리 씨는 요리를 참 잘 하더라. 야채도 꽁지까지 안 버리고 다 쓰더라니께"라고 엄니의 보증을 받았는지라 나는 그녀에게 장례식 때 쓸 요리를 만들어 달라고 부탁했다.

후지카와는 엄니의 사진을 넣은 포스터를 디자인해 주었다. 그 한 장짜리 포스터 인쇄는 다이칸야마 인쇄소 사장이 무료로 해주었다고 한다.

그렇게 지인들의 도움으로 장례 준비가 시작되었다. 아침 일찍부터 제단을 세우고, 준비해둔 유영이 중앙에 모셔지자 주문했던 대로 그 주위를 흰 백합꽃들이 꽃집처럼 풍성하게 감쌌다.

그 이틀 동안 엄니는 내내 안방 이불 속에 누워있었지만, 장례식 날이 되자 유체는 관 속에 들어가게 되었다.

안방에 누워있는 동안은 왠지 갑자기 눈을 떠줄지도 모른다는 기대감이 있었지만 좁은 관에 들어선 엄니를 본 순간, 느닷없이 외로움이 치밀었다.

'그렇게 좁은 곳에 들어갔는데, 어떻게 아무렇지도 않아?'

관 뚜껑이 닫혔다. 작은 창이 있어서 엄니의 얼굴을 들여다 볼 수는 있었지만 그곳에 얇은 플라스틱 하나가 가로막혀 있어서 들여다 볼 때마다 눈물이 투명한 판 위에 퉁겼다.

친척, 지인, 친구, 업무 관계자, 수많은 분들로부터 차례차례 꽃이 도착했다.

'엄니, 이렇게 꽃을 많이 받아본 적은 없지? 정말 좋네.'

상복喪服이 없는 아부지를 위해 신사복 할인 판매점에서 BJ가 한 벌 사들고 왔다.

"이런 정도면 될까요?"

"뭐, 그럭저럭 괜찮고만."

후쿠오카에서 노부에 이모, 에미코 이모, 부우부 이모, 엄니와 그토록 친하게 지내던 자매들이 도착했다.

이모들은 엄니를 에워싸고 초등학생들처럼 훌쩍훌쩍 울었다.

자쿠즈레蛇崩 네거리의 술집과 초밥집에서 차례로 배달이 왔다. 이사 오는 그날로 느닷없이 장례식을 치르는 이 집에 이웃이며 상점가 사람들도 무슨 일인가 하고 궁금했을 터였다.

친척과 친구들이 줄줄이 찾아왔다. 나는 필요 이상으로 부지런히 움직였다. 가만히 있으면 주체를 못할 만큼 슬픔이 밀려왔기 때문이다. 가구 없는 살풍경한 방마다 사람들이 가득 들어찼다.

"핫카이산八海山 술, 스무 병 사왔습니다."

엄니가 좋아하던 술이었다. 늘 종이 팩에 든 싸구려 청주만 아껴가며 마셨는데, 언제였나 오사무 형이 선물로 들고 온 핫카이산 술을 마셔보고는 어지간히 마음에 든 모양이었다.

"핫카이산이라고, 아주 유명한 술인가 봐. 참말로 맛있더라."

BJ가 손님들 앞에 한 되들이 병을 차려냈다. 에이리 씨가 준비해 준 요리도 도착했다.

미유키 씨가 현관을 들어서서 나를 보자마자 뛰듯이 달려와 끌어안으며 말했다.

"섭섭하기야 이루 말로 할 수 없겠지만, 남자란 어머니가 돌아가시고 비로소 한 몫의 인간이 되는 거야."

그럴지도 모르겠다고 나도 생각했다.

"여러분, 많이들 드십시오. 엄니는 왁자지껄 웃고 떠드는 걸 좋아하는 사람이었어요. 사양 마시고 마음껏 술도 드세요."

이게 이사 축하 파티였다면 얼마나 좋았을까, 엄니…….

나는 방마다 돌아다니며 술을 따랐다.

3층 한구석에서는 호세와 츠키오카月岡가 마주앉아 플라

445

스틱 컵을 움켜쥐고 있었다.

"오늘은 절대로 츠키오카 씨에게 질 수 없습니다. 어머님이 보고 계세요."

"아니, 어머님은 내 편이야. 나도 절대 안 져."

이 두 사람의 인연은 몇 년 전 크리스마스로 거슬러 올라간다. 화이트 크리스마스였던 그날 밤. 나와 호세는 츠키오카와 상사인 고바야시 씨의 부름을 받고 후타코타마가와二子玉川에 있는 피아노 라운지에서 좋은 건지 나쁜 건지 알 수 없는 성탄의 밤을 보내고 있었다.

그런데 어찌어찌 하다 보니 호세와 츠키오카가 술 마시기 시합을 하고 있었다. 호세는 스킨헤드인데다 눈썹까지 밀어버렸지만 기실 배짱도 없고 술도 남들보다 약한 편이었다. 거기에 맞서는 츠키오카는 어떤가. 와세다 대학 유도부 출신이라 체격이 기가 막히고 진짜 격투가라는 증거로 양쪽 귀는 콜리플라워 상태였다. 물론 술 잘 마시기로도 유단자였다.

가느다란 유리잔에 채워진 진 스트레이트를 단숨에 들이켠 츠키오카가 빈 잔을 호세 앞에 쑥 내밀었다.

"호세!"

거기에 다시 채워지는 진 스트레이트. 호세도 단숨에 털어 넣더니 똑같은 동작으로 다시 츠키오카에게 돌렸다.

"츠키!"

채 20분도 안 되어 탱커레이 술병이 바닥이 나버렸다. 즉각 새 병이 들어왔으나 호세의 몸놀림은 이미 진흙인형 같은 꼴이었다.

"호세엣!"

"……."

"땅콩 호세! 컴온! 호세엣!"

"……이제 더는 못 마셔."

그 말을 마지막으로 호세는 그 자리에서 게액. 그 벌로 호세는 츠키오카에게 옷을 홀랑 다 빼앗긴 채 눈발이 휘날리는 가게 밖으로 쫓겨났던 것이다.

그리고 작년 4월 15일. 지금 생각해보면 엄니의 명일命日이기도 한 그날이 마침 츠키오카의 생일이었다.

사사즈카 집의 부엌 방. 엄니와 나와 호세, BJ 부부가 모여 츠키오카의 생일파티를 하고 있었다. 그 자리에서 엄니를 심판으로 두 사람의 한 많은 술내기 시합의 두 번째 공이 울렸던 것이다.

"이제 좀 강해졌나, 호세!"

몇 년 전보다 배기량이 한층 더 늘어난 츠키오카가 호세를 살살 놀렸다.

"츠키오카 씨는 참말로 술도 잘 마신다. 호세는 암만해도 못 이기겠어. 괜히 힘쓸 거 없다니께."

"아뇨, 괜찮습니다, 어머니. 나도요, 나름대로 단련을 했

447

다고요. 어이, 츠키잇!"

그렇게 엄니에게 선언한 것도 잠시 잠깐, 얼마 안 되어 호세는 변기에 얼굴을 처박은 채 의식불명에 빠졌고 밤이 새도록 엄니의 간호를 받기에 이르렀다.

그로부터 꼭 1년 뒤. 상복을 입은 두 사람이 그 어느 때보다 빠른 속도로 술잔을 주고받으며 세 번째 시합에 들어갔다.

"호세엣!"

"츠키잇!"

위스키, 진, 맥주, 청주. 차례차례 비워내는 병이 방바닥에 쌓여갔다.

"호세, 뭔가 기합이 단단히 들었네?"

"그럼. 오늘은 어머니를 위해 절대 질 수 없어!"

"뭔 소리야? 빨랑 마셔라, 호세엣!"

츠키오카의 혀 꼬부라진 소리가 어째 점점 묘하게 돌아가기 시작했다.

2층 거실에서는 아부지가 에노모토 일행과 이야기를 나누고 있었다.

"이 근처가 나카메쿠로에 속하냐?"

"그렇죠. 아주 좋은 곳입니다."

"나도 한 40여 년 전이던가……, 이 근처 하숙집에서 살았고만. 유텐지祐天寺 바로 곁이었을 텐데, 그 무렵에는 이 근처가 온통 서민 동네라 이런 번화한 상가는 한 집도 없었어."

"요즘은 서민 동네라는 느낌은 전혀 없지요."

하지만 그 말을 듣고 보니 이 근처에는 아직도 수많은 공중 목욕탕이 있었다. 집 바로 근처에만 해도 세 집이나 되었다.

"고가도로 밑의 싸구려 술집에서 폭탄주라고, 공업용 알코올 같은 게 들어갔는가 싶은 술을 5엔을 내고 마셨어. 거기 아가씨들하고 사이좋게 지내다가 병까지 옮아버렸다니께……."

아부지가 40년 전에 살았던 땅에 무슨 인연인지 나도 빨려온 모양이었다. 40년 전에 아부지가 바라보았던 나카메쿠로와 도쿄 풍경은 지금 우리가 바라보는 것과는 얼마나 차이가 나는 것일까.

"그때만 해도 도쿄에는 아직 인정이 있었어. 학생이라고만 하면 밥집 아줌마가 밥도 더 퍼주고 공짜 술도 대접해줬으니께. 나중에 출세하면 갚으라면서 자꾸 퍼줬고만."

"지금도 그런 밥집이 있어. 나도 밥집 아줌마들한테 신세 많이 졌어."

"그래……. 근데 한참 못 본 사이에 완전히 동네 꼴이 변해 버렸다야. 이렇게 빌딩이 많지도 않았고, 느긋하고 편안한 동네였는데 말이지……. 마당에 닭을 풀어놓고 키우는 집이 많았고만. 아버지 하숙집 바로 옆에도 닭을 치는 집이 있었어. 그 집 앞을 지날 때마다 닭 머리를 쓰다듬어 줬지. 그랬더니만 아부지가 지나가도 꼬꼬댁도 꼬끼오도 안 울게 되었고만."

"아부지는 동물은 안 좋아하잖아?"

"그러니께, 안 울게 되었을 때쯤 해서 붙잡아다 목을 비틀어 잡아먹는 거여."

좀 좋은 이야기인가 하고 듣고 있었더니만 예나 지금이나 변함없이 똑같았던 모양이다. 내가 태어나기 전부터 그야말로 속이 시원할 만큼 계속해서 똑같이 마이페이스인 아부지다.

그런 이야기를 하는 곁에서 거실에 풀어놓은 토끼 빵이 엄니의 유체 앞에서 내내 그 모습을 꼼짝도 하지 않고 올려다보고 있었다.

노부에 이모가 그 모습을 보고 말했다.

"토끼가 알아보는 거여? 하긴 알아보기도 할 것이다. 네 엄니가 그렇게 이뻐 했으니."

에미코 이모가 그 말을 듣고 다시 눈물보가 터졌다. 노부에 이모는 나를 향해 앉음새를 바로잡으며 눈물에 흠뻑 젖은 웃는 얼굴로 말했다.

"마사야, 참 고생 많았다……. 네 어머니도 기뻐할 거여.

도쿄에 간다는 말을 처음 들었을 때는, 나이 들어서 아무것도 모르고 아는 사람도 없는 곳에 가서 힘들 텐데 가지 말라고 우리가 다 나서서 말렸고만. 그런데도 네 엄니가 부득부득 가겠다는겨. 근데 그게 좋았다야. 너하고 함께 살 수 있었고 마지막에는 너하고 함께 있었으니께 네 엄니는 행복했을 거여……. 참말로 고맙다."

하지만 정말 그랬을까. 엄니의 참된 행복이라는 점을 생각하면 나는 지금도 자신이 없다.

그러나 그날은 엄니가 좋아했던 이들이 그토록 많이 찾아와 함께 먹고 마시며 엄니를 애도해 주었다. 그것을 엄니는 진심으로 행복하게 생각했으리라.

대연회의 밤은 점점 깊어가고 인적도 뜸해지기 시작했을 무렵, 호세가 3층에서 울부짖음과 함께 거실로 굴러왔다.

"어머니! 어머니! 죄송합니다! 제가 졌어요! 어머니이!"

엄니 앞에 엎어진 채 호세는 계속 엄니를 부르며 호읍하고 있었다.

"어머니이! 어머니이! 섭섭해요오! 외로워요오! 어머니이!"

울부짖는 호세를 바라보며 이모들도 우리도 모두 배를 붙잡고 웃으며 눈물을 흘렸다. 7년 동안 나보다 호세가 엄니의 밥을 더 많이 먹었을 것이다.

부우부 이모가 "그렇게 울 거 없어. 엄니가 웃겠다"라고

울음과 웃음이 범벅이 된 얼굴로 호세의 등을 쓸며 달래주
었다.

"어머니이! 어머니이!"

'호세 여자 친구는 내가 이다음에 게이오 백화점에서 사
다줄 거고만.'

'카레라이스 만들었네. 호세, 어서 먹으러 오거라이? 카
레라이스 좋아허지?'

계단에는 거꾸로 처박혀 게액게액 토하는 츠키오카가 있
었다.

"호세 녀석, 이겼으면서 그러네……."

장례식 전날 밤. 모두가 돌아간 뒤에도 호세는 엄니 앞
에서 한없이 울었다.

장례식 날도 봄바람이 기분 좋게 불어오는 쾌청한 날씨
였다. 나는 상복 윗도리에 '상주'라고 적힌 리본을 달았다.
호적상으로 남편인 아부지를 두고 내가 상주가 된다는 것
에 적잖이 망설임도 있었지만, 그때 조금쯤은 사나이로서
아부지를 뛰어넘은 듯한 그런 마음이 들었다.

메이크업 일을 하는 T씨가 엄니의 화장을 맡아주었다. T
씨는 엄니의 생일날에 샤넬 립스틱 두 개를 선물해준 적이
있었다.

"역시 프로는 다르다야. 나는 이런 색깔은 절대 못 골라.

452

참말로 예쁜 색이네."

하지만 가난한 엄니는 그 립스틱을 거의 쓰지 못하고 노상 거울 앞에 장식해둘 뿐이었다.

수많은 꽃들이 줄줄이 도착해서 집 안에 다 들이지 못해 바깥에 세워두었다. 조전弔電도 차례차례 도착했다. 이미 별로 얼굴 볼 일도 없던 학생시절의 친구들, 일 관계로 신세를 진 분들, 수많은 선배와 후배들. 늘 보던 얼굴과 뜻밖의 얼굴들.

생각했던 것보다 훨씬 많은 사람들이 조문을 위해 찾아주었다. 한창 바쁜 시기에 개인적인 일로 폐를 끼치는구나 싶어서 나는 내내 고개를 숙이고 있었지만, 아는 사람들도 업무 거래처 사람들도 그 표정들을 보니 나 때문에 찾아온 것만은 아니었다. 찾아온 이들 대부분이 한 번쯤은 엄니의 밥을 먹은 적이 있는 사람들이었던 것이다.

저 사람도 그렇고 이 사람도 그렇고, 이 꽃을 들고 온 사람은 그때 엄니의 탕수육을 먹었고, 저기 저 사람은 오므라이스를 먹었다. 이 사람이 찾아왔을 때는 도시락이었다.

내가 맺은 인간관계로 이만한 사람들이 모였다고 내심 건방진 생각을 하고 있었으나, 그게 아니었다. 그 자리에 모인 수많은 사람들은 엄니가 도쿄에 올라와 새로 사귄 엄니의 친구들이었다.

저 사장님과 여자 분은 엄니의 밥을 먹은 적은 없지만

엄니가 건강했다면 머지않아 모두 엄니와 함께 식탁을 마주했을 터였다.

"네 엄니한테 이런 말을 한 적이 있었어."

부우부 이모가 이야기해주었다.

"마사야도 이제야 일이 풀리는 참이고 돈이 넉넉한 형편도 아니니 밥을 그렇게 많이 해서 남길 거 없고, 반찬도 그렇지, 무슨 대가족도 아니고 잔뜩 만들지 말고 좀 절약을 해주는 게 좋지 않겠냐고, 내가 네 엄니한테 말했었고만. 근데 네 엄니는 언제 어떤 사람이 찾아올지 몰라서 안 된다고 허더라……."

도쿄에 올라온 뒤로도 엄니는 물자가 부족한 시대를 살아온 시골 아주머니 그대로여서 손님이기 때문이라기보다, 어디의 사장이건 무슨 학생이건 모두 다 배가 고플 거라고만 생각했다. 그러니 우선 배불리 먹여주는 게 무엇보다 좋은 대접이라고 믿었다.

"사양 말고 어서 먹어요, 어서."

그러면서 자기는 찬밥을 먹었다.

온화한 풍모의 주지 스님은 사십대쯤일까, 아직 젊은 분인데도 독경하는 음성이 넉넉하고 침착했다.

나무 사이로 햇빛이 비쳐드는 방 한쪽에서 독경 소리가 울렸다. 모두에게 낯선 새 집에 청정한 공기가 스며들었다.

"이제 어머님은 다비식에 들어갑니다. 관 속에 생전에 좋아하시던 것을 넣어주십시오."

중년의 장의사가 말했다.

조문객들이 하나하나 넣어준 백합으로 엄니의 몸은 하얀 꽃에 감싸였다. 모두 함께 찍은 사진, 토끼 봉제인형, 화투, 그리고 편지를 써온 이들은 저마다 꽃잎 안쪽에 넣어드렸다. 나도 엄니에게 편지를 썼다.

지금껏 엄니에게 '고맙다'는 말을 분명하게 해본 적이 있었던가.

작은 일, 큰 일, 하루하루의 일, 지금까지의 일. 그때그때 반드시 했어야 할 감사의 말. 언제부턴가 당연한 일처럼 받기만 한 채, 마지막까지 분명한 감사의 뜻을 전하지 못한 것 같다.

이제껏 고생만 시키고 그저 받기만 하고 내내 걱정만 끼쳤던 것, 그 모든 것을 언젠가는 갚을 거라고 생각하며 미뤄두었다. 그러다 결국 은혜를 갚기는커녕, 고맙다는 감사의 말조차 제대로 하지 못한 채 엄니를 보내고 말았다.

희망사항이던 '언젠가'는 아무리 세월이 흘러도 다가오지 않지만, 몹시도 두려워하던 '언젠가'는 돌연히 찾아왔다.

'엄니, 고맙습니다.'

편지로밖에는 말하지 못했다. 살아있을 때 말해 주었으면 엄니가 얼마나 좋아했을까……

없는 살림에 어릴 때부터 참 많은 것들을 사주었다. 자전거, 글러브, 오토바이……. 엄니가 마지막으로 사준 건 발목양말이었다. 내가 짧은 양말만 신는 것을 알고 사사즈카 상점가에서 세 켤레에 천 엔짜리를 사왔다. "이런 거지?"라며 자못 의기양양한 얼굴이었다.

'엄니, 고마워.'

앞으로 내게 아이가 생길지 어떨지 모르겠지만, 만일 그런 날이 온다면 엄니 이름을 아이에게 붙여주겠다고 썼다.

관 뚜껑이 닫히고 못이 박히는 순간, 나도 모르게 소리가 터져 나왔다. 이제 더 이상 엄니를 만질 수 없다. 아무리 차가워도 아직은 더 만져보고 싶었다.

엄니가 늘 사용하던 동백 무늬의 밥공기를 그 자리에서 깨뜨렸다.

친척 아저씨들과 사촌 형제들에게 떠메어져 엄니의 관은 현관을 지나 영구차로 옮겨졌다. 나는 위패를, 아부지는 유영을 안고 그 뒤를 따라 밖으로 나갔다.

길가에 나가 줄을 섰다. 조문객들도 좁은 골목길에 서있었다. 장의사가 상주의 인사를 재촉했다.

"여러분, 오늘은 감사했습니다. 엄니가 늘 하던 말이 있습니다……. 좋은 집이라는 건 으리으리한 저택 같은 게 아니라 항상 사람들이 찾아주는 집이라고……, 그렇게 말했습니다. 엄니는 이제 이 세상에 없으니 변변한 대접은 못할

지 모르지만……, 이 근처에 오시면 이 집에 들러 주십시
오. 제가, 서툴기는 하겠지만 요리를 대접하겠습니다……."

길고 긴 클랙슨을 울리며 나와 아부지, 그리고 관에 든
엄니를 실은 영구차는 그 집을 떠났다.

화장터의 재장齋場에는 우리 외에도 다른 유족들이 바쁘
게 오락가락해서 평일인데도 어떤 식장이나 상복 차림의
사람들로 가득했다.

요금에 따라 화장하는 곳도 다른 모양이었다. 가장 가격
이 저렴한 쪽으로 안내를 받아 따라갔더니 볼링장처럼 줄
줄이 창문이 늘어섰고 마치 제철소 같은 활기가 감돌았다.

값이 비싼 자리는 개인실에서 긴 시간을 들여 태워준다
는 모양이었다. 돈만 있으면 귀신도 부린다더니, 이런 것이
었나.

"고인께 마지막으로 인사를 드려주십시오."

관의 작은 창을 통해 모두 함께 엄니의 얼굴을 들여다보
았다. 엄니는 계속 웃는 표정을 하고 있었다.

"엄니……."

늘 웃었다. 괴로울 때도 답답할 때도 내 앞에서는 언제
나 웃고 있었다.

밥을 먹으며 입속이 보일 만큼 웃어젖히곤 하면 나는 그
때마다 싫은 소리를 했었다.

"엄니, 지저분하잖아. 입속의 밥이 다 보여."

허접한 소리를 해서 미안해, 엄니. 나한테는 젓가락 제대로 쓰라고 한 번도 나무란 적이 없었는데. 우리에게는 우리만의 룰이 있었는데.

항상 자기 말에 자기가 제일 우스워하며 배를 부여잡고 웃어댔는데, 왜 이제는 꿈쩍도 안 해? 왜 그래, 엄니? 부잣집 아줌마처럼 새침한 얼굴을 하고서, 왜 그래? 죽어버린 거 같잖아, 엄니…….

죽을 때는 병으로 죽으면 안 된다고 그랬었지? 비행기로 죽어야지, 비행기로. 그것도 중국 회사 것은 안 돼. 별로 못 받으니까. 일본 비행기여야 돼……. 그러면 엄니는 "죽는 건 괜찮다만, 비행기 타는 게 무서워서 어쩐다냐?"라며 웃었다.

왜 그래, 왜? 왜 죽고 그래?

관의 작은 창이 닫히고 엄니는 볼링공처럼 가마 안으로 미끄러져 갔다.

스님이 독경을 읊기 시작하고 모두가 염주를 손에 쥐었다. 가마에 불이 들어갔다.

참말로 죽어버렸어? 불이 들어가는 순간에 다시 살아났다는 이야기를 들은 적이 있었다. 만일 그렇다면, 우리는 어떻게 그걸 알아주어야 좋단 말인가. 살아날지도 모르잖아! 잠깐, 일단 한번 불을 멈추고 확인해주쇼! 살아날지도

모르잖아! 살아날지도 모르는데 다 태워버리면 어쩌자는
거야!

잠시 별실에서 기다렸다가 다시 화장장에 돌아가니 관도
엄니의 몸도 표정도 화투도 모두 사라지고 철제 판 위에는
조각난 뼈가 하얀 석회처럼 남아있을 뿐이었다.

담당자는 흩어진 뼈를 삽으로 긁어모으더니 "나이에 비
해 뼈가 깨끗하게 남았군요"라고 영문 모를 소리를 했다.

"여기가 목구멍 뼈예요. 여기, 이렇게 해보면 부처님이
정좌하고 앉은 것처럼 보여서 부처님 목뼈라고도 하지요"
라며 엄니의 뼈를 맞춰놓고 설명을 해주었다.

조금 전까지 그곳에 있던 엄니의 몸이 이렇게 작아졌다.
이 깨진 도자기 조각 같은 것이 정말로 엄니인 걸까.

나는 그 한 조각을 집어 들어 입에 넣었다. 주위 사람들
이 이상하다는 눈빛으로 나를 바라보았다. 엄니의 뼈는 생
각했던 것보다 훨씬 딱딱했다. 몇 번을 깨물어도 잘게 깨어
지지 않고 달걀 껍질처럼 오래오래 입속에 남았다.

스님의 말을 들으면서도 입안에서 엄니의 뼈를 깨물고
있었다. 내 몸 속에 엄니를 넣어두고 싶었다.

뼈 항아리에 담겨 작아져버린 엄니와 집에 돌아오자, 가
까운 친척들만 남아 조용히 우리를 기다리고 있었다.

벚나무 잎이 흔들리는 봄날, 흰 백합 향기가 강하게 풍

기던 그 집. 이모들이 끓여준 녹차를 마시며 항아리 속의 몸으로 돌아온 엄니를 모두 함께 조용히 바라보았다.

"마지막으로 상주께서 친족 여러분께 인사를 해주십시오"라는 장의사의 말에 나는 아부지를 가리켰다.

"그건 아부지가……."

"그럼 아버님, 부탁합니다."

엄니의 유영을 안고 있던 아부지가 천천히 몸을 일으켰다. 모두가 자리에 앉은 채 아부지를 보았다. 아부지는 자리에서 일어나서도 한참이나 아무 말도 하지 않았다. 지그시 눈을 감고 고개를 떨군 채, 할 말을 찾고 있는 듯했다.

"……에이코와 나는……."

거기까지 말하더니 아부지는 입이 굳게 닫혀버렸다. 울고 있었다. 지금껏 한 번도 눈물을 보이지 않던 아부지가 할 말을 잊은 채 울고 있었다.

나는 태어나서 처음으로 아부지가 우는 모습을 보았다.

바라건대 봄날 꽃의 발치에서 죽고저

– 여월如月의 망월望月 무렵에

병원에서 챙겨온 엄니의 짐 속에 편지지가 있었다. 그 첫 장에 엄니가 직접 써놓은 사이교 법사西行法師(1118~1190. 헤이안 시대의 시인이자 승려. 23세에 출가하여 각지를 행각하며 수많은

460

노래를 지었다)의 옛 시조였다.

언제 이런 글을 써두었을까. 엄니는 자신의 죽음을 입원하기 전부터 감지했던 것이리라.

시조에서 노래했던 계절과 비슷하게 엄니는 꽃 피는 봄날에 세상을 떴다.

특별히 무엇을 바라거나 욕심내는 일이 없는 사람이었지만, 죽을 때만은 사이교 법사처럼 따스한 봄날이었으면 하는 소망이 있었는지도 모른다.

"네 어머니는 달이 작을 때 죽었고만. 사람은 달이 꽉 찼을 때 태어나 초승달일 때 죽는 게 좋다더라……."

초칠일까지는 향을 빠짐없이 피워야 한다면서 아부지는 날마다 아침 일찍 일어나 불을 피워 향 연기가 끊기지 않도록 했다.

그러고는 엄니가 죽은 날의 달 모양에 대한 이야기를 몇 번이고 중얼거렸다.

후지카와가 만들어준 포스터는 아기인 나를 안은 엄니가 고쿠라 집 현관 앞에서 미소 짓는 사진이었다. 그 흑백 사진에는 'LUNAR DESTINY(달이 정한 운명)'이라는 제목이 디자인 된 글씨가 들어갔다. 그것을 인쇄소에서 B 사이즈로 찍어주었다.

벽에 큼직하게 붙여진 그 포스터를 가리키며 나는 아부지에게 말했다.

"이 사진 찍은 거, 아부지였어?"

"그럴 것이다. 고쿠라 집 앞이지?"

"이 사진을 찍은 뒤에 아부지가 현관문을 발로 걷어차서 부숴버렸어. 이 사진에서는 아직 멀쩡하지만."

"그런 일이 있었냐? 벌써 옛날 일은 자꾸 잊어버리느만……."

나는 아부지에게 물어보기로 했다.

"여기 엄니가 안고 있는 아기가 나야?"

"그야 물론이지. 너 말고 또 누가 있냐? 너 낳고 얼마 안 되었을 때여."

마루에서는 빵이 세 배는 넓어진 새 둥지에서 폴짝폴짝 뛰고 있었다.

"토끼 걱정만 하더니 자기가 먼저 죽어버렸네……."

달에 관한 책에서 읽은 적이 있다. 달에 토끼가 살고 있다는 이야기는 딱히 이 나라에만 있는 게 아니란다.

신기하게도 인도에도 아프리카에도 달에 사는 토끼에 관한 우화가 전해져 온다고 했다.

아프리카의 달과 토끼 이야기.

달을 모시던 토끼는 어느 날, 지상에 말을 전하고 오라는 명을 받았다.

"인간이 죽음을 두려워하고 있느니라. 너는 지상에 내려가 인간들에게 이렇게 말하도록 하여라. 죽음을 두려워하지 말지어다. 이미 너희에게 죽음이란 없느니라. 죽어도 다시 살아나리라. 영원히 사는 것이니라…… 알겠느냐, 그렇게 전하고 오너라."

하지만 토끼는 큰 실수를 하고 말았다.

지상에서 돌아온 토끼에게 달이 물었다.

"인간들에게 똑똑히 전하고 왔느냐?"

"예, 인간들은 언젠가 죽을 것이라고 전하고 왔사옵니다."

그 말을 들은 달은 크게 화를 내며 토끼에게 말했다.

"이런 어리석은 것! 내 말을 똑똑히 듣지 않았구나! 완전히 거꾸로 전하고 오다니!"

달은 들고 있던 지팡이를 토끼에게 내던졌다. 지팡이는 토끼의 입 끝에 맞았고 토끼는 너무나 아파서 날카로운 발톱으로 달을 할퀴었다.

그때부터 토끼의 입은 갈라지게 되었고 달에는 흑점이 생겼으며 인간은 다시 살아날 수 없게 되었다는 이야기.

"이 사진을 찍을 때쯤에 아부지는 신문사에 근무했었지?"

"할아버지가 돌아가시고 얼마 안 된 참이었고만. 아버지는 그 일로 큰 충격을 받고 아예 빈껍데기 같은 사람이 되었어. 고향에 내려오라는 엄명을 받고 도쿄에서 고쿠라에 내려가 할아버지 연줄로 신문사에 들어갔었는데, 그 무렵일 거여, 네 어머니를 만난 게……. 결혼해서 처음에는 둘이서 술도 꽤 마셨는데…… 집에서 둘이 두 되를 마셨으니께."

"굉장하네."

"내가 네 어머니 혼자 두고 밖에 술 마시러 나가본 적이 없었고만."

"사이가 좋으셨네."

"네 어머니가 매일 점심시간마다 전차를 타고 회사까지 도시락을 들고 왔어. 아침에 들려 보내면 도시락이 식는다고 일부러 금방 만든 걸로 들고 왔었고만."

"헤에, 엄니답네……."

"아버지는 그게 영 싫었어. 신문사 동료들이 마나님 오셨소 해가며 놀려대. 그게 창피해서 노상 오지 말라고 했지."

"왜 그렇게 어린애 같았대? 그런 말 좀 들으면 어때서? 일부러 챙겨주는데 그런 서운한 소리를 왜 하냐고."

엄니를 위해 빌린 새집에 나와 아부지 둘이만 있었다. 그리고 지금껏 한 번도 물어본 적 없던 엄니와 아부지 부부간의 이야기를 들었다. 에도가와 란포 소설의 결말에서 감춰진 수수께끼가 하나씩 풀려가듯이 아부지의 이야기를 듣다보니 내가 알지 못했던 부분이 차츰 점이 되고 선이 되어 이어졌다.

그리고 엄니가 결코 입에 담지 않았던 사연. 그것을 나는 아부지에게서 듣게 되었다.

"왜 별거를 했어?"

"으응……."

"여자 때문에?"

"아니, 그런 거 아니다……. 네 할머니여……."

"고쿠라 할머니?"

"네 할머니하고 맞지를 않았어, 네 어머니가. 노상 네 할머니가 이러니저러니 말이 많았고만. 견디다 못한 네 어머니가 고쿠라 집을 나가 너하고 셋이서만 살자고 하더라. 나도 그때는 아직 젊을 때니께 성미가 급했지. 그런 소리를 할 거면 니가 나가라고 탁 쏘아붙여 버렸고만……."

아부지도 그 일만은 잊을 수 없었던지 마치 어제 일을 이야기하는 듯한 말투였다.

"그래도…… 엄니처럼 누구하고든 잘 지내는 사람이 어째서 할머니하고 사이가 안 좋았지?"

한숨을 내쉬며 아부지는 말했다.

"네 할머니가 누구하고도 안 맞는 사람이었고만……."

나는 사사즈카 집에 이삿짐을 꾸리러 가지 않았다. 결국 엄니가 죽은 그날에 원피스를 가지러 갔던 게 마지막이었고 그 뒤로는 한 번도 간 일이 없었다. 그 집을 바라보는 게 괴로웠기 때문이다.

에노모토와 호세, BJ 등이 모두 포장을 하고 이사준비를 해주었다.

"텔레비전 방 책장 위에 이불커버 빈 상자가 있어. 비닐 테이프로 붙여놨고 포장지에 엄니가 뭐라고 써놓은 상자인데, 잃어버리지 않게 그것부터 날라다줘."

엄니의 계명戒名은 장례 때 오셨던 스님에게 부탁했다. 엄니도 그 스님에게 부탁하라고 말했었다.

엄니가 생전에 어떤 사람이었는지, 일부러 나를 절에 불러서 꼼꼼히 메모를 해가며 들어주셨다.

돈이 없어 묘는 살 수 없다고 솔직히 말했더니, 스님은 묘를 살 수 있을 때까지 매일 경을 읽고 공양을 해줄 테니 안심하고 맡겨 놓으라고 하셨다. 부인도 언제든 엄니를 보러 오라고 해주셨다.

하지만 아부지는 엉뚱한 소리를 했다.

"계명이라는 게 대충 한 글자에 몇 십만 엔씩 하는 거여. 고쿠라 쪽에서는 우선 백만 엔부터 시작헌다. 거기서 얼마나 더 내느냐에 따라서 계명의 길이가 정해지는 거여."

"엣, 그만한 돈은 없는데……?"

"뭐, 계명이란 게 그런 것이고만."

아부지의 말대로라면 겨우 한 글자짜리 계명을 지어줄 돈밖에 넣지 않았다. 불교라는 건 평등의 정신을 설파하는 거 아니던가?

"뭐, 계명이란 게 원래 그런 거여."

엄니의 유영을 둘러싸고 모두 함께 술을 마셨다. 한동안

술을 끊었던 터라 갑자기 술이 약해진 것 같았다. 뭐가 어찌됐건 브랜디가 아니면 마시지 않는 아부지. 게다가 메이지야明治屋에서 파는 델라맹Delamain이라는 브랜디가 좋다, 그거 아니면 마신 거 같지도 않다고 하는지라 일부러 롯폰기의 메이지야까지 나가서 사온 브랜디였다.

자칭 브랜디 애호가라는 호세였지만 지금까지 시로키야白木屋의 브랜디밖에 마셔본 적이 없어서 "이거, 정말 맛있는데요!"라고 몇 번이나 외치기는 했으나 과연 그 차이를 아는지 어떤지는 아무래도 미심쩍었다.

"그나저나 도쿄에서 이래저래 네 어머니 이야기를 듣다 보니 내가 알던 그 사람이 영 아니더라. 들을 때마다 어라, 그런 면도 있었나 하는 생각이 들더만…"

아부지는 몇 차례나 그 말을 했다. 나는 그 말을 들을 때마다 그도 그럴 거라고 생각했다.

"막 결혼했을 때여. 네 어머니가 이러더라. 바람을 피울거면 자기 모르는 데서 피우래. 그런 말을 직접 얼굴을 맞대고 하는 여자였고만."

엄니는 내내 아부지 앞에서는 그렇게 강한 면만 내보였던 게 아닐까. 그리고 아부지는 그렇게 강한 척하는 엄니만 보아왔을 것이다.

엄니가 숨을 거둔 직후에 아부지가 내게 말했다.

"마지막 임종 때 벌떡 일어서려고 했지……. 참 대단허다……. 네 어머니는 입원한 뒤로 죽을 때까지, 참 어지간히 힘들었을 텐데도 끝까지 약한 소리를 안 했고만…….”

하지만 아부지는 알지 못했다. 엄니가 눈 감기 이틀 전에 통증에 시달려 몸부림치다 스스로 링거 바늘을 빼내며 부르짖었던 말을.

“이제 고만 죽는 게 낫고만…….”

비단 아부지와 엄니뿐만이 아니라 거의 모든 부부가 그렇게 서로의 어떤 면은 보여주지 않은 채, 서로 알아주지 못한 채, 평생을 함께 살아가는 것인지도 모른다.

초 칠일이 지나가고 있었다. 아부지는 그 다음 날에는 고쿠라로 돌아갈 모양이었다. 그리고 다시 이전과 마찬가지로 제각기 살아가는 날이 시작될 터였다. 사십구제 때 다시 오마고 했다. 그리고 해마다 한 번씩 엄니의 명일이면 도쿄에 올라온다고 했다.

엄니가 내게 남겨준 상자, 막상 열어보기가 두려웠다.

‘엄니가 죽으면 열어 보아라’라고 써넣은 엉성한 그 상자를 열어보기로 했다.

안에는 몇 개의 봉투와 작은 상자가 들어있었다.

작은 보라색 상자에는 새 염주가 들어 있었다. 자신의 장례 때 쓰라고 내 몫으로 사둔 것이리라. 예쁜 방房이 달린 훌륭한 염주였다.

납작하고 긴 상자는 위에 매직으로 '옛날 지폐'라고 적혀 있었다.

이타가키 다이스케板垣退助가 들어간 백 엔 지폐 한 장. 이와쿠라 도모미岩倉具視의 오백 엔 지폐 다섯 장. 이토 히로부미의 천 엔 지폐가 네 장. 쇼토쿠 태자의 오천 엔 지폐 한 장.

그리고 천왕 재위 60주년 기념으로 발행된 일만 엔짜리 은화 한 개.

이 상자는 몇 번 본 적이 있었다. 왜 그런지 엄니는 오래된 지폐와 한정 발행된 동전을 모으는 게 취미였다. 어렸을 때, 옛날 동전을 수집하던 내게 이따금 보여주기도 했다.

내가 하나만 달라고 해도 "지금 주면 너는 써버릴 테니께 엄니가 갖고 있어야 혀"라며 내주지 않았다. 그밖에도 이타가키 다이스케의 백 엔 지폐 백 장을 은행 띠도 풀지 않은 신권으로 갖고 있었는데, 몇 년 전에 내 친구에게 축하금으로 선물해서 이 상자에는 없었다.

"나중에 꼭 너한테 줄 테니께"라는 약속을 기억하고 있었던 것이리라. 내가 가장 가지고 싶어했던 이와쿠라 도모미의 옛날 디자인 5백 엔 지폐도 엄니는 정확히 한 장을 챙겨 놓았다.

갈색 봉투에는 이렇게 써있었다.

'통장과 인감을 넣어두었다. 4월 25일이면 10년 전에 들었던 정기예금의 만기가 돌아와 507,570엔이 나온다. 저금

증서에는 20만 엔이 있다. 제일권은第一勸銀에도 조금 들어 있다. 전부 해약해서 장례비용으로 써라.'

그다지 큰돈을 준 적도 없건만 그 속에서 어떻게 저금까지 했을까. 나를 위해 가입한 생명보험 증서도 있었다. 어떻게 이걸 다달이 불입했던 걸까.

우체국 통장은 국제 자원봉사 저축으로 가입되어 있었다. 이자가 자동적으로 해외 구호단체로 이체되어 개발도상국 사람들에게 도움을 주는 것이었다.

적은 액수여서 기껏해야 매달 몇 엔, 몇십 엔의 이자가 붙는 정도였겠지만, 항상 자원봉사를 하고 싶다던 엄니는 이렇게 자신이 할 수 있는 범위 안에서 그 일을 하고 있었던 것이다.

옆 동네 슈퍼에서 양배추를 5엔 싸게 팔더라, 달걀을 10엔이나 싸게 샀다, 엄니가 노상 그런 말을 할 때마다 궁상맞다고 툴툴거렸는데, 엄니는 그렇게 자신의 발품을 팔아 벌어들인 5엔, 10엔을 이런 곳에 보내고 있었다.

그런 줄도 모르고 번번이 핀잔을 주어서 미안해, 엄니.

이 돈, 나는 도저히 못 쓰겠네.

엄니 장례식 비용도 '매달 3천 엔, 90회 짜리'를 벌써 70회나 냈잖아. 도쿄에 올라와 엄니 죽은 뒤에 나한테 폐 끼칠까봐, 그게 그렇게 걱정이었어? 왜 노상 그런 걱정만 하느냐고. 27만 엔, 가장 싼 장례식 플랜……

엄니에게 이런 말을 하면 가엾게도 깜짝 놀라겠지만, 장례비 청구서는 2백만 엔 정도가 나왔다. 이것이고 저것이고 죄다 '옵션 요금'이었다. 백합이야 내 쪽에서 주문했지만.

그렇긴 하지만 문상객들이 다들 훌륭한 장례식이라고 칭찬해주었고, 돈은 얼마가 들어도 괜찮아. 엄니의 딱 한 번밖에 없는 장례식인데 내가 빚을 내서라도 좋은 걸로 해줘야지. 5백만이든 천만이든 얼마라도 괜찮다고, 엄니.

하지만 엄니 같은 노인네들이 자신의 장례식을 위해 다달이 절약을 해가며 꼬박꼬박 3천 엔씩을 넣을 터였다. 그런 노인네들의 심정을 부조회나 장의사는 대체 어떻게 생각하는 거냐고!

27만 엔으로 남에게 신세 질 일 없겠다고 안심하며 눈을 감았을 텐데, 당신들은 그 노인네들이 알아먹지도 못할 사기꾼 같은 요금을 설정해 놓다니, 그러면 그 노인네들이 저승에 가서도 속이 편하겠느냐고! 어쩌자고 세상 뜨신 분들을 돈 때문에 속상하게 하느냔 말여!

하지만 엄니, 속상할 거 없어. 그 장례식은 엄니가 낸 장례식이야. 정말 훌륭한 장례식이었어. 돈 걱정은 하지 마. 가장 값싼 플랜이었지만 어떤 화려한 장례식보다 멋진 파티였네.

또 하나의 갈색 봉투는 두툼했다. 겉에 '마사야雅也 이름

471

의 유래'라고 적혀 있었다.

몇 장의 리포트 용지에, 성명을 판단한 결과와 다른 후보 이름들과의 비교 등이 상세히 기록되어 있었다.

마사카도雅廉, 노부스케敍亮, 기와미極, 사이彩, 이치로一路, 다쿠야琢也, 마사야雅也.

아부지는 야마모토 유조山本有三의 '진실일로眞實一路'라는 말에 깊은 감명을 받았던지 '이치로'라는 이름을 추천한 모양인데, 이 이름은 성명 판단에 의하면 '이른 나이에 육친과 사별하며 또한 병약하고 빈곤하다. 특히 형벌, 조난, 부상 등의 흉조가 농후하다'라는, 등이 오싹할 만큼 좋은 것이라고는 하나도 없는 이름이었다. 게다가 옆집 개의 이름이 '이치로'이기도 해서 이 이름은 밀려나고, 총 획수가 가장 대길한 운으로 나온 '마사야'로 정해졌던 것이다. 하지만 아부지는 "멜로 드라마에 나오는 사내 이름 같고만"이라며 전혀 마음에 들지 않았다고 한다.

"욱일승천 힘차게 번성하는 두령 운으로, 비천한 가운데 일신을 일으켜 천하를 쥔다. 상사, 선배 및 주위 수많은 사람들의 지지와 원조를 받아 일단 때를 얻으면 훌륭한 약진을 이뤄낼 대 길조."

나는 점술은 별로 믿지 않지만, 이치로라는 이름의 '형벌, 조난, 부상 등의 흉조가 농후하다'보다는 이 대길 운의 '마사야' 쪽으로 꼭 부탁하고 싶은 심정이다.

그리고 이 봉투 속에는 작은 주머니가 들어있었다.

'아기 님 탯줄. 고쿠라 기념병원 나카가와 아기님. 1963년 11월 4일 탄생.'

그 안에 가루약 싸듯이 착착 접어놓은 종이를 펼쳐보니 바싹 마른 탯줄이 들어 있었다. 작은 탯줄 가운데에는 빨간 실이 묶여 있었다.

계명을 기다리고 있는 엄니처럼 아직 이름이 없던 신생아. 나카가와 아기님이라고 불리던 이 아기…….

어렸을 때 고쿠라 할머니가 했던 말. 엄니를 제일로 좋아한다고 말했을 때, 할머니는 이렇게 말했었다.

"낳아준 부모보다 키워준 부모라고 하더니만…."

마음속 어딘가에 항상 걸려있던 말. 나이가 들면서 어느 쪽이건 상관없다고 생각하기는 했지만 항상 뭔가 개운하지 않던 마음.

엄니에게도 다른 누구에게도 물어본 적이 없었지만, 엄니는 마지막으로 상자 속에 이 탯줄을 남겨서 내게 알려주려고 했던 것일까. 진실은 이것이라고 증거를 대며 분명하게 알려준 것일까.

그 옛날 이 탯줄로 나와 엄니가 이어져 있었던가.

"야야, 뭘 고민하는겨? 당연한 일인데."

그 바짝 마른 탯줄을 바라보고 있으려니 엄니가 내게 그렇게 말하는 듯한 느낌이 들었다.

마지막으로 밑바닥에서 나온 것은 손바닥 크기의 메모장이었다.

100엔 숍에서 파는, 비닐 커버의 메모장. 그 비닐 커버에 종이 한 장이 끼워졌고 거기에는 '엄니의 혼잣말'이라고 써 있었다.

엄니의 유서였다.

마사야에게

오랜 동안, 참으로 고마웠다.
도쿄에서의 생활은 정말 즐거웠다.
엄니는 결혼에는 실패했지만,
하느님이 착한 아들을 점지해 주셔서
행복한 마지막을 맞이할 것 같구나.
어렸을 때는 울보에다 병약해서
부처님께 기원을 올릴 때는 우선 건강하기를,
그리고 정직한 사람으로 자라기를,
어른이 된 뒤로도 역시 건강이 첫째,
그러고는 사업 번창을 빌었다.
요즘은 조금 더 욕심을 내서
네 여자 친구 몫까지, 둘의 교통안전을 기원했다.
한 번도 내 일을 기원해 본 일은 없다.

앞으로도 여자 친구와 즐겁게 사이좋게 지내라.
그 아이는 정말로 내 친딸 같았다.
어머니, 어머니, 하고 스스럼없이 대하는 게
정말 기뻤다.
엄니는 행복하게 인생의 막을 내리니
아무것도 여한이 없다.

정말 고맙다.
그리고, 안녕.

앞으로도 건강에 특히 주의하고,
결코 거만하게 굴지 말고
남의 아픔을 알아주는 사람이 되어라.
중학교 때 이토 선생님이, 나카가와 마사야는
남학생에게나 여학생에게나
모두 인기가 있다고 말씀하셔서
얼마나 좋았는지 모른다.
공부 잘하는 아이보다
그런 사람이 되기를 원했으니까.

맨 먼저 나카무라의 이모에게 소식을 전해라.
그리고 다른 분들께도 말해라.

엄니 물건의 뒷정리는

부우부 이모에게 부탁했다고.

이모가 정리하러 오거든 여비를 좀 챙겨줘라.

엄니로부터.

　메모장 위에 눈물이 뚝뚝 떨어졌다. 이를 악물어도 소리
가 새어나와서 엉엉 울었다. 허전함과 후회. 차마 고개도
못 들만큼 미안한 마음이 가슴속에서 터져버릴 것 같았다.
　그 다음 페이지에는 사무적인 내용이 덧붙어 있었다.

두 통의 생명보험 증서를 소중히 보관해라.

병이 났을 때 입원 보장에 중점을 둔 보험이다.

입원 시에 지급되는 돈은 하루 15,000엔이다.

이 보험은 사망 시에는 돈이 적게 나오는 것이니

다음에 사망 보장이 큰 것으로 새로 가입해라.

그래서 장래의 아내가 혹시라도

어려움을 겪는 일이 없도록 해야 한다.

그리고 엄니는 교통보험에 들었지만

죽으면 공제 가입증 앞면에 적힌 전화번호로

탈퇴한다는 연락을 해라.

이건 교통사고 이외에는 나오지 않는다.

476

그리고 백화회 회장님에게도

전화를 해드려라.

엄니가 마지막 입원을 하기 이전에 여자 친구와는 헤어졌는데, 마지막까지 엄니에게 그 말을 하지 못했다. 입원한 뒤에도 그녀가 자주 찾아주었기 때문에 엄니도 설마 깨어졌다고는 생각하지 못했을 것이다.

언젠가 결혼할 거라고 엄니는 안심하고 세상을 떠나버렸다. 마지막으로 엄니를 배신한 것 같아 그저 송구스러울 따름이었다.

메모장에는 그 여자 친구에게 보내는 글도 있었다.

나는 항상 딸이 있었으면 하고 바랐기 때문에

죽기 전에 하느님이 다 큰 딸을 내려주신 것만 같아

감사한 마음이에요.

나는 충분히 행복한 인생이었어요.

마사야를 앞으로 잘 부탁해.

둘이서 사이좋게 언제까지나 행복하기를!

그리고 친정 어머님께도 잘 해드려요.

남들처럼 손자를 내 품에 안아보고 싶었는데,

그게 무엇보다 유감이네요.

정말 고마워요.

반지는 나의 유품으로 간직해 주세요.

고부간의 문제로 평생을 고통 받았던 엄니는 여자들끼리
이러저러하게 사이좋게 지냈으면 하는 이상적인 관계상이
있었으리라. 아들의 여자 친구라기보다 이미 엄니의 딸이
며 친구였다. 그것은 멍텅구리 사장이나 다른 여자 친구들,
집에 놀러왔던 여자들은 모두 엄니의 친구였고 항상 원하
던 딸 같은 존재였을 것이다.

엄니에게 그런 즐거운 시간을 만들어준 이들에게 정말
감사한다. 그리고 엄니의 마지막 배려조차 헛된 일로 만들
고만 나 자신에게 돌이킬 수 없는 한심함을 느낀다.

마루에 앉은 아부지가 곁에서 잠든 빵의 머리를 쓰다듬
고 있었다. 그 몇 주일 사이에 아부지가 갑자기 작아진 것
처럼 보였다.

이 부부간이 아니고서는 알지 못하는 둘만의 멋진 추억
과 돌이킬 수 없는 시간들. 그리고 나와 엄니 사이에 남은
둘도 없는 기억들, 미완성인 채의 선물.

앞으로도 이승에서 살아가야 하는 우리는 저마다 그 따
스한 추억을 움켜쥐고 묻어버릴 수 없는 아쉬움을 안고 하
루하루를 어떻든 살아나가야 한다.

향 연기가 파문을 그리며 보이지 않는 세계로 사라져 갔

다. 엄니의 유영 앞에는 그날 아침에 아부지가 나카메쿠로 상점가에서 사온 생과자가 예쁘게 차려져 있었다.

손수 끓인 차를 마시며 간간이 기침을 하는 아부지. 갈 아입을 옷이 없어서 계속 같은 옷을 입고 있었다.

빵의 머리를 쓰다듬으며 뭔가 말을 건네고 있었다.

나는 조금 떨어진 곳에서 아부지를 바라보았다. 그 몇 주일 사이에 아부지와 35년분의 이야기를 나눈 듯한 느낌 이 들었다.

이 사람을 좀 더 좋아하게 되면 돌아가셨을 때 또 그런 큰 슬픔을 겪어야 하는가, 그건 정말 싫은데. 멍하니 아부 지를 바라보며 그런 생각을 했다.

여춘원명랑묘영신녀麗春院明朗妙榮信女

스님께서 엄니의 법호를 보내 주셨다. 곧바로 이모들과 아부지에게도 팩스로 보냈다.

"이건 미인美人의 계명이잖냐? 엄니가 아주 좋아허겄다. 자기헌테 딱 맞는다고 허고 있겠고만."

보고 싶어서 자꾸 눈물이 난다는 편지를 보내왔던 이모 들도 그 계명을 보고 마음이 한결 환해진 모양이었다.

"호오, 괜찮은 계명이고만. 그나저나 세상 욕심 없는 훌 륭한 스님이다. 고쿠라 쪽에서는 계명이라는 게……."

계명과 가격의 상관관계에 대해 유독 할 말이 많은 아부지는 예상했던 글자 수보다 훨씬 더 긴 이름이 나온 게 영 이해가 안 되는 모양이었지만, 그래도 마음에 든다며 몇 번이나 엄니의 새 이름을 중얼거렸다.

외할머니에게서 물려받은 쌀겨 된장에 새로 보태가며 날마다 뒤적이고 지금껏 수없이 맛난 장아찌를 만들어냈던 엄니의 유일한 보물, 장아찌 항아리.

이제는 뒤적여줄 사람도, 야채를 재울 일도 없는 갈색 항아리가 아무것도 없이 텅 빈 새 집의 널찍한 부엌에 덜렁 놓여 있었다.

엄니가 죽은 뒤에 멍텅구리 사장에게 물어보았다.

"엄니가 소중히 간직해온, 외할머니 때부터 자그마치 백 년을 이어온 장아찌 항아리, 당신이 한번 물려받아볼래?"

얌전한 표정으로 지그시 장아찌 항아리를 바라보던 멍텅구리 사장은 틈을 둘 것도 없이 곧바로 대답했다.

"나, 나는, 못해……."

"그렇겠지……?"

하지만 멍텅구리 사장에게는 장난감 코안경과 틀니와 수건 등의 장기자랑 세트를 엄니의 유품으로 나눠주었다.

"그렇다면 이 재주라도 이어받아!"

"음, 알았어!"

엄니의 앨범을 정리하다 보니 자매끼리 여행을 갔을 때

찍은 사진이 많았다. 그중의 한 장.

사진 오른편 아래쪽에 1980년의 연월일이 찍힌 어느 온천 여관에서의 한 컷이었다. 욕의를 입은 엄니가 그 재주를 펼쳐 보이고, 언니들과 여동생은 배꼽을 잡고 뒹굴며 웃고 있는 사진이었다. 20여 년 이상 계속되어 온 연륜 깊은 재주, 커리어 있는 장기자랑인 것이다.

"열심히 해야 돼!"

"그래, 최선을 다할게! 아자아자!"

지금 엄니의 불단 서랍에는 엄니의 찬란한 장기자랑을 물려받은 제2대 멍텅구리 사장의 코안경과 틀니 장착 근영近影이 들어있다.

"영원의 생명을 찾아 천축으로 기나긴 여행길에 오른 삼장법사께서 결국 품에 안고 돌아온 것은 영원의 생명이 아니라 한 권의 경전이었습니다. 그 한 권의 경전에서 불교가 퍼져 나가고 수많은 사람들의 마음을 구제할 수 있었던 것이지요. 현세에 계시던 어머님의 육신은 사라졌으나 어머님의 영혼, 어머님의 마음은 사라지는 게 아닙니다. 아드님이 어머님을 생각하며 조용히 합장한다면 언제라도 곁에 다가와 대답해 주실 것입니다. 불단의 부처님께 공양한 밥이나 과일을 나중에 직접 드셔보시면 알 거예요. 전혀 맛이 없어요. 이미 고인이 드시고 난 빈 껍데기이기 때문이지요. 눈에 보이지 않더라도 어머님은 항상 아드님 곁에 계십니다."

나는 날마다 눈이 뜨이면 엄니의 불단에 향을 올리고, 살아있을 때는 해본 적이 없는 말을 한다.

"잘 잤어?"

그러면 언제나 엄니의 목소리가 들려온다.

"잘 자고 말고가 아니라 벌써 대낮이다야. 어서 일 나가야지, 사람들을 기다리게 하면 안되잖여."

우습게 들릴지도 모르지만, 예전보다 훨씬 더 엄니와 대화하는 횟수가 늘어났다.

사십구제도 치르고 한참 지났을 무렵, 아부지에게서 속달이 왔다.

큼직한 봉투에는 기다란 한지에 붓으로 아부지만의 독특한 문자가 이어졌다.

마사야, 수고가 많았다.

네 어머니는 자신의 여명餘命을 뻔히 아는 속에서도

마지막 순간까지 삶에의 소망을 버리지 않았다.

어느 누구도 할 수 없는 훌륭한 인간의 모습을 보여준

멋진 네 어머니에게 둘이서 건배.

아버지가 네 어머니 이야기를 하면

공연한 신세타령이 될 것이다.

그 일은 앞으로 평생 아버지가

짊어지고 갈 짐이라고 생각한다.

네 친구들에게도 인사 전해라.

납골에 대해서는 전화로 상의하여 정하고자 하니

여기에는 따로 쓰지 않겠다.

너는 어떤 생각을 가지고 있는지 말해다오.

아버지로부터.

엄니⋯⋯. 아부지가 이런 말을 다 하시네.

그해 12월 31일.

엄니의 위패를 수건에 싸서 가방에 넣고 나는 신칸센 막차에 몸을 실었다.

고쿠라에 도착한 것은 연도가 바뀌기 30분쯤 전이었다. 서둘러 호텔을 찾아 체크인 했다.

이미 나도 엄니도 이 도시에는 고향 집이 없었다.

강을 향한 호텔 방에서는 야사카 신사八坂神社로 향하는 새해 참배객들이 보였다. 창가에 위패와 맥주를 내려놓고 그리운 고쿠라 거리를 한참이나 바라보았다.

이 강변의 병원에서 나는 태어났단다. 아직도 그 건물이 남아있을까.

"엄니, 고향에 왔네. 많이 변해버렸어. 다마야玉屋도 이즈츠야井筒屋도 아직 있을까? 루이비통 가게가 생겼던데, 그거 진짜 루이비통 맞아?"

엄니, 새해 복 많이 받아요. 작년에는 함께 설날을 보냈었는데.

신사로 향하는 참배객 행렬의 뒤에 붙어 섰다. 2년 전에는 아카사카의 히에신사日枝神社에 갔었다. 메이지 신궁에 갔던 건 몇 년 전이었던가.

배전拜殿으로 흘러가는 폭 넓은 행렬을 옆구리에서 가로지르려는 야쿠자 일행. 행렬에 선 사람들은 미리 약속이라도 한 듯 자연스럽게 길을 터주었다.

웬만한 배우들도 차마 못 바를 것 같은 왁스를 머리에 번지르르하게 바른 야쿠자들이 행렬 사이를 유유히 가로질러갔다.

엄니, 하나도 안 변했네, 이 동네.

다음 날은 와카마쓰의 이모들에게 위패를 보여주러 갔던 길에 오이타大分 유후인由布院으로 향했다. 1년 중 가장 북적거릴 그 시기에 예약없이 잘 수 있는 곳을 간이 여행 안내소에 들어가 물어보았는데, 뜻밖에 괜찮은 여관이 잡혀서 깜짝 놀랐다.

벳푸에서 살던 때가 그립네. 엄니는 온천을 좋아했지?

잠시 그곳에서 보내다 고쿠라로 돌아와 아부지와 함께

할머니를 만나러 갔다.

내가 태어났던 동물원 옆의 그 집에는 이제 아무도 살지 않았다. 동물원도 문을 닫았다고 했다.

시외의 숲속. 할머니는 그곳 요양시설에서 지내고 있었다. 노인성 치매를 앓고 있다고 했다.

오랜만에 보는 할머니 얼굴. 벌써 아흔 살이지만 몸은 건강해 보였다.

"할머니, 나, 누군지 알겠어?"

할머니는 내게 고개를 깊숙이 숙이며 말했다.

"아, 안녕하시우?"

아부지가 쓴웃음을 지었다. 나뿐만 아니라 벌써부터 아부지도 알아보지 못하는 모양이었다.

할머니를 휠체어에 앉히고 요양시설의 정원을 산책했다. 그곳에 있는 노인들은 한결같이 머리칼을 짧게 자르고 하얀 폴로셔츠에 감색 반바지 차림이어서 모두가 중국 탁구 선수 같았다.

간호 도우미에게 받아온 젤리를 스푼으로 입에 떠넣어주자 열심히 받아 먹으며 이런저런 이야기를 했다.

"할머니, 오랜만이네."

"그렇고만요."

말이 통했는지 어떤지 알 수 없었다.

"아츠코는 어딨냐?"

"고모는 오늘은 안 왔어요."

의식 속에 현재는 없고, 엄청나게 많은 기억들이 시간의 계열 없이 한데 뒤엉켜서 지금 그걸 한 장씩 꺼내놓고 거기에 있는 말을 하고 있는 것 같았다.

할머니와 엄니 사이의 불화에 대해서는 전혀 알지 못했었고, 알았다고 해도 할머니를 나무랄 마음은 없었다. 두 사람 모두 악의는 없었을 것이다. 그저 서로 소중하게 여기는 것이 달랐던 것뿐이리라.

할머니는 스푼을 내미는 나를 공허한 눈빛으로 보고 있었다. 그러다 무언가 생각난 듯한 표정으로 이렇게 말했다.

"나는 자식을 다섯을 낳고 다섯을 키웠는데, 지금 왜 이런 데 와 있는겨……?"

공허한 시선 그대로 그렇게 말했다. 나는 그저 말없이 할머니를 보았다.

"아버지도 이 나이가 되어서야 겨우 효도 비슷한 것을 해본다야……. 한 주에 한 번이나 두 번은 꼭꼭 시간을 내서 들여다봐……. 뭐, 가봤자 나를 알아보지도 못하지만……. 아, 안녕하세요, 하고 인사를 한다니께. 저렇게 넋이 나갔는데도 몸은 여전히 팔팔허시다. 아직 한참은 더 사실 거여. 이제 나도 언제 어떻게 될지 몰라. 그래서 묘를 사뒀다. 네 할아버지 할머니 유골하고, 나도 들어갈 것이고,

네 어머니도 거기 함께 묻었으면 좋겠다만. 네 생각은 어떤지 좀 물어봐야 겠어서……."

돌아오는 택시 안에서 아부지는 말했다.

"이쪽 묘지에 들어가면 내가 자주 못 올 텐데……. 내 생각에는 돈이 마련되는 대로 도쿄에 묘를 사는 게 나을 거 같아……."

"…… 그려? 뭐, 조금 더 생각해 봐. 지금은 그 스님 절에 맡겨졌더냐?"

"본당 옆에 있는 선반에 모셔달라고 했어. 엄니 말고도 다른 유골 항아리가 많아."

"그래서 얼마나 받는댜?"

"응? 그런 돈 얘기는 안했던 거 같은데……?"

"호오, 참말로 세상 욕심 없는 스님이네. 네 어머니 살아생전 행실이 좋았던 모양이다. 아주 좋은 스님을 만났고만."

그날은 아부지가 고쿠라 역 근처 호텔에 방을 잡아주었다. 아부지도 그곳에서 함께 머물 생각인 모양이었다. 늘 다니던 스테이크 하우스는 이미 문을 닫았다고 했다. 역 근처에서 식사를 하고 번화가로 한잔하러 나갔다.

마루겐丸源 빌딩이 늘어선 고쿠라 거리. 정초라고는 해도 상가 빌딩 대부분이 셔터를 내려서 여기저기 짝이 맞지 않는 네온사인 불빛이 외롭게 번져나갔다.

주상복합 빌딩의 클럽에 들어갔다.

아부지가 카운터에 자리를 잡자 마담인 듯한 사람이 내게 인사를 건넸다. 대학생 때도 나와 함께 이곳에 온 일이 있단다. 정말 오랜만이라고 인사를 했지만, 나는 기억이 나지 않았다.

"그나저나 도쿄에서 네 어머니 이야기를 이래저래 들어보니 아부지가 모르는 면이 너무 많아서 얼른 감이 잡히지를 않더라……."

아부지의 기억, 아부지의 이미지 속에 있는 엄니는 어떤 사람이었을까. 어린 시절의 엄니는 얌전하고 말수도 적은 아이였다고 외할머니는 말했었다.

아부지 속에 있는 엄니도 도쿄 친구들이 말하는 그런 명랑하고 적극적인 사람은 아닌 모양이었다.

사십구제 때, 멍텅구리 사장에게 이런 이야기를 들었다.

"어머님이 해주신 얘기가 있어. 도쿄에 올라와 첫 해에는 마사야가 좋은 곳은 다 데리고 다니고 맛있는 것도 많이 사줬다, 나는 그 1년으로 아들 효도를 다 받았다고 생각한다고 그러시더라고. 그래서 그 뒤로는 어머님께 신경 쓰지 않게 직접 시부야 구 노인모임에서 친구들도 사귀고 여기저기 돌아다니며 아는 사람들을 많이 만드셨대……."

나 역시 엄니에 대해 잘 알지 못하는지도 모른다.

"이제는 술도 양껏 못 마시는만."

아부지가 브랜디를 마시며 혼잣말처럼 중얼거렸다.

"네 어머니는 도쿄에서 술을 좀 마셨냐?"

"거의 못 마셨지. 근데, 왜 그런지 항상 누군가 집에 찾아와 함께 왁자지껄 웃고 떠들고 그랬어."

"뭐, 젊은 애들하고 어울리면 덩달아 젊어져서 좋겠지. 아부지는 친구들이 자꾸 죽는 통에 마작 한번 하려도 기껏해야 반장半莊에 4회四回라니께. 그것도 제일 친한 친구가 작년에 마누라를 먼저 보내더니 완전히 기운이 빠져버렸어. 그 친구의 유일한 취미가 마작이야. 거기 상대해 주는 정도고 내가 먼저 나서서는 별로 하는 일도 없다야."

"엄니가 말이지……."

"응……?"

"중학교 고등학교 졸업할 때마다 이혼해도 괜찮겠냐고 물어봤었어. 그때마다 나는 뭐, 괜찮다고 했었는데, 왜 결국은 이혼을 안 했어?"

"그게 언제더라……. 네 어머니가 이혼하자고 서류를 들고 왔었고만. 도장을 찍어달라면서. 상당히 강하게 말을 하더라고. 결국 내가 도장을 찍어서 내주기는 했는데…… 네 어머니가 그걸 구청에 안 냈더라."

"왜 그랬을까?"

"글쎄다……. 왜 그랬으까. 나도 모르겠는 게 이래저래 많고만……."

그건 아부지에 대한 마음이었는지, 아니면 나에 대한 배려였는지, 그것도 아니면 여자로서의 고집이었는지, 이제는 어느 누구도 알 수 없는 일이 되었다.

어쩌면 할머니에게 물어보면 그 이유를 알고 있을지도 모른다. 하지만 나는 물어볼 생각이 없었다. 어쩌면 엄니 스스로도 명확한 이유를 알지 못하는 일일 것이기 때문이다. 사람의 마음이란 매 초마다 변화한다. 언뜻 말을 흘린 참에 뒤바뀌기도 한다. 굳게 결심했던 일도 때로는 흔들리고 번복하고 원래로 돌아가기도 하고, 늘 그런 일이 되풀이된다. 지금 엄니에게 물어본다면 분명 이렇게 말하리라.

"글쎄, 왜 그랬다냐……."

"그 여자 친구하고는 어쩌고 있냐?"

"진즉에 헤어졌어."

"너하고 둘이 있을 때는 어쩐지 모르지만, 내 보기에는 상냥하고 참한 아가씨더라만."

"헤어진 뒤에도 엄니하고는 자주 만났어. 둘이 사이가 좋았거든."

"뭐, 앞으로 네가 누구를 사귀더라도 말이지, 여자한테는 말로 꼭 해줘야 혀. 분명하게 말로 해주지 않으면 여자는 모르는 거여. 좋아하건 그렇지 않건 마찬가지다. 아부지도 내내 생각해 봤는데, 아마 너도 그럴 것이다, 1 더하기 1이 2라는 것을 왜 굳이 말로 해야 하나, 뻔히 다 알 거라고 생각했고만. 그렇지만 말이지, 여자는 모르는 거여. 그게 2가 되다는 것을 분명하게 말로 해줘야 하는 모양이더라. 아부지는 네 어머니에게 마지막까지 그걸 못해 줬다……. 돌이킬 수도 없는 일이여. 하지만 너는 아직 젊으니께 앞으로 그런 말을 많이 해줘…….”

카운터 안에 멀찍이 떨어져 있던 마담이 침침한 분위기를 감지했는지 노래방 어떠냐고 권해 왔다.

“아부지, 〈밤의 은빛 여우〉 좋아하지? 엄니가 그러던데.”

“그랬었나?”

“그 노래하자. 나도 함께 부를게.”

“할 수 있을라나?”

우리는 나란히 마이크를 쥐고 모니터를 뚫어져라 쳐다보며 조용히, 뜨겁게, 〈밤의 은빛 여우〉를 불렀다.

외롭지 않소, 겉치레 사랑은

마음을 감추고 춤을 추어도

솔로 그리스 데 라 노체

부디 믿어주오

솔로 그리스 데 라 노체

사랑하고 있다오

갖고 싶지 않소, 여자다운

조용한 행복, 갖고 싶지 않소

울고 싶지 않소, 홀로 있는 방

등불을 더듬어 켜는 한밤의 시간

솔로 그리스 데 라 노체

드레스가 울고 있네

솔로 그리스 데 라 노체

입술이 허전하오

작은 맨션, 그대를 위해

찾아두었다오, 둘이서 살고 싶소

솔로 그리스 데 라 노체

나를 믿어주오

솔로 그리스 데 라 노체

사랑하고 있다오

좋은 옷도 예쁘지만

잘 어울린다오, 그대의 앞치마

"유후인, 괜찮았지?"

호텔 라운지에서 아침을 먹었다.

"예약도 없이 갔는데 좋은 여관이 비어있더라고."

"아부지도 지난번에 구마모토의 구로카와 온천에 갔었다. 특별 세일 버스투어로다가. 겨우 일박이었지만 아주 괜찮더라. 동네 전체가 들썩들썩 하더라니께."

"나는 아직 못 가봤어."

"요즘 말이지, 집에서 마시는 술에 응모권이 따라 나와. 그걸 몇 점이라더라, 아무튼 다 모으면 온천 여행권이 당첨된다. 그걸 모으고 있고만."

"누가?"

"내가."

엄니는 그런 현상모집에 응모하는 것을 좋아했다. 응모 엽서를 보낼 때는 연령란에 스무 살 정도 덜어낸 숫자를 슬쩍 적어 넣곤 했다.

왜 그런 거짓말을 하느냐고 물으면 "나이든 사람은 당첨을 안 시켜줄 거 같어"라고 음침한 발언을 했다.

아부지는 변한 것일까? 엄니라면 또 모르지만 아부지가 그런 서민적인 즐거움에 희희낙락하는 모습을 보고 나는 적잖이 의외였다. 아부지가 둥글둥글해진 걸까? 아니면 원래 그런 사람이었을까? 내내 함께 살고 있다는 사람과 그런 즐거움을 함께 나누며 내 집 안에서 파랑새를 찾아낸 것일까?

아부지와 엄니에 대해 내가 알지 못하는 것이 아직도 많은 것 같았다.

지갑에서 주머니를 꺼내 아부지에게 건넸다.

"이거, 세뱃돈이야."

"나한테 주는 거여?"

"엄니한테 줄 거, 대신 아부지 줄게."

"허허, 벌써 몇십 년 넘게 세뱃돈은 받아본 적이 없는디?
고맙다, 허허."

아부지는 겸연쩍은 듯 웃었다.

"이제 가야겠네."

"그려, 응, 열심히 혀라."

"응."

"다시 명일에는 도쿄에 올라가마."

"알았어요."

가방 속의 엄니와 함께 나는 다시 도쿄를 향해 신칸센에
올라탔다.

하루 평균 승객이 175만 명이라는 도쿄 역에 175만분의
1, 그중 한 사람으로 나도 도착했다. 긴자의 보행자 천국,
아사쿠사 나카미세 거리, 신주쿠 알타ALTA 앞길, 이케부쿠
로 선샤인 거리, 하라주쿠, 오모테산도, 롯폰기, 시부야 스
크램블 사거리…….

네온에 몰려드는 나방처럼 오늘도 도쿄에는 어디선가 사
람들이 몰려들어 북적거렸다. 저마다 그 근처 물웅덩이에
서 불쑥 튀어나온 나방처럼 혼자서 태어나고 혼자서 살아
가는 듯한 얼굴을 하고 있다.

그러나 당연한 일이지만 그 한 사람 한 사람에게는 가족

이 있고 소중히 간직해야 할 것이 있고 마음속에 광대한 우주를 가졌고, 또한 어머니가 있다.

언젠가 혹은 이미, 이 모든 사람들이 나와 똑같은 슬픔을 경험할 것이다.

나는 몇 겹으로 교차되는 횡단보도에서 흘러가듯이 오고 가는 사람들을 바라보았다. 지금까지 그저 단순한 거리 풍경에 불과했던 그 한 사람 한 사람이 몹시도 크게 보였다.

모두들, 참 대단하다, 참 애들 쓰고 있구나……. 인간이 어머니로부터 태어나는 한, 이 슬픔을 면할 수 없다. 인간의 목숨에 끝이 있는 한, 이 공포를 마주쳐야 하는 것이다.

엄니의 책장에서 찾아낸 일기는 그야말로 기록이었다. 오늘은 누구누구가 찾아왔다, 무엇무엇을 받았다, 어디어디에 갔다, 메뉴는 무엇무엇이었다, 라고 조목조목 써내려간 기록으로, 거기에 감정적인 표현은 없었다.

하지만 일기 틈틈이 끼워져 있던 한 장의 종이쪽에 짧은 문장이 남겨져 있었다. 누군가의 말을 인용한 것인지 아니면 엄니 자신의 말인지는 모르겠지만, 누렇게 바랜 그 종이쪽은 두 개로 접혀져서 일기장 안쪽에 감춰져 있었다.

어머니란 욕심 없는 것입니다.
내 자식이 훌륭한 사람이 되는 것보다
내 자식이 큰 부자가 되는 것보다

하루하루 건강하게 지내주기만을

진심으로 바라고 기원합니다.

아무리 값비싼 선물보다

내 자식의 다정한 말 한 마디에

넘칠 만큼 행복해집니다.

어머니란

실로 욕심 없는 것입니다.

그러므로 어머니를 울리는 것은

이 세상에서 가장 몹쓸 일입니다.

그로부터 벚꽃이 몇 번이나 피었다가 졌고 다시 도쿄에
봄이 찾아왔다.

롯폰기 힐즈 빌딩이 완성되었고 시오도메汐留가 개발되
었다. 도쿄 타워가 시원하게 내다보이는 이 아카바네바시
네거리의 풍경과 인파도 그 무렵과는 많이 달라졌다.

1958년, 여섯 개 대학야구의 스타였던 나가시마 시게오
가 거인 팀에 입단했고 그 등번호 3번의 활약에 온 일본이
들끓었던 고도 성장기. 그해 12월에 세계 최대의 텔레비전
탑으로서 333미터의 도쿄 타워가 완성되었고 이 철탑은 대
도시 도쿄의 상징이 되었다.

이제는 디지털 방송으로 이행하는 시대의 흐름에 충분히
대응하지 못하는 구닥다리 물건으로 취급되어, 도쿄 타워

를 철거하자는 쪽으로 가닥이 잡혀가고 있다고 한다.

그날과 마찬가지로 쾌청한 날씨의 은총을 받은 이 봄날에 나는 태어나 처음으로 도쿄 타워 전망대에 올랐다. 엄니와의 약속대로 가방에 엄니의 위패를 넣어 함께 올랐다.

예전과는 달리 사람들의 발길도 뜸한 입구에서 노후한 엘리베이터로 단숨에 하늘로 빨려 올라갔다. 대전망대는 건너뛰고 다시 그 위층, 지상 250미터의 특별 전망대로 향했다.

눈앞에 펼쳐지는 도쿄의 응축된 풍경. 한 시야 안에 온갖 거리들이 한 장의 그림이 되어 뛰어들었다.

"엄니, 굉장하다……."

엄니가 영원히 눈을 감은 그 병원도 바로 발밑으로 보였다. 그때 병실 창문으로 우리 가족이 함께 올려다 보았던 도쿄 타워에 지금 엄니와 내가 찾아와 그날의 병실 창문을 내려다보고 있었다.

엄니가 돌아가신 해의 5월에 어느 사람은 말했다.

"도쿄 타워 위에서 도쿄를 바라보면 문득 깨닫는 게 있어. 지상에 있을 때는 별로 느끼지 못했는데, 도쿄에는 묘지가 아주 많다는 거."

분명 맞는 말이었다. 녹지 가운데에, 빌딩 틈새에, 묘지가 점점이 자리 잡고 있었다. 지상에서 살아가는 자가 미처 깨닫지 못하고 깜빡 잊어버려도 사실은 근대적인 빌딩 사이사이에 주검이 잠들어 있다.

그리고 내게는 이 거리 전체, 이 도쿄의 풍경 모두가 거대한 묘지로 보였다.

빽빽이 늘어선 네모반듯한 빌딩들 하나하나가 작은 묘석이었다. 크기에 차이는 있어도 여기서는 그건 그리 큰 차이가 아니었다.

아득히 지평선 너머까지 광대하게 펼쳐진 거대한 영원靈園. 이 거리에 동경을 품고 저마다의 고향에서 가슴을 두근거리며 찾아온 사람들.

이 도시는 그런 사람들의 꿈과 희망, 회한, 슬픔을 잠들게 하는 커다란 묘지인지도 모른다.

엄니.

그로부터 몇 년이 지났지만 지금도 나는 외로워서 견딜 수가 없네.

무슨 일이 있을 때마다 엄니 모습이 눈앞에 어른거려.

식탁에 앉아 콩 줄기를 손질하는 엄니. 꽃무늬 포장지를 잘라 풀로 붙여 작은 봉투를 만들던 엄니. 전기도 켜지 않은 어슴푸레한 곳에서 도서관 책을 읽던 엄니. '뿌요뿌요'를 하던 엄니.

식당에 나가 맛있는 거 먹을 때마다, 새 식당을 찾아낼 때마다, 엄니가 생각나. 이런 거 좀 사주고 싶은데, 여기 닭 꼬치구이는 엄니가 좋아할 텐데. 노상 그런 생각만 나네.

교토에 가서 세련된 가게에 들어서면 이런 곳에 좀 데리고 올 걸, 엄니만 한 나이의 할머니가 친구들과 여행하는 모습을 보면 어째서 살아있을 때 좀 더 여행을 보내주지 못했을까, 후회하면서 걸핏하면 눈물이 나네.

어릴 때부터 별별 곳에서 다 살았지만, 먹는 거 입는 거는 어떤 집 아이보다 호사를 시켜주었어. 엄니가 자기 것은 하나도 안사고 나한테만 그렇게 해줬어.

가고 싶다는 학교도 보내주며 기껏 졸업시켰더니 취직도 안 하고 빈둥빈둥 놀면서 만 엔, 2만 엔, 한없이 돈을 타냈어. 엄니가 여기저기 파트타임으로 일해서 어렵게 번 돈을. 그러고도 나는 결국 엄니에게 아무것도 해주지 못했어. 그뿐인가, 엄니에게 분명하게 고맙다는 인사도 안 했네.

도쿄에 올라온 뒤에도 생활비니 용돈이니 건네줄 때, 좀 더 기분 좋은 얼굴로 좀 더 넉넉히 주었으면 좋았을 텐데. 나는 밖에서 펑펑 쓰고 다녔으면서 왜 그랬을까, 왜 기분 좋게 내주지 못했을까.

지금이라면 좀 더 분명하게 감사하다는 인사도 하고 온갖 것 사주고 가고 싶은 여행도 보내줄 거 같은데, 어째서 그때는 그걸 하지 않았을까.

엄니의 하루하루는 그래도 즐거웠을까.

일은 그럭저럭 풀려 가는데, 아직은 어떻게 될지 모르겠어. 엄니에게 보여줄 만한 것도 아직 만들지 못했네. 여전히 엄니가 보면 걱정할 생활을 하고 있어. 엄니에게 말 못할 짓도 많이 하고. 마흔이 넘은 나이에 마누라도 없고 돈도 그리 벌지 못했어. 자동차 면허도 날아갔어.

남에게 이래저래 신세만 지고 때로는 남에게 미움을 사는 일도 있는 모양이야. 나는 아직 아무것도 되지 못했어. 엄니, 저승에서도 내 걱정을 하겠네.

아부지는 작년에 엄니와 똑같이 위암으로 수술을 받았어. 위를 반이나 잘라내고 밥을 제대로 못 먹으니 바짝 야위셨지. 그래도 그걸로 병은 나은 것 같아. 그럭저럭 건강하게 잘 지내셔.

호세는 결혼했고 후지카와는 아이가 생겼다우. 그리고 빵은 죽어버렸어. 엄니의 1주기 며칠 뒤에 아침에 내다보니 죽어있더라. 애완동물 장례식장에서 화장을 하고 스님이 독경도 읽어줬어. 벌써 엄니 곁에 가 있겠지?

요즘은 개를 기르고 있어. 검은 개야. 사람을 잘 따라서 엄니가 있었다면 날마다 산책을 데리고 다녔을 텐데. 마에노가 산에서 캐온 죽순을 보내왔더라. 엄니가 있었다면 맛있게 요리해줬겠지? 근처 밥집에도 조금 나눠줬어.

모자 가정이라서 어렸을 때는 마더 콤플렉스니 뭐니 하는 소리를 듣는 게 싫어서 엄니 이야기를 남한테는 되도록 하지 않았어. 하지만 소중한 사람에 대해 말하는 게 왜 안 될 일이야? 왜 좋아하는 사람 이야기를 하면 웃긴다느니 하는 소리를 들어야 하지? 나는 지금도 잘 모르겠어. 그런 소리에 신경을 쓰는 통에 엄니에게 다정한 말 한 마디 못 했었는지도 몰라.

엄니 옷은 내내 잘 간직했었는데, 지난번에 겨울옷은 니가타新潟에, 여름옷은 수마트라 지진 피해지역에 모두 보냈어. 괜찮지? 거기서 좀 내려다봐. 인도 아줌마가 엄니 티셔츠를 입고 있을지도 몰라.

엄니.

나도 여기서 좀 더 노력해 볼게. 지켜봐 줘. 건강관리도 신경 쓰고 있어. 요즘에는 내 손으로 요리도 해먹는다니까.

엄니는 메모장에 '안녕'이라고 썼지만, 어째서 그런 섭섭한 말을 해? 스님이 몸은 없어져도 언제나 엄니는 곁에 있다고 했다고. 게다가 세상이 어떻게 바뀌든 엄니와 나는 앞으로도 계속 엄니와 아들이잖아. 왜 그런 섭섭한 소리를 했어?

엄니가 죽고 나서 한동안은 아무것도 할 맘이 나지 않았지만, 지금은 착실히 노력하고 분발해야 한다고 생각하고 있어. 엄니 지금껏 이래저래 미안해.

그리고, 고마워. 엄니가 나를 키워주신 것을 나는 자랑스럽게 생각하네.

도쿄 타워의 창에 펼쳐진 하늘은 파랗고 서서히 지평선을 향하면서 하얗게 녹아들었다. 햇살이 부드럽게 바다와 도시를 비추었다.

나는 내내 머나먼 저쪽을 바라보았다. 목에 건 조그만 가방에서 얼굴을 내민 엄니도 같은 곳을 쳐다보고 있었다.

"엄니, 오늘은 날씨가 좋아서 참말 다행이네."

릴리 프랭키,
일본 문화계를 뒤흔들다!

양윤옥

릴리 프랭키의 재능은 다양하다. 일러스트레이터, 동화작가, 아트디렉터, 디자이너, 뮤지션, 작사 및 작곡가, 방송작가, 연출가, 사진가, 소설가, 배우 등 멀티 탤런트의 면모를 보이고 있다. 최근에는 고레에다 히로카즈 감독과 함께한 영화 〈어느 가족〉, 〈그렇게 아버지가 된다〉에 주연으로 출연해 매우 인상적인 연기로 우리에게 익숙한 얼굴이 되었다. 2001년에 처음 단역을 맡은 이후 2018년에는 총 8편의 영화에서 그를 찾을 만큼 영향력 있는 배우로 자리매김하고 있다.

무엇보다 릴리 프랭키의 이름이 일반에게 널리 알려지게 된 것은 이 책 《도쿄타워》를 발표하면서부터였다. 2006년 처음으로 써낸 장편소설이 1년 여만에 200만 부를 돌파하는 대 히트작이 되었기 때문이다.

"전차나 버스 안에서 읽는 것은 위험하다. 눈물 콧물로 얼굴이 엉망이 될 테니"라는 유명한 입소문을 남긴 이 책은 전국 각 서점의 판매원들이 '가장 판매하고 싶은 책'을 선정하는 '서점대상 2006'에 선정되기도 했다. 이미 날개 돋친 듯 팔리는 터에 이 상을 수여하는 건 별 의미가 없다는 독자들의 애교 섞인 이의 제기가 이어졌다고 한다. 그해 11월에 텔레비전 드라마로 방영되었고, 이어서 영화로 만들어져 오다기리 죠와 키키 키린이 마사야와 엄니 역할을 맡아 원작의 재미를 더해주었다.

릴리 프랭키는 1963년 생, 무사시노미술대학 출신으로, 20대 중반부터 일러스트는 물론, 칼럼 연재, 구성 작가, 방송 음악 제작까지 닥치는 대로 일한 경력이 전설처럼 남아 있다. '일이 들어오면 모조리 받아들인다. 거절할 이유가 없다'라는 정신으로, 한창때는 약 30여 건의 연재를 맡았다고 한다. 당연히 물리적으로 불가능해져서 자주 펑크를 냈다고. 목차 페이지에 '릴리 프랭키의 연재는 필자의 사정에 의해 이번 호도 쉽니다'라는 공지가 몇 년째 이어졌다는 일화가 남아 있다.

일러스트레이터로 활동하면서 전 세대가 공감할 수 있는 독특한 캐릭터 '오뎅 군'을 주인공으로 동화책을 출간하였고 그 애니메이션이 NHK에 방영되었다. 뒤쪽으로 멀리 도쿄 타워가 보이는 아담한 포장마차, 릴리 프랭키는 이 포장마차의 '입술 두툼한' 주인으로 등장하여 보글보글 끓는 어묵 냄비 속의 수많은 재료들을 만화 주인공으로 창조해냈다.

기타 연주에 능하고 두 군데 밴드에 뮤지션으로 중복 활동한 바 있다. 인기 그룹 SMAP의 멤버 기무라 다쿠야의 〈그대가 있어〉를 작사하였다. 방송에서 오래도록 호흡을 맞춰 온 배우 야스 메구미와의 공동 작업으로 '전 국민을 위한 최상의 위로'를 표방하며 〈잘 자요〉라는 타이틀의 CD도 발매하였다. 이 CD에 수록된 곡의 작사와 작곡, 기타 연주, 재킷의 아트 디렉션, 뮤직 비디오 감독, 의상 디자인에 이르기까지 토털 프로듀스를 담당하였다. 음악 활동을 할 때 사용하는 예명은 '엘비스 우드스톡Elvis Woodstock'이라고 한다.

도쿄의 거리 풍경을 촬영한 사진집을 제작하여 사진 작가로도 활동하였다. 후지 텔레비전의 〈코코리코 미라클 타입〉, 일본방송의 〈릴리메구의 올나이트 닛폰〉에 출연 중이며, 〈J-WAVE〉 방송의 〈TR2 Wednesday〉, 〈Night Stories Thursday〉, 텔레비전 아사히의 〈릴리 프랭키의 도쿄 비트〉, 〈도쿄 비트2〉의 음악토크에서 '초 파격적인 입담, 초 괴기한 게스트'를 모아들이는 것으로 한창 인기를 누리고 있는 방송인이다.

칼럼니스트로서는 각 잡지에 파격적인 문장의 에세이,

단편소설을 속속 발표해왔다. 공동편집 문예지《en_taxi》를 창간하였고, 고단샤講談社 잡지《KING》의 창간 멤버이기도 하다. 이 잡지의 창간 기자회견에서는 '내가 창간에 관여한 잡지는 2년 내에 폐간되는 일이 많다' 라는 특별 발언으로 참석자들을 웃겼다고 한다. 실제로 이 잡지는 현재 휴간 중.

과격한 연애 이야기를 좋아하고 〈일본 미녀 선별가 협회〉라는 묘한 단체의 회장직을 맡는 한편, 〈소프트 온 디맨드〉라는 성인 비디오 업체가 주최한 최고 비디오 선정대회에서 총재를 역임하였다. 남성 라이프 스타일 잡지 〈GQ〉에서 '올해에 가장 빛났던 남성'을 웹 투표로 결정하여 수상자를 선정하는 'GQ JAPAN Men of the Year 2006'의 문화인 부문 수상자로 선정되었다. 이 자리에서는 "평소에 에로틱한 책들만 읽어왔는데 문화인으로서 이런 상을 받을 줄이야!"라는 개그성 발언을 날렸다. 2006년은 그야말로 릴리 프랭키의 해, 각종 상을 휩쓸다 못해 '만년필이 가장 잘 어울릴 것 같은 문화인'으로도 뽑혔다는 소식이다.

정식 펜네임은 '릴리 프랭키 고스 투 할리우드'. 자신의 방송 〈코코리코 미라클 타입〉에서 오프닝 뮤직으로 〈RELAX〉를 사용하였는데 이 노래를 부른 영국의 그룹사운드 'Frank goes to Hollywood'에서 따온 이름이다. 1984

년에 당대를 대표하는 곡으로 크게 히트한 〈RELAX〉는 충격적인 가사 내용이며 배뇨음排尿音 등이 문제가 되어 BBC 방송에서 금지곡 처분을 받은 바 있다. 그러면 이 그룹사운드의 독특한 이름은 어디서 나왔는가.

프랭크 시나트라가 음악계에서 영화계로 진출한다는 소식을 전하는 신문기사의 큰 제목이 바로 이 문구 '프랭크 할리우드로 가다!'였다고 한다. '프랭키'라는 이름의 유래를 더듬어가다 보면 그의 음악적 취향이 줄줄이 따라 나온다고 할까. '릴리'라는 이름의 유래는 더욱 재미있다. 대학시절에 한 친구와 너무 사이가 좋아서 다른 친구들로부터 "장미와 백합Lily 같다"라는 말을 들은 데서 나온 것이라고. 무엇보다 '남자인지 여자인지도 알 수 없고, 일본인인지 외국인인지 알기 힘든 수수께끼 같은 이름'으로 하고 싶었다고 한다.

글을 쓸 때는 일절 퇴고나 수정을 하지 않으며, 일러스트를 그릴 때도 밑그림을 그리지 않고 단숨에 그려낸다. 취미는 잠자기. 따라서 공과 사를 가리지 않고 지각 상습범이다. 최상의 상태에서 활동하기 싶기 때문이라는데 최상의 상태이면서 동시에 시간 내에 맞춰본 일은 본인 왈, 지금껏 한 번도 없었다고 한다. 딱히 상대를 얕잡아 보기 때문이 아니라 "언제 어디서건 지각을 하기 때문에 내가 가장 존경하는 나가시마 야구 감독을 만날 때도 지각하고 말 것이다"라고 해명하고 있다.

본인이 그다지 원하지 않는데도 개성 넘치는 인물들이 그의 주위에 속속 모여들어 도원결의와도 같은 우정을 맺는 특별한 오라aura를 품고 있다. 그래서 릴리 프랭키의 주변 인물들을 조사해 보면 일본 문화계의 진짜로 재능 있는 마이너 예술인들이 속속 그 얼굴을 드러낸다.

《도쿄타워》는 릴리 프랭키 자신의 이야기다. 어머니가 암으로 세상을 뜨기 직전에 쓰기 시작했다. 그야말로 '엄니와 나 둘이서만 살고, 때때로 아부지가 휘익 떴다 사라지는' 특별한 가정환경이었다. 그 속에서 끝까지 아들을 지켜 온 어머니였다. 그 어머니가 병마에 허덕이는 모습을 보며 릴리 프랭키는 이 글을 쓰지 않고는 배길 수 없었다. 어머니의 육신이 아슬아슬 떠나려는 안타까운 순간을 그저 지켜보는 것밖에 아무것도 할 수 없을 때……. 그때에 '방탕한 아들'이 할 수 있는 일은 어머니의 혼을 한 글자 한 글자 새겨 나가는 것이었다. 그래서 이 이야기에는 소설로서의 작위성이 없다. 아무 작정도 없이, 어머니와 함께해 온 시간, 어머니의 혼이 아들에게 고스란히 스며들어온 나날들을 가슴에 맺힌 통한을 삭혀 꽁지로 실을 뽑아내듯이 써 내려갔다.

어머니의 몸은 비록 놓치지만 그 영혼만은 차마 놓칠 수 없어서 그 혼만을 데려다 책상이 아니라 어머니의 초라한 부엌방에 나란히 앉아 추억의 긴 이야기를, 눈물을 흘리기보다는 되도록 깔깔깔 웃어가며 함께 나누었다. 이승과 저승의 문턱으로 갈라서기 전에 모자가 함께 써내려간 자동기술自動記述의 부르짖음이다.

그런데도 문예평론가 후쿠다 가즈야는 이 이야기를 평하여 '현재 일본문화의 가장 높은 달성'이라고 하였다. '국민적 명작', '성서 이후 최고의 문학작품' '천재의 등장'이라는 각계의 찬사도 쏟아지고 있다. 이승과 저승으로 헤어지기 직전에 릴리 프랭키가 어머니에게 바친 선물이며, 동시에 어머니의 혼이 릴리 프랭키에게 보내준 천상의 선물이기 때문일 것이다.

'더 이상 인간이 아니게 되는' 밑바닥 생활을 전전하면서도 릴리 프랭키는 무언가를 붙잡아 보려고 네 발로 버티며 벅벅 기어갔다. 스스로 납득할 수 있는 '내 인생에서 해야 할 일'을 찾아내기 위한 몸부림이었다. 거기에서 릴리 프랭키는 자기도 모르게, 살아가는 일의 비밀스러운 의미를 몸으로 얻어낸 듯하다. 기성관념에 붙들리지 않는 그만의 언어로 풀어나간 이 이야기를 읽고 수많은 독자들이 눈물을 흘리며 공감하는 이유가 거기에 있을 것이다.

릴리 프랭키의 이야기에는 온갖 틀에서 훌쩍 벗어나버린

듯한 통쾌함이 담겨있다. 읽는 이를 짓누르는 오만함이란 티끌만큼도 없다. 세상의 일반론도 규범이니 이성, 소설의 틀마저도 벗어버린 심혼의 한 판 굿을 바라보는 상쾌함에 젖어 마음껏 울고 웃을 수 있다. 그 끝에는 인생의 어딘가 밑바닥에서부터 변화의 꿈틀거림이 일어난다. 문학의 참된 역할이 바로 이런 것이리라.

여기저기서 상을 받고 책이 많이 팔린 것보다 더 기쁜 일은, 이 책을 읽고 한참이나 목소리도 듣지 못했던 부모에게 전화를 걸게 되었다든가 뭔가 쑥스럽지만 오랜만에 함께 식사를 하자고 불러냈다든가 하는 독자들의 반응입니다. 글을 쓰는 사람으로서, 다 읽고 책을 덮자마자 벌써 다른 영역으로 가버리는 것이 아니라 단 1분 1초라도 책을 읽은 이의 생활이나 감각에 지속적인 영향을 끼쳤다는 것이 제게는 가장 큰 기쁨입니다.

－〈서점대상 2006〉 수상 소감에서

엄니와 나와 아부지의 묘한 삼위일체, 폐광이 머지않은 규슈 치쿠호 지역의 다정한 이웃들, 외할머니와 명랑자매 이모들, 그리고 치열하게 삶의 방식을 모색하는 '괴상한 친구들'과의 우정……. 이 책을 읽으며 놓칠 수 없는 재미다. 이른바 지성이니 예술이니 하는 것이 사람살이의 기본에서 벗어나 가족과 멀어지고 부모님의 눈높이에 맞추지 못하고 별 뜻도 없이 코끝만 높아져서, 기실 관념의 탁상공론에 떨어지려고 할 때마다 몇 번이고 꺼내어 다시 읽고 울고 웃으며 그 원천으로 돌아가고 싶은 한 권의 책이다.

더 많은 우리 독자들과 공감을 나누고 싶은 릴리 프랭키의 이야기, 다른 어느 때보다 행복한 번역이었다!

옮긴이 양윤옥

일본 문학 전문 번역가. 2005년 히라노 게이치로의 《일식》으로 일본 고단샤에서 수여하는 노마문
예번역상을 수상했다. 사쿠라기 시노의 《호텔 로열》《굽이치는 달》《빙평선》, 히가시노 게이고의
《나미야 잡화점의 기적》《그대 눈동자에 건배》《라플라스의 마녀》《마력의 태동》, 무라카미 하루
키의 《1Q84》《여자 없는 남자들》, 스미노 요루의 《너의 췌장을 먹고 싶어》 등 다수의 작품을 우리
말로 옮겼다.

도쿄 타워

1판 1쇄 발행 2007년 1월 2일
2판 1쇄 발행 2019년 5월 17일
2판 3쇄 발행 2023년 5월 11일

지은이 릴리 프랭키
옮긴이 양윤옥

발행인 양원석 **편집장** 김건희
디자인 남미현, 김미선 **표지 일러스트** 김지훈
영업마케팅 조아라, 이지원

펴낸 곳 ㈜알에이치코리아
주소 서울시 금천구 가산디지털2로 53, 20층 (가산동, 한라시그마밸리)
편집문의 02-6443-8902 **도서문의** 02-6443-8800
홈페이지 http://rhk.co.kr **등록** 2004년 1월 15일 제2-3726호

ISBN 978-89-255-6638-2 (03830)